COUP D'ÉTAT

Henri Vernet est journaliste et rédacteur en chef adjoint en charge du service Politique au *Parisien*. Il est notamment l'auteur de *Coup d'État* et de *Tous les coups sont permis*.

HENRI VERNET

Coup d'État

Les militaires prennent les commandes

ROMAN

JC LATTÈS

Cet ouvrage a été précédemment publié sous le titre *Article 36* aux éditions JC Lattès en 2019.

ISBN : 978-2-253-26034-9 – 1re publication LGF

J'assume tout, de Clovis à Robespierre.

NAPOLÉON

Dans le péril la France acclame ses soldats,
dans l'insouciance elle les ignore.

Journal du général
Maxime GERFAUT

AVERTISSEMENT

J'ai écrit ce livre en 2018 comme un thriller politique, une pure fiction. Et il le reste trois ans plus tard. Sauf que… la ressemblance avec des événements récents bien réels est troublante. Tout reposait sur des scénarios poussés à l'extrême, certes, mais réalistes. Un président de la République, confronté à une vague incessante de terrorisme et des révoltes sociales menant le pays au bord de la rupture, fait appel à l'armée pour ramener l'ordre.

Inconcevable ? Non, en théorie, c'est tout à fait possible, c'est même prévu par la Constitution. Expressément mentionné dans son article 36, hérité tout droit du XIXe siècle et qui, curieusement – ou pas –, n'a jamais été toiletté depuis, malgré les réformes constitutionnelles successives menées par les pouvoirs de droite comme de gauche. Un coup d'État légal, en caricaturant à peine. C'est d'ailleurs la raison pour laquelle le titre originel, *Article 36*, est devenu pour cette édition au Livre de Poche, *Coup d'État*.

François Hollande, avec qui j'avais évoqué le sujet au moment où il plaidait dans un ouvrage pour un changement de notre système politique vers plus de démocratie, proposait la suppression des articles de notre Constitution octroyant les « pleins pouvoirs » au chef de l'exécutif (articles 16, 36…). Mais il n'était alors plus président, et son successeur n'a pas abordé la question…

Depuis la parution de ce livre, l'actualité lui a donné un goût de vécu. La présence des militaires, à travers les opérations Vigipirate contre le terrorisme et Résilience dans la lutte contre la Covid-19, et leur popularité n'ont cessé de croître. Avec des risques de dérapage réels. Au plus fort de leur révolte, certains leaders des Gilets jaunes n'ont-ils pas appelé le général de Villiers à s'installer à l'Élysée ? La fameuse tribune des généraux en appelant aux militaires pour empêcher le pays de sombrer dans le « chaos » n'a-t-elle pas rencontré un écho favorable dans une partie de l'opinion ? Enfin, la crise sanitaire avec ses confinements à répétition, ses contraintes sur notre vie quotidienne, pose à son tour la légitime question de l'équilibre entre libertés et sécurité.

Tout ce qui est relaté ici pourrait arriver un jour. Cet ouvrage s'appuie sur une longue enquête, auprès de militaires, de juristes, d'avocats, de responsables politiques, de spécialistes de l'opinion, d'experts en sécurité nationale. Plusieurs hauts responsables de l'État et des armées m'ont confié avoir été saisis par la « véracité » du récit. Si cette hypothèse devait devenir réalité, c'est sans doute ainsi que les choses se dérouleraient.

Or la réalité, on le sait, a pris l'habitude de dépasser la fiction…

L'auteur

Prologue

Paris
5 h 19

Les réverbères dessinaient des halos jaunâtres au-dessus des trottoirs mouillés et déserts. Cela faisait trois jours que la capitale s'était emmitouflée dans une brume dense comme du coton et même le vent d'ouest n'arrivait pas à balayer les masses d'air froid qui stagnaient dans les rues. Sur le long boulevard, seul le kiosque à journaux offrait un semblant de vie.

L'homme en gabardine bleue jeta un regard fatigué sur le brouillard puis s'accroupit pour soulever la trappe arrière du kiosque. Un grincement agressif et familier monta des gonds. Il grimaça. Il avait beau mettre de l'huile, le métal se faisait un malin plaisir à lui irriter les tympans. Un jour il démolirait la trappe à grands coups de masse. Et pas seulement cette putain de trappe, mais aussi ce foutu kiosque, prison de métal et de papier.

Il tira une dernière bouffée sur sa cigarette à moitié consumée, plongea les mains dans le trou sombre et extirpa les piles de quotidiens pour les poser sur le trottoir détrempé.

Encore une demi-heure avant de se prendre un crème. Il parcourut les unes des journaux avec lassitude. Enquête en cours sur les attentats dans le pays, contagion des émeutes urbaines, hausse du chômage, migrants, récession dans la zone euro… Il soupira en insérant les piles dans les présentoirs. Si encore il y avait de l'espoir, mais rien à l'horizon. Le président, son Premier ministre et son gouvernement semblaient impuissants. Il avait pourtant voté pour eux aux dernières élections. Il y avait cru au renouveau, mais, ces derniers mois, tout allait en empirant. Le pays était devenu une cocotte-minute en surchauffe, prête à exploser. Sans parler des impôts et des taxes. Il avait beau trimer, rien n'y faisait, son compte en banque virait toujours au rouge le 15 du mois. Et ça continuerait jusqu'à la retraite. Mettre des ronds de côté c'était un luxe qu'il ne pouvait pas se permettre.

Il cracha un jet de salive humecté de nicotine.

Tu parles. Tous des incapables, corrompus. Qu'ils dégagent, maugréa-t-il en fouillant parmi les quotidiens.

À coup sûr, il n'allait pas en vendre beaucoup. Le brouillard de la ville s'était installé dans la tête des gens.

Au moment où il posa une pile de journaux sur le présentoir, un grondement sourd monta du boulevard. Il connaissait la musique de l'aube depuis vingt ans qu'il faisait ce métier, et ça n'y ressemblait pas.

Aux aguets, il scruta à travers la nappe de brouillard.

Le trottoir vibrait.

Soudain, un coup de vent humide balaya le sol et projeta sur la chaussée une dizaine d'exemplaires.

Les journaux voletèrent. Il voulut les récupérer, mais quand il posa le pied sur la chaussée le curieux grondement s'amplifia.

Il se figea. Inquiet. Un vrombissement accompagnait les vibrations qui faisaient même osciller les branches des arbres.

Une masse énorme à la carapace marron, vert et noir, surgit des brumes.

Le kiosquier écarquilla les yeux.

Un char.

Puis un deuxième, cette fois avec des roues.

Puis un troisième.

Un quatrième.

Les monstres d'acier défilaient devant lui comme à la parade. Le kiosquier restait tétanisé, sa cigarette plantée entre ses lèvres sèches.

Les réverbères tremblaient maintenant. Le kiosque aussi.

Le premier tank, un Leclerc, monstre de 57 tonnes, arriva à son niveau, suivi de près par les AMX-10 RC, gros scarabées sur roues d'une vingtaine de tonnes. Les chenilles et les pneus gigantesques écrasaient les journaux, dérisoires lambeaux de papier, hachés par des rouages aveugles.

Le kiosquier était médusé. Il ne fit même pas attention à la cendre qui tombait de sa cigarette. Des camions Renault GBC 180 surgirent à leur tour du brouillard, ridelles soulevées, remplis de soldats armés. Les visages impassibles des hommes figés sur les bancs.

Le cortège passa devant lui pour s'enfoncer dans la bruine à l'autre bout du boulevard.

Un 4×4 Ford VT4, au camouflage standard, émergea avec trois hommes à l'intérieur, casqués et vêtus de treillis F3 version hiver et un quatrième, coiffé d'un béret. Le véhicule s'arrêta.

Le militaire en béret descendit et vint à sa rencontre d'un pas rapide avec ses Haix à semelles crantées[1]. Sur son flanc était accroché dans son holster un Glock 17, modèle semi-automatique utilisé par les forces spéciales.

Le kiosquier, qui avait fait son service militaire trois décennies plus tôt, reconnut tout de suite un officier. Au vu des étoiles sur la poitrine, c'était même un général. Instinctivement, le vendeur de journaux se raidit.

L'officier arriva à son niveau et lui décocha un sourire clair. Il avait les cheveux argentés, coupés court, la cinquantaine sportive, le regard gris, à peine plus doux que l'acier de ses tanks.

Le kiosquier fronça les sourcils. Ce visage lui était familier. Il avait fait la une des journaux.

— Vous auriez une cigarette ? J'ai oublié les miennes ce matin.

— Euh, oui…, répondit le kiosquier stupéfait, qui chercha son paquet avant de le lui tendre, avec un briquet. Vous faites des manœuvres ?

Le général alluma une cigarette et aspira une longue bouffée.

— Pas exactement. Disons qu'on va avoir beaucoup de travail aujourd'hui.

---

1. Nouveaux modèles de chaussures de combat en Gore-Tex qui remplacent les rangers.

Il s'arrêta quelques secondes pour contempler la façade du kiosque puis ajouta sur un ton laconique qu'atténuait son mince sourire :

— Gonflez votre carnet de commandes de quotidiens pour demain… Vous en vendrez des piles entières.

Le kiosquier était interloqué.

— Quel genre de travail ?

L'officier inclina la tête d'un coup bref et, sans répondre, fit demi-tour. Il frappa sur la portière de la jeep puis se retourna pour lancer d'un air grave :

— Un travail très difficile, cher monsieur…

Il suspendit sa phrase, son regard attrapa celui du kiosquier, et il articula lentement :

— Faire la guerre et sauver la France.

Le véhicule disparut dans la nappe de brume. Le boulevard était à nouveau désert.

— La guerre…, balbutia le kiosquier, de plus en plus incrédule.

Il frotta ses yeux rougis, se demandant s'il n'avait pas été victime d'une hallucination. Il retourna à l'intérieur du kiosque et alluma son petit poste de radio orangé.

Des volutes de violon, de flûte et de contrebasse se répandirent autour de lui. Le kiosquier afficha une mine agacée. Il n'y avait jamais de musique classique sur sa station préférée. Il tourna la molette, en vain, toutes les radios diffusaient la même musique.

Soudain la musique s'arrêta. Et une voix féminine résonna :

— *Ceci est une communication du président de la République.*

Il s'écoula quelques secondes puis une autre voix, masculine cette fois, reprit :

— *Mes chers compatriotes, je m'adresse à vous avec toute la gravité qui convient à cet instant. J'ai pris une décision importante pour l'avenir de la nation, en accord avec le Premier ministre et le gouvernement. La France doit faire face depuis plusieurs mois à une situation grave. Je ne pouvais plus attendre, sous peine de voir notre pays s'enfoncer dans le chaos. Il est des moments dans la vie d'une nation où elle doit faire face à des choix cruciaux. J'ai… attentats… danger…*

Le poste crachotait, la voix du président grésilla, une petite lueur rouge clignota sur le côté. Les piles allaient rendre l'âme.

— Ah non, pesta le kiosquier, c'est pas le moment.

Il secoua l'appareil comme si les piles allaient se recharger miraculeusement.

— *… Chers compatriotes… besoin de votre soutien… oublier… divisions… querelles… aujourd'hui… décidé d'activer l'article 36.*

Le kiosquier tapa d'une main ferme sur le boîtier. La voix du président redevint claire.

— *J'ai demandé à l'armée d'intervenir, conformément aux pouvoirs que me confère la Constitution en temps de crise. L'état de siège est décrété dans…*

Les piles rendirent l'âme d'un coup et firent taire le chef de l'État.

— Merde ! jura le kiosquier qui s'empara de son smartphone pour se connecter à Internet.

Au même moment, aux quatre coins du territoire, des convois en tout point identiques à celui apparu sur le boulevard parisien surgissaient à leur tour du néant. Toute une armée en ordre de bataille s'avançait aux premières lueurs de l'aube. Un tentaculaire ballet de fer et d'acier chorégraphié depuis l'état-major central des armées niché au sud de Paris.

Dans tout le pays, douze régiments de l'armée de terre, parmi les plus prestigieux, ouvraient les portes de leur caserne pour lâcher dix mille soldats, casqués, armés et surentraînés. Dans le ciel encore d'encre, une trentaine d'hélicoptères Eurocopter Caracal et Gazelle fonçaient sur leurs objectifs. Sur cinq bases aériennes, Saint-Dizier, Nancy, Mont-de-Marsan, Luxeuil et Istres, vingt avions Rafale attendaient le feu vert pour décoller. Au même moment, dans le noir sidéral, à huit cents kilomètres d'altitude, le nouveau satellite de renseignement militaire CSO 1[1] opérait sa révolution et braquait son œil à très haute résolution sur la France. Un œil inquisiteur redoutable qui pouvait distinguer depuis l'espace un visage ou une plaque d'immatriculation.

Rien n'avait été laissé au hasard. Le commandement de cyberdéfense quadrillait aussi les réseaux électroniques. Un gigantesque filet invisible de brouillage et d'interception de communications s'abattait sur les cibles encore endormies.

Au fil des siècles, la France avait mobilisé maintes et maintes fois ses troupes pour mener guerres et

---

1. CSO : composante spatiale optique. Programme de trois satellites militaires destinés à remplacer les modèles Helios 2.

batailles. Mais, à cet instant précis, il n'y avait aucune armée ennemie belliqueuse aux portes de la patrie. Aucun pays étranger à envahir. La menace supposée était tapie au cœur même de la nation.

Il était 5 h 30 en cette matinée de décembre et l'armée prenait le contrôle du pays.

PREMIÈRE PARTIE

Genèse

La Rome libre et fière, en ces temps de crise, allait chercher un Cincinnatus pour lui confier, pendant un temps déterminé, et avec des pouvoirs exceptionnels, le soin de faire la politique que les mécanismes habituels étaient, par faiblesse interne ou devant la gravité des dangers externes, hors d'état d'imposer.

Michel Debré, À propos du retour
du pouvoir du général de Gaulle, 1958

La véritable autorité inspire le respect, la mauvaise inspire la peur.

Journal du général Maxime Gerfaut

1

Décembre
Paris

La plaque d'égout mit trois secondes à atteindre son objectif. La vitrine du magasin de chaussures de luxe explosa sous les applaudissements des manifestants et les hurlements de l'alarme. Deux cocktails Molotov atterrirent au milieu des mocassins en cuir d'alligator à 10 220 euros la paire et des bottines à 5 300 euros. Les déflagrations furent suivies de spectaculaires jets de flammes qui fusèrent en arabesque sur les boiseries des présentoirs. La boutique s'embrasa comme une torche. Sous l'effet du souffle brûlant, des pans de vitre acérés volèrent sur le trottoir mouillé.

— Ça leur fera les pieds aux riches !

— On est droits dans nos bottes de travailleurs !

Le groupe d'hommes et de femmes vêtus couleur canari – la couleur des « cocus de la République », comme ils disaient – poussait des cris de joie devant l'incendie, applaudissait les casseurs qui s'étaient mêlés aux grappes de manifestants.

Le long de la rue, un vent léger charriait une odeur infecte de caoutchouc calciné et d'huile brûlée dégagée par les dizaines de voitures incendiées, éparpillées çà et là. Dans une contre-allée, à un jet de pavé de la place de l'Étoile, des types encagoulés, arc-boutés contre le toit d'une Porsche blanche, poussaient de toute la force de leurs muscles bandés. Il fallut à peine plus d'une minute pour que le bolide bascule cul par-dessus tête, se retrouvant les quatre roues en l'air, aussi pathétique qu'une tortue sur sa carapace, sous les rires vengeurs de la foule.

Le souffle court, les jambes tremblantes, Michel s'était plaqué contre un abribus. Jamais il n'avait voulu en arriver là. Il voulait juste manifester contre le monarque et ses impôts, pas casser des vitres et du flic.

Pourtant, il restait hypnotisé par le décor apocalyptique qui s'offrait à lui. L'excitation l'emportait sur la peur. Cette avenue cossue qui incarnait l'arrogance jusque dans la pierre de taille, qui exhalait par ses commerces l'argent, le luxe et les privilèges, cette avenue interdite aux « petits » était désormais entre leurs mains. Lui, le retraité de banlieue qui n'avait jamais manifesté de sa vie, qui avait toujours payé ses contraventions, ses cotisations et ses impôts sans retard, se sentait une âme de révolutionnaire. Noyé au milieu des manifestants fous de colère, il réprouvait ces exactions et pourtant, au fond de lui, la vue de ce spectacle de désolation emplissait son cœur d'une joie insidieuse, cachée, honteuse. En temps ordinaire, il aurait conspué ces déprédations, mais cette fois il les comprenait. Ces salauds du gouvernement et des banques allaient enfin les prendre au sérieux. On allait le respecter ! Pour la première fois de sa vie.

— Arrêtez ! Vous êtes fous ! On va cramer.

Dans l'immeuble, au deuxième étage au-dessus de la boutique, une femme hurlait de peur. Il s'écoula quelques secondes et Michel comprit que des gens habitaient là. Ça allait trop loin.

— Laissez passer les pompiers, je vous en prie ! cria la femme.

Il tourna la tête vers l'extrémité de la rue, un camion de pompiers arrivait toutes sirènes hurlantes.

Il quitta son abri et rejoignit celui qui menait le petit groupe de casseurs, un type maigre au visage pâle et fatigué sous la visière fumée de son casque noir.

— Il faudra laisser un passage pour les pompiers, il y a des habitants là-haut.

— On s'en fout, ils ont qu'à descendre, répliqua l'homme dans un sourire mauvais. Ils ont les moyens de se reloger, moi je vis dans une caravane.

Michel le prit par le col de son gilet trop large pour lui.

— Ça suffit, mon gars. On n'est pas des assassins. Fais pas chier.

— O.K., t'énerve pas.

Le camion rouge slaloma entre la foule et les voitures calcinées et stoppa net devant la boutique en flammes. Les manifestants s'éparpillèrent vers d'autres commerces.

À un carrefour, une jeune fille, foulard rouge plaqué sur le nez et le bas du visage, escaladait avec souplesse un feu tricolore. Parvenue au sommet, accrochée d'une main au mât, elle s'empara de l'autre d'une sorte de pic à glace glissé dans sa ceinture, se pencha pour atteindre une caméra de surveillance juchée à moins d'un mètre du feu. À l'aide de sa masse improvisée, elle entreprit méthodiquement de l'exploser. En bas, les manifestants l'acclamaient.

Michel en avait assez. Il se dirigea vers une rue qui faisait l'angle avec un fleuriste. Autour de lui, l'artère grouillait de manifestants ivres de colère. Et la plupart lui ressemblaient comme deux gouttes d'eau. Il aurait pu les croiser au supermarché ou au café.

Pas des hordes venues de banlieue, pas des excités de la révolution permanente ou des nostalgiques de Mai 68. Non, juste des gens ordinaires comme lui, des travailleurs et des retraités exaspérés par les hausses des taxes en tout genre et la maigreur de leurs portefeuilles. Des moutons devenus plus enragés que des loups. Une rage qui se résumait en quelques mots : Ne plus payer ! Se faire entendre ! Devenir visibles !

Ne plus payer les nouvelles taxes et cotisations, les impôts sans cesse alourdis, les prélèvements abusifs. Ne plus se faire tondre pendant qu'aux deux extrêmes de la population certains, toujours les mêmes, se gavaient de la manne publique. Pour Michel, la France était vampirisée en bas de l'échelle sociale par des assistés et en haut par de riches profiteurs choyés par le président. Et entre les deux, lui et sa classe moyenne qui ne cessaient de suer et de s'user les os pour nourrir ces parasites.

Un type au crâne rasé passa devant lui. La face congestionnée, il brandissait une batte de base-ball et hurlait.

— Tous à la Bourse !

— Ça sert à rien mon gars, lui répondit Michel.

Le manifestant le dévisagea avec méfiance.

— Bien sûr que oui, on va péter la Bourse.

— Il y a belle lurette qu'elle n'est plus à Paris ta Bourse, elle a été délocalisée dans la banlieue de Londres, maintenant ce sont des rangées d'ordinateurs empilés dans un hangar.

— On s'en fout, faut faire un exemple !

L'homme repartit en hurlant de plus belle.

Michel le regarda s'éloigner puis, tournant le dos à la silhouette massive de l'Arc de triomphe, il s'enfonça dans la brume noire des fumées des voitures et du mobilier urbain en feu, en direction de l'avenue Foch. Il espérait trouver un peu de répit dans cette large artère boisée. Au lieu de cela, il eut la gorge saisie et les yeux piqués par l'air âcre qui l'enveloppait. Tous les cinquante mètres ou presque, l'avenue était parsemée d'incendies. Poubelles, panneaux de signalisation, vantaux d'abribus, et même trois scooters parqués sur le trottoir sablonneux : les manifestants saisissaient tout ce qui pouvait cramer et y jetaient joyeusement des allumettes enflammées et du papier imbibé d'essence.

Sur la contre-allée d'ordinaire sinistre à force d'être paisible, des groupes balançaient des caillasses et des déchets tirés des corbeilles publiques par-dessus les grilles des jardinets bordant les façades des luxueux immeubles et des hôtels particuliers.

Soudain Michel entendit une voix hurler tout près de son oreille :

— Tous à l'Élysée ! Allez-y par tous les chemins possibles, tous devant les grilles du palais à 16 heures, allooons enfaaants, sus à l'Élysééééee !

C'était une petite brune, la jeune quarantaine, qui courait de groupe en groupe en répétant ce mot d'ordre venu d'on ne savait où. L'Élysée. Le symbole absolu où déverser toute cette colère accumulée au fil de présidences, consumées le dos tourné au peuple.

Michel emboîta le pas à des manifestants qui remontaient vers l'Étoile. Une fois la place traversée, arrivé sur les Champs-Élysées, il aperçut sur sa droite trois hommes et une femme qui saccageaient avec entrain une succursale bancaire.

Des détonations retentirent à l'entrée de l'avenue. Trois gros nuages de fumée orange surgirent du sol et gonflèrent à toute vitesse, faisant reculer la foule.

— Les flics ! Ils envoient les lacrymos. Tirez-vous !

Michel tourna la tête et vit un mur de boucliers noirs et luisants qui avançait depuis le haut de la rue. Un mur de CRS prêt à charger la foule. Son cœur accéléra. Lui, le partisan de la loi et de l'ordre, était devenu l'ennemi.

Un vacarme de vociférations et de cavalcade retentit derrière lui : des manifestants, casqués, masques filtrants sur le nez et la bouche, avec à la main des pavés descellés ou des armes improvisées de toutes sortes, récupérées sur les chantiers environnants, se ruaient sur les forces de l'ordre. Des casseurs devant, suivis de manifestants lambda. Ils étaient cinquante, cent et plus.

Une nouvelle salve de grenades fusa des rangs des CRS. Des jets de bouteilles jaillirent côté activiste : des cocktails Molotov. Les CRS, moins nombreux, débordés, se mirent à reculer. Puis, sur un ordre du chef de section, ils tournèrent les talons. Les manifestants crièrent de triomphe, se lancèrent à leur poursuite, renversant au passage des barrières métalliques. Un retardataire fut touché à l'épaule. Il vacilla. Un casseur le rattrapa, lui fit un croche-pied. Le CRS était à terre, la foule grondait, prête à le lyncher.

Michel, resté en retrait, contemplait la scène, médusé.

Les braves gens comme lui, songea-t-il, s'étaient lancés dans le mouvement parce qu'ils étaient en colère.

Aujourd'hui, ce qui dominait c'était la révolte.

2

Deux semaines plus tard
Banlieue parisienne

— Tu n'es pas obligé de t'engueuler avec papa, comme à Pâques, hein…

Delphine coupa le contact de la Fiat 500 Abarth puis se tourna vers Tancrède qui restait silencieux.

— Un tout petit effort, ce n'est pas trop demander, reprit la jeune femme en posant la main sur celle de son compagnon.

— S'il ne me bassine pas avec ses théories politiques, je terminerai le dessert…

Dans la pénombre de l'impasse à l'éclairage défaillant elle ne pouvait pas savoir si Tancrède esquissait un sourire complice ou une moue accablée. Façon de signifier, d'avance, combien ce dîner chez sa belle-famille le faisait suer. Elle se rapprocha et lui chuchota à l'oreille d'une voix douce :

— En échange, quand on rentre, je m'occupe de toi…

Tancrède plissa ses lèvres minces et haussa un sourcil dédaigneux.

— Des promesses, toujours des promesses. Typique d'une professionnelle de la manipulation des masses.

Saillie bien dans son style, sûr de lui, un rien cassant.

Delphine occupait depuis un an et demi le poste de conseillère média auprès du président de la République. Ex-journaliste dans un grand quotidien, elle avait basculé dans la communication politique après l'élection de Marc Cardignac. Efficace, intègre, elle n'hésitait jamais à exprimer ses opinions auprès du chef de l'État, qui appréciait sa franchise.

— Je ne manipule personne.

— Et moi je te taquine, ma belle, répondit son compagnon en lui déposant un baiser sur la joue. Tu sais que j'apprécie ton patron.

À sa manière, c'était une façon de la tranquilliser.

Ils formaient un couple bien assorti, mais qui masquait des origines familiales fort différentes. Elle avait grandi dans un pavillon de Champigny-sur-Marne avec des parents représentants de cette modeste classe moyenne nostalgique des Trente Glorieuses. Une banlieue mi-ouvrière mi-bourgeoise à l'est de Paris. Certes loin de la quiétude prospère d'un Neuilly-sur-Seine, mais pas non plus le chaudron des cités.

Tancrède, lui, incarnait la figure parfaite du bobo parisien avec sa barbe de hipster soigneusement entretenue. Il avait passé sa jeunesse dans un immeuble cossu place du Panthéon, entre un père agrégé de philo, professeur à Normale Sup et conférencier réputé, et une mère éditrice de livres scolaires. Ils s'étaient connus à la fac de droit, elle avait bifurqué ensuite vers le journalisme, lui qui avait rêvé de devenir un grand défenseur des opprimés avait rejoint un cabinet d'avocats fiscalistes réputé. Nombre de personnalités de la politique, des affaires et du spectacle figuraient parmi leurs clients.

Il était passé de la cause du peuple à celle du people. Mais il gardait toujours, selon son expression, une « vraie sensibilité aux questions sociales ».

Delphine soupira et prit son sac sur le siège arrière. Une soirée sans embrouille ni prise de bec, comme une trêve dans ce monde toujours plus hystérisé, c'est tout ce qu'elle demandait. Elle avait réussi à échapper à un déplacement du président à Bruxelles et s'était posé trois jours de congé. Un luxe.

Le couple sortit de la voiture sous une lune froide et humide. Ils n'eurent même pas à sonner au portail, la porte d'entrée venait de s'ouvrir, laissant apparaître une silhouette massive et familière.

— Ah, vous voilà les amoureux. Une heure de retard quand même !

La voix grave du père de Delphine se répercutait dans la ruelle.

— Ça va, vous ne vous êtes pas perdus ? reprit l'homme à la tignasse grisonnante et au teint fleuri.

Il avait pris sa retraite depuis un an après une carrière bien remplie en tant que chef de service dans une fédération de mutuelles. Soixante-six ans au compteur, il tournait comme un lion en cage dans son pavillon.

Un lion avec un superbe coquard autour de l'œil droit.

— Papa ! Tu as eu un accident ? s'exclama Delphine en l'embrassant sur ses deux joues râpeuses.

— C'est rien ma petite. Un petit cadeau d'un casseur que je voulais sermonner.

— Tu as participé aux dernières manifs ?

— Eh oui, répondit-il fièrement en serrant la main de Tancrède, j'ai défilé contre ton foutu patron à Paris.

Mais on a été parasités par des petits cons qui voulaient tout démolir. Je me suis interposé et…

— Et il s'en est pris une bonne ! Ça lui servira de leçon.

Une femme aux cheveux courts et aux cernes aussi noirs que le horion de son mari apparut à son tour dans le vestibule garni de photos de famille.

— Michel ! Laisse-moi embrasser ma fille moi aussi.

Delphine et sa mère s'étreignirent dans les effluves fruités d'un parfum offert à un précédent Noël. Annie travaillait comme infirmière en chef dans la clinique de la ville. Elle usait sa cinquantaine finissante dans un travail harassant et ne rêvait que de décrocher.

— Tu as le visage tiré maman. Encore une nuit de garde à la clinique ? demanda la jeune femme.

— La dernière du mois, heureusement, répondit sa mère. Michel se repose pour deux. Enfin presque. Quand il n'a pas la mauvaise idée de battre le pavé au milieu des casseurs et des CRS.

— N'importe quoi, bougonna le père qui entraîna sa fille vers le salon.

Le jeune homme salua la mère de Delphine de son sourire le plus séduisant.

— Bonjour Annie, ravi de vous revoir, vous êtes superbe, dit-il en l'embrassant.

— Quel vilain menteur, je suis affreuse, répondit-elle en le prenant par le bras. Passons directement à table, le soufflé aux truffes se ramollit à vue d'œil.

Ils pénétrèrent dans un salon au décor flétri, chargé de bibelots, et s'assirent tous autour d'une table ovale. Les parents avaient sorti le grand jeu, nappe parme, vaisselle en porcelaine de Limoges, carafe à vin remplie presque à ras bord.

— J'ai débouché un gevrey-chambertin 2011, vous allez m'en dire des merveilles ! claironna le retraité d'un ton enjoué. Quelles nouvelles de notre bon président ?

Delphine secoua la tête. Pas question de parler de son patron. Pour rien au monde, elle ne voulait allumer la mèche d'une discussion qui pouvait déraper.

— Rien de bien important… Et interdiction de parler politique, sinon je repars au bureau.

Une heure plus tard, le dîner s'était déroulé dans une ambiance détendue, à son grand soulagement. On avait évité les sujets qui fâchent : l'immigration, l'insécurité, les taxes et le chômage.

Annie apporta une bûche glacée sur la table. Elle était surmontée d'une miniature de femme blonde drapée d'une écharpe tricolore et d'un bonnet rouge.

— Amusante cette bûche, on dirait une Marianne, dit Tancrède en avalant d'un air guilleret son quatrième verre de la soirée

— Tout juste, répliqua Annie. Cadeau du maire pour la clinique de la ville. Il en avait commandé une dizaine, plus qu'il n'en fallait pour notre repas de Noël de la cantine, du coup j'en ai emporté une à la maison.

Michel déposait les assiettes à dessert sur la nappe.

— Dix bûches… Haha. On voit où passent nos impôts locaux.

Sa femme le fusilla du regard.

— Tu ne vas pas recommencer. L'attention était délicate de sa part.

Delphine observait ses parents avec tendresse. Ils se chamaillaient depuis toujours. La voix joyeuse de Tancrède fusa :

— Je propose de lever mon verre à Marianne, quel magnifique symbole de démocratie.

— Avec plaisir, mon gendre, répliqua Michel, même si elle a vraiment une sale gueule en ce moment.

— Que voulez-vous dire ? demanda le jeune homme en reposant son verre.

Delphine crispa ses doigts sur la serviette.

— Ben on n'est pas tous logés à la même enseigne, répondit le père d'une voix douce. Surtout avec tout ce que nous prend votre Cardignac comme impôts ! On dirait vraiment que moins on a de fric et plus on nous en pique ! Les allégements, les baisses de charges et tout le toutim, c'est pour les patrons et les nantis. Ou alors ceux qui foutent rien et profitent de notre pognon. Ce sont toujours les mêmes qui profitent du système. J'ai vraiment été trop con d'avoir travaillé toute ma vie.

— Papa ! Tu m'avais promis.

— Tout ce que je dis, c'est qu'une fois de plus on s'est bien fait baiser. Pour nous la France d'en bas comme disait l'autre, c'est toujours la galère. Sauf si tu t'appelles Mohammed ou Coulibaly. Alors là, il suffit de demander. Pas besoin de se fatiguer, on te donne tout : les allocs, le logement à l'œil, l'école gratuite, la santé gratuite… Et en remerciement ils se font exploser avec leurs bombes !

Delphine posa la main sur l'avant-bras de son père.

— Écoute papa, on n'a pas les mêmes idées politiques. Faut arrêter avec les amalgames, ce sont des citoyens comme les autres, ils travaillent et paient aussi leurs impôts. Tu n'arriveras pas à nous convaincre. Maman, dis quelque chose !

Annie lui renvoya un sourire triste.

— Ton père n'a pas tout à fait tort. À la clinique, on voit de plus en plus de femmes voilées qui refusent qu'un médecin homme les touche. L'autre jour, j'ai expliqué le règlement à l'une de ces mousmées, que l'hôpital n'avait pas à s'adapter à leurs croyances. Eh bien, le mari m'a menacée et j'ai dû appeler deux internes pour les sortir de l'établissement. Jamais on n'aurait vu ça avant.

Le visage du père s'éclaira d'un sourire réjoui.

— Franchement y en a marre, on a le droit de vivre tranquillement sans avoir peur de crever dans un attentat !

— Ah, voilà le discours « immigration égale insécurité égale terrorisme », rétorqua Tancrède sur un ton exaspéré. Toutes les enquêtes sérieuses démontrent que ces raccourcis n'ont aucun fondement et ne servent qu'à nourrir le populisme. Et ça marche à fond, vous tombez dans le panneau.

— Et *Charlie Hebdo*, le Bataclan, Nice, le curé égorgé dans son église en Normandie, les attentats à répétition, c'est du populisme ? Ils venaient pas de nos villes et de nos cités les terroristes, peut-être ?

Tout à son réquisitoire, Michel tapa du plat de la main sur la table, envoyant voleter un bûcheron miniature planté dans une guirlande qui courait sur la nappe.

— C'est facile d'avoir des belles idées de gauche, reprit le retraité, surtout quand on vit bien au chaud dans un quartier à 15 000 euros le mètre carré. Vous n'avez qu'à accueillir chez vous une famille de migrants puisque vous êtes si généreux !

— Vous déraillez complètement. Le terrorisme islamiste, c'est un problème global. L'Europe, le Moyen-Orient. Pour votre gouverne, chaque année ce sont les musulmans qui représentent le plus grand nombre de victimes. Vous avez vu ces images de gamins déchiquetés, mutilés, dans les attentats en Irak ou en Afghanistan ?

Michel soupira.

— Oui, je regarde le journal de 20 heures comme tout le monde, j'ai un cœur comme vous. Mais moi je vis en France, pas dans un pays en guerre. Je veux qu'on me foute la paix.

La mère leva son couteau à dessert en guise d'apaisement.

— On se calme, regardez-moi cette belle bûche savoureuse à souhait.

Trop tard, son mari était lancé.

— Notre pays est menacé, et moi je dis que l'armée doit aller débusquer les djihadistes dans les cités, comme en Syrie !

— Ben voyons, et pourquoi pas les colonels comme en Grèce il y a cinquante ans ? grinça Tancrède. Soyons sérieux. Notre pays a besoin de politiques courageux, capables de défendre la démocratie, de refuser les amalgames et d'apprendre aux gens à vivre ensemble au lieu de se méfier les uns des autres. Ah c'est sûr, il y a encore beaucoup de travail pour faire appel à l'intelligence des gens et pas à leurs bas instincts…

Le visage de Michel s'empourpra d'un coup. Une grosse veine battait sur sa tempe.

— Bas instincts ! Tu serais pas en train de m'insulter, mon gars ?

Affolée par la tournure de la discussion, Delphine se tortillait sur sa chaise. Sa mère, dépitée, contemplait la bûche en train de fondre. Tancrède, lui, affichait cet œil vengeur qu'elle connaissait bien : il guettait la prochaine faille, le moment de porter l'estocade, d'écraser de sa dextérité intellectuelle ceux qu'il considérait comme des réacs. Delphine n'entendait pas lui laisser ce plaisir cruel. C'était sa famille.

Au moment où elle allait intervenir, son père se dressa au-dessus de la table. Les poings aux jointures rougies pressés sur la nappe mauve. Sa voix tonna :

— J'en ai marre d'entendre ces conneries. Je vais te dire ce dont la France a besoin. C'est d'un bon coup de balai ! Les imams radicaux, les dealers, les migrants et toute la smala, dehors !

— Ben voyons, on ne garde naturellement que les bons petits Français bien blancs. Tous les basanés à la porte…

— Je n'ai jamais dit ça, répliqua le retraité. Pour ceux qui respectent la République et ses lois il n'y a aucun problème. Tu me fais passer pour un raciste alors que je m'en tape de leurs origines. Le problème c'est leurs intégristes et les terroristes qu'ils nous ont fourgués !

Delphine se leva, frémissante de colère.

— Ça suffit tous les deux !

Tancrède prit une voix doucereuse.

— Laisse, Delphine. Je serais curieux de connaître son projet politique national révolutionnaire. (Puis, se tournant vers lui :) Vous voulez quoi, beau-papa ? De nouvelles élections pour porter au pouvoir le parti de vos potes populistes ? Comme en Italie et au Brésil ? Désolé, il faudra attendre.

Le retraité secoua la tête, goguenard.

— Des élections… Mon pauvre petit Tancrède. Quelle blague. Aucun parti n'arrivera à prendre les mesures qui s'imposent. Ce qu'il nous faut, c'est des mesures fortes et un vrai chef qui gouverne. La seule solution c'est…

Il suspendit sa phrase pour finir d'avaler le fond de son verre de gevrey, puis plongea son regard dans celui de Tancrède.

— Il nous faut un chef. Un vrai.

— Genre ?

— Genre avec des galons et un képi. Un chef qui rétablira l'ordre. Un militaire !

Au moment où il prononça ce dernier mot, Marianne vacilla sur sa bûche fondue et tomba dans l'assiette, tête la première.

Tancrède resta figé tandis que Delphine écarquillait les yeux en regardant son père.

— Tu ne parles pas sérieusement ?

Le retraité émit un rire narquois et se servit à nouveau du vin sous le regard courroucé de son épouse.

— Va savoir… Regarde la tête de ton julot. Ça fait plaisir.

Alors que Delphine allait répliquer, son téléphone professionnel vibra. Agacée, elle consulta l'écran. Son visage blêmit d'un coup quand elle découvrit la dépêche qui venait de tomber.

— Quelle horreur.

3

AFP. France. Lyon. 20 h 12. Urgent.

Un groupe d'individus armés a fait irruption dans le marché de Lyon. Selon des témoins, des coups de feu auraient retenti. La police bloque actuellement tous les accès autour du quartier de la place Bellecour.

Google actualités. 23 h 07.

Le Parisien. *Il y a une heure.*

Lyon. Le bilan s'alourdit dans l'attaque au fusil d'assaut au marché. Plus d'une vingtaine de morts seraient à déplorer ainsi qu'une centaine de blessés qui ont été évacués dans les hôpitaux. Les trois assaillants ont été neutralisés par les forces de police, deux d'entre eux tués dans l'assaut, le troisième serait blessé. Un numéro d'urgence a été mis en place par la préfecture. En déplacement à Bruxelles, le président Cardignac a quitté le sommet de l'Union européenne pour se rendre à Lyon.

Reuters. France. Terrorisme. 2 h 45.

Une opération conjointe de la police et de la gendarmerie est en cours dans une cité de la banlieue de Lyon. Elle serait en lien avec l'attentat qui s'est déroulé hier soir au marché. Le seul assaillant survivant est toujours interrogé par les services de l'antiterrorisme. Par ailleurs l'attentat a été revendiqué par le califat d'Europe, émanation issue de Daech.

Palais de l'Élysée
Dans la nuit

Précédées du halo clignotant des gyrophares, les berlines bleu nuit pénétraient les unes après les autres dans la cour de l'Élysée, faisant crisser le gravier tapissé de givre. Autour du palais, comme dans toute la capitale, la sécurité avait été renforcée. Vigipirate était passé au niveau maximal : « Urgence attentat » – l'ancien niveau « Écarlate ». Les hommes du GSPR, chargés de la sécurité rapprochée du président, avaient resserré leur dispositif, doublant les effectifs opérationnels. Des agents étaient discrètement disséminés dans l'enceinte et ses abords, prêts à dégainer leurs pistolets SIG Sauer au premier signe suspect.

Claquements de portières, silhouettes gravissant à la hâte les marches du perron, serviettes ou dossiers sous le bras, gardes républicains s'empressant à leur accueil : rarement le palais présidentiel avait connu pareil affairement en pleine nuit. Le chef de l'État avait convoqué de toute urgence les plus hauts responsables du gouvernement et de l'appareil de sécurité. La mine grave, les visiteurs avaient été aussitôt dirigés jusqu'au salon vert au premier étage. Une pièce de dimensions modestes, mais qui présentait l'avantage de jouxter le vaste salon doré, le bureau présidentiel, dont les balcons donnaient sur le parc. Le salon vert accueillait chaque matin les briefings quotidiens des plus proches conseillers du maître de l'Élysée.

Le premier cercle du pouvoir.

En dehors de ce rituel il était aussi utilisé pour des réunions en cercle restreint. Un cadre intimiste plus propice au partage d'informations et de décisions confidentielles que l'immense salon des Ambassadeurs, au rez-de-chaussée du palais, où se tenait chaque semaine le Conseil des ministres.

Sans autre bruit que le frottement des chaises que l'on déplace sur les épais tapis, les invités s'étaient installés autour de la longue table de réunion. Malgré l'horaire tardif, les petites mains du palais avaient préparé un en-cas léger, agrémenté de viennoiseries, de fruits coupés et de chocolats, ainsi que de café fort et de jus d'orange frais, ni vin ni alcool, mais nul n'avait le cœur à aller se servir.

Debout à côté de la porte, Delphine Salgado était arrivée une demi-heure plus tôt après avoir écourté le dessert chez ses parents et déposé Tancrède à leur appartement.

Elle prit discrètement un petit croissant sur le buffet et observa les invités.

Comme à son habitude, le Premier ministre Charles Brissaud, le visage soucieux, griffonnait des notes sur son calepin Moleskine tandis qu'Édouard Garland, le ministre des Armées, consultait son téléphone. La garde des Sceaux, Émilie Montlouis, s'entretenait à voix basse avec le secrétaire général de l'Élysée.

En comptant les ministres et les adjoints, Delphine dénombra dix participants autour de la table. Il manquait encore le président et le ministre de l'Intérieur, Brice Léandri.

— Pour une fois que tu prenais des RTT… Comment vas-tu ? demanda une voix derrière elle.

L'ex-journaliste se retourna vers une femme à la cinquantaine débutante, l'allure élancée et le visage volontaire. Les cheveux noirs coupés dans un carré impeccable encadraient un regard vif et mobile.

Alice Valbergues lui fit la bise sans se soucier du protocole. Elle était la conseillère spéciale du président et à ce titre pouvait se le permettre. La Professeure, comme on la surnommait, faisait partie de la garde rapprochée du chef de l'État bien avant son élection.

— Bien… du moins compte tenu des circonstances, répondit Delphine, rassurée de voir son amie dans un moment aussi tendu.

Alice Valbergues jeta un coup d'œil rapide à la table et chuchota à l'oreille de Delphine :

— Tant mieux, on aura besoin de toute ton énergie. Le patron va arriver avec Léandri. Ils viennent de finir leur réunion avec le directeur général de la police. Je te préviens, il est d'une humeur exécrable.

Delphine hocha la tête et la regarda saluer les autres participants et s'asseoir à l'autre bout de la table. Tous lui avaient rendu son salut, même le Premier ministre qui avait levé le nez de ses notes. Chacun mesurait l'influence de la Professeure auprès du président. Une sorte de père Joseph[1], la soutane en moins, le tailleur en plus.

Une influence dont avait profité Delphine : c'était Alice Valbergues qui avait soufflé son nom au président

---

1. Le plus puissant conseiller du roi Louis XIII.

pour le poste de responsable média. Depuis, la conseillère l'avait prise sous son aile et la protégeait. L'ex-journaliste était bluffée par le parcours de cette femme hors du commun. La Professeure était l'excellence au féminin. Polytechnicienne, titulaire d'un MBA en géostratégie internationale, elle avait travaillé dans l'aéronautique militaire avant d'entamer une seconde carrière aux États-Unis, puis en France auprès de grands groupes de défense. Diplômée d'un doctorat de Sciences politiques sur le tard, elle avait eu un coup de foudre, platonique, pour Marc Cardignac, quand celui-ci s'était lancé en politique. Ayant appris qu'elle donnait régulièrement des cours à l'École de guerre, le président aimait à la gratifier du titre de « Professeure » quand il s'adressait à elle en public. Curieuse de tout, dotée d'un sens politique redoutable, Alice Valbergues était le pur produit de la méritocratie républicaine qu'elle ne cessait de vanter. Sur son bureau trônait une Marianne relookée par Stark, cadeau personnel de l'artiste. Divorcée, mère d'un garçon qui vivait en Australie, elle se consacrait corps et âme à son président.

Le tintement de l'antique horloge dorée, trônant sur la console, perça le silence : elle sonnait minuit trente.

— Monsieur le président de la République !

La formule avait tonné, arrachant chacun à son stress. L'huissier, sanglé dans son habit noir, lourde chaîne dorée sur la poitrine, s'effaça pour laisser entrer le président Marc Cardignac. L'assistance se figea, comme au garde-à-vous.

Détail frappant, la longue silhouette du chef de l'État paraissait soudain voûtée. Nulle trace de son fameux sourire « mi-Marilyn mi-Thatcher », comme l'avait un jour qualifié un rival. Sa mine était sombre, ses traits tendus et, chose rare chez le président, ses yeux étaient marqués par de lourdes poches. À peine débarqué d'un laborieux sommet européen à Bruxelles, il avait foncé à Lyon sur les lieux de l'attentat, puis s'était rendu dans les hôpitaux de la ville à la rencontre des rescapés. Pour les réconforter si possible, en tout cas pour exprimer sa solidarité. Lui que l'on disait dur, froid, sans affect. Vis-à-vis du milieu politique, son propre camp compris, ce n'était pas faux. Envers ses concitoyens, c'était différent. Il aimait le contact direct avec eux, leur parler, les rudoyer parfois.

À l'hôpital, il avait été bouleversé par les témoignages des blessés décrivant la sauvagerie des terroristes. Avant de remonter dans le Falcon tricolore, il avait assisté, à la préfecture de Lyon, aux premiers débriefings du ministre de l'Intérieur ainsi que des « services ». Puis, dès l'atterrissage du jet à la base aérienne de Villacoublay, au sud-ouest de la capitale, il avait sauté dans l'hélicoptère Super Puma spécialement aménagé pour les déplacements présidentiels. Direction l'École militaire, où il venait de se poser dix minutes plus tôt. Ces dernières quarante-huit heures, il n'avait guère dû en dormir plus de quatre ou cinq. D'où sa mine altérée. Et, au milieu de la nuit, sa maquilleuse attitrée n'était pas à pied d'œuvre. De toute façon, nulle caméra n'avait été conviée ce soir à l'Élysée.

« Bonsoir à tous », dit Cardignac d'un ton bas mais assuré. Brice Léandri, le ministre de l'Intérieur qui l'accompagnait à Lyon, un homme chauve à l'embonpoint très « rad-soc », était dans ses pas, tête rentrée dans les épaules, l'air atteint. Contrairement à son habitude, le président ne s'attarda pas à serrer la main de chacun – juste un signe de tête appuyé à Alice Valbergues – mais gagna directement son fauteuil, en face de son Premier ministre.

Un huissier ferma la porte du salon et Delphine en profita pour s'asseoir en retrait, sur un fauteuil Empire mauve collé contre le mur. Elle avait Cardignac dans son champ de vision et il paraissait vraiment exténué.

Coudes posés sur la table, mains jointes appuyées sur les lèvres comme s'il priait, front légèrement levé vers le plafond, Marc Cardignac resta un long moment silencieux, puis il avala d'un trait le gros verre de jus d'orange frais qu'on lui avait préparé. Il en buvait un litre par jour depuis des années. « Sa cocaïne naturelle. »

Il prit la parole d'un ton grave :

— La police est sur la piste de complices localisés dans un quartier de la ville.

Le Premier ministre leva la main.

— Y a-t-il des risques d'autres attentats sur le territoire ?

La voix était calme. Le Premier ministre gardait toujours son contrôle, même dans les moments les plus tendus. Une qualité appréciée par le chef de l'État.

— Nous n'en savons rien à l'heure actuelle. Monsieur le ministre de l'Intérieur est en liaison avec les hommes sur le terrain.

Il s'interrompit pour avaler un verre d'eau et reprit :

— Cela fait des mois que je ne cesse de répéter, comme vous tous, que le pays n'est pas à l'abri de nouvelles attaques. Mais ce que j'ai vu ce soir est épouvantable, lâcha-t-il d'un souffle. La France ne peut plus endurer de telles horreurs à répétition. Nos concitoyens sont à bout.

— Oui, les remontées des préfets sont alarmantes, partout, intervint d'une voix de crécelle Léandri. Entre ceux qui nous accusent d'impuissance voire de laxisme et ceux qui veulent former des milices pour nettoyer le pays, la situation n'a jamais été aussi tendue.

Cardignac hocha la tête d'un air sombre.

— Les Français ne nous pardonneront pas si nous ne pouvons pas les protéger. Nous sommes en guerre et l'ennemi est à l'extérieur comme à l'intérieur de nos frontières.

— La lutte contre le terrorisme est un travail de longue haleine, répondit le ministre de l'Intérieur. La loi a été changée pour donner plus de pouvoirs aux autorités compétentes. Nous déjouons chaque mois de nouveaux…

Cardignac se leva brusquement et se pencha en avant, les poings appuyés sur la table.

— J'ai tenu la main d'une gamine de six ans à l'hôpital. Elle venait de perdre son père et sa mère sous ses yeux. Je ne pouvais que lui apporter de maigres paroles de soutien. Des paroles. Voilà à quoi j'en suis réduit.

Delphine intervint pour la première fois :

— Des paroles, certes, mais qui apaisent, monsieur le président. Vous devriez faire une allocution à la télévision ce matin, pour rassurer nos compatriotes.

Marc Cardignac secoua la tête d'un air buté.

— Et répéter les mêmes discours que mon prédécesseur lors des précédents attentats ? Promettre que tout sera fait pour identifier les complices, que nous sommes un grand pays uni, que nous allons continuer de traverser des épreuves ? Et terminer par un « Vive la République et vive la France » ? Allons, ça suffit avec ces inepties ! Vous ne comprenez donc pas que les Français ne peuvent plus entendre ce genre de discours. Ils exigent des actes, pas des paroles. Des actes forts. Je veux aller plus loin !

Delphine n'en revenait pas. Depuis le début du quinquennat, elle l'avait rarement vu sortir de ses gonds. Et jamais devant des membres de son gouvernement.

Les participants échangeaient des regards inquiets. Émilie Montlouis, la ministre de la Justice, haussa un sourcil. Métis, originaire de Martinique, elle incarnait la sensibilité la plus à gauche du mouvement du président.

— Comme l'a très bien dit notre confrère de l'Intérieur, le dispositif juridique nous accorde plus de souplesse et de pouvoir pour éradiquer le mal. Je pense qu'il ne faut pas ajouter l'émotion à la douleur. De plus, et j'insiste là-dessus, les opérations de police en cours ne doivent pas déboucher sur des bavures et donner le prétexte à élargir la fracture sociale qui existe dans certaines communautés. La France reste le pays des droits de l'Homme, ne l'oublions pas.

Cardignac la toisa d'un regard fatigué.

— Je vous remercie pour cette intervention philosophique, allez à l'hôpital de Lyon et faites part de votre analyse aux familles des pauvres gens massacrés. Je veux des solutions fortes. Ces assassins, ces bouchers, et tous leurs sympathisants se moquent de vos droits de l'Homme. Ils ne respectent qu'une seule loi : celle de la violence.

Le visage de la garde des Sceaux se ferma sous l'attaque frontale. C'était la première fois qu'il employait ce ton cassant avec elle. Alice Valbergues intervint pour apaiser la tension :

— Deux des terroristes ont quand même été abattus et les forces de l'ordre sont en intervention, monsieur le président. Attendons la fin des opérations.

Cardignac semblait imperméable aux autres, même à sa conseillère la plus proche.

— La belle affaire ! Même si nous coffrons d'autres salopards, il y en aura encore. Et encore. Ils surgissent comme des rats des égouts. Ça fait des années que ça dure et le cauchemar continue. Sans fin. Attentat après attentat.

— Les policiers, les gendarmes, les services de renseignement font leur maximum, dit le ministre de l'Intérieur, nous avons déjoué de nombreux attentats, le combat se mène sur le terrain, jour après jour.

Cardignac croisa les bras.

— Ce n'est pas un combat, mais une guerre. Et nous sommes incapables de la gagner, ni vous, ni moi, ni mon prédécesseur. Voilà la triste réalité. Il faut trouver de nouvelles réponses et vite.

Le ministre des Armées prit la parole :

— Nous pourrions étudier un dispositif de participation des moyens militaires sur le terrain, en appoint des forces de l'ordre. Nous avons des unités aptes au combat urbain.

Émilie Montlouis se crispa. Le ton que prenait la réunion l'inquiétait sérieusement.

— Des chars dans les villes et les banlieues ? répliqua-t-elle vertement. Vous êtes sérieux ?

— Les chars… Je n'ai pas dit ça, rétorqua son collègue des Armées, le visage empourpré. Tout de suite les grands mots. Mais quand on est en guerre, il faut bien aligner des troupes !

— Vous délirez, Garland, nous sommes en République jusqu'à preuve du contraire. Gardez vos jouets dans les casernes et laissez faire les professionnels du maintien de l'ordre.

Un brouhaha s'éleva dans la salle.

— Ça suffit ! lança Cardignac d'une voix forte, ce n'est pas le moment de s'écharper.

Le silence se fit instantanément.

Delphine n'avait jamais assisté à une séance aussi tendue.

Il s'écoula de longues secondes glacées. Le visage de Cardignac s'était tassé. Il se rendait compte des dégâts collatéraux de son coup de sang. Perdre ses nerfs était un luxe trop coûteux pour un président. Il envoya un demi-sourire à la garde des Sceaux.

— Désolé pour ce mouvement de colère. Et moi qui croyais qu'en devenant président j'allais me métamorphoser en Superman et résoudre tous les problèmes. Hélas, je ne suis pas un super-héros.

Les visages des participants s'éclairèrent. Cardignac continua d'une voix plus apaisée :

— On ne peut pas laisser la République en état de faiblesse trop longtemps. En 1958, face aux périls qui menaçaient la France, le général de Gaulle a eu le courage d'imposer une nouvelle Constitution, la Ve République. Mais les temps ont changé, à défaut de mettre les chars dans les rues peut-être faut-il réfléchir à de nouvelles règles du jeu sur le plan légal. Des règles novatrices… Une nouvelle Constitution, plus forte, plus efficace pour protéger ses citoyens.

Émilie Montlouis le fixa avec intensité.

— Vous voulez utiliser l'attentat pour imposer une… VIe République, monsieur le président ?

Un nouveau silence s'abattit sur l'assemblée. Chacun avait conscience du piège induit par la question. Avant son élection le candidat Cardignac avait porté un projet ambitieux de VIe République avant de battre en retraite en échange des voix d'une partie de la gauche. Au premier rang de laquelle figurait la ministre de la Justice.

— Vous me croyez capable d'un tel opportunisme, Émilie ? Si je ne vous connaissais pas, je prendrais cela pour une insulte.

La ministre hésita quelques secondes. Elle cherchait des regards de soutien autour de la table, mais n'en vit aucun.

— Pardon, monsieur le président.

— Bien, vous me rassurez. Fin de la réunion, lâcha-t-il sur un ton conciliant. Le ministre de l'Intérieur nous tiendra informés, minute par minute, de l'intervention de ses services dans la cité. Je vous remercie d'être venus. Chacun sait ce qu'il doit faire.

Il s'écoula une dizaine de minutes avant que le salon ne se vide. Le président était reparti dans son bureau avec le Premier ministre, laissant Alice Valbergues et Delphine seules devant le buffet.

— Eh bien, je ne l'avais jamais vu dans cet état, dit Delphine, il a vraiment besoin de repos.

— Une nuit de sommeil et il n'y paraîtra plus. Marc a une énergie incroyable. Il dort cinq heures par nuit et se tape trois séances de gym par semaine.

Delphine fit une moue peu convaincue.

— Il mange aussi comme quatre, son médecin lui a prescrit le mois dernier un traitement anticholestérol.

La Professeure fronça les sourcils.

— Je ne savais pas. Si ce sont des médicaments de la famille des statines, il faut prendre garde aux effets secondaires.

La jeune femme la regarda avec curiosité.

— Alice, ne me dites pas que vous avez aussi fait médecine.

— Non, mais il y a deux ans, mon père a eu des complications sévères avec des statines. Tout simplement parce qu'il avait avalé deux verres de jus de pamplemousse. Et hop direction l'hôpital… Il a mis une semaine à s'en remettre.

— Ça ne me rassure pas, le président avale des litres de jus d'orange !

— Pas de soucis, ça craint uniquement avec le pamplemousse. Dieu merci pour le président et la France, s'esclaffa la Professeure.

Delphine jeta un œil à la pendule, il ne fallait pas qu'elle tarde trop sinon Tancrède lui ferait une scène.

— Bon, j'espère que les forces de police vont trouver les complices de l'attentat, murmura la jeune femme, mais ça ne va pas arranger le climat social.

— Il faut éradiquer le mal à sa racine. Et pour le moment, notre démocratie en est incapable. Ça ne peut plus durer ou alors aux prochaines élections on va se faire enterrer à coups de pelle.

Alice Valbergues avala un café d'un trait. Elle avait une curieuse lueur dans le regard.

— La VIe République ? demanda Delphine.

— Et pourquoi pas ? répliqua Valbergues, l'idée est dans l'air du temps. Notre Constitution date de plus de soixante ans, à l'époque les terroristes ne faisaient pas la loi dans le pays et ce bon vieux général de Gaulle n'avait pas à se coltiner une montagne de problèmes.

— Certes, mais en termes d'image, ce serait catastrophique. Beaucoup tiendront le même raisonnement qu'Émilie Montlouis. Cardignac instrumentalise cette tragédie, et toutes les précédentes, pour imposer un changement constitutionnel majeur dans le pays. Sans prendre le recul nécessaire.

La conseillère spéciale reposa sa tasse sur le buffet, quelques gouttes noires s'étalèrent sur la nappe d'un blanc immaculé. Elle soupira.

— Je crains que vous n'ayez raison, ma chère Delphine, les gens sont tellement médisants. Les temps ne sont pas encore mûrs pour une VIe, mais…

Elle essuya la commissure de ses lèvres avec une fine serviette et reprit sur un ton de confidence :

— Mais… le président a raison. À défaut d'une nouvelle Constitution il est quand même temps de changer les règles du jeu. C'est pour ça que j'aime les crises.

— Pardon ?

— La société s'est toujours transformée pendant les crises majeures. C'est une loi naturelle. Le darwinisme s'applique aussi à la politique.

4

Zone nord de la Syrie

— Mon général ? L'hélicoptère vient de se poser.

La voix du jeune officier était à peine audible sous la tente de campagne, hachée par le rugissement d'un avion de chasse, sans doute un F-18 américain.

Maxime Gerfaut ne se retourna pas. Torse nu, pantalon de treillis et chaussures de marche soigneusement lacées, il continuait de se raser. Le petit miroir qui pendait lui renvoyait le reflet de son aide de camp planté derrière lui, à l'entrée. Un jeune capitaine au visage hâlé et soucieux. Cela faisait presque une semaine que l'officier de liaison, fourni par l'état-major, l'accompagnait dans sa tournée d'inspection des forces spéciales en Irak et en Syrie. Il présentait des signes manifestes de fatigue et de nervosité. Gerfaut ne s'en offusquait pas. Servir de nounou à un général trois étoiles dans un déplacement en zone de combat n'était pas une partie de plaisir. Au moindre pépin, le subordonné pouvait dire adieu à sa carrière. Même en étant sorti dans le haut du panier de Saint-Cyr.

Un grondement de roulements de pneus sur la terre fit vibrer les poteaux de la tente.

— Capitaine, ça donne quoi avec les Griffon ?

Une senteur poisseuse, mélange d'huile chaude et de terre brûlée, s'insinua jusque dans la tente.

— Les hommes sont ravis, de magnifiques bêtes de combat.

Trois engins blindés Griffon VBMR[1] flambant neufs avaient été reçus la semaine précédente et ne cessaient de tourner en opération. Des monstres à la carapace d'aluminium, rapides et surpuissants, bourrés jusqu'à la gueule de technologie high-tech, dont des détecteurs lasers d'alerte s'ils étaient visés par des ennemis, capables de brouiller les ondes radio et infrarouges et de larguer des fumigènes s'il fallait rompre un engagement.

— En revanche, pour régler le SCIS, il va falloir un peu plus de temps.

Gerfaut avait été briefé. Les Griffon étaient tous connectés en réseau et reliés au PC de campagne pour échanger une multitude d'informations en temps réel, position des alliés et des ennemis, niveau des munitions et des carburants. L'apprentissage et la maîtrise de l'électronique embarquée ne se faisaient pas en un jour.

Le général posa son rasoir gorgé de mousse sur le bord du lavabo en plastique gris réglementaire et inspecta ses joues.

— À la bonne heure, lança-t-il d'un air satisfait, je n'en ai plus pour longtemps. L'attaché de défense de l'ambassade est-il toujours de mauvaise humeur ?

1. Véhicules blindés multi-rôles de 24,5 tonnes destinés à remplacer les anciens VAB, véhicules de l'avant blindé, en dotation dans l'armée depuis quarante ans.

— Il attend devant l'hélico pour vous saluer.

— Je lui ai fait changer sa tournée des popotes au dernier moment, répondit Gerfaut, narquois. Dites plutôt qu'il piaffe à l'idée de me voir déguerpir. Vous aussi je suppose.

— Je peux parler librement mon général ?

— J'encourage toujours la franchise chez mes subordonnés.

Le capitaine s'avança d'un pas mesuré pour s'arrêter contre le poteau de fer qui soutenait la toile. Il se racla la gorge.

— Il est difficile de garantir votre sécurité. Surtout dans cette partie de la Syrie. On a deux maquis de Daech cachés à trente kilomètres d'ici, des milices kurdes du YPG[1] en ébullition qui rêvent d'en découdre avec les Turcs alliés à l'Armée syrienne libre, ASL, pour partie composée d'anciens d'al-Qaida. Sans compter une unité de ce bon vieux Bachar el-Assad stationnée à cinquante kilomètres d'ici. Nous sommes quand même sur ses terres sans qu'il nous ait invités.

— Et donc ?

— Capturer ou tuer un général français serait une aubaine. À part les Kurdes, nous n'avons pas vraiment d'amis dans le secteur. D'autant plus que notre présence ici est censée rester discrète.

Le général se tourna vers le jeune officier tout en s'essuyant le visage avec un carré de serviette fripé. Un fin sourire se dessina au-dessus de sa mâchoire volontaire.

---

1. Unité de protection du peuple, bras armé des Kurdes de Syrie.

— Exact capitaine. Mais voyez-vous, si un chef se rend sur une zone dangereuse protégée par ses propres hommes, ça signifie qu'il leur manifeste sa confiance.

Il jeta le linge humide à terre et enfila un tee-shirt kaki lui aussi réglementaire

— Confiance ! Voilà le mot clé. Le pilier d'airain du commandement dans toutes les meilleures armées du monde. Et c'est bien pour cela que j'ai demandé à venir ici même, dans cet avant-poste de la République française. Je mets ma vie entre les mains de nos soldats. Une façon de les honorer et de leur transmettre, à travers moi, la confiance du pays.

Les yeux gris clair du général semblaient chercher quelque chose au fond de ceux du capitaine.

— Je comprends.

— Parfait. Et puis j'ai passé un excellent dîner hier soir avec ces hommes du 1er RPIMA[1]. Ils m'ont raconté leurs opérations. Ça m'a rappelé mes jeunes années dans les Balkans et en Centrafrique.

Un nouveau grondement se répercuta sous la tente. Une fine poussière tomba au sol. Gerfaut enfila une veste de treillis et poussa un soupir.

— Le terrain me manque, capitaine. Ne devenez jamais général, on y excelle plus dans l'art de la diplomatie que dans celui de la guerre.

Gerfaut continua d'une voix ferme :

— Et ne croyez pas pour autant que j'aime le sang. Mais un général en temps de paix c'est comme un pompier au Sahara, ça ne sert pas à grand-chose. Heureusement qu'il nous reste les opérations extérieures

1. 1er régiment parachutiste d'infanterie de marine.

pour affûter l'élite de notre armée. J'ai rencontré ici des hommes admirables.

Le jeune officier bomba le torse.

— Ils sont tous prêts à donner leur vie.

— J'espère bien que non, répliqua Gerfaut d'un ton sec. L'objet d'une guerre n'est pas de mourir pour son pays, mais de faire en sorte que le salaud d'en face meure pour le sien.

Le capitaine masqua son étonnement. Depuis qu'il côtoyait Gerfaut, il n'arrivait toujours pas à le cerner. Le général pouvait se révéler aussi dur que la lame du Laguiole qui ne le quittait jamais et faire soudainement preuve d'une empathie déconcertante.

Gerfaut posa sa main sur l'épaule du jeune officier. Sa voix se fit plus lente :

— C'était l'une des pensées avisées de feu le général Patton, un enfant de salaud, mais un grand soldat. Allez tenir le crachoir au type de l'ambassade, j'arrive dans dix minutes.

— À vos ordres.

— Une dernière chose. Suggérez aux deux journalistes de télévision qui nous accompagnent de ne pas filmer mon embarquement dans l'hélico américain. On va croire que l'armée française n'a pas les moyens de s'acheter ces bécanes.

— Pas de soucis, ils filment les extérieurs du camp. En revanche, ils veulent toujours obtenir votre interview.

— On verra…

Gerfaut le regarda sortir de la tente puis revint devant le miroir. Il avait vraiment une mine à faire peur. Le visage amaigri, les rides du front bien creusées, des cernes qui semblaient s'installer à demeure et des lèvres qui blanchissaient comme s'il n'avait pas bu une goutte d'eau depuis des jours. La peau brunie faisait ressortir l'éclat minéral de ses yeux rougis de fatigue. Quant aux cheveux courts et argentés il n'en tenait plus compte depuis des lustres, ils avaient blanchi dès ses trente-cinq ans.

Une sale tête.

Et pourtant, il l'aimait cette trogne de guerrier. Cela faisait plus d'un an qu'il ne l'avait pas eue sous les yeux.

Pas une gueule de général bien au chaud dans son poste de commandement. Non, plus celle des soldats croisés pendant sa mission d'inspection, des *chats maigres*. Vifs, minces, endurants, musclés mais pas trop, increvables jour et nuit. Affûtés. Les combattants idéaux pour lutter contre les islamistes qui eux non plus n'étaient ni gras ni repus. Tout au long de son bref séjour, il avait brûlé d'impatience à l'idée de prendre la tête d'une compagnie afin d'extirper ces salopards de leur tanière par la peau du cou. Mais il n'était qu'en mission d'observation. Le capitaine avait raison, un général doit commander, pas faire le coup de feu sur le terrain. On n'était plus au temps de Napoléon, quand les maréchaux menaient les attaques sabre au clair.

Il calma le feu du rasoir avec la lotion antimoustique légèrement citronnée fournie par l'intendance.

Chat maigre.

L'expression utilisée dans les régiments de paras et commandos. Lui, à son grand regret, n'était plus un chat maigre. Depuis qu'il avait rejoint la caste des officiers supérieurs. Certes, il s'entraînait tous les trois jours, pompes et footing de rigueur, et il arborait un corps que lui enviaient bien des quadras, mais il savait qu'il n'était plus capable de se battre sur le terrain. Ou alors pas longtemps.

Il apostropha son reflet.

— Bon sang... Cinquante-quatre bougies la semaine prochaine. Tu vas faire quoi quand tu seras grand ?

Cinquante-quatre ans, c'était encore jeune pour un général trois étoiles, mais la retraite se profilait inexorablement. Il pouvait encore tirer quatre, cinq ans, maximum, et après terminé. Fini. Il ne serait jamais nommé chef d'état-major, d'autres renards galonnés étaient déjà en embuscade. Au mieux, une fois l'uniforme remisé au placard, il pouvait passer dans le privé et bosser dans la sécurité pour une multinationale. Les grands patrons raffolaient des généraux, ça présentait bien dans les assemblées d'actionnaires et les sites Internet.

Se payer un héros c'est toujours bon pour l'image.

Maxime Gerfaut consulta sa montre. Il était temps de faire ses adieux à la troupe et de repartir pour Paris *via* Bagdad et la base militaire de Solenzara en Corse.

Il ajusta sa veste, vissa son béret orné des trois étoiles et mit son Glock 17 à son holster.

Quand il sortit de la tente, un soleil vif lui fit cligner des yeux. Ses pupilles tremblèrent quelques microsecondes dans l'air jaune et poussiéreux. Il leva la tête et porta son regard au-dessus des monts déchiquetés qui s'étendaient à perte de vue. De gros nuages sombres s'amoncelaient à toute vitesse comme pour livrer combat face à un ennemi imaginaire. L'orage n'allait pas tarder à éclater. Il en avait subi un à son arrivée en Irak, des trombes d'eau s'étaient déversées en quelques minutes transformant les terres et les routes en marécages de boue vorace.

— À vos rangs. Fixe !

Il reconnut la voix rocailleuse du commandant de l'unité, l'un de ses anciens subordonnés, un officier parachutiste, au visage durci et teigneux comme un sarment de vigne. L'officier s'était figé au garde-à-vous, la main droite au salut. Derrière lui, une partie du détachement s'était dressée comme un seul homme. Gerfaut rendit le salut et s'avança d'un pas lent.

Juste en face, à une quarantaine de mètres, le HH-60 Black Hawk de l'armée des États-Unis se tenait posé sur ses pattes, pales pendantes. On aurait dit un gros scarabée noir luisant au soleil. Les Américains prêtaient leur hélico aux officiers supérieurs de la coalition alliée. Une manière aussi de garder un œil sur leurs déplacements, les engins étaient truffés de micros espions, tout le monde le savait mais on faisait comme si de rien n'était.

Devant l'appareil, le capitaine discutait avec un homme en treillis au visage en sueur. L'attaché de défense, un ancien ingénieur de l'armement, affichait une mine renfrognée.

Au moment où Gerfaut allait serrer la main du commandant de l'unité des vociférations retentirent sur sa droite. Il tourna la tête et aperçut une petite foule massée devant les herses qui marquaient l'entrée du camp. Un vieil homme en costume traditionnel du pays brandissait son poing en l'air, tout autour de lui des hommes et des femmes en pleurs faisaient bloc.

L'attaché de défense courut à la rencontre de Gerfaut, la respiration courte et hachée, le treillis trop grand pour sa frêle carrure.

— Mes respects, mon général. Vous allez être en retard, les Ricains ont besoin de leur appareil pour une opération militaire d'urgence.

— Que veulent ces gens ? demanda le général.

Le représentant de l'ambassade haussa ses sourcils épais en jetant un œil vers l'attroupement.

— Des Yézidis à coup sûr. Ils n'arrivent toujours pas à quitter leur camp de réfugiés et croient qu'on peut les exfiltrer. Hélas, c'est impossible.

— Vous ne m'aviez pas dit qu'il y avait un camp ici.

L'attaché prit un air navré.

— Désolé, je pensais que votre inspection portait sur les objectifs militaires.

Il s'arrêta pour consulter ostensiblement sa montre.

— Un drame bien triste. Bon, il faut vraiment y aller, sinon on va rentrer à Bagdad sur des ânes.

Gerfaut restait planté, les bras croisés.

— Drame… Employez plutôt le mot génocide, répliqua-t-il de plus en plus agacé. Des milliers d'exécutions sommaires et autant de femmes, d'adolescentes et de fillettes déportées, violées et vendues comme esclaves. Des Yézidis, mais aussi les femmes kurdes ont combattu les islamistes. J'ai vu des photos atroces.

— Vous êtes bien informé.

— Je suis toujours briefé avant de venir en opérations. Mais, je croyais que les Yézidis étaient rentrés chez eux.

Le conseiller usa d'un ton conciliant :

— C'est compliqué. L'Armée syrienne libre bloque leurs déplacements à la demande des Turcs. Ces derniers les soupçonnent d'aider les Kurdes, leurs ennemis héréditaires. Du coup, ils croupissent dans des camps de fortune. Il y en a environ deux mille cinq cents. Je vous enverrai un PowerPoint si vous le souhaitez.

Gerfaut le foudroya du regard.

— Vous pouvez vous mettre votre PowerPoint où je pense. Dites au pilote d'attendre.

— Je ne vous le conseille pas, mon général. Des islamistes peuvent se mêler à la foule. Voire un kamikaze qui…

— Je suis assez grand pour me défendre, rétorqua Gerfaut qui, sans attendre de réponse, planta le conseiller sur place et bifurqua vers la guérite du poste d'entrée.

Il entendit son aide de camp qui le rejoignait au pas de gymnastique.

— Vous étiez au courant de la présence de Yézidis dans le coin, capitaine ?

— Non. Cela n'a jamais été évoqué avec l'attaché de défense.

— Quel con…

Le commandant de l'unité arrivait à son tour à son niveau.

— Mon général ! Ne vous approchez pas trop.

— Pas de problème, Duval. Je maîtrise.

Des soldats français s'étaient déployés devant les herses. Gerfaut cingla droit devant vers le vieil homme qui semblait diriger la troupe. À son arrivée, le Yézidi leva la main et cria dans une langue rauque. Instantanément, la foule fit silence. Tous leurs regards étaient tournés vers Gerfaut.

— Que se passe-t-il ? cria le général. Faites venir cet homme et prenez votre traducteur syrien.

Le chef de l'unité jeta ses ordres. Il fallut à peine quelques minutes pour que le chef yézidi passe le gué et se trouve devant Gerfaut. L'homme devait avoir dans les soixante-dix ans, mais semblait exister depuis des siècles. Sa peau parcheminée arborait l'ocre sombre des collines environnantes. Son regard était familier à Gerfaut. Celui d'un homme habitué à se faire obéir.

Le traducteur, un fixeur[1] au regard sombre et à la peau très pâle, opérait pour l'armée depuis le début du conflit. Il se présenta à son tour au général.

— Dites-lui qui je suis, ordonna Gerfaut, et qu'il m'explique ce qu'il veut.

Le traducteur s'empressa de s'exécuter. Le vieil homme hocha la tête et répondit d'une voix calme, presque douce. Il parlait en regardant Gerfaut, comme si le traducteur n'existait pas, puis tendit le bras en direction d'une montagne à l'ouest. Quand il eut fini, le traducteur prit la parole :

— Il s'appelle Kerid, il est le chef religieux de son village. Lui et les autres habitants vivaient en Irak, dans les montagnes de Sinjar avant l'arrivée des troupes de Daech il y a trois ans. Ils attendent de rentrer chez eux, mais les Turcs les gardent toujours dans le camp. Il vous demande pourquoi les soldats français n'interviennent pas.

— Et pour quelle raison ? La zone est pacifiée, dit Gerfaut qui remarqua, agacé, les journalistes en train de le filmer.

---

1. Personne faisant office à la fois d'interprète et de guide.

— Le problème ne vient pas de Daech, mais de l'armée syrienne. Selon lui, une dizaine de jeunes femmes du village ont été enlevées la nuit dernière. Elles seraient détenues dans un village voisin à une demi-heure d'ici.

— Je croyais que ces pratiques avaient disparu avec la déroute de l'État islamique, fit Gerfaut interloqué.

Le traducteur secoua la tête.

— Oh non, général. Les Yézidis ne sont pas bien vus ici, ils sont *Shaitan*. Des adorateurs du diable pour les sunnites syriens les plus radicaux. Ils les haïssent et veulent les convertir de force.

Gerfaut se tourna vers l'attaché de défense qui les avait rejoints.

— Changement de programme. Seriez-vous partant pour une petite balade humanitaire ?

— Impossible. La zone est sous contrôle de l'Armée syrienne libre, donc des Turcs. Diplomatiquement c'est chaud. Très chaud. Je vous suggère de demander l'autorisation de l'état-major opérationnel à Bagdad.

Gerfaut croisa les bras, l'air ennuyé, tout en regardant les Yézidis.

— O.K., prenez contact.

Il s'écoula une bonne dizaine de minutes avant que la communication ne soit établie. Gerfaut s'était assis à l'écart et on l'entendait parlementer. Au fur et à mesure de la conversation, son visage s'était assombri. Quand il raccrocha, il secoua la tête.

— Nous n'avons pas le feu vert. Dites à ce brave homme qu'une demande d'intervention a été lancée auprès du commandement de l'Armée syrienne libre pour qu'ils relâchent les femmes, sous peine de sanctions militaires.

Le traducteur s'exécuta. Le vieil homme baissa la tête. Quand il la releva, des larmes coulaient le long de ses joues crevassées. Gerfaut prit les mains du vieil homme.

— Je veillerai à m'assurer que les avertissements ont bien été suivis d'effet.

Le représentant de l'ambassade opina.

— Je m'y engage aussi. La France ne vous laissera pas tomber. Je reste ici pour suivre l'opération.

Le vieil homme retira ses mains de celles du général avec brusquerie. Il murmura une sorte de litanie.

— Traduisez, demanda Gerfaut.

— Il dit que, chez lui, un vrai guerrier ne donne pas d'avertissement mais des coups.

Piqué au vif, Gerfaut crispa ses mâchoires, mais ne répondit pas. Le traducteur continua :

— Il ajoute que ce sera trop tard. Sa première petite-fille de quinze ans a déjà été violée et assassinée sous ses yeux. La deuxième a été enlevée avec les autres.

Le vieillard détourna son regard de Gerfaut pour se poser sur le traducteur. Il ajouta quelque chose d'une voix sèche, puis fit demi-tour pour se diriger vers l'entrée du camp.

— Je suppose que sa dernière phrase n'était pas très aimable.

— Euh… Oui… Il dit que les chefs de guerre français sont des… grand-mères.

Le général observa le vieillard qui avait rejoint les familles et le montrait du doigt. Des pleurs éclataient de toutes parts.

— Mon général, il est l'heure de repartir à Bagdad, fit l'attaché.

— Pour ma dernière sortie sur le terrain je viens de me faire traiter de mamie, maugréa Gerfaut. J'enrage, mais je dois respecter la chaîne de commandement. Un militaire ça obéit. On y va !

À son grand déplaisir, l'officier français tourna les talons et marcha d'un pas vif en direction du Black Hawk.

Quand il monta dans l'hélico avec le capitaine, les pales commencèrent à tournoyer lentement. L'attaché ferma la portière en plastique et agita la main.

— Bon voyage, général.

Au moment où Gerfaut allait s'harnacher, un homme jeune arriva en courant vers l'hélico. Les cheveux ébouriffés, il faisait de grands signes de la main.

— Ce n'est pas l'un des deux journaleux ? dit le général d'une voix morne.

— On dirait bien.

L'appareil trembla sous l'effet des vibrations du moteur et commença à s'élever dans les airs.

À terre, le type de l'ambassade avait fait signe à deux soldats de stopper le journaliste dans sa course. Il se débattait comme un beau diable. Le bruit du rotor masquait ses cris.

Gerfaut croisa son expression affolée. Il émit un juron, puis se retourna vers le pilote américain.

— *We stay ! Down !*

Il s'écoula quelques minutes avant que l'appareil ne se repose. Maxime Gerfaut descendit sur le tarmac de fortune.

— Laissez cet homme tranquille, lança-t-il aux soldats, sous le regard furieux de l'attaché.

Le jeune reporter réajusta son col de saharienne.

— Mon général. Il faut que vous interveniez maintenant. Les officiers de l'ASL du coin sont des anciens de Daech. Ils ont retourné leur veste, mais ils n'ont rien perdu de leur intégrisme.

— Comment le savez-vous ?

Le journaliste jeta un regard gêné à l'attaché de défense, puis revint vers Gerfaut.

— Je peux vous parler seul à seul ?

— Oui, mais soyez bref.

Il l'entraîna à l'écart et murmura :

— Le traducteur n'a pas osé vous le dire, il travaille souvent pour notre ambassade. Il ne veut pas perdre son poste.

— Et donc ? s'impatienta Gerfaut.

— Les types de l'armée syrienne vont expédier les femmes plus au nord, dès ce soir. L'un des villageois est venu prévenir les Yézidis. Elles vont servir d'esclaves sexuelles aux milices encore dans le coin.

Gerfaut jeta un œil au conseiller d'ambassade qui s'entretenait avec le commandant d'unité.

— Il me faut un prétexte pour intervenir sinon notre ami ici présent se fera une joie de me torpiller en haut lieu.

— Sauver des femmes et des adolescentes, ce n'est pas une raison suffisante ?

— Sur le plan moral, si, répondit Gerfaut hésitant, mais d'un point de vue diplomatique pas forcément. Aucune vie française n'est en jeu. À moins que…

Un sourire se dessina sur son visage. Il prit le journaliste par le bras.

— Pourquoi ne pas m'avoir dit que la petite-fille du chef s'était mariée avec un soldat français ? Et qu'elle attendait un enfant ?

Le reporter le regarda interloqué.

— Quoi ?

— Dans ces conditions on peut considérer qu'une citoyenne française court un grave danger, répondit Gerfaut en clignant de l'œil. Nous devons tout mettre en œuvre pour la secourir. Vous ne pensez pas ?

— Vous désobéissez à vos supérieurs…

— Pas du tout, je contourne l'obstacle en prenant quelques libertés.

Le général marchait maintenant à grandes enjambées. Une onde d'excitation parcourait son cerveau.

Il arriva devant le commandant d'un air déterminé.

— Je vous donne l'ordre de préparer une intervention. Direction le village où sont détenues ces femmes.

L'homme de l'ambassade semblait au bord de l'apoplexie.

— Je vais alerter vos supérieurs. Je désapprouve votre décision avec la plus grande énergie.

— C'est ça… Faites donc, répondit le général d'une voix ironique, puis sans se soucier de sa présence il héla le traducteur.

— Allez dire au chef des Yézidis que nous allons intervenir. Et dites-lui aussi ceci…

Gerfaut prit le traducteur par les épaules et ajouta d'une voix tranchante :

— … La première raclée que j'ai reçue dans ma vie, c'était par ma grand-mère.

5

Base aérienne de Villacoublay
6 h 30 du matin

En arrivant à la base aérienne 107 « sous-lieutenant René Dorme », Delphine Salgado eut l'impression de pénétrer dans un pénitencier pour détenus ultra-dangereux. L'entrée était bouchée par de gros sacs de sable et flanquée, à la place des guérites habituelles, de deux miradors d'où pointaient les canons de mitrailleuses. Bien avant la barrière, la chaussée était pavée de rangées de grilles escamotables extra-plates surmontées de pointes acérées. Comme si cela n'était pas assez dissuasif, des plots de béton rétractables sortaient de terre comme des champignons.

— On se croirait à Beyrouth, soupira-t-elle à l'adresse de l'officier de sécurité assis à ses côtés, à l'arrière du gros van de la présidence.

— Moi je dirais Israël. Un pays en guerre sans l'être tout à fait. Obligé de tenir la garde haute en permanence. L'ennemi est partout et nulle part, rétorqua l'agent, un ancien du GIGN un brin engoncé dans son costume gris anthracite.

Comme tous ses collègues, il arborait au revers du veston l'insigne du GSPR, un triangle coiffé d'un parachute.

Delphine observait les soldats armés jusqu'aux dents qui gardaient l'entrée.

Guerre. Arme. Ennemi.

La sémantique militaire revient à la mode, songea-t-elle. Elle repensa à la réunion d'urgence à l'Élysée. L'altercation entre la garde des Sceaux et le ministre des Armées avait même fait l'objet de fuites dans la presse. *Le Parisien* avait notamment titré, dans un écho cinglant, « Un ministre veut envoyer les tanks dans les banlieues ».

Les herses s'abaissèrent enfin. Un sous-officier fit signe au chauffeur, le van roula lentement entre les blocs de béton.

Delphine n'arrêtait pas de repenser à cette réunion. Curieusement, ce n'était pas l'accrochage qui lui revenait en tête, mais les dernières paroles d'Alice Valbergues.

Il faut changer les règles du jeu.

La Professeure n'avait pas voulu en dire plus, mais le lendemain, en fin d'après-midi, Delphine avait appris que la conseillère était restée presque deux heures en réunion à huis clos avec le président. Rien n'avait filtré. Black-out total.

Le monospace se dirigeait lentement vers l'aérogare. Delphine vérifia la batterie de son téléphone. Tout était O.K. De toute façon elle serait de retour dans la soirée à Paris, le président faisait juste un aller-retour express dans le sud-est de la France à Fréjus. Il voulait rencontrer les Français. Ça tombait bien, un déplacement de presse était inscrit de longue date dans l'agenda présidentiel. La visite d'une start-up du numérique en pointe dans l'embauche et la formation de « décrocheurs », ces jeunes éjectés du système scolaire sans le moindre diplôme. Mais la vraie raison était autre, il fallait un bain de foule au président.

Rassurer les Français. Occuper le terrain médiatique.

La France entière restait tétanisée par le massacre de Lyon. Les chaînes d'info en continu diffusaient en boucle les images de l'attentat. Le lendemain de l'attaque, le président avait prononcé une allocution ferme et émouvante à la télévision et décrété trois jours de deuil national. Mais cela n'avait pas suffi. Loin de là.

Tous les sondages qui remontaient à l'Élysée confirmaient les craintes évoquées par le chef de l'État lors de la réunion d'urgence. Les reportages et les micros-trottoirs des médias allaient dans le même sens. L'opinion publique basculait dans un gouffre sombre et menaçant. Elle ne se satisfaisait plus de discours, même gonflés aux stéroïdes. Le président, le Premier ministre et une poignée de ministres s'étaient pourtant rendus de nouveau à Lyon pour réconforter les victimes à l'hôpital. La communication en mode compassionnel ne fonctionnait plus. La cellule de veille Internet mise en place par Delphine avait craché les occurrences des mots les plus diffusés sur les réseaux sociaux.

Impuissance. Gouvernement. Cardignac. Peur. Colère. Islamistes. Incapables. Châtiment. Enfants. Peine de mort. Ordre.

Le van se gara contre le bâtiment grisâtre sous la bruine de l'aérogare. Sur le parvis, cloué sur un socle de béton comme un papillon sur son bouchon de liège, un Mystère B-2, ancêtre des Mirage, pointait son nez vers le ciel. Delphine sortit rapidement de voiture, suivie du garde du corps, et pénétra dans un hall de dimensions modestes où une vingtaine de journalistes s'apprêtaient, dans un fatras de caméras et de perches entassées sur les tapis roulants de la sécurité, à embarquer dans un Casa, rustique avion militaire de transport à hélices, à destination de Toulon. Le président, lui, prendrait un Falcon 7X juste après.

La conseillère élyséenne s'approcha de la mêlée pour saluer les journalistes avant leur décollage, histoire de distribuer quelques consignes. Elle repéra les deux attachées de presse assises devant le bureau qui avaient terminé la vérification des reporters accrédités. La cellule communication avait dû refuser du monde, mais pas un journaliste présent ne se souciait du chômage des jeunes ou des start-up vertueuses.

Un journaliste politique à l'allure dégingandée alpagua Delphine :

— Alors, on aura droit à des annonces ?

— Ça dépendra du patron de la start-up de Fréjus…

— Ne te fous pas de moi, je m'en tape de ta boîte. On sait que vos ministres s'empaillent en réunion et que le gouvernement se divise sur la réponse à donner après Lyon.

— Je te rassure, il n'est pas question de faire comme s'il n'y avait pas eu d'attentats. Le président fera un point avec vous. Pour ton info, le gouvernement tient bon la barre, tous unis derrière le PR.

Le journaliste émit une grimace ironique et haussa les épaules.

— Arrête la langue de bois, ma belle, elle te tombe de la bouche. Et dire que tu faisais partie des nôtres avant…

Il s'éloigna alors que jaillissait l'un de ses confrères au visage espiègle, comme un diable de sa boîte.

— Fffuuiiii, siffla le correspondant à l'Élysée d'une chaîne info, c'est gonflé, vous prenez des risques : Fréjus, le Var, vous êtes en terre hostile, ça vote extrême droite à fond la caisse là-bas, avec pas mal de pieds-noirs chauffés à blanc. Même les plus mous des élus Républicains pourraient passer pour des frontistes…

— Cardignac aime la difficulté…, répondit Delphine sur un ton plus assuré qu'elle ne l'aurait cru.

— Nous aussi, pour prendre Air tape-cul à cette heure matinale.

Un brouhaha dans le hall les interrompit. L'heure du départ sonnait. Delphine regarda les journalistes se diriger vers la porte d'embarquement et esquissa le premier sourire de la journée. Elle aussi avait pratiqué pendant des années Air tape-cul. L'un des avantages de sa nouvelle fonction, c'est qu'elle avait désormais droit au jet du président.

Le Casa au fuselage kaki s'était depuis longtemps envolé dans un bourdonnement d'hélices quand trois limousines précédées de motards déboulèrent sur le tarmac. La première stoppa juste au pied de la passerelle d'un Falcon 7X étincelant à la livrée bleu-blanc-rouge. Un soldat en faction ouvrit la portière de la grosse Citroën aux vitres opaques. Le président Marc Cardignac en sortit et avala quatre à quatre les marches de l'échelle métallique.

— Mes respects monsieur le président, nous devrions avoir un vol d'une heure et dix minutes avec quelques petites secousses, salua le commandant de bord, un lieutenant-colonel de l'armée de l'air.

Dans le cockpit, son copilote allumait déjà les trois réacteurs du Falcon.

— Des secousses, je n'en manque pas en ce moment, merci, sourit Cardignac.

Suivi de sa garde rapprochée, il s'engagea dans le luxueux habitacle et s'installa dans l'un des fauteuils en cuir beige du « carré » présidentiel. S'asseyant en vis-à-vis, deux hommes du staff élyséen, son aide de camp et le conseiller adjoint à la Sécurité nationale, affichaient un air préoccupé. Tout en bouclant leurs ceintures ils sortirent des dossiers de leurs mallettes, en extirpèrent quelques feuillets tapuscrits et se penchèrent vers le patron.

Alertée par ce manège, Delphine, qui se trouvait deux rangées en retrait, tendit l'oreille pour saisir des bribes de conversation dans le sifflement des réacteurs à plein régime pour le décollage. En vain. Mais elle devinait que quelque chose ne tournait pas tout à fait rond.

— Les siffleurs, les râleurs, les chahuteurs et les gros bras, on sait les gérer, expliquait *mezza voce* le conseiller Sécurité à Cardignac. Mais là on risque d'avoir affaire à des gens plus dangereux.

Le patron haussa un sourcil.

— De quoi parlez-vous ? Des islamistes ?

— Pas seulement. C'est ce qui complique notre travail. Il y a aussi les identitaires, l'extrême droite. Nous avons reçu un rapport de la DGSI. Un groupuscule clandestin dénommé la Cagoule a dressé des listes de personnalités à abattre : vous figurez en numéro 1. Mais il y a aussi des cibles moins protégées, des imams, quelques députés, avocats et journalistes…

— La Cagoule ! C'est sérieux ?

— Oui, en référence au groupe clandestin d'extrême droite qui posait des bombes avant la Seconde Guerre mondiale. En outre, ces activistes, fichés et « logés » à leur insu par la DGSI, multiplient dans leurs codes ou échanges de mails des références au nazisme. Leurs adresses mail accolent un prénom lambda au nom d'une figure du IIIe Reich, par exemple Anthony@Braun ou George@Heydrich.

— La maîtresse du Führer et le sinistre « Boucher de Prague », charmant…

Cardignac était affligé.

— La DGSI serre de près ce groupuscule, mais il est très implanté dans la région, de Nice à Toulon, où les identitaires font florès. Ces types sont galvanisés par le climat autour des attentats, ça leur donne des ailes.

Bien qu'ils eussent peu de chances d'être entendus des autres passagers, les trois hommes rapprochèrent encore un peu plus leurs visages, à la manière de comploteurs.

— Nos services ont perdu la trace de deux membres de cette Cagoule, dont un artificier… formé jadis par notre propre armée, avoua non sans embarras l'homme de l'Élysée. Mieux vaudrait donc…

— Mieux vaudrait donc quoi ?

Le président était agacé. Par la bourde des services de renseignement, et plus encore par ses conséquences, qu'il devinait.

— Vous allez me demander de renoncer à Fréjus ? Pas question ! C'est exactement ce que cherchent les terroristes de tout poil, nous obliger à changer nos comportements, semer les germes d'une guerre civile.

— Mais votre sécurité…

Le président leva une main impatiente.

— Jusqu'à preuve du contraire, j'ai plus à craindre les barbus que les crânes rasés. Fin de la discussion.

Coupant court, il fit signe au caporal faisant office de steward : il pouvait servir le petit déjeuner à l'anglaise qu'il prisait avec des œufs au bacon. Puis il se leva de son siège pour échanger des politesses avec ses hôtes et en profita pour briefer Delphine en quelques mots, lui recommandant la discrétion avec les journalistes sur les menaces des extrémistes. La jeune femme était abasourdie.

— Un attentat d'extrême droite ! Il ne manquerait plus que ça.

— Rassurez-vous, répondit le président d'une voix douce. Ces fachos sont plus doués pour jouer du clavier que de la kalash. Tout se passera bien, on m'a assuré que nos supporters nous attendaient de pied ferme pour contrebalancer les ronchons de service.

Il allait retourner à son siège mais s'arrêta.

— Ah oui, j'oubliais, Delphine, vous avez vu ce qui s'est passé en Syrie avec ce général français ? Comment s'appelle-t-il déjà ?

— Gerfaut. Maxime Gerfaut. Le sauvetage des femmes kurdes a été salué par la presse internationale et les réseaux sociaux en ont fait une star. Le général courage, c'est son surnom.

Le président fronça les sourcils.

— Je sais, mais il a désobéi aux ordres. On a frôlé une crise grave. J'ai dû présenter des excuses au président turc. Franchement, je m'en serais bien passé. Il m'a fallu lâcher du lest sur la vente de missiles sol-sol pour qu'il se calme un peu, mais j'en doute.

— Que comptez-vous faire ? Le limoger ?

Le visage de Cardignac s'illumina.

— Pas du tout. Quand on a un héros français sous la main, on en profite. Un militaire en armure étincelante, ça rassure après un attentat. Cette semaine, je recevrai votre général courage à l'Élysée pour une belle poignée de main devant les caméras.

Une pluie fine balayait la place de la mairie de Fréjus. De gros nuages couleur plomb planaient au-dessus de la ville, le soleil provençal s'était envolé depuis la veille. Même la cathédrale faisait grise mine.

« Couard », « vendu aux musulmans », « des couilles, pas des discours », « Imam Cardignac ».

Les vociférations et les coups de sifflet emplissaient la place entière. On aurait cru assister à une mêlée de rugby géante. Une foule venue de partout se pressait, vociférant comme en une ola hostile, poings tendus et pancartes vengeresses brandies vers le cortège sorti à pied du bâtiment officiel. Ils avaient surgi de partout, par petits groupes, attendant que le président ait terminé la visite de la start-up et décidé de commencer sa tournée par un passage à la mairie.

— J'en ai vu des bains de foule, mais des comme ça, jamais. Merci aux organisateurs…, grommela Delphine.

Debout sur les marches du bâtiment municipal, elle était collée au milieu des journalistes, à deux rangs derrière le président entouré d'élus locaux et de membres de la sécurité. En contrebas, sur la place, les policiers disposés le long des barrières métalliques ployaient devant la houle humaine. Une majorité de M. ou Mme Tout-le-monde en colère agitant leurs parapluies, mais aussi de très nombreux militants identitaires d'extrême droite, reconnaissables pour beaucoup à leur bonnet noir enfoncé sur le crâne et leur tunique bleu azur siglée « Defend Europe ». Le maigre groupe de supporters que comptait encore le chef de l'État dans la ville était parsemé dans la foule hostile, agitant des drapeaux français et européens.

Delphine contemplait la scène, désespérée. Le voyage de presse tournait au fiasco. Cette fois la magie du président, qui aimait aller au contact – « dans le cœur de la bête », disait-il –, n'avait pas opéré. Ce n'était pas la première fois que le patron affrontait une population hostile, mais là, compte tenu des circonstances, on aurait pu tabler sur un minimum de cohésion, de solidarité dans la résistance citoyenne à la vague terroriste. Tout sauf cette cohue à moitié haineuse. Les chaînes info guignaient des images choc, elles étaient servies.

Entouré de ses gardes du corps, Marc Cardignac restait planté en haut des marches, contemplant impassible les visages hostiles massés de chaque côté des barrières. Il hésitait sur la conduite à tenir. Descendre dans la foule, c'était prendre le risque d'un accrochage, il en était conscient. Retourner dans la mairie, comme le lui conseillait l'édile, élu de l'opposition, équivalait à reconnaître l'échec du déplacement. Ce qui le peinait le plus, c'étaient les visages d'enfants joyeux collés sur les pancartes brandies par les manifestants. Les frimousses des petites victimes de Lyon. Il fallait prendre une décision. Maintenant.

Il balaya la place du regard et s'approcha du chef de sa protection.

— Puis-je descendre sur la place si on exfiltre les plus vindicatifs ?

— Trop risqué, monsieur le président.

— Mon métier consiste à gérer les risques, le vôtre est d'en abaisser le niveau.

L'officier du GSPR s'inclina et appela le capitaine de police local présent sur la place.

— Vous me virez le groupe de gueulards avec leurs bonnets ridicules, c'est un ordre du président, on ne veut plus les voir.

Il s'écoula dix minutes avant qu'une escouade de policiers n'arrive en force pour disperser les manifestants les plus extrémistes. Cardignac reprit espoir en voyant les excités se faire embarquer et murmura à l'oreille de Delphine :

— Restez ici, je descends dans la fosse aux lions. Les plus féroces ont été mis en cage.

— Vous êtes fou !

Cardignac hocha la tête d'un air triste.

— Il faut l'être pour devenir président de ce pays, c'est ce que m'a dit l'un de mes prédécesseurs. Je ne peux pas reculer. Votre général courage m'inspire…

Sans attendre de réponse de sa conseillère, Cardignac fit un signe à l'officier de sécurité et entama sa descente.

Le « carré tireur » se déploya : quatre gardes du corps placés autour du président de façon à former un large espace inviolable par le public. À l'intérieur de ce carré, trois autres agents – un à l'avant, un de chaque côté du « PR » – marchaient en triangle resserré, premier rideau de protection. Juste derrière, mettant ses pas dans les pas de Marc Cardignac, suivait un officier prêt à déployer la valise kevlar anti-projectiles. Cette même valise qui sauva jadis la mise à un Premier ministre cible d'une lapidation en règle en Cisjordanie, pour avoir tenu des propos sur le Hezbollah un peu trop définitifs aux yeux des étudiants palestiniens.

Derrière le carré, le reste du cortège commença à s'écouler, mélange d'élus locaux, de policiers et de journalistes. Cardignac arriva au niveau des barrières et s'approcha d'un couple de manifestants qui avaient l'air de retraités. Il s'adressa à la femme visiblement surprise par l'attention portée à sa personne par le chef de l'État. Des visages se massaient derrière elle.

— Bonjour madame. Dites-moi pourquoi vous êtes en colère. Parlez sans crainte.

La blonde échangea un regard inquiet avec son mari.

— Euh… C'est que… On paye trop d'impôts… Et puis les attentats…

Cardignac sourit, il savait que son aura de président en imposait. Surtout avec ses gorilles qui l'encadraient et jetaient des regards inquisiteurs à la femme.

— Vous savez, moi aussi je suis indigné par ces tueries, dit Cardignac, nous mettrons tout en œuvre pour punir les coupables.

Le mari s'interposa devant sa femme. Sa moustache blanche écumait de colère.

— C'est bien gentil vos discours, mais vous ne faites rien pour expulser tous les suspects. Les milliers de fichés S en djellaba qui courent les rues.

Un petit groupe cria en chœur :

— Fichés S en prison ! Président démission !

— La rime n'est pas riche…, répondit Cardignac. Monsieur, je ne veux pas faire de démagogie, la loi dit que…

Il ne put terminer sa phrase.

Une détonation retentit.

Des hurlements jaillirent de la foule. En un éclair, le carré de protection s'était caparaçonné autour du chef de l'État.

Un deuxième coup de feu claqua.

6

Irak
Bagdad
Centre opérationnel des forces françaises

— Le sauveur des Yézidis… Le général courage… Félicitations. Joli plan de communication. On peut savoir ce qui vous est passé par la tête ?

L'ambassadeur à la silhouette sèche et mince inspectait Gerfaut d'un regard sévère. Son visage trahissait une hostilité et un mépris aussi blafards que le teint de sa peau.

Les deux hommes se faisaient face dans une pièce large et mal éclairée, meublée de bureaux et de classeurs métalliques qui avaient connu des jours meilleurs. Une fenêtre aux vitres sales offrait à travers le grillage une vue sur un parking bétonné, comme la plupart des bureaux de l'immeuble défraîchi qui servait d'annexe du QG des forces françaises en périphérie de la capitale irakienne, dans la Zone rouge. Contrairement à la plupart de leurs homologues européens, les diplomates et militaires français avaient refusé de s'installer dans la mythique Zone verte, cette enclave luxueuse au cœur de Bagdad, sécurisée par les mercenaires de compagnies privées occidentales, qui abritait l'immense ambassade américaine et le siège des institutions irakiennes.

L'édifice gris et austère, cerné de nids de mitrailleuses et d'empilements de sacs de sable, datait de l'ère Saddam Hussein et avait hébergé l'un des centres administratifs de la garde républicaine, l'unité d'élite du défunt tyran. On n'y avait pas seulement classé des dossiers, les caves avaient abrité l'une des plus redoutables unités de torture du régime.

Maxime Gerfaut restait impassible devant le diplomate. Plus de vingt-quatre heures s'étaient écoulées depuis l'intervention de sauvetage des femmes yézidies, mais il venait juste d'atterrir à Bagdad. L'ambassadeur l'avait attendu en personne à sa descente d'hélicoptère.

Une odeur de cigarette froide et de sueur planait dans la pièce.

— Vous avez outrepassé vos ordres, général !

Gerfaut attendit que l'ambassadeur termine sa tirade. Il se bornerait à répéter la version de son rapport écrit dans l'hélico qui l'avait ramené dans la capitale irakienne. Il ne se sentait pas en position de faiblesse, l'un de ses contacts à l'état-major des armées l'avait assuré du soutien officieux de ses supérieurs à Paris.

— Selon mes informations, une Française a été enlevée par une unité rebelle. J'ai pris la décision de…

Le diplomate leva la main pour l'interrompre.

— Ne me servez pas votre salade. Aucune de ces femmes ne parlait un traître mot de notre langue ni ne possédait un passeport français. L'attaché qui vous accompagnait a vérifié personnellement. Je vous repose ma question : Pourquoi cette initiative catastrophique ?

Gerfaut haussa un sourcil distant.

— Si les données initiales étaient erronées, il n'en demeure pas moins que l'opération reste nominale sur ses objectifs.

L'ambassadeur se dressa, le visage furibond.

— Épargnez-moi votre jargon militaire ! Le problème c'est que deux soldats turcs ont été abattus par vos hommes au cours de l'opération. Le président Albogan est fou furieux, il a envoyé une escadrille bombarder nos positions au nord de l'Irak et il a appelé l'Élysée en personne pour menacer d'autres rétorsions. J'ai le quai d'Orsay dix fois par jour au téléphone. Les Russes et les Américains nous sont aussi tombés dessus. Ah, j'oubliais, l'armée syrienne a tiré trois roquettes contre votre camp de réfugiés yézidis, histoire de se rappeler à leur bon souvenir. Tout est lié ici, chaque acte entraîne une conséquence.

— Des femmes ont été sauvées du viol et de la mort, c'est l'essentiel, j'assume tout. Mais je comprends votre point de vue, mentit Gerfaut.

— Non, vous ne comprenez rien. Demain, Albogan enverra un communiqué menaçant de rompre l'accord passé avec Bruxelles sur les migrants réfugiés chez lui. Votre petit numéro de justicier nous conduit à une crise d'ampleur européenne. Il y aura des sanctions.

— C'est ce que me disait l'un de mes instructeurs à Saint-Cyr quand je jouais les fortes têtes. Mais hélas pour vous, je ne suis pas votre subordonné, je dépends de l'état-major qui jusqu'à preuve du contraire est rattaché au ministère des Armées. Pas à celui des Affaires étrangères.

Le ton était neutre, presque désinvolte. L'ambassadeur le scruta intensément, il avait souvent eu affaire à des officiers supérieurs, celui-là était différent. Il avait cette lueur étrange dans le regard, une sorte d'insolence tranquille.

— Vous croyez que vous allez vous en tirer comme ça, répondit le diplomate, vous rêvez !

Gerfaut lui renvoya un sourire énigmatique.

— En effet, j'aime rêver, mais les yeux ouverts. Avez-vous lu Lawrence d'Arabie ?

— Non, le romantisme militaire très peu pour moi.

— Il avait une formule magnifique pour les gens comme moi, répondit Gerfaut en sortant son smartphone, attendez une seconde… Ah voilà.

L'ambassadeur n'en revenait pas. Gerfaut se mit à lire à haute voix.

— Je cite Lawrence : « Tous les hommes rêvent mais pas de la même façon. Ceux qui rêvent de nuit, dans les replis poussiéreux de leur esprit, s'éveillent le jour et découvrent que leur rêve n'était que vanité. Mais ceux qui rêvent de jour sont dangereux, car ils sont susceptibles, les yeux ouverts, de mettre en œuvre leur rêve afin de pouvoir le réaliser. C'est ce que je fis… »

— Bon sang, mais vous vous prenez pour qui ? hurla l'ambassadeur.

— Pour un soldat.

Gerfaut se mit à siffloter doucement. L'ambassadeur mit quelques secondes à reconnaître l'air. Il s'empourpra à nouveau. C'était la chanson d'Édith Piaf, *Non, je ne regrette rien*. Une rengaine poussée par les gars du 1er régiment de parachutistes après le putsch manqué d'Alger en 1961.

Et en plus ce général se foutait de lui.

Le portable du diplomate sonna au moment où il allait répliquer.

— Encore un appel urgent du Département[1], bon sang. Ils ne vont pas me lâcher. Vous pouvez disposer général. Au plaisir de ne plus vous revoir. J'enverrai un rapport à l'Élysée pour vanter vos mérites.

Gerfaut salua le diplomate, sortit de la pièce d'un pas souple et referma la porte d'un claquement sec. Debout dans le couloir, son officier de liaison l'attendait.

— Allons prendre une bonne mousse, dit Gerfaut en s'étirant, je serais capable d'avaler un tonneau entier.

— Comment ça s'est passé ?

Le général grimaça.

— Pas très content, notre cher ambassadeur. Et en plus il n'aime ni Lawrence d'Arabie ni Édith Piaf, quel rustre…

Gerfaut prit le capitaine par l'épaule.

— De toute façon, je pars dans l'après-midi, j'ai rendez-vous demain à Paris, à Balard, pour une réunion d'urgence. Advienne que pourra. Vous auriez une cigarette ?

Le capitaine lui en tendit une et l'alluma avec un briquet orné d'un griffon, symbole de sa compagnie.

— Pourtant, toutes les chaînes de télévision ne parlent que de vous et du rôle de la France. En termes élogieux.

— Les deux journalistes m'ont mis dans un sacré pétrin. Je m'en serais bien passé.

---

1. Surnom du quai d'Orsay en interne.

Il jeta un coup d'œil derrière l'unique vitre du couloir en soufflant une bouffée de fumée. Face à lui s'étalaient les toits défoncés de la capitale irakienne. Un ciel orangé, des immeubles gris et sales, aux façades éventrées où nichaient parfois des snipers, des minarets dressés çà et là. Quinze ans après la chute du raïs, la ville poussiéreuse et écrasée de chaleur restait un immense piège à ciel ouvert, où l'on risquait à tout moment de se faire tirer comme un lapin ou de sauter sur un IED – engin explosif improvisé. La *Pax americana* dans toute sa splendeur…

— Bagdad la conquérante…, murmura Gerfaut songeur. Saviez-vous que cette cité a été l'une des plus belles et des plus puissantes du monde médiéval sous la dynastie des Abbassides ? La fierté de l'Islam. Son architecture éblouissait les visiteurs. Son empire s'étendait jusqu'aux portes de l'Europe et aux confins de l'Afrique. Voilà ce qu'il en reste : des blocs de béton et de ciment en lambeaux comme l'immeuble dans lequel nous nous trouvons.

— Les guerres sont passées par là, répondit le capitaine.

— Pas seulement. J'y vois aussi la décadence typique et inéluctable d'une civilisation trop sûre d'elle qui n'a pas su à l'époque prendre conscience des menaces. Comme les Romains ou les Perses en leur temps. La décadence est le plus redoutable des cancers, un cancer qui a terrassé les plus grandes civilisations. Plus redoutable que toutes les armées, plus dévastateur que tous les arsenaux… Une maladie qui ronge de l'intérieur.

Il écrasa sa cigarette et soupira.

— Je m'égare. J'ai juste le temps de prendre un dernier verre avant de m'envoler. Allons au bar.

Quand ils arrivèrent dans la salle qui faisait office de mess, une dizaine de militaires étaient plantés devant un grand écran de télé mural. Un lieutenant qui sirotait une Corona assis sur un fauteuil déglingué aperçut Gerfaut. Il se leva et cria d'une voix forte :

— À vos rangs. Fixe !

Les militaires se mirent au garde-à-vous.

Gerfaut et le capitaine traversèrent la pièce en direction du bar.

— Repos.

— Le général Gerfaut ! lança l'un des sous-officiers. Bravo. On vous soutient tous.

Ils lui renvoyaient des regards amicaux, Gerfaut s'approcha de l'écran.

— Que se passe-t-il ?

— Ça chauffe. Un type a tiré sur le président dans le sud de la France.

Les yeux de Gerfaut se plissèrent.

Des images défilaient en boucle. Scènes de panique de la foule, bruits du coup de feu. Dans un coin en haut de l'écran, le visage souriant de Marc Cardignac s'affichait avec un titre plaqué en lettres rouges : « attentat contre le président ».

— Ah merde…, murmura Gerfaut, il ne manquait plus que ça.

Tout le monde se taisait. Au bout de quelques minutes, Gerfaut demanda à zapper sur les autres chaînes d'info. Sur les plateaux qui couvraient l'événement en direct, les présentateurs frôlaient la crise de nerfs. Les caméras du terrain ne diffusaient que des images de la foule en panique, courant dans tous les sens. Les envoyés spéciaux, pris dans la tourmente, n'étaient guère en mesure de fournir des précisions. L'AFP et les autres agences de presse ne confirmaient ni n'infirmaient la nouvelle.

Gerfaut rompit le silence qui planait dans le mess :

— Après les enfants de Lyon, maintenant le président… Messieurs, espérons qu'il s'en sorte et que le ou les coupables soient arrêtés.

Le petit groupe se décrocha de la télé pour s'attrouper devant le comptoir.

— Encore un salopard d'islamiste, pesta un sergent qui débouchait une canette de bière, le regard brillant de colère. On perd notre temps ici.

— Pourquoi dites-vous ça ?

Le sous-officier semblait hésiter, avala une longue gorgée puis répondit d'une voix pâteuse :

— Au temps pour moi, mon général, je ferme ma gueule.

— Allez-y sergent, vous pouvez parler librement, je suis intéressé par votre point de vue.

— On passe notre temps à courir derrière les barbus ici et en Syrie alors que leurs petits copains font la loi chez nous. Sur notre propre sol. Ils ont assassiné le président de la République !

Gerfaut prit une voix calme.

— On n'en sait rien pour le moment. Il faut faire preuve de sang-froid.

— Vous croyez pas qu'il faudrait qu'on aille continuer le boulot dans la mère patrie ?

— C'est le job des policiers et des gendarmes.

Un homme au visage mince, le regard cerclé de lunettes, intervint. Il avait le grade de major, son insigne indiquait qu'il faisait partie des transmissions.

— J'ai lu quelque part qu'avec le dernier attentat on en était à plus de quatre cents morts en métropole. On n'a jamais connu ça depuis la Seconde Guerre mondiale.

Un adjudant aux bras épais comme des cuisses tapa du poing sur le comptoir.

— Je vais vous dire, dans les casernes en France, ça cause pas mal.

Gerfaut opina. Les réflexions amères ne l'étonnaient pas. Il voyait l'exaspération monter dans les unités qu'il avait inspectées.

— Et si ce n'était pas un islamiste qui avait tiré sur le président ? demanda-t-il d'une voix neutre. Les journalistes disent qu'il y avait des groupes d'extrême droite dans la foule.

L'adjudant éclata de rire.

— Elle a bon dos l'extrême droite. Les journalistes racontent que des conneries. Tous des gauchistes.

— Sauf votre respect mon général, en ce moment ce sont les barbus qui jouent de la gâchette, pas les fachos.

Le groupe acquiesçait.

— Moi j'avais pas voté pour lui, mais je l'ai trouvé impeccable après l'attentat de Lyon, lança le major des transmissions, ça m'embêterait qu'il se soit fait… neutraliser. Ça va être un énorme bordel s'il faut organiser des élections maintenant.

— Il y a de fortes chances que ce soient des musulmans qui aient fait le coup, ajouta le sergent d'un air entendu. Et quand je dis ça, je ne les mets pas tous dans le même panier. Demandez au lieutenant Renza ce qui lui est arrivé l'année dernière.

Gerfaut se tourna vers un jeune officier d'origine maghrébine qui mangeait un sandwich dégoulinant de salade et de tomates.

— Laissez tomber les gars, ça n'a pas d'intérêt, répondit l'intéressé. Je l'aime bien moi le Cardignac.

— Racontez au général.

— Allez-y, l'encouragea Gerfaut.

Le jeune officier haussa les épaules.

— Si vous y tenez… Mes parents habitent dans un des quartiers nord de Marseille, je vais les voir de temps en temps. En juillet, je suis passé leur faire une visite surprise après un pot de remise de décoration d'un camarade. Je n'avais pas eu le temps de me changer et j'ai débarqué dans la cité en tenue réglementaire et képi. Je suis tombé sur un comité d'accueil un peu… musclé.

Le major s'approcha du lieutenant.

— Ils sont tombés à dix sur lui, tous des barbus. Un tabassage en règle.

— Ils ont dit que j'étais un traître, que je travaillais pour l'armée des croisés infidèles. Moi qui ai grandi avec eux !

Gerfaut afficha un visage compréhensif.

— Navré d'entendre ça, lieutenant. La police est intervenue ?

— Je n'ai pas porté plainte. Je ne voulais pas que mes parents aient des problèmes. Vous voulez la fin de l'histoire ?

— Je vous écoute.

— Je me suis mis en civil pour ne pas avoir d'ennuis. Au retour, à la gare Saint-Charles, je me suis fait traiter de bougnoule par deux costauds bien gaulois. Je peux vous dire qu'il n'y a eu personne pour faire taire ces deux abrutis. En gros, c'est la double peine.

— Je comprends. Vous partagez l'opinion de vos camarades sur le fait d'être inutile ici ?

Le lieutenant Renza reposa son sandwich sur une assiette et s'essuya le bord des lèvres avec une serviette en papier.

— À moitié... D'un côté, on fait du bon boulot, mais de l'autre on ne peut pas rester sans rien faire en France. Je ne nie pas l'influence des islamistes dans les cités chez nous, mais à mon sens, le vrai problème est ailleurs.

— Lequel ?

— L'autorité, mon général, plus personne ne respecte l'autorité dans notre pays. Il faudrait en remettre une bonne dose. Partout, à tous les niveaux. Ma belle-sœur est prof d'anglais dans un collège de Tourcoing, elle en est à sa troisième dépression, la moitié de ses élèves ne la respectent pas.

Le son de la télévision monta d'un coup. Tous les regards se tournèrent vers l'écran. Le présentateur fixait l'écran d'un air grave.

— On nous fait signe en régie qu'un communiqué de la présidence de la République ne devrait pas tarder.

7

Fréjus

Le président et ses gardes du corps avaient disparu dans la marée humaine. Ça criait et hurlait de toutes parts. Un chaos. Delphine scrutait, tétanisée, la foule qui affluait contre les barrières de sécurité. L'une d'entre elles se renversa sous la poussée des manifestants, emportant les policiers, comme pendant l'invasion d'un terrain de foot par des supporters. La place entière vibrait de panique.

La conseillère média faillit être renversée par une femme qui grimpait les escaliers en criant :

— On a tiré sur le président ! Un attentat !

La pluie froide et fine continuait de tomber sur la place. La confusion était totale. Delphine tenta de se fier aux perches des JRI – preneurs de son qui ne quittaient pas le président d'une semelle. Peine perdue : micros et caméras valdinguaient dans tous les sens.

Elle prit son portable et envoya un texto pour rassurer Tancrède et ses parents. À tous les coups ils allaient se faire un sang d'encre en découvrant les images à la télévision.

Une main ferme se posa sur son épaule.

— Venez ! dit l'agent du GSPR qui brandissait son Glock en balayant la place du regard.

— Mais… le président ?

— Je ne sais pas. Vous partez. Tout de suite !

Sans attendre de réponse, il l'entraîna à l'intérieur de l'hôtel de ville. Des gendarmes armés couraient en sens inverse vers la place. Passé le hall, Delphine et l'agent dévalèrent un escalier étroit qui les mena vers une petite cour pavée gardée par des policiers sanglés de gilets pare-balles. Au centre, une berline aux vitres opaques faisait gronder son moteur, un gyrophare bleu tournoyant sur son toit. La porte arrière était ouverte, l'agent poussa Delphine à l'intérieur, il y avait déjà le conseiller en nouvelles technologies du staff présidentiel. Le garde du corps frappa du plat de la main sur le toit de la voiture.

— Go !

La porte arrière claqua. Le chauffeur, lui aussi agent du GSPR, démarra en trombe. La Peugeot officielle sortit de l'enceinte pour filer dans la rue adjacente. Le conseiller techno était sous le choc.

— Tu sais quelque chose ? lui demanda-t-elle d'une voix inquiète.

— Un type aurait tiré avec une carabine d'une fenêtre sur la place. Je ne sais pas si le PR a été touché.

Delphine décrocha son portable qui vibrait.

L'écran afficha le tweet d'un journaliste star d'un média numérique, invité du déplacement.

« Président @MarcCardignac victime d'un attentat, coups de feu, gravité probable. Panique. #PRFréjus #attentat. »

Delphine sentit son sang se glacer. Elle ne pouvait pas l'imaginer. Le président assassiné. C'était irréel. Comme Kennedy à Dallas.

Les autres tweets des comptes de journalistes auxquelles elle était abonnée déferlaient de toutes parts. Un torrent ininterrompu. Tous reprenaient le tweet de leur confrère. Les mots *urgence, attentat* et *président* dégoulinaient des messages toujours plus alarmistes.

La Peugeot s'engagea sur une avenue bordée de peupliers et grilla les feux sous les yeux médusés des badauds.

— Nous arriverons à destination dans dix minutes. Accrochez-vous.

Elle fronça les sourcils, à l'aller le convoi avait roulé plus d'une demi-heure depuis l'aéroport.

— Où allons-nous ?

— En zone sécurisée.

L'icône d'appel téléphonique clignota. Le numéro de l'AFP. Elle resta figée d'interminables secondes sans savoir quoi répondre. À son grand soulagement, les barres de réseaux disparurent de son écran. La 4G aussi.

— Et merde, plus de téléphone…

Le chauffeur lui lança un regard furtif dans le rétroviseur.

— Ce n'est pas un problème de réseau, madame, mais la mise en application de la procédure de sécurité écarlate. Les portables TEOREM[1] de proches du président sont désactivés à distance pour ne pas être

1. Portables ultra-sécurisés destinés aux collaborateurs du président, aux hauts fonctionnaires.

localisés par l'ennemi. On ne peut exclure d'autres attaques.

Delphine écarquilla les yeux.

— On peut faire ça ?

— Oui… et beaucoup d'autres choses quand il s'agit de la Sécurité nationale.

La voiture roulait à toute vitesse, grillant les feux les uns après les autres. Ils quittèrent la ville puis traversèrent une zone commerciale submergée de panneaux publicitaires criards sans baisser d'allure. Delphine crut sa dernière heure arrivée alors que le chauffeur évitait de justesse un trente-huit tonnes qui s'était engagé sur un rond-point.

Elle s'agrippait à la poignée qui pendait au-dessus de la vitre arrière.

— Vous voulez nous achever ! glapissait à côté d'elle l'expert en high-tech livide comme un suaire.

Le chauffeur accéléra en guise de réponse.

La berline s'engagea sur une route secondaire. Les entrepôts s'estompèrent pour laisser place à des rangées de pieds de vigne entrecoupés de rares oliviers.

Delphine blêmit en jetant un œil au compteur. Cent cinquante-trois kilomètres-heure. Elle pria pour qu'un tracteur ou un camion ne surgisse pas à nouveau et ne les pulvérise net.

Un grondement sourd retentit au-dessus d'eux. Delphine se pencha contre la vitre et vit un gros hélicoptère militaire gris filer à basse altitude. Il allait dans la même direction qu'eux. L'hélico les dépassa puis bifurqua sur la gauche pour disparaître derrière une colline.

— On n'est plus très loin, dit le chauffeur d'une voix neutre. Préparez-vous à descendre. On vous escortera ensuite pour une autre destination.

La jeune femme hocha la tête, elle écoutait à moitié ce qu'il lui disait. Tout se bousculait dans son cerveau. Cardignac mort. Les larmes lui montaient aux yeux. Une tragédie. Il était si jeune. Foudroyé avant même d'avoir mis en œuvre ses réformes importantes. Elle pensa à sa femme, Léa, et à leurs deux enfants, Thomas et Capucine, à peine neuf et sept ans. C'était injuste. Cruel.

D'autres pensées surgirent. Plus égoïstes. Elle en eut presque honte. Qu'allait-elle devenir ? En entrant à l'Élysée, elle avait traversé le Rubicon qui séparait le journalisme de la com. Impossible de revenir en arrière. Personne ne l'embaucherait dans une rédaction. C'est la règle infaillible qui s'était appliquée à toutes celles et ceux qui avaient choisi le même parcours. Quant à son poste actuel, elle pouvait faire une croix dessus, les nouveaux présidents ne reprenaient jamais les mêmes conseillers.

Elle attrapa un mouchoir et se ressaisit. Ce n'était pas le moment de s'apitoyer sur elle-même.

Une poignée de minutes s'écoula avant que la Peugeot ne gravisse puis redescende la même colline. Au détour d'un long virage, le véhicule ralentit sa course folle, à une cinquantaine de mètres la route était barrée par un camion de gendarmerie précédé de herses mobiles. Une dizaine de silhouettes en arme s'activaient autour du camion.

Delphine se pencha sur la droite et aperçut un gros hangar de la taille d'un terrain de foot qui longeait la route. Il était entouré d'une clôture de plots de béton et enguirlandée de barbelés.

Le chauffeur activa son oreillette.

— Sommes près du point de contact. Attends instruction.

L'oreillette grésilla une réponse.

La Peugeot arriva devant le barrage, mais ne s'arrêta pas. L'un des gendarmes leur fit signe de s'engager sur la route en direction du hangar. Ils passèrent un double portail gardé par des militaires puis s'engouffrèrent dans une rampe de béton qui s'enfonçait sous terre.

— Où sommes-nous ? demanda Delphine.

— En lieu sûr. Nous disposons d'abris comme celui-ci sur tout le territoire. À l'écart des villes, loin des regards indiscrets, se contenta de répondre le chauffeur.

La Peugeot roula une trentaine de secondes dans une sorte de tunnel éclairé par intermittence par des gros spots lumineux rouges, puis remonta pour s'arrêter dans un parking. Deux hommes en costume cravate les attendaient devant une porte en fer.

La voiture pila net, le chauffeur descendit de son véhicule d'un bond et ouvrit la portière arrière. Il tendit la main à Delphine.

— La porte en face, vite !

La conseillère com sortit suivie de son collègue. Delphine reconnut l'un des deux hommes : un membre du GSPR qui les avait accompagnés dans l'avion présidentiel.

— Suivez-moi je vous prie.

Le ton était courtois, mais ne souffrait aucune contestation.

— Avez-vous des nouvelles du président ? demanda Delphine. Vous étiez avec lui sur la place.

Elle ne voulait pas prononcer le mot attentat.

— Je suis désolé, je ne peux rien dire. Nous avons peu de temps.

Ils passèrent la porte rapidement, prirent un escalier de ciment sale et débouchèrent dans un autre hangar.

Le toit était grand ouvert et au centre se trouvait l'hélicoptère qui les avait survolés cinq minutes avant. Les pales tournaient au ralenti. L'officier du GSPR les poussa d'une main ferme.

— Dépêchez-vous, il décolle d'un instant à l'autre.

Les deux conseillers filèrent d'un trait vers la passerelle gardée par deux soldats et montèrent à bord, le souffle court.

Delphine pénétra la première dans la cabine et son cœur fit un bond. Elle sentit sa tête tourner.

Il était là, devant elle. Le président, sain et sauf.

Sanglé sur un siège, la chemise ouverte, une manche de chemise remontée sur l'avant-bras recouvert d'un bandage.

Trois de ses gardes du corps étaient assis sur la rangée de sièges à l'arrière.

Marc Cardignac lui décocha un de ces sourires chaleureux dont il avait le secret.

— Eh bien Delphine, on dirait que vous avez vu un revenant. Venez vous asseoir à côté de moi. Une présence féminine me fera le plus grand bien.

Delphine se sentit plus légère, comme si on lui avait enlevé d'un coup un manteau de plomb. Elle aurait voulu le prendre dans ses bras et l'embrasser. Il était vivant. Dieu merci.

Elle s'assit à côté de lui.

La carcasse de l'engin se mit à vibrer de partout. Un grondement envahit l'intérieur de la cabine.

— Mettez le casque avec le micro, dit le président en tendant un casque à Delphine. Sinon on ne s'entendra pas.

— Les coups de feu…

— Nous avons eu affaire à un tireur de seconde zone, mais néonazi de première classe. Les balles sont passées bien au-dessus de ma modeste personne. Le type voulait purifier la France ou un truc du genre. Pour le moment il est en garde à vue au commissariat de la ville.

— Votre bras ?

— Je me suis râpé le costume en tombant. Rassurez-vous, je vais très bien.

L'appareil se souleva doucement. L'hélico sortit du hangar puis partit en flèche dans le ciel.

— Pourquoi n'êtes-vous pas monté dans le Falcon ? murmura-t-elle en finissant de s'attacher.

— La procédure, Delphine, la procédure. En cas d'attaque terroriste coordonnée, l'avion présidentiel est une cible bien trop tentante. On exfiltre le président loin des regards pour récupérer un autre avion sur un terrain sûr. Même moi je ne sais pas où il se trouve.

La pluie s'abattit sur les vitres de l'appareil suivie d'un coup de vent de travers. L'engin oscilla sur lui-même. La voix d'un des pilotes résonna dans les casques.

— Désolé monsieur le président, ça va secouer un peu. Spectaculaire mais rien de méchant, nous serons sur site dans une demi-heure.

— Après ce que j'ai vécu ces derniers jours, je saurai faire face, répliqua Cardignac. Je vais en profiter pour manger quelque chose.

Delphine se massa l'arête du nez en fermant les yeux avec la sensation qu'une tonne de plomb fondu s'était abattue sur ses épaules.

— Que fait-on avec les médias ? eut-elle la force de demander.

— C'est sous contrôle. Un message du secrétariat de l'Élysée est parti pendant que vous étiez en train de me rejoindre. Je suis sain et sauf, la patrie peut être rassurée.

La conseillère masqua son dépit. Elle avait été totalement mise hors du coup. Cardignac s'en aperçut et lui prit la main.

— Désolé, je ne pouvais rien dire. Concentrons-nous sur l'essentiel. Je vais bien.

— C'est clair… Les journalistes ne vont pas me lâcher. Ce serait utile d'organiser une conférence de presse le plus rapidement possible.

Cardignac fit la grimace.

— Pas question, je n'ai pas de temps à perdre. Dès mon arrivée, je ferai une allocution sur le perron de l'Élysée pour arborer toute ma… vitalité.

— Vous ne me facilitez pas la tâche. Les journalistes détestent les allocutions, vous le savez. Ne pas répondre à leurs questions est la meilleure façon de se les mettre à dos.

— O.K., je vais couper la poire en deux. Après mon petit discours, organisez un déjeuner informel avec quelques-uns et je passerai une tête pour prendre le café.

— Assister au déjeuner serait plus productif.

— Le café ! Je n'ai pas de temps à perdre et je dois me concentrer sur ma tâche. D'ailleurs le travail ne va pas manquer à notre retour, prévenez Tancrède que vous dormirez souvent au château.

Sa voix était apaisée. Presque joviale. Il avait un étrange sourire satisfait. Il surprit le regard perplexe de sa conseillère.

— Quoi, je vous choque ? dit-il sur un ton serein.

— Non, c'est bizarre, je vous trouve plus détendu que ce matin. Pourtant vous avez échappé de peu à la mort.

— C'est ce que m'a dit ma femme quand je l'ai eue au téléphone tout à l'heure.

Il s'étira longuement, presque comme un chat, et reprit :

— Je ne me l'explique pas moi-même, c'est comme si ça avait été un électrochoc. Sur le coup, quand le GPSR m'a exfiltré au milieu de la foule, j'ai pensé au président Kennedy et à sa pauvre femme Jacky. Je me suis dit que j'avais une chance incroyable de m'en être sorti, même si mon Lee Harvey Oswald[1] n'était qu'un tocard. Du coup, toute ma frustration depuis l'attentat de Lyon s'est dissipée. Je reprends confiance. Et puis nous avons désormais une chance majeure qui s'offre à nous. Ça dépendra de…

1. Assassin du président Kennedy.

Il s'arrêta net et ferma les yeux.

— Ça dépendra d'abord d'un bon déjeuner.

Il avait interrompu sa phrase trop brutalement. Delphine sentit une irritation désagréable monter en elle. La joie des retrouvailles s'était évaporée.

— Y a-t-il des informations importantes dont je ne sois pas destinataire, monsieur le président ?

Il secoua la tête sans entrain.

— Pour le moment non. Et maintenant à table, j'ai une faim de loup.

Une hôtesse lui apporta un sandwich et une petite bouteille en plastique de jus d'orange. Il le contempla et marmonna :

— Air Force Cardignac fait des économies, vous pouvez m'en mettre un deuxième ?

Il croisa le regard désapprobateur de Delphine.

— Ne dites rien. Je sais, je mange trop, mais je vais prendre mes médocs anticholestérol. Avec mes trois verres de jus d'orange quotidiens, je dissous toutes les mauvaises graisses !

Delphine l'observa. Elle savait qu'il lui cachait quelque chose d'important. Trop important pour en parler à sa propre conseillère média. Elle avait été journaliste pendant trop d'années pour ne pas en conserver certains réflexes. Elle tourna la tête vers le hublot et contempla avec tristesse le paysage morne qui défilait sous l'hélico.

Pour la première fois depuis son entrée en fonction au service de cet homme qu'elle admirait, elle éprouva un sentiment acide et pernicieux : la méfiance.

8

Conseil constitutionnel
Paris
Rue Montpensier

Le Grand Salon du Conseil constitutionnel était un paradis pour les amoureux de l'histoire de France. Empereurs, rois et princes de l'Église se bousculaient sous les exubérants lustres de cristal du palais. Alice Valbergues, arrivée en avance à son rendez-vous, remercia l'huissier et attendit qu'il soit sorti pour consulter le message clignotant sur son portable.

En Provence, j'ai retrouvé la pêche, une spécialité locale. Appelez-moi quand vous aurez fini.

Elle sourit et rangea le smartphone dans son sac. Le président avait retrouvé son humour. Quel type incroyable, il venait pourtant de se faire tirer dessus. Elle poussa un soupir de soulagement intérieur. D'un malheur jaillissait toujours un bien. Avec cet attentat raté il allait remonter en flèche dans les sondages. C'est ce qui était arrivé à Jacques Chirac en 2002 et à Ronald Reagan en 1981. Comme si le fait de jouer le rôle du gibier leur conférait une innocence soudaine.

Elle avait appris l'agression de Fréjus quand elle se trouvait dans le taxi, coincée dans un embouteillage au niveau de Bastille. Il ne s'était écoulé qu'une vingtaine de minutes avant qu'elle ne soit rassurée sur le sort du président, mais ces minutes cruelles lui avaient paru des siècles. Tous les scénarios possibles ou improbables avaient défilé dans sa tête. Heureusement, tout rentrait dans l'ordre. Enfin presque.

C'était à elle de jouer maintenant. Sa mission était cruciale.

Et pour l'accomplir il fallait avoir l'esprit le plus clair possible.

Elle observa le magnifique salon dans lequel elle se trouvait et respira longuement. Une technique enseignée par son professeur de yoga. Selon la tradition, quand il voulait dompter ses pensées, Bouddha passait deux jours et deux nuits à scruter un brin d'herbe posé sur un galet. Pour chasser le stress, ou avant un entretien important, il fallait oublier sa petite personne et se concentrer sur un objet ou un lieu. S'absorber dans le moindre détail, même le plus insignifiant, purgeait l'esprit des pensées indésirables.

À la différence de Bouddha, Alice Valbergues n'avait que cinq minutes devant elle. Elle leva les yeux. De part et d'autre des hauts murs, tendues entre les colonnes aux chapiteaux dorés, deux tapisseries royales des Gobelins se faisaient face, tissées au fil d'or et arborant le blason de l'ordre du Saint-Esprit. La marque du roi. La conseillère élyséenne effleura de la main un meuble-secrétaire dont chaque pied était gravé du sceau de la Légion d'honneur : le cadeau de Napoléon Ier à un maréchal d'Empire. Valbergues fit coulisser l'un des plateaux permettant d'étaler les cartes d'état-major pendant les campagnes militaires.

Bien qu'il n'y eût pas trace de femmes guerrières dans l'épopée napoléonienne, elle se serait bien vue à cette époque, amazone impériale chevauchant dans les plaines d'Europe centrale, sus aux uhlans du roi de Prusse.

Elle contempla les immenses miroirs : ils étaient surmontés des effigies en marbre de l'empereur Napoléon III et de l'impératrice Eugénie de Montijo. Ancien régime, Révolutions de 1789, 1830 et 1848, Premier et Second Empires cohabitaient en une même pièce. L'aile Montpensier, siège du Conseil constitutionnel, ne formait qu'une partie de ce somptueux Palais-Royal bâti pour l'illustre cardinal de Richelieu, qui englobait la Comédie-Française, le Conseil d'État et le ministère de la Culture, sur la rue de Valois. Un discret passage menait d'ailleurs du bâtiment Montpensier aux loges des comédiens, qui datait de bien avant l'arrivée des Sages en ces murs.

Elle consulta sa montre.

Plus qu'une minute, le doyen Marcilly n'allait pas tarder à faire son entrée, il était réputé pour sa ponctualité maladive.

Alice oublia le décor et se concentra. La conseillère spéciale du président ne venait pas pour une consultation. Elle venait quérir une onction. Albert Marcilly était une sommité en matière de droit public. Ancien doyen de l'École de droit de la Sorbonne, professeur emblématique à Sciences po, docteur *honoris causa* d'une kyrielle d'universités étrangères plus prestigieuses les unes que les autres, il avait créé à la fin de son mandat de Sage le « Club des constitutionnalistes ». Une instance certes informelle mais dont les sentences étaient unanimement respectées… et redoutées. Ainsi le club avait-il renvoyé à ses chères études un président qui entendait réformer la Constitution de manière un peu trop cavalière, à des fins grossièrement électoralistes.

« On ne doit toucher à la Constitution que d'une main tremblante », avait tonné le doyen. L'audacieux avait remballé illico son projet.

Elle l'avait connu pendant son doctorat tardif à Sciences po. À l'époque, elle avait été impressionnée par sa connaissance des subtilités du droit constitutionnel. Brillant et… retors. On murmurait que Marcilly ne faisait aucun cadeau à ceux qui lui déplaisaient.

Elle ne se berçait guère d'illusions sur les chances d'obtenir ses encouragements *cum laude* à son projet de recours à l'article 36. Elle attendait du doyen l'assurance qu'il ne condamnerait pas l'entreprise. Mieux, qu'il la justifie, ne serait-ce que du bout des lèvres.

Elle avait de bonnes raisons d'y croire.

Quand Marcilly vint à sa rencontre, elle lui adressa un large sourire. Sincère. L'homme à la chevelure blanche étonnamment épaisse pour ses quatre-vingts ans passés, à l'éternel costume de tweed, lui serra longuement la main.

— Comme c'est aimable d'accorder un peu de votre temps à un vieillard en ces circonstances. Je pensais que vous alliez annuler notre rendez-vous. Comment se porte le président ?

— Bien. Je l'ai eu au téléphone, plus de peur que de mal.

— Vous m'en voyez ravi. On sait qui a tiré ?

— Un type d'extrême droite.

— Quelle fâcheuse manie… Depuis l'attentat raté du Petit-Clamart en 1962 contre de Gaulle et celui de 2002 contre Chirac, ils devraient pourtant savoir qu'ils ne sont pas très doués pour ces activités de plein air.

Il sourit avec malice, comme s'il était content de son bon mot, et reprit :

— J'avoue avoir été surpris par votre appel, après si longtemps… vous ne projetez pas de supprimer le Conseil constitutionnel au moins ?

Toujours ce côté pince-sans-rire, apprécia Alice. Du tuyau de sa pipe, qu'il gardait à la main même lorsqu'elle était éteinte, le doyen désigna un canapé d'angle damassé de rouge, comme tout le mobilier de la vaste pièce.

— Ce n'est pas pour rien qu'on l'appelle Salon rouge plutôt que Grand Salon… mais cela n'a pas de rapport avec nos idées politiques.

Rouge, vert ou jaune pétard, il présentait surtout l'avantage d'être désert à cette heure. La conversation devait naturellement rester secrète. Leur dernière rencontre remontait à près de dix ans, à l'époque où Marcilly achevait son mandat parmi les Sages. Il lui avait raconté avec gourmandise les éternelles chicayas entre les deux ex-présidents Giscard et Chirac, lointains prédécesseurs de Cardignac, qui y siégeaient alors ensemble au titre de leurs anciennes fonctions. Ces deux grands fauves avaient passé toute leur vie politique à se haïr. Au bout de quarante ans ils n'avaient pas terminé de régler leurs comptes. Lors des séances dans le cadre solennel de la salle de délibération du

Conseil, Chirac ne manquait jamais de demander à haute voix qu'on lui apporte une bière au moment où Giscard commençait à pérorer. Ce dernier lui rendait la pareille en maniant ostensiblement sa petite cuillère dans sa tasse de thé quand venait le tour de son frère ennemi. Le doyen s'en amusait, mais en pur amoureux du droit il jugeait que les ex-chefs d'État n'avaient rien à faire au Conseil constitutionnel. Encore une survivance de l'esprit monarchique dans notre République, pestait-il.

C'était cette statue du commandeur que Valbergues s'apprêtait à violenter.

La Professeure commença par dresser, sous le sceau du secret, un tableau de la situation. Non pas telle qu'il pouvait la constater lui-même sur les écrans de télé ou dans les journaux, mais telle qu'elle était perçue et – tant bien que mal – pilotée depuis le bureau du président à l'Élysée, transformé en *situation room*. La conclusion de son topo était aussi abrupte que dramatique : le pays n'était pas au bord d'une nouvelle offensive terroriste, il était en plein dedans. Une situation plus grave encore que ne le laissaient voir les images pourtant déjà sidérantes de cités en feu.

— C'est bien simple, si on ne boucle pas immédiatement un certain nombre de villes et de territoires bien identifiés, on risque de perdre tout contrôle. Le fonctionnement normal des pouvoirs publics ne sera plus assuré.

— Et comment comptez-vous vous y prendre ? Je vous rappelle que le recours à l'état d'urgence n'est plus nécessaire, maintenant que toutes ses dispositions ont été pérennisées par la loi…

— L'état d'urgence, c'est dépassé. À quoi bon des pouvoirs de perquisition étendus alors que les forces de l'ordre ne peuvent même pas pénétrer dans certains quartiers et sont entravées par la justice ? Non, il faut aller plus loin, dégainer du lourd, du très lourd.

Le doyen s'étonna du langage viril de celle qu'il avait connue plus sophistiquée.

— Que voulez-vous dire ?

— Le président envisage l'application de l'article 36. L'état de siège.

Marcilly faillit en lâcher sa pipe.

— L'état de siège… mais c'est la guerre ! L'armée dans la rue, les tribunaux militaires, le pouvoir aux généraux ! C'est ça que vous voulez ? Appuyer sur le bouton nucléaire pour écraser une mouche : vous ne seriez pas tous devenus fous à l'Élysée, ma petite ?

L'intéressée répondit d'un ton calme :

— Justement, nous sommes en guerre. Il serait bien temps que l'on s'en rende compte dans les sphères privilégiées. Une mouche, dites-vous ? Depuis le début des coups de filet et des émeutes qui ont suivi nous en sommes à plus d'une vingtaine de blessés de part et d'autre, je vous l'ai expliqué à l'instant. Et je ne compte pas les centaines de victimes déplorées depuis trois ans dans les attentats, perpétrés par ceux qui nous ont déclaré la guerre, qui veulent notre soumission. L'article 36 est suffisamment précis à ce sujet : il peut être déclenché dès lors qu'une partie du territoire national est en proie à une insurrection armée. Pas besoin d'une agression étrangère, d'une guerre au sens classique du terme.

— Vous exhumez un dispositif qui date du XIXe siècle ! De 1848 très exactement. Cette loi sur l'état de siège a été conçue pour mater les révolutionnaires qui chassèrent le dernier roi des Français, Louis-Philippe. Elle a ensuite été perfectionnée et utilisée par Napoléon III, puis par Adolphe Thiers pour réprimer dans le sang les communards.

— Certes, mais si mes informations sont exactes, le maintien de l'ordre en France était du ressort de l'armée. J'ai découvert que Clemenceau avait fait envoyer quarante mille soldats à Paris pour canaliser les défilés du 1er mai. Il a fallu attendre 1921 pour que soit créée la gendarmerie mobile qui a pris en charge cette mission.

— D'accord, mais c'est le préfet de police Lépine qui a changé la donne à Paris à la fin du XIXe siècle avec la mise en place d'un corps de police et de gardes républicains pour maintenir l'ordre. Dix mille hommes… Ce n'était pas rien à l'époque. Et puisque vous aimez fouiller dans le passé, je voudrais pour rappeler la tragédie de Fourmies. Ce nom vous dit quelque chose ?

— Non.

— C'est celui d'une cité textile du Nord. Le 1er mai 1891, pour empêcher un défilé de grévistes, le gouvernement, sous la pression des patrons de filatures, réquisitionna les tirailleurs de l'armée, tous venus de l'autre bout de la France histoire que les pioupious ne fléchissent pas face à la foule. Ils firent feu sur les manifestants. Bilan : neuf morts, neuf martyrs de la cause ouvrière. Joli précédent en vérité ! Je vous conseille de bien réfléchir.

La pipe s'agitait dangereusement. Mauvais signe.

Alice avait beau s'attendre à des réticences, la véhémence du doyen la troubla. Elle continua quand même.

— Mais tout de même, l'article 36 figure bel et bien dans la Constitution de la Ve République. De Gaulle l'avait voulu, et en soixante ans aucun de ses successeurs n'a éprouvé le besoin de l'abroger. D'accord, il confie tous les pouvoirs civils à l'armée, chargée du maintien de l'ordre et de la répression. Mais le texte stipule que les militaires restent sous l'autorité du chef de l'État et du gouvernement.

— C'est vrai, les constituants l'ont gardé. Il faut dire qu'au moment où ils menaient leurs travaux, tout au long de l'été 1958, la guerre d'Algérie battait son plein. On ne savait pas trop où cela pouvait mener, on ne pouvait pas écarter la possibilité notamment de rébellions armées au sein même de la Métropole. Alors Michel Debré et son équipe de juristes se sont dit : « Ne touchons pas à cet article, on ne sait jamais, on peut en avoir besoin un jour… » Mais je vous fiche mon billet que ce n'est pas l'œuvre du Général. Lui, ce qui l'intéressait, c'était l'instauration de l'article 16, une nouveauté considérable. Les pleins pouvoirs ! C'est lui qui l'a voulu, qui l'a peut-être même rédigé, on sent sa patte. Je me demande d'ailleurs pourquoi vous n'y recourez pas, tant que vous y êtes ?

Bien sûr qu'elle y avait pensé. Et elle s'en était ouverte à Cardignac. Dans le secret du bureau présidentiel, ils avaient longuement et soigneusement soupesé cette hypothèse. À son actif, l'article 16, le plus célèbre et le plus craint de la Loi fondamentale de la Ve République, présentait l'avantage d'inclure la quasi-totalité des dispositions afférentes à l'état de siège. Mais il avait aussi un gros inconvénient…

— Précisément pour cette raison : l'article 16, c'est de Gaulle. Le « grand Charles », la référence ultime. L'opinion y verrait une manœuvre politicienne. Et puis n'oubliez pas ce que vous avez écrit vous-même un jour : « L'article 16, c'est la dictature à la romaine. » Les pleins pouvoirs confiés au chef de l'État, érigé en sauveur de la République. Or Marc Cardignac ne compte pas commencer une carrière de dictateur.

La pipe cessa d'osciller.

Un point pour elle.

De fait, la Constitution avait prévu un cadre plus contraignant pour l'état de siège que pour l'article 16. L'état de siège était certes décrété en conseil des ministres et proclamé par le président, mais il ne pouvait être prorogé au-delà de douze jours sans l'autorisation expresse du Parlement. Même avec une majorité présidentielle aussi large que docile, et une droite et une extrême droite qui auraient du mal à aller à contre-courant de leur propre électorat en des circonstances aussi tragiques, un tel vote n'aurait rien d'une simple formalité. Car la discipline de groupe n'exclurait pas des cas de conscience individuels, face à un enjeu d'une telle dimension historique, existentielle.

Pourtant le doyen n'était toujours pas prêt à rendre les armes.

— Le maintien de l'ordre, ce n'est pas l'affaire des militaires. Ce n'est pas leur métier, ils ne sont pas entraînés pour ça. D'ailleurs, la seule et unique fois où l'article 16 a été mis en œuvre, au moment du putsch des généraux d'Alger en 1961, de Gaulle aurait très bien pu faire intervenir l'armée. Il a préféré s'en tenir à la police. Il voulait montrer que c'était bien un pouvoir civil qui était aux commandes.

— Il se méfiait aussi d'une partie de l'armée, répondit-elle du tac au tac.

Tous les deux savaient qu'à l'époque la sédition des partisans de l'Algérie française restait cantonnée outre-mer, elle n'avait gagné ni Paris ni aucune ville de l'Hexagone. Au-delà d'une dramatisation politique dont le Général sut jouer avec une suprême habileté pour imprimer une bonne fois sa marque sur la nouvelle République, la situation restait parfaitement contrôlable. Quelques années plus tard, en revanche, lorsque Mai 68 verra voler les pavés de la capitale, on caressera à l'Élysée l'idée de faire intervenir l'armée. Le Général y songera sérieusement et il faudra, pour tempérer ses ardeurs, toute la force de persuasion de son ministre des Armées Pierre Messmer, pourtant un ancien légionnaire, et du sage préfet de police de Paris Maurice Grimaud. L'époque des charges à cheval sur les grandes avenues était révolue.

Un demi-siècle après, c'était aussi l'avis du doyen.

— Laissez cela aux régimes autoritaires, la planète n'en manque pas. Vous ne voudriez quand même pas d'un Tian'anmen chez nous, avec des chars tirant sur la foule non ?

Le ton d'Alice se fit doucereux.

— Il ne s'agit pas de se livrer à une étude comparative des différents modes de gouvernement, mais de stopper la contagion chez nous. S'il faut employer les grands moyens, nous le ferons. Le président est décidé à frapper fort. Vous le savez mieux que quiconque, nos institutions lui en donnent le pouvoir.

Elle disait vrai. Sous la Ve, le chef de l'État est tout-puissant ou presque. Doté de pouvoirs plus étendus, dans bien des domaines, que le président des États-Unis lui-même.

— Mais nous avons besoin de cohésion, d'unité nationale, ajouta-t-elle, l'opinion doit comprendre que notre solution est la bonne. Le pays réel doit adhérer et nous avons besoin de grandes voix telles que la vôtre.

« Nous y voilà », songea Marcilly. Il se doutait bien que la conseillère spéciale n'avait pas simplement été prise d'une brusque envie de tailler une bavette. Elle était là en service commandé pour l'Élysée.

— Le président vous tient en grande estime. Il souhaiterait vous charger d'une mission de conseiller juridique exceptionnel. Ce serait le gage d'une application en bonne et due forme de l'article 36.

Elle marqua un temps…

— Bien sûr, cette mission serait très bien rémunérée.

Le doyen se racla la gorge avant de grommeler :

— Mouais… Vous attendez de moi que je joue les cautions de luxe, quoi… Vous remercierez votre patron pour sa considération et sa générosité, mais ma modeste retraite d'universitaire suffit à mon bonheur.

— C'est votre dernier mot ?

— Oui, ma chère. Vous devriez me remercier, j'évite au président de faire une grosse bêtise.

La Professeure se cala plus profondément sur la banquette rouge. Elle sut qu'elle n'arriverait pas à le faire changer d'avis. Mais sans l'aide de Marcilly, impossible d'aller plus loin. L'Élysée ne pouvait se permettre d'avoir le Conseil constitutionnel pour ennemi. Le plan tombait à l'eau.

Elle prit une profonde inspiration. Il fallait changer de méthode de persuasion. Il lui restait un atout dans la manche. Un atout répugnant.

À contrecœur, elle s'entendit répondre d'une voix grave :

— Modeste, modeste, n'exagérons rien. Évoquons l'Afrique, voulez-vous ?

— Je ne vois pas le rapport.

— J'y arrive. Je crois savoir que le président dictateur à vie de l'Oubangui a su se montrer généreux pour votre participation cruciale à la rédaction de sa Constitution il y a quelques années. Presque un copié-collé de la nôtre… de pure forme évidemment. Le détail amusant, c'est que là aussi vous avez gardé un article 36… dont votre cher dictateur s'est servi pour envoyer ses blindés réprimer dans le sang la révolte des étudiants. Alors quand vous me parlez de Tian'anmen… Vous imaginez les conséquences si vos émoluments africains se retrouvaient sur la place publique ? Terminer sa carrière avec cette tache sur le revers de la veste, juste à côté de sa Légion d'honneur, ce serait bien dommage…

La pipe heurta le rebord du fauteuil en tombant, les cendres s'étalèrent sur le précieux tapis. Le vieux constitutionnaliste se figea.

— Vous… vous n'oseriez pas… C'est du chantage.

En cet instant précis, Alice sut qu'elle venait de perdre l'amitié du vieil homme. La honte la submergeait. Elle incarnait la raison d'État dans toute sa basse splendeur. Il fallait en finir.

— 250 000 euros, je crois… C'était bien ça ? Eh oui, côté secret bancaire, les Suisses ne sont plus ce qu'ils étaient. Réfléchissez bien, nous avons besoin de vous. J'attends votre réponse d'ici ce soir.

En la regardant quitter le Salon rouge, ses talons claquant sur le parquet marqueté, le vieil homme fut saisi par la peur que cette femme, qu'il pensait connaître, venait de lui inspirer.

9

AFP

Les forces de l'ordre ont mené tôt dans la matinée une série d'opérations simultanées visant des activistes d'extrême droite dans le Var, les Alpes-Maritimes, le Pas-de-Calais et en région parisienne. Une vingtaine de personnes ont été interpellées et se trouvent actuellement en garde à vue, selon une source officielle au ministère de l'Intérieur. Parmi les activistes arrêtés pourrait figurer l'auteur des coups de feu contre le président de la République mardi à Fréjus (Var). Des caches d'armes, du matériel et des éléments pouvant servir à la fabrication d'explosifs, des substances toxiques et un mini-laboratoire chimique ainsi que des listes de lieux et de personnalités, parmi lesquelles des responsables religieux du culte musulman, auraient également été découverts.

Leparisien.fr

C'est un véritable réseau activiste d'extrême droite prêt à frapper des cibles musulmanes en France qui a été démantelé par le vaste coup de filet, sur plusieurs points du territoire, des policiers du RAID et de la BRI[1]. *Tous les interpellés ont été mis en examen, à l'issue de leur garde à vue, pour « association de malfaiteurs terroriste criminelle ». De source proche de l'enquête, plusieurs des personnes arrêtées appartiendraient à la Cagoule, un groupuscule d'inspiration fasciste sur la trace duquel la DGSI se trouvait depuis plusieurs mois.*

Ce groupe, constitué apparemment d'activistes en rupture de tout parti mais liés aux mouvements identitaires dont il serait d'ailleurs issu, prétend, selon des documents retrouvés dans les caches découvertes par les policiers, « lutter contre le péril islamique » et « empêcher par les armes le grand remplacement », théorie selon laquelle la France serait en proie à une « colonisation » de l'islam radical, visant à soumettre à la charia et aux coutumes musulmanes l'ensemble de la population française. Parmi les cibles que la Cagoule s'apprêtait à assassiner figurent plusieurs imams, des intellectuels ou experts familiers des médias ainsi que des maires et un chef de parti accusé – selon la rhétorique de l'ultra-droite – de complaisance envers le communautarisme.

Les apprentis terroristes préparaient en outre des attaques contre des mosquées ou des femmes voilées à Paris, Nice et Marseille. Ils envisageaient aussi des actions d'envergure comme des empoisonnements de paquets de viande halal en vente dans les supermarchés. La Cagoule, dont on ignore si tous les membres du réseau sont sous les verrous ou si certains courent toujours, visait à semer la terreur. Cette résurgence de

1. Brigade de recherche et d'intervention, dépend de la police.

l'ultra-droite déterminée à l'action violente inquiète particulièrement le gouvernement dans le contexte tendu des attentats de masse islamistes.

BFMTV

Des armes en grande quantité, des pistolets SIG aux mitraillettes kalachnikov ou fusils-mitrailleurs UZI, mais aussi des grenades offensives de fabrication française figurent parmi le matériel saisi chez un membre de la Cagoule.

Aisne

L'horloge de la place centrale marquait 14 h 21. La petite ville semblait comme assoupie, noyée dans les brumes glaciales de décembre. Lointaine voisine de Reims et de Laon, encerclée de champs vaguement ondulés, la bourgade se recroquevillait dans une après-midi terne et hivernale. Les rues étaient désertes.

Une commune perdue du département de l'Aisne trop éloignée du ruban d'asphalte de l'A26 pour faire découvrir ses maigres charmes.

Perchés sur un panneau de signalisation usé, trois corbeaux contemplaient les étranges silhouettes qui rampaient le long des buissons en tenant devant eux de curieux serpentins noirs. Si les volatiles avaient eu connaissance de la complexité des choses humaines, ils se seraient envolés à tire-d'aile. Les objets en question étaient des fusils d'assaut de dernière génération qui pouvaient cracher de quoi anéantir la moitié des corbeaux du département.

À 14 heures 21 minutes et 30 secondes un grondement sourd résonna derrière l'un des talus qui entouraient la ville et un énorme scarabée de fer apparut sous le regard éberlué des corbeaux. Jamais ils n'avaient vu un insecte de 56,5 tonnes posé sur des chenilles huilées. Leur instinct fut le plus fort. Ils eurent juste le temps de s'envoler avant que le char Leclerc ne fasse hurler son canon GIAT CN à âme lisse de 120 mm. L'obus à effet canalisé fila à la vitesse de plus d'un kilomètre/seconde et explosa en une myriade de billes de tungstène élégantes et mortelles au-dessus d'un champ en friche.

À 14 heures 21 minutes et 45 secondes précisément, le feu et l'orage se déchaînèrent sur la paisible bourgade. Trois autres chars d'assaut débouchèrent d'un carrefour à l'entrée de la ville tandis que l'escouade de soldats qui rampait se dressa pour fondre sur la rangée de pavillons.

Une explosion retentit à l'est de la ville suivie d'une colonne de fumée noire qui s'échappait d'un hangar de tôles grises. Les soldats coururent à toute allure en direction de l'entrepôt et se postèrent le long de murets de béton qui bordaient une mosquée, curieusement implantée là, juste à côté de l'église du bourg. Des rafales saccadées lâchées depuis une fenêtre barricadée les accueillirent de plein fouet.

— À couvert ! hurla le lieutenant qui commandait la section. Tireur en haut de la mosquée !

Au moment où il prononçait ces mots, trois gros véhicules blindés et trapus surgirent, mitraillette sur la tourelle en action.

À une cinquantaine de mètres, debout sur le toit d'un immeuble de brique rouge, un petit groupe d'hommes en tenue de combat faisait virevolter leurs paires de jumelles en direction des troupes d'assaut. Tous hauts gradés. Deux d'entre eux portaient l'uniforme de l'armée de terre espagnole.

Maxime Gerfaut s'alluma une cigarette.

— Mes félicitations colonel Pansard, c'est toujours un plaisir d'assister aux spectacles son et lumière du CENZUB[1]. Vous devriez proposer un partenariat au Puy du Fou.

Le commandant des lieux lui répondit avec un sourire de connivence.

— Pas bête, on ferait payer les entrées, ça permettrait de renflouer le budget des armées.

— Je n'ai pas l'impression que vous ayez à vous plaindre de ce côté-là. J'ai cru apercevoir deux VBMR Griffon et un Jaguar. Le nec plus ultra côté matos.

— On en a reçu quelques-uns pour les tester. Belles bêtes, le Griffon devrait remplacer les bons vieux VAB, et le Jaguar nos vénérables AMX 10. Grâce au programme Scorpion de renouvellement des matériels militaires.

Gerfaut acquiesça.

— Il était temps. Quand l'AMX était en dotation, je traînais mes guêtres au collège. J'ai vu aussi que tous vos hommes étaient équipés de fusils HK416. Vous en êtes content ?

— Oh oui, je ne regrette pas les Famas. Les HK sont plus faciles à manier, et côté viseur c'est incomparable.

1. Centre d'entraînement aux actions en zone urbaine.

— Mais ils sont fabriqués en Allemagne…

— Ça reste en Europe, mon général. Venez, je vais vous montrer nos dernières trouvailles pendant que mon second va expliquer les différentes phases de l'assaut en cours à nos amis espagnols.

Gerfaut aspira une longue bouffée en observant la progression des troupes dans la ville fantôme de Jeoffrecourt. Le CENZUB était unique en Europe et accueillait les armées de nombreuses nations. Niché dans l'enceinte du camp de Sissonne, il dépendait du 94e régiment d'infanterie et ne cessait de s'agrandir au fil des ans. Avec sa soixantaine de constructions en dur, son faux cimetière, son stade de foot fictif et ses artères fantômes, le CENZUB représentait l'équivalent d'une ville de cinq mille habitants. Le centre avait coûté quatre cents millions d'euros à l'État, un investissement considéré comme essentiel par les différents gouvernements successifs, personne n'y avait touché même aux pires heures des coupes budgétaires. Le CENZUB ne désemplissait pas depuis sa mise en service en 2006, plus d'un tiers des soldats français s'y étaient entraînés et les armées du monde entier venaient s'y former. Gerfaut lui-même avait participé plus d'une fois à des simulations dans le camp.

Au moment où ils allaient descendre dans la salle de commandement du camp, l'un des généraux espagnols l'alpagua, un large sourire aux lèvres :

— Bravo pour la mission en Syrie, dit-il avec un accent prononcé, j'espère que votre président vous a félicité.

— En ce moment il a d'autres chats à fouetter. Il a échappé de peu à un attentat.

— *¡ Claro que sí*[1] *!* Et le Premier ministre ? Il vous a reçu ?

— Pas vraiment… En France, on a la critique facile et le remerciement pudique, répondit Gerfaut. Disons que j'ai fait preuve d'un peu trop d'esprit d'initiative.

L'Espagnol lui renvoya un curieux regard.

— Je comprends… Chez nous aussi, depuis le général Franco, les politiques n'aiment pas les militaires qui n'en font qu'à leur tête.

Gerfaut parut agacé.

— La comparaison me paraît inappropriée, général. Pour ma part je n'ai pas fait de putsch, j'ai juste sauvé des vies. Bonne journée.

Gerfaut tourna les talons et suivit le chef du CENZUB d'un pas alerte. Le colonel attendit de s'engouffrer dans l'escalier pour prendre la parole.

— Vous avez eu une remontée de bretelles depuis votre retour ?

— Non. Juste un coup de fil très sec du chef d'état-major pour me dire qu'il me verrait en temps utile et que je pouvais suivre mon planning. Entre nous, je remercie le ciel d'avoir programmé ma visite au CENZUB à mon retour d'Opex[2]. Ça m'évite de croiser mes collègues à Balard.

— En tout cas, votre coup d'éclat est unanimement approuvé chez les camarades.

1. Ah oui bien sûr.

2. Opérations extérieures, qui mobilisent en permanence trente mille soldats.

Le colonel arriva devant une porte gardée par un soldat armé qui se redressa prestement à leur arrivée et leur ouvrit.

— Vous devriez venir nous voir au comité Du Guesclin. Nous serions ravis de vous y accueillir.

— Ah votre fameux comité… C'est amusant je n'arrête pas d'en entendre parler à l'état-major. Un collègue gonfleur d'hélice[1] m'a proposé d'y rentrer, mais je n'ai toujours pas compris à quoi ça servait.

Les deux hommes marchaient dans un couloir étroit faiblement éclairé par des appliques vertes.

— Il n'y a rien de mystérieux. Nous nous réunissons une fois par mois entre officiers pour évoquer le métier des armes et faire des… suggestions. Une sorte de think-tank comme on dit dans les médias.

— Des suggestions ? Et à qui ?

— Aux civils qui pensent que les militaires ont des choses intéressantes à dire sur la marche de ce pays. L'avantage du comité c'est qu'on peut débattre librement et que l'on y rencontre des pointures de toutes sortes.

Le général ne répondit pas, il savait que l'armée, comme beaucoup d'autres institutions du pays, avait en son sein des réseaux. Officiers catholiques, aristos, surtout dans la cavalerie, fraternelle maçonnique et autres cercles de réflexion. Jusqu'à présent, un poil méfiant, il s'était bien gardé de se lier à un groupe, trop soucieux de son indépendance. Mais le comité Du Guesclin avait le vent en poupe, il soupçonnait quelques membres de l'état-major d'en faire partie.

1. Surnom donné aux aviateurs de l'armée de l'air.

Le colonel poussa une nouvelle porte et ils arrivèrent dans une salle de taille respectable où s'affairaient des hommes et des femmes, tous en treillis, devant des écrans d'ordinateurs.

Le colonel indiqua un bureau sur le côté.

— Jetez un œil à l'une de nos trouvailles, mon général.

Ils s'approchèrent d'une adjudante aux cheveux blonds coupés court.

— Vous avez une opération en cours dans le supermarché ?

— Oui, une section de la 4e compagnie de combat du 1er régiment de parachutistes. En approche sur objectif.

— De sacrés pros. Pas des ramiers[1].

— J'ai eu pas mal de leurs hommes en Opex, dit Gerfaut. Leur devise : *Croire et Oser*, n'est-ce pas ?

La jeune femme sourit en pianotant sur son clavier.

— Attendez je regarde sur ma fiche… Eh non. *In cauda venenum*. Dans la queue le venin.

Quatre fenêtres s'affichèrent en haut de l'écran. Les images verdâtres prises par des caméras infrarouges. Probablement installées sur le casque des soldats. On discernait des rayonnages remplis de produits de toutes sortes. Le général pouvait identifier un groupe de militaires casqués et armés qui progressaient en groupe.

Une voix grésilla dans le haut-parleur de l'ordinateur.

— Oursin. Chemin clair[2]. FORAD[3] en visée.

---

1. Feignants en langage militaire.
2. Clair veut dire que le terrain est dégagé.
3. Force adverse, nom de l'unité qui joue l'ennemi.

— Bonne chance oursin, répondit le colonel.

Gerfaut inspecta l'écran.

— Que se passe-t-il ?

— La simulation entre en phase trois. Une bande de kamikazes a pris en otages des clients d'un supermarché. L'un des terroristes s'est fait exploser, un autre a été abattu, il en reste encore un autre à neutraliser. Jetez un œil sur le moniteur 4. Vous pourrez suivre la progression de l'équipe oursin, les paras.

Gerfaut aperçut des corps qui jonchaient le sol. Il y en avait de toutes les tailles. L'image s'arrêta sur ce qui ressemblait à une fillette. La tête était séparée du corps.

Le sous-officier qui commandait l'assaut fit signe de stopper autour du corps. La caméra zooma sur le visage ensanglanté de l'enfant. Ses yeux clairs étaient écarquillés de terreur. Elle baignait dans une flaque sombre.

— Vous poussez le réalisme assez loin avec vos mannequins, dit Gerfaut.

— Quand des unités arrivent sur un carnage, ils doivent absolument rester maîtres de leurs émotions. Ce qui n'est pas si évident. Le sergent commandant l'assaut doit leur montrer le cadavre de la gamine. Écoutez ceci.

Le colonel appuya sur la touche haut-parleur de l'ordinateur. On entendit des battements de pulsation cardiaque. Une fenêtre s'afficha sur le coin droit de l'écran révélant le tracé de cinq électrocardiogrammes.

— Les membres de l'unité sont tous munis d'un holter, une série d'électrodes qui mesurent leur tension et leur fréquence cardiaque. Deux des soldats présentent des pulsations supérieures à la normale.

— Ils savent que ce sont des mannequins.

— Oui, et pourtant cela les impacte quand même. Imaginez ce que ça donnerait s'ils avaient affaire à de vrais cadavres…

Des flashs lumineux zébrèrent l'écran.

Une rafale résonna dans les haut-parleurs.

— Arghhhh !

Le sergent s'effondra à terre en se tenant le ventre.

— À couvert, lança-t-il d'une voix hachée.

Les hommes s'étaient éparpillés comme un vol de moineaux

Le colonel se tourna vers Gerfaut.

— Dans ce scénario, le sergent est mis hors de combat. Au final, le but de cette simulation n'est pas de neutraliser les terroristes mais de tester l'autonomie du groupe privé de son chef.

— Je suppose qu'ils ont été briefés à l'avance.

— Tout à fait. Ils doivent appliquer des automatismes, mais de la théorie à la pratique… Continuons la visite.

Le colonel sortit par la porte et entraîna le général dans un petit escalier aux marches métalliques. Ils débouchèrent sur une ruelle encombrée d'énormes containers-poubelles verts remplis de déchets. Une odeur putride planait autour d'eux.

— Quelle puanteur. Ça sent le chat crevé, jeta Gerfaut en se penchant sur l'une des bennes.

À peine eut-il prononcé la fin de la phrase qu'une tête noire jaillit du monceau d'ordures. Le canon d'un

HK416 apparut sous le nez du général. Une silhouette en treillis taché se dressa devant lui.

Gerfaut recula d'un pas pendant que le colonel agita sa main.

— Repos caporal.

Le soldat baissa son fusil et s'appuya contre le rebord de la benne.

— Cela fait combien de temps que vous vous cachez là-dedans ? demanda le général.

— Je dirais trois bonnes heures, et ce n'est pas fini à moins qu'on vienne me relever. D'habitude on opère à plusieurs, mais un capitaine a eu l'idée d'essayer une nouvelle tactique.

— Et vous attendez qui ?

Le colonel tapota l'épaule du soldat.

— Il s'agit d'un exercice de survie en milieu urbain hostile. Le caporal doit se terrer le plus longtemps possible, rester en alerte et jaillir en cas d'intrusion d'ennemis dans la ruelle. Il est en liaison radio avec son unité.

Le commandant du CENZUB adressa un signe de tête au soldat qui replongea dans la benne et disparut aussi rapidement qu'il était apparu.

Les deux officiers reprirent leur marche jusque dans une artère qui avait l'apparence d'une rue commerçante. Boulangerie, magasin de chaussures, pharmacie, maison de la presse, il y avait même une poste et un concessionnaire automobile. Tout était désert. Une dizaine de voitures étaient garées çà et là. On aurait pu se croire dans une petite ville de province. Ils marchèrent le long de la rue, il n'y avait personne dans les boutiques. Les portes étaient closes, bouclées par des chaînes, de nombreuses vitres étaient brisées ou remplacées par des plaques de préfabriqué. La rue se terminait par un immeuble en brique rouge aux larges portes ouvertes.

À peine eurent-ils atteint le bout de la rue que des cris jaillirent de toutes parts autour d'eux. Des hordes d'individus surgirent des portes de l'immeuble et de la rue adjacente. Il y en avait bien une cinquantaine. La moitié d'entre eux affichait des visages menaçants, l'autre était masquée et revêtue de noir. Certains brandissaient des pancartes bariolées, d'autres tenaient des manches de pioche qu'ils frappaient contre la tôle des voitures.

Gerfaut reconnut le look des redoutables black blocs, ces radicaux qui vérolaient les manifestations et empoisonnaient la vie des CRS.

La foule hostile se regroupa au centre de la rue et forma une barrière humaine. Des cris fusèrent en chœur :

— Marx attacks ! Militaires au poteau ! Révolution totale !

Les mines étaient dures, fermées. Gerfaut les jaugea d'un regard froid en se demandant d'où sortaient ces énergumènes. À tout moment ils pouvaient se ruer sur lui et le piétiner, tout général qu'il était.

De son côté le colonel ne semblait nullement impressionné. Il conservait son sourire satisfait.

— Et maintenant colonel ? On rejoue Mai 68 ? demanda Gerfaut.

Le responsable du CENZUB prit son portable sans se presser et murmura :

— Ça fait partie des nouveautés du centre.

Il s'écoula quelques secondes puis un grondement retentit derrière eux. Gerfaut tourna la tête. Quatre véhicules blindés de transport de troupes surgirent d'une artère adjacente. En moins de trente secondes, des soldats sortirent du ventre des blindés et se postèrent face aux manifestants.

— Mettez-vous sur le trottoir, mon général.

Les manifestants poussèrent des cris de défi. On entendit un coup de sifflet ; un véhicule blindé apparut. Il était surmonté d'un canon à eau.

Un deuxième coup de sifflet. Un jet surpuissant fusa et aspergea les émeutiers. Au même moment, les soldats se ruèrent sur eux, comme dans un ballet. S'éparpillant par petits groupes puis formant des demi-cercles concentriques pour fragmenter le groupe. Sous les yeux admiratifs de Gerfaut, il ne fallut que quelques minutes pour nettoyer la rue et embarquer les excités.

Gerfaut resta songeur.

— Bravo, mais je ne vois pas à quoi ça sert de jouer les CRS.

— La moitié de la population mondiale vit dans des cités. On a de plus en plus affaire à des mouvements de foule incontrôlables dans les opérations extérieures en zone urbaine. Mieux vaut prévenir que guérir.

— Qui sont les émeutiers ?

Le colonel sourit.

— Une unité de gendarmes de l'école de Saint-Astier. Ils possèdent eux aussi leur centre de formation en combat urbain. On s'est dit que ça pouvait être piquant de les confronter à nos gars. Et puis…

Le colonel s'arrêta pour saluer un costaud qui venait de surgir devant eux. Tout de noir vêtu, il était trempé jusqu'aux os.

— Je vous présente le lieutenant Alves, gendarme de métier et révolutionnaire pour l'occasion, dit le chef du CENZUB.

Puis se tournant vers le jeune officier :

— Bravo lieutenant, plus vraie que nature votre imitation des black blocs.

L'homme bougonna.

— Sauf votre respect, halte au sketch ! Ça fait trois fois de suite que je joue les méchants, mon colonel. J'aimerais bien changer.

L'officier supérieur éclata de rire

— J'étudierai votre demande.

Gerfaut se tourna vers le gradé.

— Vous avez été interrompu colonel. Et puis…

— Oui… En effet. Je voulais ajouter qu'on ne sait jamais… Avec toute cette merde chez nous, peut-être qu'un jour on nous demandera d'intervenir sur le sol français…

10

AFP

Un adolescent de dix-sept ans a été abattu par la police dans la cité Jaurès près de Paris. Les forces de l'ordre étaient à la recherche de complices des terroristes de l'attentat du marché de Lyon quand ils ont procédé à l'arrestation d'un groupe de suspects. L'un d'entre eux, Yassine B., aurait refusé d'obéir et menacé les policiers.

RTL

Exclusif. Le jeune homme tué par la police la nuit dernière dans la cité Jaurès n'avait pas d'arme en sa possession. La police se refuse à tout commentaire pour le moment.

Leparisien.fr

Exclusif. Une vidéo tournée par un habitant du quartier Jaurès confirme que Yassine, le jeune homme abattu par la police, n'avait pas de pistolet. Dans cette longue séquence, on voit l'interpellation de trois individus par les forces de l'ordre. L'un d'entre eux remet un pistolet en sa possession aux policiers. Yassine, lui, sort sa main de son blouson et pointe l'index en direction des policiers. Il semble crier quelque chose, puis est abattu de trois balles dans la poitrine. Selon certains témoignages, la victime pointait du doigt la présence de deux fillettes derrière les policiers.

Lefigaro.fr
La séquence vidéo qui montre l'interpellation tragique de Yassine a enflammé les réseaux sociaux et soulève l'indignation dans les cités. On signale des débuts d'émeute dans la banlieue de Lyon, en Seine-Saint-Denis et à Toulouse dans le quartier du Mirail.

Libération
Une marche de soutien sera organisée dans toute la France demain avec le slogan Nous sommes Yassine. Le jeune homme venait d'obtenir une bourse pour intégrer Sciences po.

Palais de l'Élysée
Aile Madame

N'était l'omniprésence des huissiers à la raideur monarchique et des gardes républicains à l'uniforme impeccable, l'aile Madame du palais présidentiel – sise sur le flanc gauche de l'Élysée, en tournant le dos à la rue du Faubourg-Saint-Honoré – aurait pu passer pour un vieil hôtel de province au charme suranné. Elle abritait notamment le service Presse et Communication, dont la patronne recevait ce jour-là quelques journalistes à déjeuner. Mobilier des plus classiques, miroirs aux dorures passées et murs défraîchis par endroits, la salle à manger de l'étage avait pour particularité essentielle de donner sur la cour carrée de l'Élysée, que tous les visiteurs du président étaient obligés de traverser.

Dans un ballet cocasse, les hôtes de Delphine Salgado se pressaient tour à tour contre les vitres, durant l'apéritif, guettant le scoop toujours possible en ces jours de tempête politique. Les sept invités, grandes plumes de la presse écrite ou têtes et voix connues des médias audiovisuels, étaient appâtés par le goût du sang. Non pas par celui, bien réel, répandu dans les rues du pays mais par celui, virtuel, qui ne manquerait pas de couler au sein d'un pouvoir paraissant soudain un peu dépassé par les événements.

Tout s'accélérait, chaque jour apportait son lot de mauvaises nouvelles et bousculait l'agenda. Le déjeuner avait été prévu pour les journalistes après l'agression de Fréjus qui passait désormais au second plan avec les émeutes risquant de se propager dans les banlieues.

Le président, faisaient valoir doctement certains éditorialistes, devait reprendre la main. De manière ferme et définitive. D'autres lui conseillaient tout aussi doctement de proposer aux oubliés de la République un *New Deal*, une nouvelle donne.

Assis autour de la grande table nappée de blanc immaculé, chacun y allait de son analyse.

— Surtout, qu'il n'attende pas trois semaines pour parler aux Français, comme Chirac pendant les révoltes de 2005, asséna une célèbre journaliste de radio, incontournable dans les talk-shows, alerte septuagénaire adepte du Pilates et du botox qui avait vu défiler bien des présidents et plus encore de gouvernements. En plus le pauvre était à côté de la plaque, il n'avait rien trouvé d'autre que proposer aux zyvas la création du service civil.

— Pas d'accord, s'insurgea son confrère d'un grand hebdo de gauche, il avait su trouver les mots justes en assurant aux enfants des quartiers difficiles qu'ils étaient tous les fils et les filles de la République. Restaurer le lien, c'est vital et plus urgent que jamais.

— C'est trop tard, beaucoup trop tard, aujourd'hui on tue et on lynche dans les banlieues. Non, là il faut frapper un grand coup, sinon c'est tout le pays qui va être gangrené, il est tel une cocotte-minute prête à exploser. Dommage que le président ne soit pas avec nous pour en discuter directement. Il a peur des journalistes ?

— Non, mais son agenda est un enfer, vous vous en doutez, tenta de justifier Delphine. Mais il tient bon, l'attentat raté l'a ragaillardi.

— C'est vrai, reconnut, faussement charitable, un éditorialiste de renom, néanmoins il manque de chance. Au moment où il remonte dans les sondages avec son agression, la police joue les inspecteurs la Bavure. Et hop cote de popularité à nouveau en chute libre. Pauvre Cardignac, je me mets à sa place. Il doit se dire *Yassine m'a tuer*.

Personne ne rit. L'éditorialiste, dépité, piqua du nez dans son assiette. Delphine ne s'en offusqua pas, les propos virulents qu'elle entendait ne faisaient que refléter la tonalité des unes des journaux et les remontées des sondages d'opinion commandés discrètement par le château. Partout, dans la presse, à la radio et à la télé, aux terrasses des bistrots comme aux machines à café des bureaux, ainsi bien sûr qu'à l'Assemblée nationale qui avait retrouvé l'effervescence et le bouillonnement des temps de crise, la même interrogation revenait : mais que faisait donc le président ? Qu'attendait-il pour agir ? Que pensait-il, que voulait-il ?

Pour la première fois de son quinquennat, il semblait flageolant, hésitant, indécis. Donnant subitement raison à ceux qui pariaient avant son élection que ce jeune homme, tout juste quadragénaire à son accession à l'Élysée, novice ou presque en politique, ne résisterait pas à l'épreuve du feu.

— À ce train-là les gens ne vont pas tarder à demander un homme comme ce Gerfaut aux manettes, lança d'une voix martiale le rédacteur en chef d'un quotidien de droite.

— Oui, bonne idée, nommez ce général à Matignon, un proconsul pour mater les émeutiers, renchérit sa voisine en ne riant qu'à moitié. Avec sa poigne de fer et sa gueule d'acteur du Hollywood de la grande époque il plaira à la ménagère de moins de cinquante ans !

— N'empêche, moi je suis frappé par la popularité des armées. Depuis les vagues d'attentats le regard des Français sur les militaires a changé. Comme si on s'était brusquement souvenus que nous sommes une nation, une patrie. Et que l'armée est là pour la défendre.

Venant du plus jeune des convives, l'intervieweur politique vedette de la télévision publique, physique de play-boy à la mèche conquérante, le propos interloqua la tablée. Chez cette génération qui n'avait pas connu les « joies » du service militaire, le regard sur la Grande Muette était d'ordinaire plutôt distant voire caustique. Quant à la patrie…

— Je crois bien que je n'ai pas entendu une seule fois le mot patrie dans les rédactions où je suis passée durant toute ma carrière… sauf peut-être pour en ricaner, trancha la doyenne des éditorialistes. Même les politiques ont du mal, on dirait que ça leur écorche la bouche : écoutez les discours de présidents, ils préfèrent dire mes chers concitoyens que mes chers compatriotes !

— Mais ça, c'était avant, s'agaça son interlocuteur. Rappelle-toi les drapeaux français qui ont fleuri partout après le Bataclan ! Tous ces gens qui applaudissaient les policiers et offraient des pots aux soldats de Sentinelle dans les gares, sur les avenues. J'avais l'autre jour sur mon plateau un galonné de l'état-major qui racontait qu'après chaque attentat massif l'armée voit affluer les candidatures. Il me citait même le cas d'une prof d'anglais toulousaine de quarante-cinq ans déterminée à s'engager coûte que coûte ! Ils vont l'envoyer donner bénévolement des cours d'anglais au régiment d'infanterie le plus proche.

— Et maintenant on pourrait bien avoir en plus un effet Gerfaut, acquiesça le rédac chef conservateur. Quel sacré type quand même, au journal il n'y en a plus que pour lui : vous avez vu notre manchette il y a quatre jours sur le « général courage » ? Elle s'est arrachée en kiosque. Son acte exemplaire remet du baume au cœur au moment où il y en a bien besoin. Il a peut-être enfreint des règles, piétiné des procédures, mais il a osé et il a gagné.

Ayant dit cela, il se fit resservir un verre du somptueux saint-émilion 2009 sorti des caves inépuisables du « Château » et proposa un toast en l'honneur de Gerfaut.

Le général sauveur de Yézidis était devenu un héros national. « Comme en contrepoint de l'étoile pâlie du président », songea amèrement Delphine. Même son compagnon Tancrède, pourtant archétype de l'antimilitariste, ne tarissait pas d'éloge sur Gerfaut : « Lui au moins il n'a pas peur de mettre en adéquation ses actes et son engagement. » La formule ampoulée était digne de l'avocat, mais l'admiration y était.

— Les Français ne font plus confiance aux politiques, ni aux syndicalistes ou aux grands patrons. Et ne parlons pas des journalistes ! Quant à l'Église, c'est ringard. Non, la seule institution qui tienne encore la route, c'est l'armée. Les jeunes vont y chercher du sens, la défense des valeurs, l'esprit de corps, le goût du collectif. Des valeurs qu'on a perdues de vue dans notre société du chacun pour soi.

— Eh ben, ça ferait un sacré édito pour ton canard de gauche, railla la matriarche. Cela étant, vous n'avez pas tort, ce sont les héros d'aujourd'hui, il suffit de voir le culte à la mémoire du colonel de gendarmerie qui s'est sacrifié pour sauver l'otage de Trèbes : des rues Beltrame par ici, des collèges Beltrame par là. J'ai un neveu brillantissime qui a renoncé après cette tragédie nationale à préparer le concours d'HEC pour intégrer une prépa militaire à Saint-Cyr, c'est dire !

Ce devait être plutôt un petit-neveu, se dit son interlocuteur, souriant intérieurement. Tout de même, songea-t-il plus sérieusement, entre le « général courage », l'officier de gendarmerie héroïque et le chef d'état-major qui s'était naguère rendu célèbre en démissionnant au nez et à la barbe du chef de l'État, les Français se découvraient une drôle de passion pour les hommes en uniforme. Fallait-il y voir le signe d'un désir pressant d'ordre et de discipline ? Le président Cardignac ne s'était-il pas déjà fait élire en bonne part sur son discours de restauration de l'autorité trop longtemps bafouée ? Les Français, indécrottables adeptes du césarisme, éternels orphelins d'un père fouettard à la Bonaparte ou de Gaulle ? Possible, après tout. En tout cas, il tenait une prochaine « couv » pour son magazine.

On en était au dessert, une tarte amandine et citron, quand Alice Valbergues les rejoignit.

— Désolée, j'aurais aimé me joindre à vous plus tôt, mais je ne pouvais pas flanquer à la porte de mon bureau les représentants des cultes. Déminage, déminage, dit la conseillère spéciale sur un ton onctueux.

Elle fit rajouter une chaise par le maître d'hôtel, s'assit et lança en se frottant les mains :

— Bon, vous voulez des nouvelles du président ? Il devrait venir nous rejoindre pour le café.

La célèbre éditorialiste lui jeta un regard acide.

— Ce n'est pas la peine. On vient de lui trouver un remplaçant.

11

Paris
Palais de l'Élysée

Le van noir ralentit devant le 55 rue du Faubourg-Saint-Honoré sous le regard inquisiteur des soldats en faction. Conséquence directe de l'attentat raté contre le président à Fréjus, le dispositif de sécurité avait été renforcé tout autour du palais de l'Élysée. Effectifs de protection doublés, snipers postés sur les toits des immeubles aux alentours, périmètre interdit à la circulation non autorisée, herses de barrage mobile éparpillées dans les rues adjacentes, on avait même ajouté une trentaine de caméras bien au-delà des abords de l'édifice. Le moindre passant qui déambulait dans une rue transversale était scruté des pieds à la tête.

Le Traveller Peugeot aux vitres aussi sombres que la carrosserie stoppa face à la grille qui donnait sur la cour d'honneur. L'émissaire de l'Élysée, un officier du groupement de sécurité, assis à côté du chauffeur, ouvrit sa fenêtre et tendit un badge à un policier. Celui-ci hocha la tête d'un air neutre. Le van avait déjà été contrôlé à l'entrée de la rue, l'identité des occupants vérifiée, la fouille effectuée, mais le flic respectait la procédure à la lettre.

— Ouvrez toutes les vitres et éclairez l'intérieur du véhicule, je vous prie.

Le chauffeur obtempéra. Les quatre visages des invités du président de la République apparurent dans la lumière jaune pâle du compartiment arrière. Se faisaient face un couple d'une cinquantaine d'années, la femme portant un voile foncé autour de la tête, et un jeune homme à la barbe fournie qui discutait à voix basse avec une brune aux cheveux longs et bouclés. Ils s'interrompirent quand le flic les dévisagea avec insistance.

— La famille Bassir est attendue par le président, dit l'officier de sécurité d'un ton ferme, nous sommes déjà en retard.

— Je fais mon travail, répondit le policier en jetant un coup d'œil à la liste fournie par le protocole, la main posée sur le toit du van. Nous avons donc M. Hakim Bassir, son épouse Zohra, leurs deux enfants Noura et Faris. C'est bien ça ?

Un sourire crispé se dessina sur la face du jeune barbu.

— Tout à fait, monsieur l'agent ! On aurait bien invité Yassine, mais il a été assassiné par vos collègues.

— Tais-toi, gronda le père, on est chez le président de la France.

— M'en fous, grommela le fils d'un air buté, ils l'ont tué, c'est pas ton Cardignac qui va le ramener à la vie.

Le policier examina le jeune avec méfiance puis répondit d'une voix sèche :

— Quand vous serez dans la cour, attendez qu'on vous ouvre les portes avant de sortir. Bonne soirée.

Noura Bassir regarda sa mère qui n'avait pas bronché. Ses yeux perdus indiquaient qu'elle était toujours sous le choc. Elle paraissait avoir vieilli de dix ans, son visage s'était fripé.

La double grille, haute et hérissée de piques, s'ouvrit lentement, puis le van s'avança dans la cour d'honneur du palais. Noura observait les façades majestueuses et éclairées de mille feux qui défilaient. L'Élysée... Une vague de tristesse la submergea à nouveau. De toute la famille Bassir, c'est Yassine qui aurait dû avoir les honneurs d'une visite au palais présidentiel. Yassine, le fils prodigue, bac à dix-sept ans avec mention très bien, admis à Sciences po par la filière de sélection des plus brillants éléments des ZEP, boursier méritant. Si posé, si doué, curieux de tout, respectueux, même s'il se rendait compte qu'il valait mieux parfois se montrer discret au lycée. Surtout ne pas passer pour un « intello » aux yeux de ses copains dont beaucoup avaient décroché. Quand il sortait avec eux, il s'efforçait de se donner un petit côté caïd, mais il arrivait toujours à les raisonner pour éviter les embrouilles. Jusqu'à ce soir-là où le destin en avait décidé autrement.

Trois balles à bout portant dans la poitrine. Fin prématurée de la *success story*. Chez les Bassir, il ne restait plus que Noura pour porter les espoirs de la famille. Vingt-cinq ans, interne en médecine, elle était aussi brillante que le jeune frère disparu. Mais elle restait une femme « qui a oublié ses origines et sa religion », comme le serinait Faris, assis à côté d'elle.

Elle jeta un regard en coin à son frère alors que le véhicule effectuait un demi-cercle pour se garer devant le perron.

Faris était le frère le plus dur, au parcours à l'opposé de Noura et de Yassine. Décrocheur, il avait plaqué l'école à quatorze ans, s'embarquant un temps sur le « mauvais chemin », comme disaient les éducateurs. Il avait fait le chouf[1] pour les dealers du quartier, grattant ainsi plusieurs centaines d'euros par mois, gravi les échelons jusqu'à ce que les boss le nomment vendeur. Un jour le père, Hakim, venu le récupérer au commissariat, l'avait menacé, après une mémorable dérouillée, de l'envoyer au bled chez des cousins. Le garçon avait canalisé sa rage dans le foot, devenant un des piliers du club communal, puis il avait passé le BAFA pour devenir éducateur au centre social. Il fréquentait la mosquée locale où l'imam enseignait un islam paisible. À vingt-deux ans, Faris avait enfin trouvé le « droit chemin », espéraient ses parents.

Noura, l'aînée de la fratrie, avait pris les siens en charge après le drame. Au nom de la famille, elle avait exigé avec fermeté auprès des autorités qui avaient défilé dans l'appartement – sous-préfet, maire, conseillère du ministre de l'Intérieur… – « la vérité et la justice ». Malgré la rage et la douleur, elle exhortait les copains du bahut, les grands frères de la cité, les nombreuses mères qui accouraient avec compassion, au calme et à la dignité, à la manifestation pacifique

1. Guetteur.

alors que des voitures, des abribus et autres matériels urbains avaient brûlé au soir du drame en « représailles ».

Le van stoppa à quelques mètres de l'escalier de l'entrée du palais. Deux huissiers vinrent à leur rencontre, ouvrirent les portières et firent entrer la famille dans le vestibule d'honneur où les attendait une jeune femme au regard qui se voulait chaleureux.

— Bonjour, je suis Delphine Salgado, responsable de la communication. Je vous présente toutes mes condoléances pour votre fils, Yassine. Le président vous attend, veuillez me suivre.

Les visages des membres de la famille restaient fermés. Delphine ne s'attendait pas à autre chose. Les ors et les fastes du palais de l'Élysée avaient bien des pouvoirs, au point d'enivrer parfois leurs locataires, mais pas celui d'atténuer les souffrances engendrées par la mort d'un enfant.

Quand ils pénétrèrent dans le salon doré, le président les accueillit avec gravité.

Cette fois la présence du chef de l'État, l'imposant décorum et le va-et-vient des gardes républicains impressionnèrent les visiteurs.

— Je vous remercie d'être venus en de si pénibles circonstances, croyez bien que je comprends et partage votre peine, dit Cardignac en posant les mains sur les épaules de la mère aux yeux rougis.

Il paraissait ému. Noura ne put s'empêcher de se demander s'il était sincère ou s'il jouait la comédie – une seconde nature, paraît-il, chez les politiques. Lorsque, une fois les invités assis et servis en thé ou café, le président l'interrogea doucement sur son frère, montrant à la fois délicatesse et intérêt, elle pencha pour la première hypothèse.

Cardignac s'adressa à toute la famille :

— Je veux vous exprimer toute ma reconnaissance, au nom de la République, pour votre réaction d'une dignité exemplaire. J'espère de tout cœur que votre appel permettra un retour au calme, des émeutes et des violences seraient néfastes pour tout le monde. Nous mettrons les moyens…

— Tout ça c'est que des belles paroles, l'interrompit Faris. Les jeunes du quartier, ils ont la rage. Ils vont être punis, ceux qui ont assassiné mon frère ? C'est toujours pareil, les flics s'en sortent et puis eux ou leurs collègues reviennent nous harceler.

— Bien sûr que justice sera faite, je m'y engage personnellement, tenta d'apaiser Cardignac. L'enquête est déjà en cours.

— Nous avons du mal à y croire, monsieur le président, intervint le père. Beaucoup d'assassinats comme celui de Yassine sont restés impunis, les choses traînent comme si nous étions des sous-citoyens. Sachez que nous sommes venus uniquement pour notre fils, Yassine était la prunelle de nos yeux, à tous. Et il rejetait la violence. Mais c'est si dur pour nous, regardez ma femme, elle ne revivra jamais comme avant…

Le président semblait gêné. Delphine se remémora les photos dans *Paris Match*, l'été précédent, de Cardignac en vacances familiales, avec sa femme et leurs deux jeunes enfants, tous éclatant de bonheur et de vie. Quel contraste, quel gâchis…

Soudain une jeune femme apparut, la poitrine bardée d'appareils photo et de gros flashs. C'était la photographe officielle du palais. Elle se proposait de réaliser un portrait de la famille avec le président, dans son bureau plutôt que sur le perron, plus impersonnel.

— C'est le protocole, expliqua Delphine un peu mal à l'aise.

Les Bassir refusèrent d'abord de se plier au jeu.

— Nous n'avons pas à servir d'alibi à des assassins et à ceux qui les couvrent ! s'emporta Faris.

— Mon fils a raison, ce serait trop facile, la scène des bons Arabes qui appellent à la paix des cœurs, renchérit Hakim Bassir. On ne veut pas de casse, pas de guerre civile, c'est vrai. Mais la justice d'abord !

Cardignac et Salgado, compréhensifs, n'insistèrent pas.

Noura intervint. D'une voix douce, elle expliqua aux siens qu'il lui en coûtait à elle aussi, mais que cela valait le coup de ravaler la colère, que cette image serait utile. Yassine aurait approuvé, assura-t-elle : ainsi, il ne serait pas mort pour rien.

La famille finit par accepter, à demi convaincue.

Sur la photo, que le service de presse de l'Élysée allait diffuser aux agences en preuve d'apaisement, Faris serrait la mâchoire et tenait ses poings fermés. Tandis que Noura, qui s'était tant investie, se tenait curieusement en retrait.

La prise de vue terminée, le président les emmena vers le buffet.

— Je sais que ça ne changera rien à votre douleur, mais je pourrais appeler le directeur de Sciences po pour lui suggérer de baptiser l'une des salles de cours du nom de votre fils.

Le père se braqua à nouveau.

— Pfff… Mais ça ne peut pas atténuer notre douleur ! Sciences po ! On n'a même pas laissé à Yassine la chance d'y faire ses preuves, on l'a abattu avant. Non, tout ça ne ferait que raviver nos plaies, ne vous donnez pas cette peine…

Les larmes lui affleuraient aux coins des yeux. La mère de Yassine demeurait silencieuse, accablée de chagrin.

Le frère, lui, conservait un air farouche.

— Racontez-moi l'histoire de votre famille, demanda Cardignac pour apaiser l'atmosphère, on m'a dit que vous êtes un modèle d'intégration, que vous êtes un entrepreneur.

Le père redressa le buste.

— Je n'ai pas eu à m'intégrer, comme vous dites, monsieur le président, puisque je suis français depuis toujours ! Mon père a quitté Rabat en 1957 et il est venu s'installer à Paris. Moi je suis né ici, à La Courneuve. La famille de ma femme vient aussi du Maroc. J'ai été d'abord simple ouvrier et j'ai fini contremaître à l'usine Peugeot d'Aulnay-sous-Bois. Après la fermeture de l'usine, j'ai ouvert un garage auto. Vous savez, mon père me disait toujours, il faut travailler dur pour…

Delphine avait quitté la conversation pour s'approcher de Noura qui observait les tableaux du salon.

— Merci pour votre sang-froid, dit Delphine, l'appel au calme a été un signal fort pour ce pays.

— Ce qui m'importe, c'est la mémoire de Yassine, je ne veux pas de récupération politique, pas de vengeance. Je veux que toute la France sache qui était mon frère, quel type bien et prometteur c'était, que les gens s'arrachent des yeux ces images de racaille. Ça ne sert à rien de casser, ça ferait trop plaisir à ceux qui nous dénigrent. Il faut qu'il tienne ses promesses, le président.

Delphine écoutait la jeune femme avec intérêt. Elle sentait chez elle une force de caractère peu commune.

— Et il le fera. Je vous le promets. Échangeons nos portables, je vous tiendrai personnellement au courant.

— D'accord, je suis joignable de préférence dans la journée, on nous colle pas mal de gardes de nuit en ce moment.

— Oui, j'ai appris que vous êtes interne dans un hôpital, félicitations, joli parcours ! Je connais bien les exigences de ce milieu, ma mère est infirmière. Plus de trente ans de carrière derrière elle, et elle trouve que c'est de plus en plus dur.

Le visage de Noura se détendit pour la première fois.

— Oui, merci à la France pour m'avoir permis de faire ces études, répondit-elle non sans une pointe d'ironie. Mais entre nous, le système de santé marche moins bien qu'avant, c'est ce que m'assurent mes aînés. Vous devriez dire au président qu'il augmente les budgets. Et nous donne des augmentations !

— Je ne suis pas certaine qu'il le fera, mais je transmettrai. Vous faites votre internat dans quel établissement ?

— L'hôpital Bichat.

— J'ai vu qu'un ancien président de la République y a été soigné. Depuis la fermeture du Val-de-Grâce, il a un département pour accueillir les personnalités admises en urgence ?

Noura tourna la tête en direction de Marc Cardignac. Son ton se raidit.

— Tout à fait. D'ailleurs, si votre président ne rendait pas justice à Yassine et qu'il tombait malade et nous était envoyé en urgence, soyez certaine que je m'occuperai de lui personnellement. Et je posterai un message au nom de Daech après son exécution.

Delphine se crispa et eut un mouvement de recul.

— Pardon ?

Noura afficha un sourire désabusé devant la mine décomposée de son interlocutrice.

— Je plaisantais, madame Salgado. Pendant un court instant, vous m'avez crue. C'est bien là le drame, même avec mes diplômes et mon éducation à la française, je peux à tout moment être suspectée des pires turpitudes. Si j'avais été bien blonde, bien gauloise, vous ne m'auriez sans doute pas prise au sérieux.

Delphine ne sut que répondre.

12

Banlieue parisienne

La 308 gris métallisé et banalisée de la BAC ronronnait à l'arrêt, moteur au ralenti. Juste devant elle, à une dizaine de mètres, trois poubelles enflammées barraient le passage. Des lueurs orangées se reflétaient de chaque côté sur la tôle des voitures garées le long du trottoir et sur les vitres des immeubles HLM qui bordaient la rue. Derrière les containers gris, une trentaine d'individus hurlaient et frappaient avec des barres de fer sur d'autres poubelles renversées. Une longue banderole tendue entre les pans d'immeubles ondulait derrière eux. Le prénom Yassine inscrit en lettres de sang, écarlates et épaisses.

Assis à côté du conducteur, le lieutenant Théophile prit son micro, tout en jaugeant les manifestants.

— Central de Delta 1. Nous sommes bloqués à l'entrée de la rue Paul-Éluard. Poubelles incendiées sans menace sur les habitations. N'envoyez pas les pompiers.

Une voix féminine grésilla dans le haut-parleur.

— Delta 1 de Central. Vous voulez des renforts ?

Le conducteur, un agent, jeta un regard fatigué à son supérieur.

— C'est sûr qu'à nous deux on ne va pas pouvoir faire grand-chose pour rétablir la circulation.

— Central de Delta 1. Si vous avez une pelleteuse ou un char d'assaut on est preneurs, répondit-il d'un ton sarcastique.

Frais émoulu de l'école, le lieutenant gardait en tête les consignes reçues. Avec l'affaire Yassine, pas de provocation, pas de zèle inutile. Mot d'ordre apaisement.

— Si on fait venir des gars, on tombe dans le panneau. Ils n'attendent que ça. L'appel aux pompiers était un piège. Pas de menace aux alentours. On rebrousse chemin et on reste en observation. Terminé.

— Delta 1 de Central. Bien reçu. Terminé.

Le conducteur grommela en passant la marche arrière. La boîte de vitesses craqua dans un cri de douleur.

— Courage, fuyons… Ça devient une putain d'habitude. Des années qu'on ne peut plus faire le boulot dans ces coins pourris. Et entre nous ça m'arrange bien ce soir.

— Pourquoi ?

— Je suis crevé ! On nous a envoyés en renfort sur des manifs toute la semaine dernière et celle d'avant c'était la chasse aux djihadistes. J'ai juste une envie, retrouver ma femme et mes deux fils. Et dormir pendant trois jours. Faudrait pas trop qu'ils me chauffent les pyromanes d'en face.

Le lieutenant émit un soupir.

— Je sais, mais on respecte les ordres. Pas de nouveaux Yassine. Attendons que les manifestations de soutien soient passées.

— On peut pas dire que les appels au calme de la famille aient été efficaces. J'aimerais bien moi aussi prendre l'apéro chez le président. Ha ha…

— S'ils ne l'avaient pas fait, on aurait peut-être plus d'emmerdements.

Le conducteur effectuait son demi-tour en pestant.

— Expliquez-moi un truc lieutenant. Quand il y a des attentats, comme à Lyon, tous ces mecs de banlieue on les voit jamais manifester. Mais quand une racaille se fait neutraliser, alors là c'est la totale. Manifs, chialeries à tous les étages, indignation des journalistes.

Le lieutenant secoua la tête, lassé de ces tirades. Au commissariat, il avait la réputation de faire partie des officiers les plus impliqués dans la nouvelle politique d'apaisement des quartiers lancée par le gouvernement un an plus tôt. Il donnait même des cours de français à des gamins hors de ses horaires de travail.

— Yassine n'était pas une racaille. D'après l'enquête, au moment de l'interpellation il avait été envoyé pour récupérer son cousin dans la rue.

L'inspecteur ricana en tournant à nouveau le volant.

— Un cousin bon petit trafiquant avec un casier aux petits oignons.

— Vrai, mais Yassine, lui, était vierge, il avait passé son bac avec mention et…

Il ne put finir sa phrase.

La Peugeot trembla de toute sa carcasse. Les sièges des deux passagers se soulevèrent et retombèrent comme dans un manège de foire. Ils ouvrirent de grands yeux écarquillés.

Un gros frigo trônait sur le capot de la 308.

Le temps qu'ils réalisent ce qui se passait, un lave-linge percuta à son tour le toit dans un fracas épouvantable et l'enfonça au point que les policiers durent baisser la tête. Puis ce fut un énorme congélateur flambant neuf qui percuta la jonction du capot et du pare-brise. D'autres objets qu'ils n'arrivaient pas à identifier chutaient de toutes parts.

Une pluie. Une pluie de fer et d'acier.

La vitre du pare-brise se fendilla en long et en large. Une fumée noire sortit de la tôle dans un effluve écœurant d'huile brûlée.

— Merde ! jura l'agent qui par réflexe tentait de finir son demi-tour, ils nous jettent leurs saloperies du haut de l'immeuble. On se fait serrer.

Le lieutenant avait empoigné la radio et hurlait :

— Central de Delta 1, embuscade, envoyez-nous renforts. Je répète, embuscade.

— Delta 1 de Central. Bien reçu. Tenez bon.

— Putain ! cria son collègue qui appuyait rageusement sur l'accélérateur.

Le moteur avait calé. Le lave-linge roula du toit et tomba contre la portière du conducteur.

Le lieutenant jeta un œil dans le rétroviseur. Une horde de gamins avait surgi de derrière les poubelles et s'avançait dans leur direction. Ils étaient à une vingtaine de mètres.

L'officier prit son Sig Sauer SP 2022 et l'arma, puis sortit son bras de la vitre de sa portière, le canon tourné vers le ciel. Deux coups partirent. Les jeunes se planquèrent derrière des voitures.

— Ça les calmera.

Il se tourna vers le conducteur.

— La caisse ?

— Ça démarre pas.

— On dégage.

L'agent actionnait la poignée de sa portière avec rage. En vain. La carcasse de la cuisinière gisait de tout son poids contre la tôle.

— Passez de mon côté, aboya l'officier.

Au moment où il poussait la sienne, la porte de l'immeuble voisin s'ouvrit en grand. Deux types apparurent, les visages masqués par des cagoules. Le lieutenant poussa sur sa porte de toutes ses forces et mit un pied à terre, l'arme braquée dans leur direction. Il hurla à pleins poumons.

— On ne bouge plus ! Police !

Les deux hommes s'étaient immobilisés net. Le cœur du policier battait à tout rompre. Il fallait garder son sang-froid, pas de nouvelle bavure.

Soudain une bouteille s'écrasa contre la portière. Des éclats de verre jaillirent de toutes parts et fauchèrent sa joue.

Un grondement de moteur rugit derrière lui.

— Montez lieutenant, elle marche à nouveau.

L'officier recula lentement, l'arme levée en l'air, puis il s'engouffra dans l'habitacle. Dans la rue, des ombres virevoltaient entre les lueurs des lampadaires, des cris fusaient.

La voiture démarra et fit marche arrière en zigzaguant, le congélateur tomba à terre. Le flic conduisait au jugé.

— Putain, on devrait nous filer une prime pour…

Il n'eut pas le temps de terminer sa phrase. Une voiture tous phares éteints percuta la 308 sur le côté. Le véhicule des policiers fit une embardée brutale contre le mur de l'immeuble. Un jet d'huile noire jaillit du capot. Les deux hommes s'étaient retrouvés plaqués l'un sur l'autre sous l'effet du choc.

— Nom de Dieu, gémit l'agent en se dégageant, là elle est vraiment morte.

— Central de Delta 1. Renforts ! cria le lieutenant au micro. On est coincés dans la bagnole.

— Delta 1 de Central. Ils arrivent, grésilla la voix féminine, tenez bon.

— Non, on tient pas bon.

Soudain, il se passa quelque chose d'étrange. Une averse s'abattit sur la Peugeot. Pas une pluie classique. Non, l'eau coulait par à-coups. Par flaques successives.

Le cœur du lieutenant fit un bond. Il reconnut l'odeur âcre. Ce n'était pas de l'eau.

De l'essence.

Des types déversaient le contenu de bidons d'essence depuis un balcon.

Impossible de tirer. À la moindre étincelle, tout allait exploser.

— Fils de pute, lança un gamin avec une casquette rouge vif, même pas quinze ans, qui s'était approché de la Peugeot martyrisée.

L'essence coulait de partout dans l'habitacle et imbibait leurs vêtements.

Le groupe de jeunes s'était rassemblé autour d'eux, à distance respectable. Les deux hommes pouvaient distinguer leurs visages hostiles. Haineux.

Pourtant rien ne se passait. Les assaillants restaient là plantés comme des piquets à les contempler pris au piège dans leur cercueil d'acier.

— Ils n'oseront pas mettre le feu, jeta l'agent. On a une chance.

La voix de l'opératrice résonna à nouveau.

— Un car sera sur place dans cinq minutes.

L'agent se tourna vers l'officier.

— On va s'en sortir, lieutenant.

— J'espère bien. J'ai un marathon à courir dimanche prochain.

Un type, crâne rasé et barbe fournie, arriva dans leur direction avec une caméra GoPro. Il la dirigea vers la voiture, puis cria d'une voix forte :

— Une minute pour sortir de votre caisse. Passé ce délai ce sera barbecue au poulet.

Des cris jaillirent de toutes parts.

— Ahmed, crame-les tout de suite ! Pour Yassine !

— À mort les keufs !

— La ferme, je filme.

Les policiers échangèrent des regards perdus.

— C'est un piège, ils vont nous flinguer si on sort, jeta le conducteur, attendons les secours.

— Peut-être, mais on peut aussi finir en merguez. Tu prends le risque ?

Le crâne rasé s'était éloigné de la voiture, d'une main il filmait, de l'autre il jouait avec un gros briquet d'où sortait une petite flamme bleue.

— Quarante-cinq secondes !

Le lieutenant crispa sa main sur la poignée de la porte et sortit.

— Je préfère le plomb au bûcher.

— Et merde, gronda son collègue, qui le suivit avec appréhension.

Les deux hommes imbibés d'essence faisaient face au groupe de jeunes, pistolets braqués sur eux. Rien ne se passait. Ils reculèrent lentement en direction de la rue. Leur unique issue de secours.

Le barbu joua avec sa caméra de longues secondes puis jeta son briquet à terre sur une rigole d'essence. Les visages des policiers se figèrent de terreur.

Une flamme bleue jaillit et se propagea à toute vitesse en direction de la 308. Le barbu exultait.

— Et maintenant, barrez-vous, fissa ! On va battre le nombre de vues sur YouTube.

Les deux policiers coururent le plus vite possible.

Il s'écoula quelques secondes avant qu'un grondement sourd ne déchire le silence. Des jets rougeoyants illuminèrent la nuit, effectuant d'élégantes arabesques au-dessus de la Peugeot. Les deux flics couraient à perdre haleine et sentirent le souffle de l'explosion dans leur dos. Des cris de joie accompagnèrent leur retraite.

Il fallut de longues minutes aux deux fuyards pour atteindre le coin du bloc. Une sirène stridente se fit entendre à l'opposé de l'entrée de la cité. Le car des renforts. L'agent était courbé contre un mur et reprenait son souffle avec peine.

— Les collègues arrivent, on l'a échappé de justesse, dit l'agent. On n'avait aucune chance, ils étaient à dix contre un. Ça me donne la rage. Je comprends pas qu'ils nous aient laissés en vie.

Le lieutenant observait les lueurs de l'incendie.

— Le type a tout filmé et il va balancer ça sur tous les réseaux sociaux. Il a eu ce qu'il voulait. Quelque chose de bien plus précieux que notre mort.

— Et quoi ?

— Notre peur.

13

Élysée
Conseil de défense

— Messieurs, je vous salue.

L'entrée d'Alice Valbergues dans le bureau présidentiel jeta un froid parmi les participants. Pourquoi la conseillère spéciale du chef de l'État était-elle conviée à cette réunion du Conseil de défense ? D'ordinaire, assistaient exclusivement à ces séances qui se tenaient chaque mercredi matin dans l'intimité du Salon doré, avant le Conseil des ministres, le président et son chef d'état-major particulier, le Premier ministre et les ministres des Armées, de l'Intérieur et des Affaires étrangères. Ainsi bien sûr que le chef d'état-major des armées. Le CEMA comme on le désignait.

Mais les collaborateurs « civils » du PR, c'était exceptionnel. La présence de la Professeure signifiait à coup sûr une annonce d'importance de la part du président. Autre entorse, la ministre de la Justice avait aussi été conviée. Le président salua brièvement Alice Valbergues et l'invita à s'asseoir.

Alice Valbergues s'assit à côté du chef de l'État et posa son ordinateur portable et son téléphone TEOREM sur la table. Elle jaugea les participants. La tension et l'inquiétude étaient palpables.

La vidéo des policiers si près de se faire rôtir dans leur véhicule avait horrifié le pays, déjà traumatisé par les attentats. Le constat s'imposait à tous, la République était impuissante à rétablir l'ordre et ses représentants armés étaient débordés. La stupéfaction submergeait les réseaux sociaux et les médias. Dans toute la France les collègues des deux rescapés descendaient dans la rue pour manifester leur colère.

Tandis que les serviteurs en gants blancs versaient du café, un silence glacé régnait sur l'assistance, répartie de part et d'autre de la précieuse table basse en Plexiglas et feuille d'or.

Une fois le majordome sorti, le président s'éclaircit la gorge et prit la parole. Tous les regards étaient tournés vers lui.

— Mesdames, Messieurs, je vous ai réunis pour vous faire part d'une grave décision. Avant de vous l'exposer, je tiens à souligner, et j'insiste sur ce point, que j'ai envisagé toutes les autres options avant de trancher. Mais ce qui vient de se passer au long de ces derniers jours marque un point de non-retour.

Il suspendit sa phrase et saisit son jus de fruits qu'il avala à moitié. Tous remarquaient sa gêne perceptible. Ses yeux clignaient plus que d'habitude, le ton de sa voix semblait moins assuré. Alice Valbergues lui adressa un regard de soutien.

Le président posa ses mains à plat sur la table comme pour s'arrimer.

— En vertu de l'article 36 de la Constitution, j'envisage de décréter l'état de siège.

À l'air ahuri des participants, le Premier ministre Charles Brissaud compris, il était clair que le secret avait été parfaitement gardé. Même le ministre des Armées, Édouard Garland, pourtant le va-t-en-guerre de l'équipe, paraissait estomaqué. Brissaud bondit.

— Comment ? L'état de siège ! L'ar…

— Oui, l'armée.

— Vous voulez donner les clés du pouvoir aux militaires !

Marc Cardignac secoua la tête.

— Nullement. Je suis le chef des armées. Le pouvoir reste ici à l'Élysée. L'armée agira sous mon autorité et en certains points du territoire. Le tout pour une durée limitée. Il s'agit de nous donner plus de moyens pour combattre l'ennemi plus durement que jusqu'à présent.

— L'ennemi… Mais le pays n'est pas en guerre, lança la garde des Sceaux. Aucun ennemi ne menace nos frontières. Enfin, monsieur le président, vous êtes sûr que…

Cardignac la coupa sèchement :

— Je vous prie donc tous de prendre rapidement les dispositions qui s'imposent. C'est le but de notre réunion. Nous devons examiner tout ce que ce dispositif – lequel, je vous le rappelle, est prévu par l'article 36 de notre Constitution – nécessite pour une mise en œuvre opérationnelle le plus rapide possible. Et tout cela, je n'ai pas besoin de vous le préciser, dans la confidentialité la plus absolue. Si certains d'entre vous ont des états d'âme, ils devront en tirer les conséquences. Mais pour l'instant, pas un mot à la presse. Ni au reste du gouvernement, encore moins à la représentation nationale, ils n'ont pas besoin d'être informés à ce stade. Inutile de déclencher l'alerte sur les préparatifs. Secret-défense !

L'aréopage restait pantois. Seule Alice Valbergues, un mince sourire esquissé sur les lèvres, paraissait goûter la situation.

Passé le choc initial, chacun songeait à ce qu'impliquait l'activation de l'article 36. L'état d'urgence puissance dix, les tanks dans les rues et les cités, les militaires aux commandes, partout. Le pays muselé d'un coup. C'était tout simplement vertigineux. La voix de Cardignac, qui avait perçu ce flottement, brisa le silcnce pesant :

— Rassurez-vous, je n'ai pas l'intention de jouer en France un remake du Chili de Pinochet. Mais je veux que l'on se donne les moyens d'en finir une bonne fois avec cette chienlit avant qu'elle ne gangrène la nation entière.

Chienlit. Le président avait utilisé à dessein le mot du général de Gaulle en Mai 68, désemparé face à un mouvement qu'il ne comprenait pas. Sauf que la chienlit, aujourd'hui, était mortelle.

La ministre de la Justice se leva lentement. Elle affronta le président d'un regard flamboyant.

— Je ne m'exprime pas ici sur un plan moral, mais en tant que garde des Sceaux, garante de l'application des lois dans ce pays, il est de mon devoir de vous mettre en garde. Vous ne pouvez pas décider d'engager l'armée sur le sol national sans en mesurer les conséquences sur le plan législatif.

Le président resta impassible.

— J'en prends bonne note. Maintenant asseyez-vous et écoutez. Ce qui suit va être instructif.

La ministre attendit quelques secondes pour marquer le coup puis obtempéra en se drapant dans son étole. Cardignac reprit :

— Avant de passer la parole à mon chef d'état-major personnel et à celui des armées, je voudrais que Mme Valbergues vous présente les conclusions d'une mission que je lui ai confiée sur la mise en place de l'état de siège. Professeure, nous vous écoutons.

Alice Valbergues hocha la tête et ouvrit son portable. Elle balaya ensuite la salle d'un regard assuré. Elle connaissait sa mission, il s'agissait moins de rentrer dans les détails que de rassurer les membres du gouvernement.

— Madame et Messieurs les ministres, Messieurs les généraux, j'ignore l'étendue de vos connaissances sur le sujet, pardonnez-moi si je vous donne des explications que vous jugerez inutiles. Bien… En cas d'attaque grave sur le territoire, la Constitution a prévu des dispositions qui permettent à la nation de se protéger. Vous connaissez l'état d'urgence qui a déjà été appliqué par le passé. L'état de siège, lui, implique l'usage des forces armées du pays dans les opérations de sécurisation des populations, à l'échelon de la police mais aussi de la justice.

La garde des Sceaux semblait bouillir sur place. La Professeure continua d'une voix calme.

— L'armée agit en coordination avec les forces de l'ordre, mais dispose d'une liberté plus grande pour appréhender tous suspects identifiés. Par ailleurs elle est autorisée à traduire les auteurs de délits devant des tribunaux militaires où s'applique le code de la Défense.

— Le code militaire ? Attendez, vous réalisez ce que vous dites !

Le visage indigné, la ministre de la Justice s'était dressée à nouveau, sous le regard stupéfait de ses collègues. Son châle était tombé à terre. Elle brandit un doigt accusateur en direction d'Alice Valbergues.

— J'ai étudié le code militaire, il prévoit les exécutions capitales en temps de guerre. Vous voulez rétablir la peine de mort ?

Les deux femmes se faisaient face, comme pour un duel.

Tous les regards se tournèrent vers la Professeure.

14

Élysée
Conseil de défense

Le président toisa la garde des Sceaux.

— Laissez répondre Mme la conseillère et asseyez-vous.

La ministre de la Justice se rassit lentement. Alice Valbergues s'offrit le luxe d'un demi-sourire ironique.

— Madame la garde des Sceaux, je vous rassure, la guillotine restera à sa place au musée de la Justice de Draguignan. Le code militaire est prévu pour s'appliquer dans le cas d'une guerre contre un État ennemi. Et si cela peut vous rassurer, nous pouvons faire passer un décret qui servira de garde-fou.

— Trop aimable, grinça la ministre qui ramassa son châle et le réajusta dans une posture de défi.

— En revanche, il faut être clair, reprit la Professeure, l'état de siège restreint des libertés fondamentales là où il s'applique. Couvre-feu, interdiction de réunion publique, obéissance aux forces armées en cas d'interpellation. Avec, dans ce dernier cas, la possibilité donnée aux militaires d'employer leurs armes en cas de rébellion.

La ministre de la Justice ricana :

— C'est bien ce que je disais. On remet au goût du jour la peine capitale. Vous remplacez la guillotine par le fusil-mitrailleur. Je vois déjà la scène, des gamins de cité se font arrêter par vos Rambo, ils essaient de s'enfuir et pan, deux balles dans le dos !

— Il peut y avoir un risque de bavures, mais des consignes strictes seront données pour encadrer l'usage de la force. N'oubliez pas que les militaires travailleront en étroite coordination avec la police et la gendarmerie. Je…

— Vous rêvez ! répondit la garde des Sceaux en secouant la tête d'un air buté. Quand ils verront arriver vos chars d'assaut, ils se lèveront en masse pour harceler vos troufions. La seule chose que vous récolterez c'est une intifada à l'échelle nationale. De Marseille à Lyon, de La Courneuve à Villetaneuse les quartiers vont s'embraser.

Le président leva la main d'un air courroucé.

— Nous avons pris bonne note de vos remarques, mais ce que vous ne comprenez pas c'est qu'ils s'enflamment déjà et que nous sommes incapables de les éteindre.

Puis, balayant la salle du regard :

— Avez-vous des questions techniques à poser à Mme Valbergues ?

Le ministre de l'Intérieur s'éclaircit la gorge :

— C'est censé durer combien de temps votre régime d'exception ?

— La Constitution est précise sur les délais : douze jours. Au-delà de cette période, le président doit avoir l'accord de l'Assemblée nationale pour envisager une prolongation.

Le ministre des Affaires étrangères qui était resté silencieux prit la parole :

— Vous vous rendez compte que cette décision, si elle est prise, va heurter nombre de nos concitoyens. À l'image de Mme la garde des Sceaux. On va vous accuser de restreindre les libertés publiques, de museler la démocratie. Il y a fort à parier que les partis d'opposition, les syndicats, les enseignants, les étudiants et une foule d'associations descendront dans la rue. Sans parler des médias qui attiseront les braises.

— J'en suis conscient. Cela fait partie de ma réflexion. Par ailleurs nous risquons aussi d'avoir des réactions inquiètes de nos partenaires de l'Union européenne. C'est pour cela qu'il faudra faire une tournée des capitales et je compte sur vous.

L'exposé d'Alice Valbergues avait produit son effet. Plus aucun des hauts responsables de l'État présents dans la pièce ne doutait de la détermination du président, même s'il n'avait pas formellement pris sa décision. Chacun avait remarqué que les deux seuls militaires présents, le chef d'état-major particulier de l'Élysée et le CEMA, numéro un des armées, arboraient des visages de marbre.

Brice Léandri, soudain revivifié, dégaina à nouveau :

— Et qui pilotera le navire en état de siège ? interrogea-t-il. (Sans attendre la réponse il poursuivit de son timbre chevrotant :) Il est évident que la coordination doit revenir à Beauvau. Nous possédons le savoir-faire, l'expérience des émeutes de banlieue de 2005, de la lutte antiterroriste et de la gestion sans discontinuer des années d'état d'urgence depuis les attentats de janvier 2015. J'oserai même dire, monsieur le président, qu'en nous confiant cette responsabilité éminente vous rendriez un fier hommage aux agents des forces de l'ordre, gendarmes et policiers, qui ont sacrifié leur vie pour la nation.

Avec ce dernier argument, instillé dans son style un brin pompeux, le rusé Léandri était convaincu d'avoir marqué un point décisif.

— Il n'en est pas question, s'emporta le ministre des Armées, faisant des moulinets de bras. À partir du moment où des militaires sont déployés, nous devons avoir le contrôle des opérations, d'un bout à l'autre de la chaîne de commandement. Il est crucial que nous soyons à la manœuvre, sous peine de tout voir foirer. Vous n'imaginez tout de même pas que nous allons confier nos chars, nos blindés légers, nos hélicoptères, nos drones, nos hommes avec leurs lance-roquettes et leurs fusils d'assaut HK416 à des pékins qui ne connaissent rien au kaki !

Sa tirade achevée, Édouard Garland, le rouge aux joues, se tourna vers le président. Ce dernier demeura silencieux, semblant attentif aux arguments de chacun.

Garland abattit sa carte maîtresse :

— Et pour ce qui concerne la coordination, je vous signale que nous disposons de l'outil le plus performant du pays : le CPCO flambant neuf de Balard.

CPCO, pour Centre de planification et de conduite des opérations. Le poste de commandement le plus secret de la République. Davantage encore que la salle Jupiter enfouie sous l'aile Madame de l'Élysée, où était censé s'abriter le chef de l'État pour y donner ses ordres en cas d'attaque nucléaire et son feu vert pour déclencher les opérations sur des théâtres étrangers. Plus secret aussi que la vaste salle de gestion de crise de Beauvau, plus d'une fois filmée ou photographiée en présence des VIP de la République suivant en *direct live* sur les multiples écrans de contrôle la traque et la capture de dangereux djihadistes.

Le CPCO, lui, était strictement interdit aux médias. Ce QG n'avait pourtant rien de spectaculaire. C'était un ensemble de plusieurs pièces modulables aux tons uniformes de gris, moins de cinquante nuances, aménagées en *open space* façon start-up et situées dans l'immense complexe de Balard. Le fameux « Pentagone à la française », ainsi que le désignait la presse, inspiré du mythique siège de la défense américaine à Washington, avait été érigé durant la décennie 2010 à la périphérie du quinzième arrondissement parisien. Il hébergeait l'état-major des armées et les services du ministère. Les ministres successifs, eux, avaient refusé d'abandonner le prestigieux hôtel particulier de Brienne, rue Saint-Dominique en plein septième arrondissement. Le prédécesseur de Cardignac, sous le mandat duquel Balard fut inauguré, avait bien sommé le ministre de déménager mais l'intéressé, au poids politique considérable, fit la sourde oreille : hors de question vu son rang de s'éloigner du cœur géographique du pouvoir ! Ses successeurs avaient pris le pli. Hermétiques à ces pointes de snobisme, les militaires, eux, appréciaient le confort de travail offert par le siège de Balard. Aux antipodes du labyrinthe souterrain de leur ancien PC, boulevard Saint-Germain, auquel on rajoutait crise après crise des cellules d'urgence qu'il fallait installer jusque dans la cour du vieux bâtiment.

Au CPCO, où officiaient vingt-quatre heures sur vingt-quatre, sept jours sur sept, deux cent cinquante officiers de haut rang de toutes armées, on échafaudait les scénarios de crises et les plans d'attaque, on concevait et pilotait la totalité des missions des forces armées : des frappes de missiles en Syrie à l'assistance aux populations victimes de catastrophes naturelles. Cette capacité à rassembler en un même lieu, pourvu des moyens de coordination les plus modernes et efficients, les meilleurs experts et décideurs constituait le point fort sur lequel misait Garland. La conduite de l'état de siège, avec la multitude d'opérations qu'il allait entraîner simultanément sur le territoire, ce devait être ici et nulle part ailleurs.

Alice Valbergues se pencha vers le président et murmura quelque chose à son oreille. Cardignac prit la parole :

— L'article 36 de la Constitution est clair. Pendant l'état de siège, c'est l'armée qui a le contrôle… sous mon autorité suprême bien entendu.

Léandri s'affaissa sur lui-même, tandis que Garland souriait, triomphant.

Le président se tourna vers les deux militaires présents dans le Salon doré.

— Il reste à aborder le point le plus important de cette réunion avant que je prenne une décision. Il y a deux jours, j'ai demandé aux généraux ici présents de réfléchir au déclenchement de l'article 36. Mes questions sont les suivantes. Un, existe-t-il un plan tout prêt pour son application sur le territoire national ? Deux, quels sont vos avis sur le sujet ?

Cette fois les visages scrutaient les officiers qui étaient restés muets, regardant siffler les balles entre les politiques.

Le chef d'état-major personnel de Cardignac jeta un œil rapide à son homologue puis commença :

— La réponse est oui à la première question, répondit le général, il existe une entité qui travaille sur les différents scénarios possibles en cas de catastrophe naturelle ou d'événements multiples et variés mettant en cause la sécurité nationale. Dont l'hypothèse de révoltes dans tout le pays.

— Quel est le nom de cette… entité ?

— Le pilier Territoire national[1].

— Le pilier Territoire national ? Jamais entendu parler, lança le ministre des Affaires étrangères. Ça ne sonne pas vraiment comme un service officiel.

— Disons que c'est une cellule de réflexion composée d'une trentaine de généraux d'active et d'officiers supérieurs qui travaillent de concert. Je le précise en liaison avec le secrétaire général de l'Élysée, l'état-major des armées et le Secrétariat général à la Défense et la Sécurité nationale. Les membres du Pilier se réunissent à l'École militaire au Champ de Mars et fournissent régulièrement des rapports précis. J'ajoute en outre qu'ils consultent en permanence des experts dans de nombreux domaines pour mettre à jour leurs connaissances.

Le militaire prit sa serviette de cuir rouge et en sortit une clé USB noire qu'il posa sur la table.

---

1. Authentique.

— Dans cette clé se trouve le plan Autan. Plan qui envisage l'éventualité de l'intervention de l'armée dans des zones ciblées sur le territoire national.

— Autan, comme le vent du côté de Toulouse ?

— Oui, les militaires utilisent souvent des noms d'animaux, d'insectes, d'oiseaux ou de… vents. L'opération d'intervention en Libye s'appelait Harmattan, comme le souffle du même nom.

Il s'arrêta un instant pour rassembler ses notes posées sur la table, puis reprit :

— Les forces militaires sont déployées pour appuyer les interventions de police et de gendarmerie. Tout cela est prévu et autorisé par une directive ministérielle classifiée. Depuis l'application du plan Sentinelle, il existe des simulations de déploiement de l'armée sur des zones civiles. On m'a communiqué ces documents que je tiens à votre disposition. Il s'agit par exemple du soutien d'unités d'infanterie et de blindés en appui feu – en « couverture », si vous préférez – des forces de l'ordre, police et gendarmerie. Je rappelle aussi que nous disposons d'une ville d'entraînement pour les combats urbains. Le CENZUB. On estime qu'un tiers des effectifs de l'armée de terre a fait un stage là-bas.

Le président hocha la tête.

— Si je comprends bien, techniquement c'est possible.

— Oui, il faut seulement mettre à jour le plan Autan et l'adapter aux besoins, en termes d'équipements et d'hommes. Cela ne se fait pas en claquant des doigts.

Un silence plana dans la salle. Le président se tourna vers l'autre gradé, le chef d'état-major des armées, l'officier le plus puissant de France.

— Vous avez la parole, amiral. Votre avis ?

L'amiral Roland Gicquel avait un physique assez massif mais un visage placide. L'homme évoquait plutôt un cadre supérieur d'assurances qu'un chef de guerre, bien qu'il ait pris part à plusieurs campagnes militaires dont l'opération Daguet lors de la première guerre du Golfe en 1991, avant de commander quelques années plus tard le porte-avions nucléaire *Charles-de-Gaulle*, fleuron de la Marine. Il était de ces officiers rompus à la chose militaire tout en sachant se mouvoir avec habileté dans les arcanes politiques. Bref, un homme de confiance et d'obéissance, totalement dévoué au président. Il avait d'ailleurs appelé ce dernier la veille pour lui donner un premier avis positif sur le projet d'état de siège.

Derrière ses lunettes d'écaille à l'ancienne, ses yeux ronds laissaient pourtant entrevoir une certaine perplexité. Il se racla la gorge.

— Si vous permettez…, commença-t-il, semblant hésiter.

— Mais bien entendu, amiral, nous sommes tout ouïe, l'encouragea le président.

— Eh bien, je ne peux pas cacher que tout cela me paraît un peu hâtif, précipité. Mobiliser nos armées pour une tâche à laquelle elles ne sont pas préparées, pour laquelle elles ne sont d'ailleurs pas prévues devrais-je préciser, ne peut pas se faire d'un coup de baguette magique. Et puis je…

Cardignac l'interrompit, impatient.

— Combien de temps faut-il ?

Le chef d'état-major réfléchit. Sans même consulter Édouard Garland, son ministre de tutelle aux élans belliqueux, il répondit au bout de longues secondes :

— Il faut mettre en place toute une planification, inventorier les moyens nécessaires à une mission inédite, sur notre propre sol, redéployer des unités dont certaines peuvent se trouver en Opex. Bien sûr nous disposons des gros bataillons de Sentinelle, mais là c'est tout de même différent. Je dirais trois semaines, peut-être deux.

— Je vous donne huit jours.

Le président avait manifestement déjà endossé son habit de chef d'une nation en état de siège.

— Ce n'est pas tout, monsieur le président, reprit l'amiral.

Garland s'agita sur son fauteuil, visiblement irrité par les tergiversations de son subordonné. *Un militaire qui ne veut pas combattre, il ne manquait plus que ça*, pestait-il par-devers lui. *Il retourne son treillis !*

— Quoi alors ? demanda Cardignac.

— Je vous aurai averti, l'armée n'est pas faite pour cela. L'enquête, la chasse aux terroristes et aux fauteurs de troubles, les perquisitions et plus encore les procès, c'est l'affaire des gendarmes, des policiers et des juges. En aucun cas des militaires. Ou alors nous retombons dans les heures sombres de la guerre d'Algérie : personnellement, je ne me vois pas jouer le rôle du général Massu dans la pacification de la casbah d'Alger, il y a soixante ans ! L'état de siège que vous envisagez, c'est à mes yeux le recours ultime, qui ne peut se produire qu'en cas de tentative d'invasion de notre territoire par des ennemis extérieurs. Sinon…

Le chef d'état-major fit une pause. Il eut un geste de la main droite, comme pour épousseter les rangées de médailles qu'il arborait à la poitrine.

— Sinon, monsieur le président, c'est une forfaiture.

Un bruit de porcelaine cassée retentit. Stupéfait, le ministre des Armées venait d'en lâcher sa tasse de café sur la table Klein. À moins qu'il ne l'y ait brisée de rage. Alice Valbergues lança un regard assassin à l'amiral.

La garde des Sceaux applaudit.

— La Marine relève l'honneur de ce pays. Bravo !

Marc Cardignac inspira longuement, les yeux mi-clos, intense, concentré à l'extrême. Il prononça en détachant froidement ses mots :

— Très bien, monsieur le chef d'état-major, je vous ai compris. Je vous propose d'ajourner cette réunion.

Le président se leva, visiblement exaspéré.

— Ce sera tout, merci. Alice et vous, amiral, pouvez-vous rester ?

Le bureau présidentiel se vida, les participants s'éparpillèrent comme des collégiens à la sonnerie finale, tous plus ou moins soulagés par la sortie du chef d'état-major. Cardignac attendit que la porte se fût refermée, puis apostropha l'officier :

— Pouvez-vous m'expliquer votre volte-face devant le Conseil de défense ? Hier soir, vous étiez partant et aujourd'hui c'est *niet*.

— J'ai eu la nuit pour peser le pour et le contre en mon âme et conscience.

Cardignac tapa du poing sur la table.

— Forfaiture ! Vous m'avez insulté devant tout le monde.

— Je suis navré. Je reconnais que c'était un peu fort. Mais si cela a permis de vous éviter de prendre une décision catastrophique pour le pays, j'assume totalement.

Le président le toisa longuement. Son teint était blême.

— Et moi je vais vous dire ce que j'assume. Vous êtes relevé de vos fonctions.

15

Comité Du Guesclin
Paris
Septième arrondissement

Le déjeuner était sur le point de se terminer dans la salle d'apparat du cossu hôtel particulier. Les hautes et larges fenêtres de style Empire donnaient sur un délicieux jardin à la française bordé de vénérables murs de pierres entremêlées de branches de lierre.

Les serveurs avaient débarrassé les assiettes au pourtour cerclé d'or fin, essuyé les nappes blanches et servaient les cafés. Trois des convives s'allumaient leur épais cigare offert par le propriétaire des lieux, un Hoyo de Monterrey. Les dix invités, en majorité des hommes, devisaient à voix basse, des petits éclats de rire faisaient vibrer l'atmosphère ouatée.

Aux murs, juchés dans leurs cadres cirés, maréchaux et généraux des temps passés contemplaient la tablée, sévères et conquérants. Ils arboraient des tenues militaires flamboyantes, souvenir d'époques révolues où le métier des armes trônait au plus haut des cieux monarchiques, impériaux et républicains.

Casqués, perruqués, chapeautés, coiffés de béret ou de képi, épée à la garde pour les plus anciens, fleuret, sabre et arquebuse pour d'autres, pistolet au poing ou fusil au pied, la galerie de tableaux illustrait à merveille l'évolution de la geste millénaire soldatesque. Parmi tous ces seigneurs français de la guerre, qu'ils fussent nobles ou roturiers, un seul d'entre eux avait droit à son buste sculpté. Posé dans une niche faiblement éclairée, le connétable de France Bertrand du Guesclin dardait son regard de bronze sur les convives. Du Guesclin, le sauveur du roi Charles V, le chef de guerre qui avait, lui aussi, bouté les Anglais hors de France et rétabli l'ordre dans le royaume. Et hérité du prestigieux titre de connétable. Plus de six cents ans s'étaient écoulés depuis les exploits du Dogue noir de Brocéliande, mais sa plaque dorée avec son nom inscrit en lettres noires brillait de mille feux.

L'hôte du déjeuner, un homme à la soixantaine finissante, le cheveu rare, le visage sec et le teint pâle était assis en bout de table. Le général à la retraite, deux étoiles, Vincent de Haut Bréau, contemplait ses invités avec bienveillance. Tous partageaient les mêmes idées que lui fondées sur un attachement sincère aux valeurs militaires. Tous occupaient des positions clés dans l'armée, des organismes militaro-industriels ou au sein de l'administration. Il avait créé le comité Du Guesclin une dizaine d'années plus tôt, d'abord de manière informelle avec des camarades qui portaient l'uniforme. L'idée était d'évoquer le métier en toute liberté dans un cadre confidentiel.

L'armée n'était certes plus la Grande Muette d'antan mais, pour certains sujets sensibles, ses hauts gradés préféraient parfois s'épancher loin des oreilles indiscrètes. Puis, le succès aidant, le cercle s'était élargi et rassemblait en son sein des civils qui travaillaient dans l'orbite de la Défense nationale. Tous avaient effectué leur service militaire dans leur jeunesse et en gardaient d'étincelants souvenirs. C'était d'ailleurs, outre une cotisation annuelle rondelette, 5 000 euros financés par leurs entreprises, une condition obligatoire pour entrer chez Du Guesclin. Au fil des ans, le comité était devenu un think tank de poids, mais à la différence des cénacles analogues dans le civil, il ne donnait lieu à aucun rapport interne ou externe. Et encore moins de conférences publiques. On y parlait réforme des armées, qualité des équipements, influence auprès des gouvernements et de l'administration, budgets et opérations extérieures en tout genre. Un lobby aussi discret qu'influent.

Descendant d'une vieille famille qui s'enorgueillissait de n'avoir que des cavaliers[1] chez ses rejetons mâles, Vincent de Haut Bréau prêtait son hôtel particulier pour les réunions mensuelles du comité qui pouvaient rassembler jusqu'à cinquante ou soixante personnes.

Mais cette fois, le président de Du Guesclin n'avait réuni que le premier cercle du groupe.

Il fit tinter son verre en cristal de trois brefs coups de cuillère. Ses yeux noirs comme des puits profonds balayaient la salle d'un air impérieux.

Les conversations cessèrent presque instantanément, les deux femmes et les huit hommes présents avaient l'habitude de l'obéissance. Et du commandement.

1. La cavalerie est devenue l'arme des blindés.

— Mesdames et messieurs, cette séance extraordinaire revêt une importance particulière et vous allez comprendre pourquoi. Je voudrais remercier Alice Valbergues de s'être jointe à nous alors que la France traverse une crise épouvantable. Pour tout vous dire, c'est Mme la conseillère qui m'a demandé de vous convoquer.

Quelques murmures s'échappèrent.

— Avant qu'elle n'intervienne je voudrais vous montrer une courte vidéo qui éclairera son propos.

L'aristocrate tapota sur les boutons d'un boîtier posé sur la table. Les lumières des appliques s'évanouirent et un écran aussi blanc que la nappe descendit lentement derrière lui. Le ronronnement d'un vidéo-projecteur se déclencha au-dessus de la tête des invités.

Une image apparut. La scène se passait la nuit, devant ce qui ressemblait à une barre de HLM. Des poubelles brûlées faisaient comme des torchères illuminant la façade de béton. Des hurlements de joie jaillissaient de partout, tout un groupe de jeunes hommes dansaient et battaient dans les mains. Trois silhouettes brandissaient des kalachnikovs dans l'air. Ils tiraient des rafales dans la nuit sous les applaudissements de toute la bande. L'image zooma sur un autre barbu couché contre un parapet, il tenait au-dessus de son épaule un gros tube gris. Des murmures de stupéfaction jaillirent de la salle, tous avaient reconnu un lance-roquettes de dernière génération. Un jet de feu jaillit du fond du tube et une voiture explosa à une centaine de mètres sous des cris de joie.

L'image se figea dans un silence total. Puis les lumières revinrent et l'écran remonta vers le plafond.

— Cette scène s'est déroulée la nuit dernière dans une cité de Grenoble, expliqua le sexagénaire d'une voix posée. Inutile de vous dire qu'aucune unité des forces de l'ordre n'est venue interrompre cette joyeuse fête. La zone est considérée comme trop dangereuse.

L'un des invités à la coupe de cheveux réglementaire leva son cigare pour prendre la parole :

— Vous voulez proposer l'admission dans notre cercle de nouveaux membres issus de la diversité sociale et adeptes de la kalach ? C'est vrai qu'on manque de sang neuf depuis quelque temps.

Quelques rires ponctuèrent sa remarque.

L'aristocrate lui-même ne put s'empêcher de sourire.

— Il faudrait peut-être y songer…

Puis il resta silencieux, attendant de nouvelles réactions.

— Où voulez-vous en venir ? demanda un autre homme.

— Vous sensibiliser à ce qui se passe de nos jours dans notre pays.

L'une des deux femmes présentes, une colonelle de gendarmerie, prit la parole :

— Ces images me révulsent et je suis outrée comme tous les membres de notre cercle, mais hélas ce n'est pas nouveau. Souvenez-vous des attentats du 11-Septembre aux États-Unis, la racaille manifestait bruyamment sa joie dans certains blocs d'immeubles. Les forces de l'ordre et les gouvernements successifs n'ont jamais pu venir à bout de ce cancer qui ne cesse de s'étendre. Les tumeurs se répandent et elles sont incurables. Et ce n'est pas l'actuel président qui va changer quoi que ce soit.

— Vous brossez un tableau outrancier, répondit Haut Bréau, mais de telles scènes pourraient devenir banales. Et laissez-moi vous détromper sur votre dernière phrase. Alice voulez-vous me rejoindre ?

La conseillère du président, que la tirade aux relents d'extrême droite de la colonelle avait visiblement mise mal à l'aise, se leva avec détermination pour se mettre à côté de lui.

— Vous connaissez tous Mme Valbergues, elle est l'une des premières femmes à avoir intégré ce comité, du temps où elle donnait ses cours à l'École de guerre. Comme vous le savez, je ne partage pas ses idées politiques, et encore moins celles de son patron, mais nous nous portons une confiance inébranlable depuis de nombreuses années. Je suis donc d'autant plus sensible à la demande qu'elle m'a faite. À vous Alice.

La conseillère du président préféra se rasseoir pour atténuer le côté formel de son intervention.

— Merci général, je ne désespère pas de vous faire basculer dans le camp du Bien et d'abandonner votre maître à penser Charles Maurras.

Les visages s'éclaircirent, la politique n'entrait jamais en ligne de compte dans les débats du cercle, mais les convictions très vieille France réactionnaire de leur hôte, encore plus droites que ses bottes de cavalier, n'étaient un mystère pour personne.

Alice Valbergues prit une mine sérieuse.

— Ce que j'ai à vous dire relève de la confidentialité la plus grande. Le président pourrait prendre la décision d'établir l'état de siège.

Les convives échangèrent des regards interloqués. L'homme au cigare fit tomber une grosse cendre sur son pantalon.

— La situation actuelle est intenable, reprit Valbergues. Le constat est imparable. Il faut aller plus loin. Marc Cardignac considère que c'est le seul moyen pour venir à bout du terrorisme.

L'un des invités émit un petit sifflement.

— L'état de siège. Bon sang. Rien que ça… Vous voulez dire engager l'infanterie, les chars, sur le territoire national ?

— En effet, le président a tenu une réunion du Conseil de défense hier pour évoquer le sujet et étudier les modalités de son application.

Un autre homme leva la main.

— Vous avez employé le conditionnel. Cardignac hésite ? Il n'a pas les effectifs ? Il a peur des réactions de la population ?

— Vous connaissez mal le président. Le mot peur n'existe pas dans son vocabulaire. Le dispositif ne pose pas de problèmes insurmontables, il faudra faire preuve de rigueur et d'un peu d'imagination.

— Alors quel est le problème ? demanda Haut Bréau.

Elle les regarda quelques secondes en silence.

— Il n'y a personne pour monter sur la tourelle et conduire l'assaut.

Le vieux général croisa les bras, mi-ironique mi-bravache.

— Dites au président que je me ferai une joie de mener le combat.

— Je n'en doute pas…, répondit la Professeure.

La colonelle intervint :

— Que voilà une belle nouvelle. Je vais finir par croire que j'aurais dû voter pour ce monsieur. Mais ne serait-ce pas la mission du chef d'état-major des armées ?

Alice Valbergues secoua la tête :

— L'amiral a été limogé dans la nuit pour son manque d'enthousiasme.

— Ça ne m'étonne pas, il était devenu plus politique que marin, il a fait toute sa carrière sans prendre de risque, dit le général d'un ton péremptoire. Qu'attendez-vous de nous ?

— J'ai une liste de trois généraux qui pourraient être approchés, je voudrais avoir vos avis.

Haut Bréau redressa le buste et prit l'air impérial qu'il affectionnait.

— Seulement trois ? Je connais bien des camarades qui rêveraient d'aller mater la smala, sabre au clair et chenilles bien huilées. Rejouer la bataille d'Alger, mais cette fois sans les accords d'Évian[1]. L'état de siège ! Ah, voilà qui aurait fait plaisir à d'anciens compagnons.

Il jeta un regard complice à une photo discrètement encadrée dans un coin de la pièce qui montrait les quatre généraux putschistes, Salan, Jouhaud, Challe et Zeller, sur leur balcon à Alger en 1961. Une autre photographie affichait le visage souriant du colonel Argoud[2].

Alice Valbergues fronça les sourcils et prit un ton cassant.

— Il n'est pas question de régler des comptes d'un passé antigaulliste révolu. Il s'agit d'ordre républicain, en aucun cas d'une prise de pouvoir par l'armée.

1. Accords signés en 1962 menant à l'indépendance de l'Algérie.

2. Colonel qui avait participé au putsch d'Alger et fut l'un des fondateurs de l'OAS.

Contrairement à ce que vous croyez il y a des gens très bien qui vivent dans les banlieues et sont les premiers à souffrir du manque d'État de droit. Le mot smala est insultant.

Le général se rembrunit.

— Je vous présente mes excuses, Alice. C'était une boutade. Quant à de Gaulle, je n'ai rien contre lui depuis qu'il est mort. Et puis c'est le seul président de la Ve à avoir porté l'uniforme à de si hautes fonctions.

Valbergues reprit d'une voix plus posée :

— Excuses acceptées. Je continue. Le premier nom de la liste est celui du général Bruno d'Aubertin, le chef d'état-major personnel du président. Il a l'avantage d'être un bon technicien, excellent organisateur, c'est lui qui a mis en route la réforme des armées.

L'aristocrate acquiesça :

— Il vient d'une belle famille de militaires. J'ai connu son père en Allemagne, il y commandait un régiment du train.

L'un des invités intervint :

— Oui, un type bien, mais trop techno. Il a le charisme d'une gamelle de campagne et l'allure d'un clerc de notaire. Il vous faut quelqu'un qui inspire l'autorité.

L'assistance opina et semblait partager les mêmes réticences.

Valbergues continua :

— En effet. Le deuxième choix porterait sur le général Pierre Leobec, chef d'état-major de l'armée de l'air. Des états de service irréprochables, il a la confiance du président avec qui il échange souvent. Il n'est pas marqué politiquement, bien qu'il ait un frère engagé en politique. En outre, il a une expérience de l'international, il a été en poste à Washington, puis à Bruxelles. Il rassurera nos alliés américains et européens. Bref, efficace et rassurant.

— Pas mal du tout. Mais vous oubliez un détail important, répliqua l'un des membres, colonel d'infanterie de marine.

— Lequel ?

— C'est un gonfleur d'hélice ! Il n'a aucune expérience des interventions au sol. Vous allez envoyer des troufions et des chars dans des zones urbaines dangereuses. Il leur faut un commandant en chef qui connaisse la musique. C'est un boulot d'Opex pur et dur. La seule différence, c'est qu'au lieu des faubourgs de Bagdad ou de Mostar vous opérez à Saint-Denis, Gennevilliers ou dans le nord de Marseille.

— Je ne vous cache pas que le président, en dépit de son amitié, partage les mêmes interrogations. D'où un troisième nom qui s'est imposé. Récemment.

— Lequel ? Vous nous intriguez.

Elle balaya la salle du regard pour ménager son effet et articula d'une voix claire :

— Le général Gerfaut. Maxime Gerfaut.

Les participants émirent un murmure d'approbation. Elle continua :

— Il commande les forces spéciales. Je n'ai pas besoin de vous le présenter, il a fait la une des médias avec son coup d'éclat humanitaire en Syrie et jouit d'une popularité remarquable auprès de l'opinion. Il rassurera les Français et en outre il a tout le profil de l'officier républicain, issu d'une famille de la classe moyenne.

Puis se tournant vers le président du comité, l'air ironique :

— Hélas il n'a pas de sang bleu dans les veines. Cela pose un problème ?

L'aristocrate sourit.

— Nul n'est parfait… Le choix est intéressant. Figurez-vous que je l'ai eu sous mes ordres en Centrafrique quand il était lieutenant dans la Force d'Action rapide. J'en ai gardé un excellent souvenir.

— J'ai eu affaire à lui par le passé, ajouta l'un des participants, le bonhomme est complexe, je ne suis jamais arrivé à le cerner politiquement. Il n'a pas fondé de famille, il n'est pas croyant, ce qui m'inquiète un peu, et passe pour une forte tête. En outre, il a toujours refusé de rejoindre le comité en dépit des propositions qui lui ont été faites.

Haut Bréau sourit de plus belle.

— En clair, il ne fait pas partie des bons réseaux. Du caractère, il en a un peu trop à notre goût mais c'est un superbe soldat ! Moi je dis… Pas mal… Pas mal du tout. Reste une question.

— Laquelle ?

Le vieux général s'assit sur la table et ralluma son cigare. Il tira une longue bouffée en contemplant le buste de Du Guesclin et lança d'un ton martial :

— Aura-t-il les couilles pour le job ?

16

Paris

Sous une pluie battante, la grille du Coq à l'extrémité du parc de l'Élysée s'ouvrit juste le temps de laisser sortir un gros SUV Citroën DS 7 Crossback bleu nuit aux vitres fumées, qui s'engouffra à toute allure dans l'avenue Marigny, en direction de la Seine. En apparence, un van surpuissant comme il en circulait tant dans la capitale. Sauf que celui-ci était blindé, à l'épreuve des balles de kalachnikov… telles qu'on en trouvait en abondance dans la région parisienne. Assis à l'arrière du véhicule, le président interrogea sa conseillère, Alice Valbergues.

— Vous croyez que ce petit stratagème suffira à tromper les journalistes ?

Au moment précis où le DS 7 sortait par ce portail discret un convoi de trois berlines escortées de motards de la garde républicaine franchissait sirènes hurlantes les grilles du palais, au 55 rue du Faubourg-Saint-Honoré. Sur le trottoir d'en face « planquaient » en permanence, stoïques, plusieurs équipes de télévision et des photographes, transis dans leurs vêtements trempés. Comme prévu par le staff élyséen, deux ou trois motos qui patientaient dans une rue adjacente prirent aussitôt le convoi en chasse. En ce paroxysme de crise, pas question de lâcher Cardignac d'une semelle.

Au niveau du Grand Palais, la Professeure jeta un coup d'œil par-dessus son épaule : rien de suspect *a priori*, mais dans cette grisaille il était difficile de s'en assurer. Depuis qu'elle avait piégé un président apportant en scooter des croissants à sa dulcinée dans leur nid d'amour clandestin, la presse avait prouvé qu'elle était experte en filatures. Alors, avec le pays à feu et à sang, un gouvernement dont les déchirures internes n'étaient plus un secret pour les fins limiers des rubriques politiques et un président qui manigançait notoirement un « coup énorme », les médias à cran déployaient tous leurs efforts et tout leur savoir-faire. Au château, Delphine Salgado vivait avec son portable greffé à l'oreille, son équipe d'attachés de presse frôlait la crise de nerfs. Le président, cultivant plus que jamais le secret jupitérien, ne leur facilitait pas la tâche.

Le SUV traversa la Seine, remonta le boulevard Saint-Germain jusqu'à l'embranchement avec Raspail. Soudain gêné par les éclaboussures du bus qui le précédait, le chauffeur présidentiel serra d'un peu trop près un livreur de pizza à moto qui, furax, balança dans un juron un violent coup de poing dans le rétroviseur extérieur. Sur le siège passager, l'officier de sécurité dégaina illico son Glock, le casque du livreur en ligne de mire : on ne pouvait jamais savoir, et si ce gugusse avait été un terroriste ? Le motard filait déjà, sans se douter une seconde que son destin s'était joué de l'autre côté des vitres teintées.

Après avoir dévalé les rues d'Assas et Vaugirard, la voiture pila devant un bel immeuble en brique et pierre de taille faisant face au jardin du Luxembourg, rue Guynemer. Puis elle franchit le porche grand ouvert et pénétra dans la cour. Le garde du corps jaillit du véhicule en premier, accomplit un rapide 360° pour vérifier que tout était « clair » et ouvrit la portière pour laisser descendre ses passagers qui bondirent vers l'ascenseur de service à l'arrière du bâtiment cossu : la scène n'avait duré que quelques secondes. Le président et sa conseillère étaient en train d'acquérir des réflexes de commandos, comme s'ils se mettaient au diapason de la période trouble.

Parvenus au troisième étage, qui ne comptait qu'un unique appartement, les visiteurs furent accueillis par un homme de haute stature au costume élégant, au crâne entièrement lisse et à la cinquantaine sportive. Cardignac ne le connaissait pas, bien que cet homme d'affaires aussi prospère que discret, spécialisé dans les transactions de haut vol en matière d'armements et de technologies du renseignement impliquant des États et de puissants groupes privés, fût naguère un donateur de sa campagne présidentielle. C'était surtout un proche d'Alice Valbergues, qui avait toute confiance en lui : dans son métier la discrétion était une règle de survie. Ainsi avait-elle déjà utilisé ce vaste et lumineux appartement, connu de quelques initiés, pour des rendez-vous secrets… d'affaires ou politiques. Guidé par leur hôte vers les salons, Cardignac reconnut sur les murs lambrissés des toiles de Fautrier, de Staël, Alechinsky… un véritable musée.

Le propriétaire des lieux s'arrêta au seuil d'un salon d'angle, où trônait un immense piano à queue, au pied duquel étaient disposés un canapé bas design et deux fauteuils, flanqués d'une paire de petits bronzes animaliers posés de part et d'autre sur le parquet. Tandis que leur hôte s'éclipsait silencieusement, le président s'avança dans la pièce, allant se poster à l'une des hautes fenêtres d'où il contempla à travers les gouttes de pluie les cimes dénudées des arbres du Luxembourg. Valbergues, elle, se dirigea vers la porte d'un bureau attenant. Elle l'ouvrit, fit un pas vers l'intérieur et d'un simple geste de la main pria un autre visiteur, qui patientait là, de les rejoindre.

Le général Gerfaut fit son entrée. Avec son uniforme et sa gueule tannée de baroudeur de retour du Levant, il détonnait dans ce décor raffiné. Pourtant la présence de ce soldat n'avait rien de comique, tout au contraire elle en imposait. Cardignac, qui s'était retourné pour le saluer et le voyait pour la première fois autrement que par écran TV interposé, sut immédiatement qu'il tenait l'homme qu'il lui fallait.

Le général parut surpris. Pas impressionné, mais étonné de se retrouver ainsi face au chef de l'État. Lequel était aussi, accessoirement, son supérieur en tant que chef suprême des armées.

— Ah ça, si je m'attendais… Mes respects, monsieur le président. Je vais peut-être enfin apprendre la raison de tous ces mystères. Depuis que madame, ici présente, m'a convié par l'intermédiaire de connaissances communes à une entrevue de la plus haute importance – m'a-t-on bien fait comprendre –, mais sans me dire avec qui ni dans quel but, j'avoue que je nage un peu. À moins que…

— À moins que ? l'invita à poursuivre Cardignac.

— Eh bien, je suis conscient que mon opération auprès des Yézidis n'était pas vraiment réglo, pas franchement service-service, et qu'elle a provoqué des remous jusqu'au sommet… mais je ne m'attendais quand même pas à me voir passer un savon par le président de la République en personne. Je suis viré, c'est ça ?

Bravache, il ponctua sa sortie d'un franc sourire.

Lui rendant son sourire, le président s'approcha et lui tapota l'épaule.

— Rassurez-vous mon général, comme je l'ai dit à mes conseillers com, on ne vire pas un héros. Vous êtes aujourd'hui l'homme le plus populaire de France. Ne me faites pas croire que vous n'avez pas vu ce sondage où les Français jugent que vous seriez plus efficace que moi à la tête du pays. Il n'y en a que pour vous, où que j'aille on me parle du sauveur des femmes yézidies. Je vous envie, croyez-moi.

Gerfaut éprouva un instant de gêne. Bien sûr qu'il était au courant, depuis son retour les journalistes ne cessaient de le solliciter pour des interviews, dans la rue les gens l'arrêtaient et lui disaient, lui pressant le bras, *on est avec vous !* Mais cet engouement lui semblait démesuré, et même malsain étant donné le contexte aussi dramatique. Surtout, des camarades lui avaient aussi rapporté ces messages douteux sur les réseaux sociaux : *faites un putsch, vite !*

— Non, vraiment, on ne limoge pas le « général courage », reprit le président. J'ai une bien meilleure idée. Tenez, asseyez-vous et accrochez-vous à votre fauteuil, je sens que vous allez en avoir besoin. Vous voulez un jus d'orange ? C'est excellent pour la santé.

— Euh… Oui, merci.

Cardignac s'installa dans l'autre fauteuil tandis que sa conseillère prenait place à un bout du canapé. Il exposa à grands traits la situation au militaire, passant çà et là le relais à sa conseillère spéciale. Son projet d'instaurer l'état de siège, les difficultés logistiques, les impératifs de réussite rapide, et en conclusion sa décision, qui n'avait pas encore filtré, de limoger le chef d'état-major des armées.

Un homme à l'allure effacée entra dans la pièce pour servir la collation.

Gerfaut attendit qu'il sorte et referme la porte derrière lui pour prendre la parole.

— Comment cela, c'est le CEMA qui est viré ? Dans un moment pareil ? Ça va gronder dans les rangs, je me demande bien comment vous allez mobiliser les troupes après un coup aussi rude… à moins que vous n'ayez un plan génial ?

Le baroudeur n'avait rien perdu de son franc-parler.

— Justement, j'en ai un, rétorqua le président d'un ton doucereux. Je ne sais pas s'il est génial, en tout cas je suis convaincu qu'il peut marcher. J'y compte bien. L'homme que je vais nommer à la tête de cette opération vitale pour la France, c'est… vous !

Cardignac avait bien fait de recommander à son interlocuteur de s'accrocher. Gerfaut pâlit, resta coi un long moment, tel un boxeur sonné en plein milieu du ring. Puis il balbutia :

— Moi ? Mais, mais enfin, monsieur le président, je ne suis qu'un général trois étoiles. Chez nous nous avons des traditions, des procédures, les carrières sont programmées, millimétrées, depuis le classement de sortie de Saint-Cyr jusqu'aux commandements sur le terrain, avec les passages en état-major ou, mieux, dans les cabinets ministériels. Celui qui arrive au sommet est l'officier *qui va bien*, comme on dit en langage *mili*. Ou qui a coché toutes les cases, pour employer le jargon des médias ou des politiques, sauf votre respect.

— Allons, ne vous dévalorisez pas. Franchement vous vous sous-estimez. En tant que général commandant les Opérations spéciales[1], vous dirigez l'un des fleurons de nos forces. Surtout l'un des instruments les plus utiles et les plus précieux pour la crédibilité et le rayonnement de l'armée française à l'étranger. Je sais aussi que vous êtes l'un des officiers les mieux notés. Vous sauteriez une étape, voilà tout ! J'ai appris votre dossier par cœur, figurez-vous. Je connais vos états de service. Impressionnants !

— Peut-être, concéda Gerfaut, mais ça, c'était avant ma petite aventure en Syrie.

— Détrompez-vous, cette petite aventure, comme vous dites, constitue votre atout maître. Et le mien, je ne vous le cache pas. Ce dont a besoin le pays pour

1. Le COS, Commandement des Opérations spéciales, qui regroupe les quelque quatre mille combattants des Forces spéciales venant de toutes armées, Terre, Air et Marine.

éviter de sombrer, c'est d'hommes d'action. Des gens capables de prendre des décisions difficiles et de les assumer, comme vous et moi. Alors croyez-moi, ce n'est pas la perspective de froisser quelques susceptibilités à Balard ou dans les cabinets ministériels qui va me faire renoncer. La France ne peut plus se permettre le luxe de temporiser. Je n'ai pas la main qui tremble, et vous non plus. Vous l'aviez d'ailleurs déjà montré il y a longtemps, comme jeune officier pendant la guerre en ex-Yougoslavie. Je vous l'ai dit, j'ai étudié de près votre parcours.

Touché. Les Balkans, au milieu des années 1990, c'étaient les premières armes du jeune « Cyrard » Maxime Gerfaut. Lieutenant d'infanterie, il s'était alors illustré à la tête de sa section en reprenant à des miliciens serbes aguerris, au terme d'un combat âpre, presque au corps-à-corps et baïonnette au canon des Famas, un pont stratégique de Sarajevo. Ce fait d'armes lui avait valu, outre une sérieuse blessure au flanc droit, la croix de la Valeur militaire, une décoration remise en personne par le président de la République de l'époque, un *fana-mili* qui avait impressionné Gerfaut par son admiration non feinte. Tout le contraire de ces politiques qui avaient souvent tendance à se jouer des militaires, qu'ils tenaient plus ou moins pour des imbéciles et usaient d'eux comme de faire-valoir.

Mais l'ex-Yougoslavie, c'était aussi sa première blessure à l'âme, ses premiers doutes. Son amertume fut à la hauteur de son engagement quand il comprit que les forces alliées, Français compris, renieraient leurs promesses et abandonneraient à leur sort les populations musulmanes bosniaques chassées, massacrées ou enfermées dans des camps par les Serbes de Milošević et Karadžić. Un crève-cœur qui le dégoûta de la Realpolitik menée par l'ONU mais aussi par les autorités de son pays.

Cette tragédie détermina en bonne part la suite de sa carrière, lui faisant systématiquement préférer les responsabilités d'officier de terrain ou la direction d'Écoles militaires car il aimait transmettre aux jeunes, aux postes mieux profilés pour progresser jusqu'aux sommets. Et voilà qu'on venait le chercher, lui, Maxime Gerfaut, l'officier couturé de cicatrices, pour griller les ultimes étapes et décrocher le Graal des militaires, devenir CEMA ! De surcroît après avoir désobéi aux ordres et failli déclencher une grave crise diplomatique. Quelle ironie…

Il fixa longuement le président dans les yeux avant de répondre. Il savait jauger ceux de sa trempe, les soldats, et déceler les menteurs quand il en avait en face de lui, mais les politiques… Il articula d'une voix calme :

— Je suis honoré par votre confiance, mais je vais décliner votre proposition.

17

Paris

Le président marqua le coup. Alice Valbergues était désarçonnée. La saillie grivoise du président du comité Du Guesclin sur les attributs du général lui revint à l'esprit.

À l'évidence, Gerfaut ne les avait pas.

Le général conserva une expression neutre après sa réponse.

— Pourquoi ce refus ? demanda Cardignac.

— Puis-je parler franchement ?

— Je vous en prie.

— Première remarque. Mener une opération militaire réussie implique des dégâts collatéraux. Il faut savoir les assumer. Quand vous avez affaire à un ennemi dans un pays étranger ça peut passer, mais contre des compatriotes je ne suis pas sûr que l'opinion l'accepte. Je m'explique. Dans une mission, les troupes sont formées pour répliquer en cas d'attaque ou de refus d'obéissance aux ordres. À coup sûr quand vous enverrez la troupe dans les cités ou dans toute autre zone urbaine sensible, les forces adverses vont riposter. Pas question de laisser nos hommes se faire canarder, donc il peut y avoir des bavures. La guerre propre ça n'existe pas. Voilà pourquoi il vaut mieux confier ce travail aux professionnels aguerris, policiers et gendarmes.

— Justement, ce travail ils n'arrivent plus à l'exercer. Ils sont pieds et poings liés.

— Donnez-leur plus de marge de manœuvre !

— Impossible, on ne peut pas faire plus que l'état d'urgence. En outre, pour calmer vos craintes, je suis le chef des armées et vous agirez sous ma responsabilité. C'est moi qui assumerai en cas de débordements.

Gerfaut se massa la joue d'un air dubitatif.

— Je suis donc la Main du roi…

— Je vous demande pardon ?

— Depuis mon enfance, j'ai toujours aimé les bonnes séries TV et certaines délivrent des vérités précieuses… Je fais référence à *Game of Thrones*, dans laquelle la Main du roi est le seigneur guerrier qui maintient l'ordre au nom du souverain.

— Excellente série.

— En effet, si ce n'est qu'à la fin de la saison 1, il se fait décapiter…

— Certes… Et votre seconde remarque ?

— Elle découle de la première. De général courage je vais devenir le général père fouettard. Car c'est bien de cela qu'il s'agit. Qu'ai-je à y gagner ?

Cardignac jaugea le militaire, il savait que ses arguments se tenaient. La raison l'emportait. Il fallait pourtant le faire basculer.

Le cogner aux tripes.

Soudain, le président se leva et se planta devant le général. Son regard flamboyait.

— Vous me décevez !

Gerfaut se raidit d'un bloc.

— Le chef d'état-major lui aussi s'est défilé. Toujours pour d'excellentes raisons. Où est le fameux courage des militaires ? Mais bon sang ! Il ne s'agit ni de vous ni de vos ambitions. *Game of Thrones*… Je rêve ! On n'est pas dans une série télévisée. En ce moment, on tue pour de vrai, on assassine des innocents dans notre propre pays. L'enjeu c'est le sort de la France.

— Mais…

— Je n'ai pas fini, général. Oui, vous en prendrez plein la gueule, tout comme moi. Oui, certains, et non des moindres, vous traîneront dans la boue. Tout comme moi. Et il faudra y faire face. Sans se dérober. C'est ce que l'on appelle le sens du sacrifice. Moi je l'ai. Et vous général, l'avez-vous perdu ?

Gerfaut se leva, le visage empourpré.

— Je ne vous permets pas ! J'ai tout sacrifié pour mon pays. Sur les champs de bataille, pas dans des palais dorés. Je n'ai aucune leçon à recevoir. Fût-ce de la part d'un président de la République.

Alice Valbergues observait, fascinée, les deux hommes qui se faisaient face. Deux pitbulls. Qui se défiaient. La testostérone suintait sur les murs.

Gerfaut bouillonnait sur place.

— J'ajouterai une chose, jeta le général d'une voix forte, sans se soucier de savoir si on écoutait aux portes. Si la France patauge dans un tel merdier depuis des années, c'est la faute de ses dirigeants successifs et de ceux qui les ont élus. C'est facile de demander aux militaires de venir exécuter le sale boulot au nom de la patrie et du devoir !

Cardignac croisait les bras, une curieuse lueur dans le regard. Alice Valbergues la connaissait par cœur. C'était celle du défi.

Le président haussa le ton à son tour. Il lança la contre-attaque :

— Le devoir. C'est bien de cela qu'il s'agit. La mission que je veux vous confier est celle de la dernière chance pour votre patrie. Il n'y a pas de place pour les états d'âme. Nous avons une guerre à gagner. Elle ne se déroule pas à des milliers de kilomètres, dans les sables. Non, elle se passe ici ! Et elle est sale. Très sale. Mais si je ne réussis pas à la gagner, ce pays basculera dans la guerre civile.

Il riva son regard dans celui de Gerfaut, puis baissa d'un ton. Ses traits se radoucirent, une expression de tristesse se peignit sur son visage. Un mince sourire se dessina sur ses lèvres minces.

— Je suis désolé, général, je me suis laissé emporter. Mes sentiments ont pris le dessus. Je n'ai pas à vous obliger à porter mon fardeau. Je comprends vos hésitations. Merci d'être venu.

Gerfaut restait figé. Décontenancé par le revirement brutal du président. Cardignac tourna le dos pour contempler une longue sculpture noueuse de Giacometti.

— Alice, voulez-vous raccompagner le général… courage ?

En entendant son surnom Gerfaut se raidit. Jamais il ne s'était aussi senti piqué au vif. Il ne pouvait pas se faire congédier de la sorte.

— Quand bien même j'accepterais, personne ne m'attend à cette place. Je n'ai aucune légitimité. Des généraux comme moi il y en a un wagon entier.

Cardignac ne se retourna pas, mais répondit :

— Moi aussi j'étais un outsider, un intrus. Le système ne m'attendait pas à la place où je suis aujourd'hui, il ne m'a pas aidé à y parvenir, il a même tout tenté pour m'éliminer. Mais ce n'est pas de lui que je tire ma légitimité, ce n'est pas pour lui que j'agis. Ce que je fais, je le fais pour le peuple qui m'a choisi et élu. Il en va de même pour vous. Les Français vous admirent et vous respectent, les soldats et la majorité des officiers aussi. Ceux-là ne contesteront pas votre légitimité, ils seront au contraire fiers et flattés. Vous comme moi, nous n'avons que faire des nantis de toutes sortes qui cultivent l'entre-soi pour préserver leurs petits avantages, leurs petites carrières. Et puis au-delà de tout cela, je vous offre…

Cardignac se tourna lentement vers lui et le regarda droit dans les yeux.

— Général, je vous offre de rentrer dans l'histoire.

Gerfaut avait beau se défier des politiques, il était ébranlé. Au fond, qu'avait-il à perdre ?

Ne faisait-il pas partie de cette race d'hommes qui voyaient les choses en grand, s'affranchissaient des conformismes…

Le risque était énorme. Son cher colonel Lawrence d'Arabie l'aurait-il pris ? Sans hésitation. Et n'était-ce pas l'occasion pour lui, l'homme d'action, de faire bouger les lignes une bonne fois pour toutes ?

— Vous me permettez d'y réfléchir monsieur le président ? répondit Gerfaut d'une voix moins ferme qu'il ne l'aurait voulu.

— Je croyais qu'à l'armée on pratiquait l'adage « réfléchir n'est pas agir »…

— Vous me provoquez, monsieur le président.

Alice Valbergues réprima un sourire de contentement. Cardignac avait encore une fois joué son va-tout. Et réussi. Elle ne doutait pas qu'elle avait fait le bon choix.

— Général Gerfaut, on va vous communiquer l'un de mes portables personnels. J'attends votre réponse d'ici demain matin. Si c'est oui, je vous remettrai moi-même vos cinq étoiles.

SMS envoyé par Maxime Gerfaut le 18 décembre à 3 h 30 du matin à Marc Cardignac :

Monsieur le président, après mûre réflexion, j'ai décidé d'accepter votre proposition. Je me tiens prêt à assumer mes nouvelles fonctions. Dans l'intérêt supérieur de la France.

DEUXIÈME PARTIE

Batailles

Le ciel n'a pas deux soleils. Le peuple n'a pas deux souverains.

Proverbe africain

L'honneur est au soldat ce que l'air est à l'homme. En manquer c'est en mourir.

Journal du général Maxime Gerfaut

Les Français... Ce peuple surprenant capable de décapiter un roi pour une République et ensuite de couronner un général pour un Empire.

Journal du général Maxime Gerfaut

18

Jour 1

AFP
FLASH... FLASH... FLASH
France. Paris.
L'état de siège a été décrété sur le territoire national en Conseil des ministres ce matin.

Cité Maria-Deraismes
Banlieue parisienne nord

Maxime Gerfaut observait le bloc de béton gris planté à deux cents mètres en face de lui comme s'il s'agissait d'un bunker ou d'une fortification ennemie. La HLM était quadrillée d'une multitude de petits rectangles de verre sombres sur lesquels étaient parfois accrochées des rondelles satellites. Chaque rectangle hébergeait au minimum deux personnes. Plus ou moins. Selon un relevé de police, il était question d'une fourchette de sept cents à mille locataires par immeuble, et encore… le nombre de sans-papiers restait impossible à mesurer.

L'officier tourna ses jumelles sur la droite pour embrasser du regard la cité dans sa totalité. Il y avait cinq immeubles du même genre, tous aussi sombres et tristes, ultimes vestiges de l'urbanisme social des années 60. Cinq barres coulées dans le même moule de laideur. C'était comme si les architectes de l'époque s'étaient ingéniés à remporter le concours de la HLM la plus laide de la décennie. Entre les barres, des avenues taillées au cordeau délimitaient des carrés de pelouses froides et pelées.

À raison de cinq unités d'habitation, c'était le terme employé dans le document du ministère de l'Intérieur, la cité totalisait trois à cinq mille hommes, femmes et enfants entassés les uns sur les autres. Une population qui correspondait à l'équivalent d'une petite ville ; le rapport avait donné à titre de comparaison la ville de Sartène en Corse. Mais Sartène en version béton compressé. Et dans cette cité se terraient trois terroristes présumés, cinq fichés S, une vingtaine de caïds multirécidivistes probablement armés et environ une centaine de délinquants en tout genre. Un chiffre impressionnant en soi, mais qui rapporté au nombre d'habitants de la cité Deraismes devenait somme toute banal, à l'échelle du pays.

Une arithmétique simple, nette et froide comme l'acier des canons des trois chars Leclerc et des cinq AMX 10 braqués vers le ciel d'encre.

Gerfaut reposa ses jumelles, l'esprit clair et lucide. L'appréhension et la tension accumulées la semaine passée, à cause d'une multitude de réunions et d'atermoiements, s'étaient évanouies. Quand il avait annoncé au président et à l'état-major sa volonté d'aller sur le terrain dès la première heure de l'état de siège pour suivre une opération il s'était heurté à une levée de boucliers.

— Général, je vous l'interdis, avait martelé Cardignac. Pas question de prendre des risques, on a besoin de vous au poste de commandement.

Le chef d'état-major particulier de l'Élysée s'était montré tout aussi ferme.

— Votre rôle est de coordonner les interventions sur les cinq cités cibles réparties sur tout le territoire. Pas de mettre les mains dans le cambouis, laissez ça à vos subordonnés. Vous pourrez suivre tout ce qui se passera avec les caméras embarquées dans les unités d'intervention. Un plan a été pensé et conçu, il faut le respecter à la lettre.

Mais Gerfaut était resté inflexible. Dans sa carrière il avait vu trop d'officiers supérieurs prendre des décisions erronées par méconnaissance de la réalité sur le terrain. Il voulait être là, au milieu des troupes, sentir l'excitation précédant l'action, mesurer les difficultés qui allaient se poser. Ce n'était pas une opération militaire classique comme il en commandait depuis des années. Cette fois, ses troupes ne seraient pas les fers de lance, mais les boucliers.

Une odeur âcre et familière monta à ses narines. Celle des moteurs diesel des AMX qui ronronnaient doucement en bas dans la rue. Il avait installé son PC de campagne dans la caserne de pompiers qui jouxtait la cité. À l'intérieur s'affairaient une trentaine d'officiers et de sous-officiers, hommes et femmes, devant des moniteurs de contrôle dernière génération. Il n'avait fallu que cinq heures, l'avant-veille, pour installer discrètement le centre névralgique et le relier à l'état-major de Balard.

Les troupes et les chars étaient arrivés ce matin même, jour de proclamation de l'état de siège. Gerfaut avait tenu à monter dans un Leclerc pour prendre la mesure de ce jour si spécial.

Et maintenant, à cet instant précis, dans cette banlieue en déshérence, la République alignait mille combattants positionnés en différents points stratégiques, huit chars, douze véhicules de l'avant blindé et cinquante camions de transport de troupe. Mille représentants de l'ordre et de la loi. Policiers en fer de lance, à commencer par le Raid, et les troupes militaires en appui feu. On avait mobilisé pas moins de quatre escadrons de dragons pour les chars et l'infanterie, le tout flanqué d'un soutien de l'arme du train pour assurer la logistique.

Ailleurs en France, sur les quatre autres quartiers cibles, où la DGSI avait « logé » des cellules terroristes, les effectifs étaient tout aussi conséquents, voire plus comme à Marseille et Lyon où le GIGN et d'autres éléments du Raid s'étaient aussi positionnés.

Si un passant s'était égaré du côté de la cité Deraismes, outre la présence incongrue des Leclerc et des AMX 10 en livrée de camouflage, postés en périphérie de la cité, il aurait remarqué quelques détails insolites.

D'abord les ténèbres.

Pas le moindre lampadaire ne brillait dans la nuit. Que ce soit le long des artères qui quadrillaient la cité ou à proximité des immeubles. L'éclairage public avait été entièrement neutralisé, comme si une panne d'électricité géante avait frappé tout le quartier, en n'épargnant curieusement que les habitations. Çà et là, quelques fenêtres étaient allumées, lueurs solitaires dans l'obscurité minérale.

La cité Maria-Deraismes donnait l'apparence d'un gros cocon noir piqueté de quelques points lumineux. Tout autour, des grappes de lumière des villes environnantes brillaient comme à leur habitude. On apercevait même, un peu plus à l'ouest, la procession des feux des véhicules qui convergeaient comme chaque matin vers la capitale sur l'autoroute A1.

Si notre improbable passant avait voulu passer un appel avec son portable pour s'enquérir auprès des services publics de cette curieuse panne il aurait eu la surprise de n'entendre personne au bout du fil. Et pour cause, les réseaux étaient hors service, quel que soit l'opérateur. Ni téléphone ni Internet, même les communications satellites avaient été brouillées. La cité était coupée du monde, et ses habitants n'en étaient pas encore conscients, toujours plongés dans leur sommeil de béton.

Avec les ténèbres, il y avait aussi le silence.

Un silence de glace. Pas seulement sur les ondes, mais aussi dans les rues. Aucune voiture, aucun camion, aucune moto ou scooter ne roulait dans le périmètre sécurisé. Même à cette heure précoce où l'on notait toujours un peu de circulation, essentiellement des citoyens de cette France qui se levait encore plus tôt que l'autre et qui partait accomplir des tâches le plus souvent ingrates et mal payées.

Rien, pas un bruit de moteur ou de klaxon. Pas une âme qui vive dans les rues.

Gerfaut cligna des yeux, le doute ressurgit.

C'était donc cela son nouveau champ de bataille. Des HLM remplies de civils. Il aurait préféré affronter n'importe quelle armée du monde, même à un contre dix, plutôt que de lancer ses hommes dans ce bourbier de béton.

Pourtant il fallait accomplir son devoir. Sa parole d'officier était en jeu.

Il ne pouvait plus faire marche arrière. Obéir et servir, c'était sa loi.

La seule qui comptait. Celle de l'armée française.

La vibration de son talkie-walkie le sortit de ses pensées. Un appel du colonel Fernandez, commandant du groupement tactique sur le site.

— Mon général, Laser 3 vient d'arriver.

Il descendit d'un pas vif l'escalier qui menait à l'étage inférieur où se trouvait le PC. Quand il entra dans la vaste salle où régnait une douce chaleur, il observa avec satisfaction les militaires et les policiers affairés devant des écrans de contrôle disposés un peu partout contre les murs. Un poste de commandement comme il les aimait, ramassé, compact. Efficace.

Il aperçut son adjoint en pleine discussion avec Laser 3, le commissaire du Raid affecté à l'opération dans la cité. Chaque responsable de l'unité d'élite détachée sur le terrain pour piloter l'intervention était affublé du surnom Laser suivi d'un chiffre. Laser 1 étant le grand patron de l'unité d'élite, resté à Balard pour coordonner les interventions sur toute la France.

Gerfaut s'approcha des deux hommes. Le policier, un quadragénaire d'allure athlétique, était sanglé dans sa tenue noire d'intervention qui contrastait avec le kaki omniprésent autour de lui. Gerfaut lui serra la main avec force.

— Commissaire Beladji, comment allez-vous ?

Le policier paraissait tendu, mais il avait un sourire poli.

— Bien, vous ne voulez toujours pas employer mon nom de code ?

— Je n'arrive pas à m'y faire, c'est trop impersonnel. Ça vous dérange ?

— Nullement. Bon, je viens de faire une rapide inspection de mes cinquante opérateurs[1] positionnés dans la cité. La colonne d'assaut a été divisée en deux groupes pour intervenir sur les immeubles cibles, Alpha et Bravo. Selon les renseignements fournis par la BRI, les trois suspects seraient logés dans des planques localisées dans ces deux blocs. Nous interviendrons à votre signal. Comme prévu dans le cadre du SNI[2], toutes les unités se déclencheront au même moment sur les autres théâtres d'opé en France.

Gerfaut hocha la tête. Deux jours après avoir accepté l'offre du président il avait été briefé sur le SNI, le dispositif de sécurité et d'intervention de la police et la gendarmerie mis en place par le ministère de l'Intérieur à la suite des attentats de 2015. Au début il avait eu un peu de mal à comprendre la multiplication des unités d'élite. Le Raid pour la police nationale, le GIGN pour la gendarmerie et la BRI police avec l'existence d'une BRI-PP dépendante de la très puissante préfecture de police de Paris. Après explications,

1. Nom donné aux policiers du Raid en intervention.
2. SNI, schéma national d'intervention des forces de sécurité.

il en était ressorti que le Raid intervenait sur 20 % du territoire français, essentiellement en zone urbaine, les grandes métropoles. Le GIGN s'occupait de tout le reste en intégrant d'autres spécificités telles que celles liées à des prises d'otages dans les avions ou en mer. Il avait tenu à visiter les deux états-majors, Bièvres pour le Raid et Satory pour le GIGN, pour se faire expliquer les missions et les moyens mis en œuvre. Impressionné, il ne comprenait pas pourquoi les deux corps n'avaient pas fusionné pour ne faire qu'une seule et même unité de pointe de l'action commando. L'un des gradés lui avait répondu goguenard : « C'est comme le statut Facebook… C'est compliqué. »

Gerfaut s'approcha de Beladji.

— Comme je l'ai dit en réunion d'état-major à votre patron et à ceux du GIGN et de la BRI, vous avez carte blanche dans la conduite des interventions, ce n'est pas mon métier.

Le commissaire le jaugea froidement.

— Je sais, mais savoir que vos hommes sont massés un peu partout avec vos chars d'assaut et vos hélicos, ça me rend un peu nerveux. Pas question qu'ils fassent preuve d'initiative malencontreuse ?

— Vous avez ma parole. Et je la tiens toujours.

19

Cité Maria-Deraismes
Banlieue parisienne nord

— Salamandre six à Mistral unité. Nous sommes en position sur zone. À vous.

— Reçu. Tenez-vous prêt. Terminé.

Le capitaine des dragons retira son casque de transmission et fixa un à un ses hommes, alignés devant lui.

— Messieurs, j'attends de vous le plus grand professionnalisme. Vous connaissez les ordres, avez-vous des questions ?

L'un des lieutenants, un jeune chef de char qui commandait un AMX 10 RC, leva la main.

— J'ai bien compris qu'en cas de provocation il ne faut pas répondre, mais que se passe-t-il si des civils viennent se mettre en travers de la route ?

— Vous stoppez net et vous attendez les instructions. On n'est pas sur la place Tian'anmen. Notre rôle est juste d'assurer une présence physique.

— Pour leur foutre la trouille ! éclata de rire l'un des sergents.

— Seulement aux cibles, pas à la population. Donc pas de conneries. Il est d'ailleurs probable que nous recevrons la visite d'équipes de télévision après l'intervention. Nous devrons montrer l'armée sous son meilleur jour.

— C'est les flics qui vont s'amuser. Nous, on compte les points, commenta le sergent.

— Et j'espère bien qu'on en restera là, répliqua le capitaine. Je serai dans le VAB PC pour surveiller l'opération. Soyez à la hauteur de votre mission.

Sur le toit de la caserne de pompiers, Gerfaut contemplait à nouveau la cité, cette fois en compagnie du commissaire Beladji. Le militaire posa ses jumelles et se frotta les mains en soufflant une haleine embuée. La température peinait à se hisser au-dessus de zéro.

— On se croirait en Sibérie, dit le policier.

— Vous connaissez cette région du monde, commissaire ?

— Non, expression d'usage, répondit son interlocuteur en tendant un paquet de cigarettes froissé au militaire.

Ce dernier en prit une, l'alluma et aspira une longue bouffée.

— Moi oui, dit Gerfaut, j'ai effectué une visite chez nos amis russes du temps où l'on s'entendait un peu mieux que maintenant, il y a une dizaine d'années. Je peux vous assurer que le gel nous clouait les lèvres.

Le policier hocha la tête.

— Que pensez-vous de l'architecture du coin ?

Gerfaut haussa les épaules.

— Pour la beauté du béton, ça ressemble à ce que j'ai vu dans la banlieue de Belgrade, période maréchal Tito. Dans les procès pour crimes contre l'humanité on devrait créer une catégorie pour les architectes sadiques. Qui peut vivre là-dedans ?

Le commissaire Beladji afficha un sourire dur.

— C'est sûr que ça ne vaut pas un hôtel particulier dans le sixième arrondissement. Mais méfiez-vous des idées reçues. J'ai vécu dans l'une de ces barres, au sud de Paris. Ça s'appelait le Grand L. Vous me croirez si vous voulez mais j'en garde de bons souvenirs de jeunesse.

— Vraiment ?

— Oui. Bien sûr on enviait ceux qui vivaient dans les quartiers pavillonnaires, mais la vie était animée, les voisins se soutenaient en cas de coup dur. Les appartements étaient spacieux pour l'époque et les communautés cohabitaient plutôt bien en dépit de frictions. La diversité, la vraie, était le meilleur garant de la paix sociale. Il y avait des pieds-noirs revenus « une main devant une main derrière », des Algériens et des Marocains qui n'en avaient rien à cirer de l'islamisme, des Vietnamiens, des Juifs tunisiens, des Noirs, des petits fromages blancs venus de la bonne vieille campagne française, des Arméniens… Leur point commun à tous, ils ne roulaient pas sur l'or. Je me souviens du marché le dimanche et des ouvriers encartés au Parti communiste qui vendaient *L'Humanité* et *Pif gadget* et à côté les nostalgiques de l'Algérie française qui prenaient l'anisette au café du coin. Et puis ça a changé…

— Pourquoi ?

— Le chômage a commencé sa lente gangrène au milieu des années 70, l'ascenseur social ne s'est pas arrêté aux mêmes étages pour tout le monde, la drogue et le crime ont fait leur apparition. Ceux qui sont partis dans des pavillons ont été remplacés par de nouvelles populations moins intégrées qui parlaient à peine le français. Et on a rempli ces barres jusqu'à la gueule sans trop se soucier de ce qui allait se passer. Jusqu'à l'explosion. Fin de l'histoire. Mes meilleurs amis ont fini en taule et moi je suis devenu flic.

Gerfaut sentit une pointe d'amertume dans le ton du policier.

— Bravo pour votre parcours, commissaire. Le Raid, unité d'élite par excellence. Comme quoi c'est possible pour ceux qui s'en donnent la peine.

— C'est loin d'être aussi simple, général, fit Beladji en écrasant sa cigarette d'un coup de talon.

— Bon… Concentrons-nous sur vos missions. Intervention de vos forces, policiers et gendarmes dans les trois HLM où sont localisés les suspects. Nous nous chargeons de votre protection, du soutien en cas d'émeutes et de l'exfiltration des suspects sur l'ensemble de la cité. À vous le beau rôle et la partie la plus excitante.

Le policier semblait dubitatif.

— Excitante, je n'emploierais pas ce mot. Casse-gueule plutôt. Dans mon métier j'ai appris justement à ne pas me faire enfumer par les mots. Les cinquante camions alignés en rang d'oignons derrière la caserne ne sont pas destinés à exfiltrer vos djihadistes. Vous savez très bien que l'on va allumer le feu. Les caïds et les fouteurs de merde vont s'en donner à cœur joie. Et pas seulement dans *les zones de combat* comme vous dites. Je pense à mes collègues dans toute la France qui vont peut-être se coltiner une intifada version XXL.

— L'hypothèse d'une contagion a été envisagée. Je préférerais mille fois que l'arrivée de nos troupes dissuade toute velléité d'émeutes et qu'on en reste là, mais si les choses tournent mal, nous mettrons les effectifs en place pour éradiquer le problème. Et je n'aurai aucun état d'âme à envoyer les djihadistes en enfer et les voyous au purgatoire.

Gerfaut regarda à nouveau sa montre, plus que cinq minutes. Il sentit l'impatience grimper en flèche.

— Nous allons neutraliser les nids terroristes et si à l'occasion on peut nettoyer une bonne fois pour toutes ces zones de non-droit et les rendre plus sûres à leurs habitants, ce sera parfait. Car ce sont bien eux les premières victimes de toute cette merde. Ils ne vivent plus en démocratie, mais sous la coupe réglée de petits seigneurs de guerre qui ont établi leur propre loi. Celles de la République ne s'appliquent plus dans ces territoires, eh bien nous allons les rétablir. Et ceux qui refusent de s'y plier en paieront le prix.

— Mes collègues qui suent depuis des années dans ces ghettos ne vous ont pas attendu pour partager votre analyse. La police se bat depuis des décennies sur le terrain et elle ne peut pas tout régler. Les médiateurs dans les cités font ce qu'ils peuvent pour assurer un minimum de paix sociale et gagnent vingt fois moins qu'un petit dealer. On demande à la justice de ne pas relâcher les types qu'on serre et qui recommencent leurs conneries les jours suivants. Et vous, en un clin d'œil, vous débarquez avec la panzer division pour nous remettre tout ça au carré… Pardonnez mon scepticisme.

Gerfaut éleva la voix :

— Nous ne sommes pas des nazis, commissaire. La panzer division comme vous dites ne sert qu'à vous protéger, à appuyer vos arrières. Mais j'interviendrai sans état d'âme.

— Pour ça je n'ai aucun doute, pour le reste je…

Un capitaine sortit en trombe de la tente, un téléphone sécurisé à la main, et interrompit leur conversation.

— Mon général, le président de la République au bout du fil.

Gerfaut se tourna vers le policier.

— Nous continuerons plus tard cette discussion intéressante. Je pense que vous avez beaucoup de travail.

L'officier du Raid se crispa.

— Et nous exécuterons la mission comme il se doit.

Gerfaut le regarda s'éloigner d'un pas vif, puis il prit le téléphone.

— Monsieur le président.

— Général, on me dit que toutes les unités sont opérationnelles. Comment ça se passe chez vous ?

— Bien. Nous n'attendons plus que votre feu vert.

Il y eut un silence, long et pesant.

— Nous sommes prêts, continua Gerfaut.

— Je sais, général. Ce n'est pas rien de déclencher le feu et la foudre dans son propre pays. Garantissez-moi que vous ferez le maximum pour ne pas provoquer de dommages collatéraux dans la population.

— J'ai donné des consignes très strictes en ce sens.

— Je comprends… Déclenchement de l'opération à votre initiative.

— À vos ordres monsieur le président.

— Vous avez deux heures pour assister aux opérations dans votre cité, ensuite revenez à l'état-major. J'ai besoin de vous à mes côtés.

— C'est prévu. Un Puma me ramènera à l'héliport d'Issy-les-Moulineaux en un clin d'œil.

La voix du président Cardignac se fit plus tendue.

— Général Gerfaut… La bataille de France est lancée. La perdre n'est pas une option.

Le président raccrocha après sa réplique. Gerfaut se demanda si la formule venait du chef de l'État ou si un obscur communicant l'avait concoctée pendant la nuit. Il détestait les formules ampoulées et les discours ronflants.

Il se tourna vers le colonel.

— Je vais appeler le CPCO. Tenez-vous prêt.

Le général mit les mains sur ses hanches et contempla le ciel. L'aube n'était pas encore levée, mais au loin, l'encre noire se délavait sur la ligne d'horizon.

Il savoura le silence ambiant. Tout était si calme.

Comme dans l'œil d'un cyclone.

Et aucun des milliers d'habitants de la cité Deraismes ne se doutait que ce cyclone allait s'abattre sur eux.

Gerfaut s'étira, plia ses genoux pour faire quelques flexions, puis se redressa et claqua dans ses mains.

Le temps était venu.

Quand il entra de nouveau dans le PC, tous les visages se tournèrent vers lui. Il attendit une poignée de secondes et articula d'une voix forte dans son portable :

— Déclenchez l'opération Mistral.

20

Marianne.fr

État de siège. De source policière, on a appris qu'une vaste opération antiterroriste est en cours dans toute la France. Elle a été déclenchée peu de temps après la proclamation de l'état de siège. Des forces importantes de police, de la gendarmerie et de l'armée ont été envoyées dans plusieurs cités. L'un de nos lecteurs nous a envoyé une vidéo prise ce matin à Paris d'une colonne de chars en mouvement.

Paris
État-major des armées à Balard

Le froid. Vif, insupportable, hostile. La respiration bloquée, le cœur figé comme dans un étau. Les yeux scellés, la nuit tout autour. Tenir encore une poignée de secondes. Quelques infimes secondes. Stop.

Gerfaut sortit sa tête du lavabo rempli d'eau glacée. L'air envahit ses poumons avec volupté. Il ouvrit les yeux, la lumière éclatante des plafonniers le fit cligner des paupières.

Les toilettes étaient vides, et pour cause, il avait interdit à toute personne d'y entrer quand il s'y était enfermé. Son cerveau recommençait à fonctionner normalement. Il jeta un regard soulagé à l'homme dans le miroir. Sa crise de panique avait disparu. Il essuya son visage avec des serviettes en papier, puis rectifia sa veste. Il était prêt à assumer son rôle.

C'était à la descente de l'hélicoptère au moment de se rendre à Balard, au Centre de planification et de commandement des opérations (CPCO) dans les sous-sols de Balard, que les signes familiers étaient apparus. Pourtant l'opération dans la cité Deraismes se déroulait comme prévu, même si aucun terroriste n'avait encore été interpellé. Les commandants des autres interventions du plan Mistral faisaient remonter des résultats positifs. Il avait survolé Paris avec le sentiment du devoir accompli. Et puis tout à coup, le doute s'était installé. Sans raison. Tel de l'acide versé dans son cerveau. Les brèves sensations de flottement en descendant de l'appareil, le pouls qui accélérait, l'esprit qui se rétrécissait.

Ensuite l'angoisse. Brutale, vertigineuse.

Tout se passait trop bien, ça allait merder quelque part. Il n'allait pas être à la hauteur. Lui, le chef militaire suprême de l'état de siège… Qui était-il pour assumer une telle responsabilité ? C'était impossible. Tout le monde l'observait à l'affût du premier faux pas. Donner sa démission, fuir. Retourner chez lui. Après tout, personne ne pouvait l'en empêcher.

Au prix d'un immense effort sur lui-même il avait masqué sa crise. Au lieu de rejoindre le président dans la salle des opérations, il s'était réfugié dans les toilettes. Pour plonger la tête dans le premier lavabo. Le seul remède valable qu'il s'infligeait pour calmer ses crises. Elles survenaient rarement, la première fois c'était en ex-Yougoslavie, quand il lui fallut abandonner à leur sort, sur ordre de ses supérieurs, des civils bosniaques promis au massacre, qui voyaient pourtant en lui leur dernier rempart, leur ultime espoir.

Il poussa la porte des toilettes et longea le couloir qui menait à la salle des opérations. Son cerveau nageait enfin au-dessus de la ligne de flottaison. Lorsqu'il franchit le seuil de la vaste salle de conduite des opérations, surnommée l'aquarium, au sous-sol de Balard, aux tons neutres et impersonnels, il avait récupéré son aplomb et sa détermination. Pas une faille dans le béton. À son niveau, et surtout à cet instant précis, afficher la moindre faiblesse, la moindre hésitation, aurait été une faute professionnelle.

Gerfaut songea que rien ne ressemblait davantage à un PC de crise qu'un autre PC de crise. Des tables de travail alignées faisant face à un mur d'écrans géants, des dizaines d'hommes et de femmes en uniformes kaki, beiges ou bleus penchés sur leurs ordinateurs, une poignée de civils attroupés avec des militaires autour d'un officier semblant faire un compte rendu ou donner des instructions, le tout dans une ambiance studieuse, presque ouatée, loin de la ruche à laquelle on aurait pu s'attendre en pareilles circonstances. Il aurait pu tout aussi bien se trouver dans la salle Jupiter, la *War Room* présidentielle enfouie dans les entrailles du palais de l'Élysée, et qu'il avait visitée deux semaines plus tôt, ou dans la cellule de gestion de crise au premier sous-sol du ministère de l'Intérieur, place Beauvau, prisée des dirigeants lorsqu'ils se trouvent confrontés à des situations dramatiques.

Faisant volte-face au dernier moment, le président Cardignac avait exigé de se rendre à Balard. Le général Gerfaut l'en avait vivement dissuadé : il s'agissait d'une opération militaire, avec un objectif, une mission, une chaîne de commandement militaire. Balard, insista-t-il auprès du chef de l'État, son nouveau « N plus un », devait détenir le contrôle de bout en bout. En vérité, l'officier tenait plus que tout à éviter qu'une multitude d'autorités civiles ne viennent fourrer leur nez à tout bout de champ dans son travail, au risque de compromettre l'exécution de Mistral dont le succès reposait sur la clarté, la rapidité et la confidentialité. Pas tout à fait dupe de l'empressement du président à son égard, Gerfaut, méfiant, voulait se préserver une marge de manœuvre. Depuis le vieux père Clemenceau, les politiques ne posaient-ils pas comme axiome que la guerre est une chose trop grave pour la confier à des militaires ?

Mais Cardignac s'était révélé inflexible. Il prendrait ses quartiers pour la journée à Balard.

L'officier baroudeur s'était incliné. En recevant ses cinq étoiles de général d'armée, il avait appris en accéléré les règles minimales de diplomatie indispensables à la survie au sommet du pouvoir.

Gerfaut salua ses adjoints, s'enquit des dernières nouvelles et aperçut le président qui discutait avec deux hommes et deux femmes devant un grand écran plat suspendu au mur. Il reconnaissait le ministre des Armées, le coordonnateur national du renseignement et de la lutte contre le terrorisme, ainsi qu'Alice

Valbergues. En revanche, il n'avait jamais vu la jeune femme. Il se dirigea à leur rencontre. Le président lui fit un signe amical de la main.

— Ah général, content de vous voir ! L'équipe est au complet.

— Vous connaissez tout le monde à part Delphine Salgado, notre très efficace conseillère en communication. Elle a été journaliste de renom et connaît les arcanes du métier. Ce qui nous sera bien utile dans les prochains jours.

Après avoir salué les autres accompagnants, le général tendit à Delphine une main sans grand enthousiasme.

— J'espère que vous ne comptez pas distiller des informations confidentielles à vos ex-collègues. Nous sommes dans une enceinte militaire du plus haut niveau.

Cardignac s'amusa de sa réaction.

— Rassurez-vous, Delphine sait tenir sa langue. C'est une professionnelle aguerrie.

— Je suis passée du côté obscur de la force, répondit Delphine sur un ton ironique, général je serai muette comme une tombe, c'est d'ailleurs ma spécialité depuis quelque temps…

Elle envoya un sourire poli au général. Depuis le déclenchement de la crise, elle éprouvait le sentiment amer que la Grande Muette, comme on surnommait jadis l'armée, c'était bien elle. « La recluse de l'Élysée », comme l'appelaient désormais les journalistes assoiffés d'infos de première main.

— Vous m'en voyez ravi, répondit Gerfaut.

— Nous étions en train d'observer l'opération Mistral en direct sur tout le territoire, dit le ministre des Armées. Fascinant.

L'écran était divisé en six fenêtres. La première, la plus grande, intégrait une carte de France où scintillaient cinq ronds rouges lumineux avec en dessous une série de chiffres et de lettres. Paris, Lyon, Marseille, Grenoble, Strasbourg, chaque rond était accolé à la cité où se déroulait une opération, en banlieue ou dans un quartier d'une grande ville de France. Les cinq autres fenêtres, une par intervention, affichaient des nouvelles fraîches.

— C'est ici que nous suivons l'avancée de tous les assauts, expliqua le chef d'état-major. Je vous fais grâce des détails sur les mouvements de troupes, blindés et aéronefs, ainsi que les distinctions entre les types de forces engagées.

— Tout est contrôlé dans ce PC ? demanda Alice Valbergues.

— Non, ici même, dans ce cœur de bâtiment, d'autres salles à peu près semblables sont affectées à la gestion des différentes spécialités engagées dans l'opération Mistral. Nous travaillons en mode interarmées, ce que nous désignons dans notre jargon par J1, J2, J3 : J pour *joint* en anglais – eh oui, l'armée française utilise la nomenclature OTAN. J1, c'est tout ce qui concerne le déploiement des effectifs, J2 le renseignement, J3 la conduite des opérations. De son côté, le commandement du Raid suit à Bièvre en temps réel avec son PC H 24. La coordination est parfaite à tout point de vue.

Gerfaut scruta l'écran d'un regard froid.

— Excellent, je vois qu'à Lyon les hommes du GIGN ont découvert deux cellules terroristes remplies d'armes. Et à Grenoble, ils ont appréhendé quatre suspects. À Strasbourg c'est toujours en cours d'intervention. Il reste beaucoup de travail, mais l'affaire est en bonne voie. Et bravo aux équipes du Raid, ils feraient de sacrés bons soldats.

— En revanche, à Marseille ce n'est pas une partie de plaisir. Une section de parachutistes a été au contact, comme vous dites dans votre jargon. C'est le festival de la kalach. Il y aurait déjà trois morts, du côté adverse. Vos hommes ont découvert un véritable arsenal et des palettes entières de cocaïne. Une députée socialiste du coin a pondu un communiqué de félicitations à l'armée.

— Ils sont tombés sur des mafieux, pas des islamistes, ajouta Valbergues.

— Para contre mafia. 1-0. Les truands n'ont aucune chance, commenta sobrement Gerfaut.

Étrangement Cardignac, dont ç'aurait dû être le jour de gloire, paraissait un brin crispé. Comme hypnotisé, il ne pouvait détacher son regard des points sur la carte, lisant et relisant les noms qui y étaient rattachés. Ce n'étaient pas que des ronds rouges, mais des symboles de ce que médias et politiques nommaient, pudiquement ou hypocritement, les « quartiers difficiles », « quartiers sensibles » ou « quartiers » tout court, ou encore « territoires perdus de la République ». Peuplés de dizaines de milliers d'êtres humains. Ces banlieues à propos desquelles un Premier ministre avait dénoncé un jour « un apartheid territorial, social et ethnique ». Apartheid ! En dépit de la criminalité galopante et de l'efflorescence de l'islamisme radical, des maires résolus s'y échinaient à réduire les fractures, des militants associatifs y bravaient tous les obstacles, des mères courageuses y vouaient leur vie à améliorer celle de leurs enfants, des talents y fleurissaient dans tous les domaines, art, création d'entreprises, sport… Tandis que les prédécesseurs de Cardignac, par conviction sincère ou par pur calcul électoraliste, n'avaient ménagé ni les plans Marshall ni les milliards d'euros pour tirer vers le haut les millions de gens qui y vivaient. Pour des résultats pour le moins mitigés.

Et lui, Marc Cardignac, il leur envoyait les chars !

L'espace d'un instant, il fut saisi de vertige. Et s'il était en train de commettre la pire faute pour un chef d'État ?

Alice Valbergues perçut le trouble du président. Elle lui effleura doucement le coude.

— Monsieur le président, vous avez pris la meilleure décision possible pour le bien de la nation, la seule à même de stopper une bonne fois pour toutes cette gangrène terroriste et mafieuse.

Les mots de sa fidèle conseillère le raffermirent. Bien sûr que c'était le bon choix. En outre, il avait toujours su que cette décision comportait forcément un risque politique majeur. La prise de risque n'était-elle pas sa marque de fabrique ? Parmi les effets redoutés, il y avait celui, bien réel, de révoltes incontrôlables.

— Merci Alice. Général, quelle est la panoplie des moyens engagés en cas d'émeutes ?

— Si nous nous heurtons à des poches de résistance, des bandes qui feraient barrage entre nos forces et les nids de terroristes, on les nettoierait grâce à ces matériels. Des armes non létales… mais qui sont suffisantes pour faire décamper tout le monde, on n'a pas le temps de palabrer ni de cajoler la foule.

Gerfaut fit un signe à un officier de haute taille qui arriva rapidement.

— Colonel Raval, montrez au président vos joujoux en réserve.

— On a du classique, mais en « durci », expliqua l'officier HAA – Haute autorité d'astreinte.

L'homme clé du CPCO. Traditionnellement cette fonction était confiée à un colonel « lourd », c'est-à-dire, en jargon *mili*, ancien dans son grade, ayant déjà commandé un régiment, une base aérienne ou un navire de combat.

Il pianota sur un clavier situé sous l'écran. La carte de France s'estompa et de nouvelles images apparurent. Sur les écrans défilèrent des armes antiémeutes telles que celles utilisées par les gendarmes mobiles contre les zadistes de Notre-Dame-des-Landes ou les Gilets jaunes, comme les lanceurs « Cougar », minicanons portables d'un mètre de long pour un poids de trois kilos, capables de tirer six à huit grenades lacrymogènes ou assourdissantes à la minute, ou leurs petits frères « Chouka », plus compacts, maniables et… discrets. Il y avait aussi les redoutables « LBD », sortes de flashball mais tout sauf ludiques, qui projetaient à 25 ou 50 mètres des « balles de défense à létalité réduite » – selon la nomenclature officielle – de presque cent grammes l'unité. « Non létale » peut-être, mais l'arme n'en avait pas moins provoqué de nombreuses blessures graves chez des manifestants, notamment par arrachements de globe oculaire, au point que son utilisation avait fait débat dans les unités de la gendarmerie.

Dans la litanie de son arsenal, l'officier arracha un sourire au président et à Delphine en évoquant des lacrymos au poivre de Cayenne. Des grenades chargées d'un produit à base de piments forts – très exactement issus des espèces *Capsicum Annuum* et *Capsicum Frutescens*. Effet dévastateur garanti sur les yeux et les muqueuses des émeutiers, mis hors de combat pour une bonne demi-heure. Dans la même veine, figurait une mousse très spéciale, balancée par les puissants canons à eau mobiles : un amalgame de protéines de viande macérée, mélange de sang séché et d'os broyés. La puanteur dégagée était telle qu'elle faisait décamper à coup sûr les plus aguerris des combattants.

Ces lanceurs pouvaient aussi arroser les activistes d'agents chimiques ou biologiques agissant sur le comportement, par exemple en annihilant d'un coup toute agressivité. L'imagination des fabricants paraissait sans limite. Plus rustiques et plus violentes, les grenades de désencerclement à effet de souffle projetant des billes de plastique. Sans oublier les grenades offensives chargées de TNT.

— Je croyais qu'on ne les utilisait plus depuis la mort d'un jeune manifestant contre le barrage de Sivens en 2014 ? s'étonna le président.

— Leur utilisation a été interdite pour le maintien de l'ordre, en effet, précisa l'officier. Mais nous en avons toujours en stock, pour les situations extrêmes.

— Et cet engin-là, ça sert à quoi ?

Cardignac, intrigué, tendait l'index vers un écran montrant un petit blindé à roues surmonté de ce qui ressemblait à une banale antenne parabolique.

Le colonel du CPCO toussota, gêné, et se tourna vers son supérieur.

— C'est un canon à son, répondit Gerfaut. Un prototype inspiré du Shofar israélien[1], utilisé avec une efficacité diabolique par Tsahal contre le Hamas à Gaza. Disons que nous le gardons à titre purement expérimental. Il est dans un hangar au CENZUB.

— Un canon à son… Ça marche comment ? demanda Delphine intriguée.

— Le principe consiste à envoyer sur la foule un son strident de plus de 150 décibels. Les effets sont foudroyants. Quand ils ne se mettent pas à divaguer, les tympans vrillés de douleur, les gens sont désorientés sous l'effet d'atteintes à leur oreille interne. Les dégâts immédiats sur la santé peuvent aller jusqu'à l'anévrisme, ceux à long terme restent pour partie inconnus. Les Américains s'en sont servis en Irak contre les insurgés et en mer de Somalie contre les bateaux pirates. La police de Pittsburgh l'a testé contre les black blocs lors d'un G20 houleux dans les années 2000, avant de le remiser piteusement face au tollé dans les médias. En France, s'il a été un temps question de doter les forces de l'ordre d'un tel canon, le projet est resté dans les cartons. Du moins officiellement.

---

1. Dans son livre *Opération banlieues* (La Découverte, 2010), Hacène Belmessous révèle que les gendarmes ont refusé, à la fin de la décennie 2000, de tester cette « bombe sonore ». Tout ce qui y a trait dans cet ouvrage relève donc de la fiction.

Le président semblait médusé. Delphine n'en revenait pas de tout cet arsenal qui semblait sortir d'un thriller hollywoodien.

— Et pour la surveillance, vous avez quoi ?

Le colonel décrivit succinctement le rôle des drones de toutes sortes – à voilure fixe ou tournante, de combat comme l'énorme Reaper ou d'observation, dotés d'imagerie 3D ou de laser 3D, etc. – ainsi que celui des hélicoptères en mission dans le ciel français, eux dont l'espace d'action habituel se situait au-dessus du Sahel ou du Levant.

Gerfaut intervint, impatient, il voulait en finir au plus vite avec les civils pour se concentrer sur son travail. Alice Valbergues s'en aperçut.

— Merci pour toutes ces précisions, nous allons peut-être laisser travailler le général.

À l'écran, on voyait évoluer des véhicules qui auraient pu sortir d'un film de science-fiction.

— Et ça ?

— Notre arme absolue, répondit le colonel d'un ton enjoué, celle qui nous assurera toujours un coup d'avance sur l'ennemi. Le Griffon, un bébé tout beau tout neuf dont l'armée de terre vient justement de mettre en ligne les premiers bataillons opérationnels.

Delphine, néophyte, ne décela pas ce que ce camion blindé à la Mad Max, avec ses six énormes roues, sa tourelle hérissée de tubes lance-missiles ou autres choses et ses espèces de grandes oreilles collées en grappes de part et d'autre de la cabine, avait de si extraordinaire.

— Ce véhicule blindé multi-rôles (VBMR), expliqua Gerfaut, sert à la fois au transport de fantassins, au combat et au commandement, le tout bourré de technologies high-tech. Par rapport à nos VAB quarantenaires, on passe de la 2CV à la Tesla connectée, c'est la « guerre connectée ».

Gerfaut affichait une confiance en lui impressionnante. À le voir se démener de la sorte, l'esprit tout à sa campagne militaire, Delphine révisa son jugement : l'homme agissait en professionnel, sans états d'âme ni, surtout, arrière-pensée tordue. Il possédait en outre un indéniable charisme, atout précieux en ces jours périlleux. Bref, une carte maîtresse pour le président.

Cardignac, lui, gardait malgré tout son air tendu. *Blindés, hélicoptères, objectifs, guerre connectée…* Oui, c'était bien une guerre, et elle se déroulait chez lui, dans son propre pays.

21

Paris
Télévision française
édition spéciale « état de siège »

Matthieu Chêne en plateau.

— Nous vivons un moment historique, une situation telle que n'en a jamais connu la Ve République, même aux heures troubles de la guerre d'Algérie. Sans aucun doute une bascule dans notre vie politique. Je vous propose de regarder et d'écouter une nouvelle fois ces extraits de la déclaration du président de la République diffusée ce matin en simultané sur toutes les chaînes de télévision et stations de radio.

« Mes chers compatriotes, vous le savez tous et beaucoup d'entre vous l'ont malheureusement éprouvé, notre pays est durablement confronté aux attaques les plus graves et les plus terribles qu'il ait eu à subir depuis la Deuxième Guerre mondiale. Cette fois l'ennemi, insidieux, invisible, n'a ni frontières ni État reconnu en tant que tel, il se trouve à l'extérieur comme à l'intérieur de notre territoire (…)

« Nous devons nous rendre à l'évidence, l'état d'urgence instauré par mon prédécesseur ne suffit pas à combattre et, surtout, à stopper le terrorisme islamiste : plus de quatre cents victimes innocentes en trois ans, parmi lesquelles, hélas, de trop nombreux enfants (...)

« Nous sommes en guerre, et j'ai donc décidé de la mener avec les moyens du temps de guerre, avec une législation de guerre et non plus une législation de paix, impuissante à protéger les citoyens. Ces moyens existent, ils sont prévus par l'article 36 de notre Constitution. La décision vient d'être prise, en Conseil des ministres, d'instaurer l'état de siège. Le décret va être promulgué et publié au *Journal officiel* (...)

« J'ai décidé d'engager l'armée dans cette bataille décisive, afin d'épauler, de conforter et s'il le faut de précéder dans leurs missions les policiers et les gendarmes. Ces derniers jours encore, plusieurs agents des forces de l'ordre ont été blessés par des armes de guerre alors qu'ils procédaient à des interpellations de suspects d'actes terroristes. Nous ne tolérerons plus que de telles horreurs puissent se produire, qu'un monde de violence avec ses propres règles et ses propres codes subsiste sur notre sol, parfois au cœur de nos métropoles. J'ai confié au nouveau chef d'état-major des armées, le général Gerfaut, le commandement et la coordination de cette bataille (...)

« Il ne s'agit en aucun cas de supprimer les libertés publiques. Soyez-en convaincus : nul n'est attaché davantage que moi à leur défense. Mais face aux circonstances aussi exceptionnelles que dramatiques, il est nécessaire de les mettre entre parenthèses, afin de permettre aux forces de l'ordre et aux forces armées, dans un délai limité et un cadre précis au respect desquels je veillerai, d'accomplir avec la plénitude de leurs moyens les opérations d'éradication du terrorisme et de restauration de l'ordre sur le sol national (…)

« Je serai implacable envers les ennemis qui veulent détruire notre nation, où qu'ils se trouvent. Mais je suis déterminé à protéger chacune et chacun de mes concitoyens par tous les moyens que me confère la Constitution : à situation exceptionnelle, riposte exceptionnelle. Je sais, mes chers compatriotes, que je peux compter sur votre confiance.

« Vive la République !

« Vive la France ! »

Le présentateur remplaça le président à l'image. Sur le côté droit de l'écran apparaissait une autre journaliste qui faisait le pied de grue dans la rue.

— Laurence Belfont, vous êtes en direct depuis l'Élysée, avez-vous des informations à nous donner ?

— Le président Marc Cardignac n'est pas apparu pour répondre à nos questions après cette déclaration, qui a été enregistrée tôt ce matin, dans le salon Napoléon III de l'Élysée, à l'issue d'un Conseil des ministres extraordinaire. Mais ses conseillers m'ont confirmé qu'il est bien conscient de mettre en place – pour une durée provisoire, insistent ces sources – un régime d'exception. Les tâches de maintien de l'ordre et de répression seront confiées à l'armée, qui va donc mener la lutte antiterroriste. Des mesures d'exception pourront être prises, comme l'instauration du couvre-feu sur tout le territoire ou sur certaines parcelles, la restriction voire l'interdiction de manifestations et réunions publiques, le retour des perquisitions à toute heure de la nuit, le rétablissement des contrôles aux frontières, voire la suspension temporaire des accords de Schengen…

— A-t-il pris cette décision seul ?

— Non, et son entourage est formel à ce sujet, il a consulté le Premier ministre et les membres du gouvernement, les présidents de l'Assemblée et du Sénat ainsi que des hautes autorités en matière constitutionnelle comme l'ex-doyen de la Sorbonne, Albert Marcilly, l'un des grands experts en la matière, et qui aurait donné un avis favorable.

Le présentateur hocha la tête d'un air entendu, même s'il n'avait jamais entendu parler de ce vieux sage sorti des cartons. Il questionna un autre journaliste sur le terrain.

— Nous avons déjà connu de telles mesures qui existent dans le cadre de l'état d'urgence. Depuis novembre 2015, celui-ci n'a d'ailleurs pas empêché la tenue de manifestations ni de réunions électorales, par exemple. Alors en quoi cela sera-t-il différent cette fois ? Je me tourne vers notre spécialiste justice, Sélim Boudjedra.

La journaliste de l'Élysée disparut pour être remplacée par un homme d'une quarantaine d'années qui se trouvait devant le palais de justice de Paris. Le journaliste mit son doigt sur son oreillette pour écouter la question, puis répondit avec un léger décalage :

— C'est encore difficile à dire, Gilles, puisque l'état de siège n'a jamais été appliqué, c'est une grande première. Disons que, sur le papier, il est beaucoup plus strict et contraignant. Il prévoit expressément la limitation de la liberté d'expression, avec la suspension possible de la parution de journaux, l'encadrement de la diffusion d'informations par les autorités. Imaginez une loi *Fake news* puissance dix !

— Vous le disiez, Sélim, il reste beaucoup d'inconnues en ce qui concerne l'application de cet article 36 de la Constitution, totalement ignoré ou oublié de la plupart d'entre nous. On apprend à l'instant que plusieurs associations, dont la Ligue des droits de l'Homme, Amnesty International France ou le Mouvement contre l'islamophobie en France, saisissent en urgence le Conseil d'État pour obtenir la suspension de cette décision. Je crois que vous avez à vos côtés Me Patrice Sullerot, une sommité en matière de défense des libertés publiques.

Un homme au visage énergique apparut à côté du journaliste dans le champ de la caméra. Ce dernier lui tendit un micro.

— Maître, pensez-vous que ces associations peuvent stopper l'installation de l'état de siège ?

— Nous le saurons assez vite, puisqu'il s'agit d'une action selon la procédure du référé-liberté. Devant l'imminence et la gravité de la menace, le juge des référés statue dans un délai de moins de quarante-huit heures. C'est très important car, je vous le rappelle, l'état de siège ne peut être maintenu au-delà de douze jours sans un vote favorable du Parlement. Mais, franchement, je doute fort que le Conseil d'État annule une telle décision.

— Pourquoi ?

— Parce que les juges du Conseil, quoi qu'ils pensent au fond d'eux-mêmes du bien-fondé ou pas d'un acte de gouvernement, répugnent traditionnellement à contredire l'autorité politique, investie de la légitimité populaire. Si je voulais jouer les cyniques, je dirais que le juge de paix, en la matière, ce sera le prochain sondage sur l'état de siège !

— Mais revenons sur le terrain du droit, maître : que faut-il comprendre du message présidentiel ? Qu'est-ce que l'état de siège va changer, concrètement, dans la vie quotidienne des Français ?

— Tout. Ce qu'il va changer, c'est qu'il nous fait entrer dans un autre monde. Rien de moins. Nous plongeons dans un inconnu juridique complet. Toutes les références en matière de droits et de libertés élaborées au long des soixante dernières années sont remises en cause. Je vais être clair : nous entrons dans un régime militaire aux mains du président et d'un général.

22

Cité Deraismes
Banlieue parisienne nord

La balle siffla à quelques centimètres de l'oreille du commissaire Beladji et perfora une poubelle échouée sur le bitume. Il eut juste le temps de se planquer derrière la voiture calcinée pour éviter la deuxième qui troua l'une des portières éventrées.

— À couvert, hurla le policier à ses trois subordonnés.

— Tir de précision ! Ces salauds ont des lunettes de visée, lança l'un des lieutenants.

Beladji leva prudemment la tête et aperçut la fenêtre d'où partaient les coups de feu. Au sixième étage de l'immeuble. C'était le plus petit bâtiment de la cité, à peine huit étages, de facture plus récente que les barres, il avait été construit pour rendre l'habitat « plus humain » et se trouvait dans la partie la plus excentrée de la cité. En cet instant précis, les terroristes l'avaient transformée en forteresse, en bloquant l'entrée avec une voiture renversée.

L'esprit de Beladji fonctionnait à toute vitesse. Il reprit sa respiration tout en se calant contre le coffre de la Renault martyrisée.

Ils étaient coincés. Ne pouvant ni avancer vers l'immeuble ni reculer. À moins d'un mètre de lui gisaient deux cadavres criblés de balles. L'un de ses hommes, qui n'avait même pas trente ans, et l'indic, un caïd qui les avait conduits dans ce traquenard. La tête du jeune policier était tournée sur le côté, les yeux ouverts. Le commissaire détourna son regard, écœuré et en colère. Contre lui-même.

— On n'arrivera pas à les déloger, dit le commissaire, on appelle du renfort.

Le policier rageait, il s'était mis un point d'honneur à ne pas demander de l'aide aux militaires pendant l'intervention.

Une nouvelle rafale de kalach cisailla le trottoir. Beladji jeta un regard amer sur les deux morts. Quel gâchis. Il prit son talkie-walkie.

— Léopard à Ménagerie, demande d'intervention urgente. Sommes pris à partie devant immeuble Myosotis. Envoyez des renforts.

— Ménagerie à Léopard. Volume et position ?

Beladji sentit la colère monter.

— Des petits hommes gris avec des tentacules. Ils nous balancent des rayons lasers de leur soucoupe volante ! Bordel.

On entendait un nouveau grésillement, puis une voix masculine résonna.

— Ici le colonel Fernandez. Commissaire, nous voulons juste savoir s'ils sont nombreux et où ils se trouvent exactement. En fonction, on peut envoyer le matériel adéquat.

Le flic respira un bon coup pour se calmer.

— Trois tireurs peut-être plus. Cachés sur trois étages.

— Ils ont des civils avec eux ?

— Non, l'immeuble avait été évacué.

— Reçu, on vous envoie la cavalerie.

Beladji raccrocha.

Une rafale déchira à nouveau le silence. Beladji se cala contre le coffre de la voiture. Une odeur de brûlé déchirait ses poumons.

— C'est bon, les gars, la panzer division arrive.

Une dizaine d'heures s'était écoulée depuis le début de l'intervention. Les forces de police avaient conduit l'assaut sur les HLM suspectées d'héberger les terroristes, sans trouver la moindre trace de djihadistes. Ils avaient rencontré peu de résistance, l'effet de surprise s'était révélé leur meilleur atout. Quelques tirs, des jets de pierre et des bouteilles enflammées, mais on ne comptait que trois blessés légers côté forces de l'ordre. En revanche une centaine d'individus avaient été arrêtés, pour la plupart des délinquants armés et conduits dans les camions de l'armée. Comme prévu, les militaires étaient restés l'arme au poing, en appui feu. Les Leclerc et les AMX 10 n'avaient tiré aucun obus, se contentant de faire acte de présence devant les HLM. Chaque barre avait été vidée méthodiquement de tous ses habitants, médusés par la présence des chars et des soldats. Trois mille personnes avaient été orientées vers des salles communales réquisitionnées ou des campements en toile construits en un temps record par les services du génie.

Le général Gerfaut, qui avait assisté aux premiers assauts, était parti au bout de deux heures, pour rejoindre l'état-major.

Belle opération de police. Quatre kilos de C4, trois lance-patates, dix caisses de fusils-mitrailleurs et de pistolets automatiques, des faux papiers à la pelle, un lot de grenades offensives. Cinq caves bourrées jusqu'à la gueule de substances hallucinogènes en tout genre. Je vous laisse faire votre métier commissaire. Le colonel Fernandez vous appuiera comme prévu. Il a toute ma confiance. Vos collègues des autres sites cibles ont eu plus de chance ou de meilleurs indics.

Les dernières paroles de Gerfaut avaient piqué au vif Beladji. Le policier rongeait son frein depuis le PC en entendant tomber les uns après les autres les rapports négatifs de ses unités. En fin d'après-midi, la colonne d'intervention du Raid avait plié bagage, Beladji n'avait gardé avec lui que quatre hommes pour terminer la coordination avec les unités de police et les militaires installés à demeure. Il était sur le point de repartir sur Paris quand l'un de ses capitaines avait fait irruption dans le PC, hors d'haleine pour le prendre à part.

On a coffré l'un des chefs du trafic de cocaïne sur la cité avec dix kilos de marchandise. Il dit que les types qu'on recherche se sont réintroduits en cachette dans l'un des immeubles évacués. Il peut nous y conduire si on fait preuve de discrétion et si on ferme les yeux sur son stock.

Le commissaire avait senti un picotement familier dans la nuque. La chance revenait. Il allait avoir sa revanche et claquer le beignet à ce général arrogant. Le coup de filet, il le conduirait à sa façon et n'avait pas besoin des troupiers. À chacun son métier. Beladji avait prévenu le colonel qui commandait d'une sortie pour une intervention, en indiquant juste la zone d'intervention. Le militaire lui avait proposé l'aide de ses troupes, mais le policier avait refusé. Il préférait agir à sa façon.

Prenant la tête du commando, ils étaient entrés, sur les conseils de l'indic, dans le parking par un conduit souterrain qui reliait les immeubles entre eux. Les terroristes avaient attendu tranquillement qu'ils soient sortis pour faire exploser une charge au niveau de la sortie du souterrain, les isolant totalement du reste de l'équipe d'intervention, protégés par la carcasse d'une voiture. S'ils tentaient de revenir en arrière vers la sortie du parking situé à une vingtaine de mètres en contrebas de la rampe d'accès, ils se feraient hacher menu comme leurs collègues étendus au sol.

Les balles sifflèrent de plus belle autour de la Renault. Beladji tourna la tête sur le côté et vit les deux cadavres tressauter comme s'ils étaient animés d'une vie propre. L'un des tireurs se faisait un malin plaisir à mutiler les morts. À chaque impact de balle, des bouts de chair volaient en l'air. L'indic n'avait plus que la moitié de son crâne, ses jambes étaient éparpillées en petits morceaux gluants sur le ciment nappé de flaques de sang.

Soudain, une ombre voila le ciel et un grondement résonna au-dessus de leur tête. Un vent violent balaya la rue. Un gros insecte couleur kaki apparut.

Un hélicoptère Tigre fonçait vers le bâtiment.

Depuis l'immeuble des coups de feu crépitèrent à nouveau, on pouvait voir de brèves lueurs derrière les rideaux au troisième et au sixième étage.

Les balles ricochèrent contre le blindage de l'hélico.

La mitrailleuse du Tigre pointa son canon en direction des fenêtres. La première rafale fit exploser les vitres sur toute la longueur de l'étage. La deuxième perfora le béton de bout en bout, laissant apparaître des trous gros comme des ananas.

— Ils ont sorti l'artillerie lourde, c'est au moins du calibre 40, jeta l'un des lieutenants de police.

Il s'écoula de longues secondes puis les rideaux d'une fenêtre au quatrième étage s'ouvrirent et une main agita une serviette blanche. Deux types en casquette faisaient des grands signes de la main. L'un d'entre eux jeta sa kalach par la fenêtre.

En bas, Beladji poussa un soupir de soulagement.

— Ils sont moins cons que je ne le pensais. Préparez-vous à les cueillir.

La voix du haut-parleur résonna à nouveau.

— Descendez dans la rue et sans armes.

Soudain, une roquette jaillit de la fenêtre du sixième étage et fila vers l'hélico. Le Tigre eut juste le temps de faire une embardée sur le côté et évita la roquette qui explosa contre la façade d'un immeuble en retrait.

— Et merde, lança Beladji, on a affaire à des coriaces.

L'un des lieutenants observait la façade déchiquetée de l'immeuble.

— Ils vont se prendre une nouvelle rafale de l'hélico. Je crois qu'ils ont…

Il n'eut pas le temps de terminer sa phrase. L'un des paniers circulaires LOT situés sous le Tigre tourna d'un quart de tour. Quatre roquettes 2,75 pouces jaillirent et tracèrent une trajectoire parfaitement rectiligne en direction du sixième étage d'où était partie la roquette.

Une série d'explosions secoua le bâtiment alors que des flammes monstrueuses jaillissaient des fenêtres. Le Tigre oscilla de quelques degrés et envoya coup sur coup trois autres roquettes sur le rez-de-chaussée. Le bâtiment fut secoué d'un grand hoquet puis s'effondra sur lui-même comme un gros gâteau qui aurait fondu.

— Ça fait autant de dégâts des roquettes ?

— Ça m'étonnerait, souffla Beladji, à mon avis les types avaient dû piéger l'immeuble avec des explosifs. Les roquettes les ont fait péter. C'est *Apocalypse Now.*

Beladji et ses hommes se relevèrent de leur cachette. L'immeuble Myosotis n'était plus qu'un squelette de béton fumant. Trois parois restaient encore debout, le centre de l'édifice se réduisait à un trou béant. Un énorme nuage de poussière planait autour de l'édifice martyrisé.

— Je me demande ce que vont dire les assurances, commenta l'un des flics.

Le Tigre pivota sur lui-même de 180 degrés puis s'éloigna lentement.

Le commissaire prit une cigarette de son paquet froissé. Sa voix se fit lasse.

— Je les interroge comment ces fumiers de terroristes ?

23

Jour 2

AFP

France. Paris. Terrorisme.

Des arsenaux « d'une ampleur considérable, totalement inédite » ont été découverts par les forces de l'ordre sur les sites ciblés par les assauts menés dans le cadre de l'opération Mistral, a indiqué à l'AFP une source officielle proche du gouvernement. Les caches, aménagées en profondeur dans des caves reliées en réseau, servaient de « planques » à des terroristes présumés, membres du groupe « Martyrs de Raqqa », revendiquant son affiliation à l'organisation de l'État islamique (EI, ou Daech selon son acronyme arabe). Huit djihadistes ont été tués dans l'assaut mené conjointement par une unité militaire et une équipe de policiers du Raid, dont deux membres ont été tués. Un nombre de terroristes non dévoilé par la police ont été arrêtés à Lyon et en région parisienne.

Les prises contiendraient, outre des stocks de kalachnikovs, des armes lourdes telles que des mitrailleuses, des bazookas ainsi que des lance-missiles de fabrication est-européenne, selon la source gouvernementale. Des traces de « produits chimiques dangereux » ont également été découvertes.

Élysée
Conseil de défense

— Que sait-on exactement ? Faites-moi le point.

Le président s'adressait à chacun des responsables qu'il avait réunis en urgence pour un Conseil de défense, élargi à toutes les autorités concernées. Dans le salon des Ambassadeurs avaient pris place, à sa droite, le ministre de l'Intérieur, Brice Léandri, et la garde des Sceaux, Émilie Montlouis, qui arborait sur son visage émacié les stigmates de son tourment : devait-elle rester par devoir ou claquer la porte d'un gouvernement d'état de siège qu'elle réprouvait de toute son âme ? À la gauche de Cardignac, le ministre des Armées, Édouard Garland, mine de bouledogue, et le patron du quai d'Orsay. Leurs collègues de l'Écologie – ministère ayant la tutelle des Transports et de l'Énergie – et de la Santé avaient également été conviés. Un peu en retrait se tenaient le chef d'état-major particulier de l'Élysée, le chef de la cellule « diplo » et Alice Valbergues.

Face au président, le général Maxime Gerfaut, raide dans son fauteuil, était flanqué d'un côté du Premier ministre – l'air renfrogné lui aussi de se retrouver ainsi relégué –, de l'autre, en rang serré, des patrons des renseignements extérieur et intérieur, de ceux de la gendarmerie et de la police ainsi que de l'un des personnages les plus discrets de l'appareil étatique : le secrétaire général de la Défense et de la Sécurité nationale (SGDSN).

Cet organe méconnu était pourtant un rouage vital pour la bonne marche du pays, avec pour mission d'anticiper les menaces et d'assurer la continuité des services de l'État en toutes circonstances, guerre, crises ou catastrophes naturelles.

À cette fin il planchait jour et nuit, trois cent soixante-cinq jours par an, à l'élaboration de tous les scénarios – de préférence ceux du pire ! – possibles et imaginables, de la crue millénaire de la Seine à Paris à l'insurrection généralisée dans le pays en passant par la Troisième Guerre mondiale, même si cette dernière hypothèse avait du plomb dans l'aile depuis la chute de l'Empire soviétique… avant de remonter en flèche avec l'arrivée au pouvoir d'une série de leaders populistes et nationalistes à travers la planète.

Qui pouvait bien savoir en France, par exemple, qu'au cas où un tsunami gigantesque submergerait les régions côtières, mettant, entre autres dégâts, hors d'usage les pylônes de transmission d'opérateurs comme Bouygues ou Orange, il subsisterait toujours un pylône sécurisé pour alerter les populations isolées, celui de la radio France Bleu ? Voilà l'un des aspects du travail du SGDSN.

Il regroupait des experts, civils et militaires, en provenance de la totalité des ministères, administrations et corps de l'État. En outre, chaque ministère comptait en son sein un haut fonctionnaire de défense, correspondant attitré du SGDSN. Cet organisme siégeait dans l'aile nord de l'hôtel des Invalides et les quelque neuf cents agents dûment accrédités qui franchissaient chaque jour la grille du 51, boulevard de la Tour-Maubourg dans le septième arrondissement étaient astreints à la plus stricte confidentialité. En dehors des divisions au sein desquelles ils travaillaient, ils ne se connaissaient guère entre eux, le service étant organisé de telle sorte que « ceux du premier étage », par exemple, n'aient jamais à croiser « ceux du deuxième », affectés à d'autres spécialités. Excepté les plus hauts responsables, tous les employés devaient remettre leur portable au portail d'entrée, et il leur était interdit d'apposer la moindre touche personnelle – cadre photo ou bibelot fétiche – dans leurs bureaux. La justification à une telle chape de plomb était que les hommes et les femmes qui travaillaient ici étaient les dépositaires de secrets dont le dévoilement aurait risqué de compromettre la sécurité nationale. « On ne sait jamais ce qui peut arriver, avait glissé un jour un patron du SGDSN au Premier ministre, son autorité de tutelle, moins nos agents en sauront sur ce que fabriquent leurs collègues et mieux cela vaudra pour tous. »

Une joyeuse ambiance digne de la DGSE. D'ailleurs, tout comme « la Piscine », le SGDSN avait à sa tête un civil et pour numéro 2 un général « quatre étoiles ». Historiquement, l'institution créée au début du siècle dernier avait longtemps été dirigée par un militaire, jusque… au putsch manqué des généraux d'Alger : le pouvoir gaulliste eut du mal à croire que l'ancêtre du SGDSN – dénommé alors EMGDN – n'avait vraiment rien vu venir de l'aventure militaire, et le général de l'époque fut limogé. Malgré ce retour au civil, l'institution demeurait empreinte de culture « mili ».

À l'issue de son rapide topo, d'où il ressortait que si des réseaux avaient été démantelés on ne pouvait avoir la certitude qu'il n'en subsistait pas d'autres analogues ailleurs sur le territoire, Gerfaut passa la parole au patron du SGDSN.

— Que savez-vous des produits chimiques découverts par le Raid et le GIGN ?

Le haut fonctionnaire toussa avant de s'exprimer :

— Le Raid a découvert des bonbonnes de toxine botulique artisanales. Rien de très grave. Heureusement, il n'y avait pas de trace de gaz sarin comme nous le redoutions. L'une des premières hypothèses était une contamination de la population par empoisonnement de l'eau. L'autre forme d'attaque possible, particulièrement destructrice, serait l'épandage par un aéronef. Un survol de dix à quinze minutes au-dessus de zones densément peuplées suffirait à faire de gros dégâts. Aucune des deux hypothèses ne figure sur les plans saisis dans la cache des terroristes, mais on ne sait jamais. En liaison avec la Santé, j'ai donc ordonné à mes services de contrôler tous les réseaux d'adduction d'eau potable : les premières remontées indiquent que tout est clair de ce côté.

— C'est déjà ça, soupira Cardignac. Un empoisonnement à grande échelle, il ne manquerait plus que ça…

La ministre de la Santé, une « pointure » reconnue en matière d'épidémiologie, intervint :

— Nous avons répété avec le SGDSN des plans de confinement des populations et de ravitaillement d'urgence en eau, vivres et médicaments. Dans l'hypothèse où les terroristes auraient recours à des armes virologiques comme le H1N1, hypercontagieux, des mesures de mises en quarantaine immédiate, de fermetures de ports, gares et aéroports touchant des régions entières pourraient être rapidement mises en œuvre.

— Bon, c'est un beau succès pour Mistral, et il faudra le faire savoir, voulut positiver le président.

Gerfaut, en maître des opérations, tempéra ses ardeurs.

— Il reste des zones d'ombre, les terroristes capturés n'ont pas tous été passés au trapèze[1], l'enquête n'en est qu'à ses débuts. Elle a déjà révélé des trous dans la raquette. N'est-ce pas, monsieur le directeur de la Sécurité intérieure ?

L'intéressé, un ancien flic d'élite dont l'embonpoint indiquait qu'il avait abandonné le terrain depuis belle lurette, embraya de mauvaise grâce :

— En passant au crible les élèves des écoles de pilotage d'avion ou hélicoptère ces dix-huit derniers mois, nous avons pointé pas moins de trois fichés S, un comble !

— Et ce n'est pas tout, reprit le secrétaire général de la Défense, plantant son regard dans celui du ministre des Transports, qui avait la tutelle sur la Direction générale de l'aviation civile (DGAC). Il reste des failles concernant la sécurisation des plateformes d'envol. Soyons francs, aujourd'hui s'emparer d'un avion de tourisme ou d'un hélicoptère est un jeu d'enfant ou presque. Je ne remuerai pas le couteau

1. Interrogés en jargon militaire.

dans la plaie en vous rappelant la spectaculaire évasion par la voie des airs d'un truand de haut vol.

— C'est le cas de le dire, ne put s'empêcher de ricaner le matois Léandri, décochant une œillade moqueuse à sa collègue de la Justice qu'il ne portait pas dans son cœur.

Les prisons passoires, c'était de sa responsabilité.

Gerfaut, atterré par le spectacle de tels enfantillages, coupa court aux bisbilles :

— Monsieur le président, cette affaire prouve que nous sommes engagés dans une course contre la montre avec l'ennemi. Vous l'avez dit, l'élimination de ces cellules terroristes est un succès, mais pour que ce ne soit pas une victoire à la Pyrrhus il faut accélérer et amplifier notre campagne, remonter la piste des réseaux. Nous devons mettre le paquet sur les enquêtes, et prévoir la mobilisation de réservistes.

Cardignac prit une expression évasive.

— Nous n'en sommes pas là, général... Je voudrais aborder un autre point, mais il faudrait que Delphine nous rejoigne. Il faut lui donner des éléments, qu'elle sache quoi raconter aux journalistes avant que les rumeurs et les fantasmes n'aggravent la psychose générale. De toute façon il faut communiquer, l'état de siège ce n'est pas la dictature quand même !

Sortant de son mutisme, la garde des Sceaux balança sèchement :

— Ah, parce que vous croyez qu'il y a des citoyens qui se font encore des illusions ?

24

Cité Deraismes
Banlieue parisienne nord

Un nouveau grondement assourdissant déchira le ciel au-dessus des HLM de la cité. L'avion de chasse était passé si bas qu'on aurait pu voir le pilote dans son cockpit. Le fuselage en acier renvoyait les rayons d'un soleil pâle qui entamait sa course vers le couchant. C'était la troisième fois dans la journée que le Rafale survolait la cité. Il ne lâchait pas de bombe, ne mitraillait aucune cible, se contentant de montrer sa présence puis disparaissait vers Paris.

Le commissaire Beladji et le colonel Fernandez se tenaient devant la façade d'une des HLM, au milieu d'une dizaine de vastes tentes kaki alignées au cordeau.

Le colonel parachutiste arborait un sourire triomphant.

— On vous a sauvé la mise tout à l'heure. C'était moins une.

— Oui, sauf qu'on n'a personne à interroger, répliqua le flic, vos hommes n'ont pas fait dans la dentelle.

Les suspects ressemblent à des corn-flakes trempés dans du béton.

— C'est notre façon à nous de lutter contre la surpopulation carcérale.

Le colonel attendit que l'avion disparaisse puis continua :

— Quelle merveille ! J'ai eu la chance de faire un tour dans l'un de ces coucous. Question sensations, Disneyland peut aller se rhabiller.

— Je ne comprends pas à quoi servent ces foutus avions de chasse, marmonna Beladji, dubitatif. Aucun intérêt sur le plan opérationnel. Ils ne vont pas balancer des missiles air-sol sur les immeubles.

— On va dire que c'est de l'action psychologique, répondit le colonel d'une voix enjouée, comme la présence des chars. Ce sont des signaux forts pour que les Français comprennent que l'armée est présente sur le terrain. Et comme on ne peut pas déployer des soldats et des chars dans toutes les communes de France, on envoie les avions faire la retape. Depuis ce matin, trente chasseurs Rafale et Mirage 2000 sillonnent le ciel de France. D'est en ouest, du nord au sud, au-dessus des villes et les agglomérations. À la plus basse altitude autorisée, pour que le fracas de leurs réacteurs réveille jusqu'aux pensionnaires des maisons de retraite. Avec 140 décibels dans les tympans, ça vaut tous les clairons !

Beladji contempla les tentes alignées au cordeau.

— Action psy… Vous m'en direz tant. À propos de psy, vos tentes… on dirait un camp de réfugiés, dit Beladji, les habitants des tours ont dû hurler quand vous leur avez demandé de rentrer là-dedans.

— Pas tous… Suivez-moi, vous allez comprendre.

Ils passèrent devant une sorte de comptoir à côté de l'entrée de la tente et derrière lequel étaient assis deux adjudants-chefs. Une dizaine de soldats se tenaient debout en retrait, HK en bandoulière. Pendant que l'un des sous-offs regardait son écran, l'autre avait les mains posées sur un caisson en alu de la taille d'une valise de cabine. Beladji remarqua que sa main gauche était menottée à l'une des poignées.

— Alors, mon adjudant ? Comment vont les affaires ? lança le colonel Fernandez.

Le sous-officier se leva et salua.

— On s'appauvrit, mon colonel…

— Vous pouvez montrer au commissaire votre boîte à malice ?

L'adjudant déverrouilla la caisse à l'aide d'une petite clé. Il y avait à l'intérieur des liasses entières de billets de 100 et de 50 euros.

Le colonel sourit.

— Une idée de la cellule Psy op. Chaque habitant a reçu un billet de 50 euros en guise d'indemnité pour… comment dire… ah oui… le dérangement lié à l'opération. Pour les encaisser il faut donner son nom, se faire prendre en photo par la caméra de l'ordinateur et ensuite entrer dans la tente. À la sortie, de l'autre côté de la tente, il y a une caisse similaire avec 50 euros de plus s'ils n'ont pas fait d'histoires. Les mineurs de dix à dix-sept ans touchent la moitié, sous contrôle de leurs parents.

— Pour tous les habitants de la cité ? demanda Beladji, incrédule.

— Oui. Quelle est l'enveloppe globale mon adjudant ?

— 500 000 euros.

— Attendez, si vous avez reproduit le même système sur les autres sites. Ça fait…

Un éclair de malice traversa les yeux du colonel.

— Je crois que la somme allouée pour toutes les opés tourne autour de quatre millions d'euros. Certains quartiers sont plus peuplés que d'autres.

— Mais c'est énorme !

— Non, c'est génial. Les gens encaissent l'argent et en plus on les débarrasse de la racaille qui leur empoisonnait la vie. Quatre millions qui vont nous éviter bien des emmerdements.

— Vous les achetez, comme on achète la paix sociale dans ce pays.

— Continuons la visite, ne vous fiez pas aux apparences.

Ils entrèrent dans l'une des tentes. Contrairement à ce qu'aurait cru Beladji, l'ambiance semblait étonnamment calme. La température était douce, presque chaude. Sur la droite, on avait installé un rail de distribution derrière lequel s'affairaient des soldats en blouse blanche. Ils servaient des repas chauds aux hommes, femmes et enfants qui passaient devant eux, leur plateau à la main.

Sur la gauche trois rangées de lits picots étaient alignées, dont la moitié occupée. Des enfants en bas âge couraient çà et là entre les jambes des soldats. Beladji eut la surprise de découvrir une sorte de grand espace aménagé où l'on avait installé des écrans TV devant des chaises de toile. Des gamins jouaient même à des jeux vidéo.

Le colonel intercepta le regard médusé du flic.

— Commissaire, vous pensiez que les militaires étaient de sombres brutes. J'ai passé au moins trois ans à assurer la sécurité de camps de réfugiés en Somalie, en Syrie et au Tchad. Comme tout le personnel que vous voyez ici. Nous avons tous appris une chose capitale.

— Laquelle ?

— On ne gagne jamais une guerre contre une population. Jamais. On peut gagner des batailles avec les armes, mais pour remporter la victoire finale, il faut gagner les cœurs. Nous avons notre stratégie pour gagner l'adhésion d'une population, seul moyen pour remporter la partie.

— Gagner les cœurs ? Ce que vous faites ici, c'est juste distribuer de l'argent et de la bouffe… Facile.

Le colonel secoua la tête.

— Vous n'avez pas compris. Cette distribution de billets est un élément tactique pour prévenir des émeutes. On sait très bien que ça ne va rien résoudre. Ces gens vont retourner ce soir chez eux, leurs problèmes n'auront pas disparu. Si le gouvernement ne fait rien pour changer la donne, leur trouver du travail, lutter contre l'intégrisme, nous savons que ça recommencera.

Beladji sourit pour la première fois, il trouvait le militaire plus sympathique qu'il n'y paraissait.

— Je ne peux qu'être d'accord. Les habitants ont tous encaissé l'argent ?

— Hélas non, ce serait trop simple. Vous voyez les tentes avec des cercles rouges peints sur les côtés ?

Beladji tourna la tête et en aperçut huit, plantées en retrait contre un long mur aveugle. Deux véhicules de l'avant blindé étaient postés de chaque côté. Le nombre de gardes était plus important que pour les autres tentes.

— On y a mis les plus excités, ceux qui ne voulaient pas bénéficier de la générosité de la République. Ça hurle pas mal à l'intérieur.

— Ce sont ceux qui nous ont accueillis à coups de flingue ?

— Non, eux, ils protestent contre l'intervention.

— Ça peut se comprendre.

— Ils pourront rentrer quand l'opération sera terminée. On a aussi des gamins qui jouent les guetteurs pour les dealers : toucher 50 euros c'est un pourboire pour eux.

— Et les caïds ?

— En accord avec vos chefs, on leur réserve un traitement spécial. Venez.

Alors qu'ils longeaient une haie de barrières sécurisées, un grand balèze s'approcha d'eux.

— Ah voici Redouane, dit le colonel au policier, le responsable des médiateurs de la cité. On travaille avec eux, ils font un boulot remarquable, du moins ceux qui le veulent bien.

Le médiateur les salua, il semblait ennuyé.

— Colonel, j'ai deux femmes enceintes qu'il faudrait évacuer le plus rapidement possible.

— Bien sûr, je donne des ordres. Comment ça se passe ?

Le médiateur haussa les épaules.

— Sincèrement, colonel ? Faudrait pas que ça dure trop longtemps. Le coup des billets et les tentes ça en calme certains, mais les gens vont en avoir marre. Il y a le boulot, l'école… Vous devriez leur rendre leurs appartements avant que ça tourne à l'émeute.

— Les interventions sont quasi terminées. Je dirais… dans une bonne heure.

Beladji l'observait avec attention. Le jeune baraqué jetait constamment des coups d'œil autour de lui.

— Pourquoi les médiateurs de la cité ont-ils accepté d'aider l'armée ? lui demanda le commissaire d'une voix douce.

— Pas tous, loin de là. La moitié de mes potes ont refusé.

— Et vous ?

— Je dois être un peu taré… Ces gens ont confiance en moi, si je peux éviter des conneries ça sera pas si mal.

— Vous n'avez pas peur des représailles une fois que l'armée sera partie ?

Le médiateur eut un sourire entendu.

— On nous voit comme des boucliers… Mais comme je l'ai dit, il ne faudrait pas que ça s'éternise tout ça. Sinon je plie bagage, fissa. Bonne journée, je dois m'occuper des femmes enceintes.

Beladji le regarda s'éloigner d'un pas rapide.

— Bon, continuons la visite, dit le colonel.

Ils arrivèrent devant un barrage juste devant une file de camions de transport de troupes alignés comme pour un défilé. Les soldats du RPIMA saluèrent d'un même mouvement en voyant le colonel et ouvrirent la barrière. L'officier s'arrêta à la hauteur d'un des hommes, qui devait avoir une trentaine d'années. Il paraissait nerveux.

— Alors sergent, comment ça se passe ?

— RAS mon colonel. Dix camions remplis.

— Je peux monter à bord d'un des camions ? Allons inspecter les mauvaises herbes, commissaire.

Le colonel monta sur la ridelle du premier véhicule dont le moteur tournait au ralenti. Quatre soldats encadraient une dizaine de civils, jeunes pour la plupart, habillés en survêtements et blousons, tous menottés aux arceaux. Certains avaient du sang qui coulait sur leur visage. L'un d'entre eux, le crâne rasé, la barbe noire fournie hurla en voyant l'officier :

— Toi, fils de pute ! Je bouillave ta reum.

Le colonel le regarda sans broncher.

— Vous bouillavez ma mère, mon ami ? (Puis se tournant vers l'un des soldats :) Il a fait quoi ce poète des cités ?

— Lui et ses copains tenaient un self-service de kalachs et d'autres joujoux. Ils ont reçu les policiers à coups d'Uzi[1].

— Hélas pour vous, reprit le colonel en revenant vers le prisonnier, tirer sur un membre des forces de l'ordre pendant l'état de siège est passible de la peine de mort.

Le trafiquant le dévisagea en lui offrant un doigt d'honneur.

— Peine de mort ! Tu te crois dans *Hunger Games* !

Des éclats de rire retentirent.

— On n'a pas les mêmes goûts en matière de cinéma, répondit le colonel. Moi, je préfère Clint Eastwood tendance *Inspecteur Harry*. C'est un peu vieux pour vous.

1. Pistolet-mitrailleur de fabrication israélienne.

Il sortit son pistolet automatique, l'arma puis visa posément le barbu.

La balle passa à une trentaine de centimètres de la joue du type et traversa la bâche. Le jeune hurla et se plaqua contre un de ses camarades.

— Putain, t'es malade !

Le colonel Fernandez remit le pistolet dans son étui et dévisagea les prisonniers.

— Messieurs, on ne s'est pas compris. Depuis 5 heures et demie du matin, la France est passée sous la loi martiale, l'article 14 bis du code militaire prévoit la peine capitale en cas de rébellion armée. Vous aurez peut-être droit à un peloton d'exécution en bonne et due forme si vous ne collaborez pas avec nos services. Excellent voyage à vous.

Il descendit du camion et rejoignit Beladji.

— Bon sang vous êtes sérieux ? fit le flic incrédule.

— Action psy. Quand ils seront transférés en zone sécurisée, je suis certain qu'ils seront intarissables devant vos collègues.

— Mais la peine de mort…

Le colonel éclata de rire.

— Et on dit que nous les militaires n'avons pas d'humour. Vous devriez voir votre tête, commissaire. Bien sûr que non. Je reconnais que mon comportement n'était pas très réglementaire, mais je n'ai pas aimé son insolence. Personne ne va fusiller qui que ce soit. On est en démocratie.

— Pour le moment, murmura Beladji, pour le moment…

25

Jour 3

Franceinfo.fr

Trois personnes ont été tuées et une quinzaine d'autres blessées dans une rixe ayant opposé hier soir à Montpellier des activistes du mouvement Jeune-France/Stop-Racaille à des habitants d'un quartier populaire. À l'origine des violences, la descente peu avant 21 heures dans les rues de cette cité d'une vingtaine de jeunes gens en blousons et cagoules noirs, arborant sur la poitrine le sigle de leur mouvement – le slogan « Stop la Racaille » sur fond de drapeau français et d'une grenade – et tenant chacun en évidence une batte de base-ball à la main. Selon des témoins, ils prétendaient « faire une ronde pour s'assurer que les gens respectent bien le couvre-feu » et s'en sont immédiatement pris à un groupe de « six ou sept » mineurs rassemblés dans un square. Toujours selon les mêmes témoignages, ils ont d'abord procédé à des contrôles d'identité, bien que n'ayant aucune qualification ni autorité pour le faire, puis les auraient tabassés à coups de poings américains et de leurs battes de base-ball.

Un adulte, sorti d'un immeuble voisin pour tenter d'appeler au calme, a été agressé à son tour, victime d'une décharge violente d'un pistolet Taser en possession des agresseurs. L'homme a été laissé à terre, tandis que des coups de feu étaient entendus. D'autres habitants se sont alors rendus sur les lieux, finissant par mettre en fuite les miliciens et appelant les forces de l'ordre. Arrivées enfin sur place près de quarante-cinq minutes après le début des violences, celles-ci n'ont pu que constater un terrible bilan : deux mineurs de seize et dix-sept ans tués par balle et un quinquagénaire, proche parent d'un des jeunes agressés, décédé d'une crise cardiaque suite au tir de Taser. Aucun des militants de Jeune France/Stop-Racaille n'a été interpellé mais la police procède à des identifications, indique la préfecture.

Liberation.fr

Le retour des ratonnades : voilà à quoi mène l'état de siège imposé par le président Cardignac. Les trois victimes innocentes – leur seul crime étant de s'être attardées dans la rue pour Adil et Dylan, d'avoir voulu porter secours à des enfants bastonnés pour Slim A. – sont les premiers martyrs du régime militaire sous la férule duquel le président et son supplétif, le shérif Maxime Gerfaut, ont placé les Français. Autant il paraît légitime de combattre les terroristes d'une main de fer, autant cette chape de plomb d'un autre âge démontre ses effets néfastes. L'état de siège serait-il le permis de tuer ? Que des nervis d'extrême droite autoproclamés en justiciers puissent se constituer en milice armée et se livrer à des ratonnades dignes de l'époque de la guerre d'Algérie, quand la Seine charriait les cadavres de musulmans en plein Paris, est aussi indigne qu'hallucinant. Comment ces assassins ont-ils pu se livrer à leur mortelle besogne pendant presque une heure sans être le moins du monde inquiétés par les forces de l'ordre – les vraies ? Au moment où le territoire est quadrillé par les paras, les chars, survolé et scruté par les drones et les hélicoptères, pareille inertie dépasse l'entendement et le pouvoir – ou plutôt le régime d'exception – devra répondre à cette question... à moins qu'il ne décide une bonne fois de s'affranchir de toute règle démocratique. Ou, pis encore, que l'état de siège vise à ne protéger qu'une catégorie de citoyens ?

BFMTV

Des militaires d'un peloton de blindés auraient été informés en temps réel, via *leurs systèmes de capteurs et d'analyse, de la rixe meurtrière à Montpellier, mais ils seraient restés passifs. C'est ce que révèle une source anonyme proche des milieux de la Défense, qui précise que l'officier à la tête du détachement incriminé n'aurait « pas reçu d'ordre pour agir et s'interposer ». Contacté, l'état-major se refuse à toute confirmation ou à tout démenti.*

Paris
CPCO, Balard

— Qui est-ce qui m'a foutu des baltringues pareils ? Enfin c'est pas possible d'être aussi cons, ils attendaient quoi pour intervenir, que le président vienne en personne leur remettre un bristol ?

Gerfaut hurlait à faire trembler les murs de la petite piaule du CPCO où il avait pris ses quartiers, tenant à être mobilisable vingt-quatre heures sur vingt-quatre. Il avait été servi : un appel du général commandant la zone de défense de la Région sud l'avait réveillé en pleine nuit, pour le prévenir d'une probable « grosse bavure » survenue à Montpellier.

— Et encore, avait poursuivi son interlocuteur, une bavure c'est dans le meilleur des cas, celui où une section avec trois VBMR serait restée les bras croisés faute d'avoir saisi la gravité de la situation. La pire hypothèse, il faut en être conscient, c'est celle où elle aurait délibérément laissé agir les miliciens, estimant qu'après tout ils faisaient le boulot…

Gerfaut avait beau être en colère, il refusait d'envisager cette dernière possibilité. Durant sa longue carrière, il avait toujours fait le pari de la confiance. Confiance en ses hommes, en leur courage, leur loyauté, leur sens du devoir, de la camaraderie fraternelle et même de l'humanité. Des bêtises monstrueuses, parfois des agissements criminels, abjects, bien sûr qu'il en avait vu, en particulier sur certaines Opex en Afrique. Mais c'était rarissime. Des déviances isolées dues à des brebis galeuses, des soldats succombant à l'espèce de griserie morbide que l'on peut ressentir en intervenant, comme un sauveur ou un super-héros, dominateur se croyant tout permis, sur une terre étrangère en proie au chaos, où la frontière entre ce qui est légal et ce qui est hors la loi a depuis longtemps volé en éclats.

Toutes les armées du monde capables d'intervenir sur des théâtres extérieurs – et elles ne sont pas si nombreuses – connaissent ce problème, qu'elles gèrent chacune à sa manière, plus ou moins… humaine, justement. La manière d'une armée républicaine, avait appris Gerfaut encore lycéen sur les bancs du Prytanée militaire de La Flèche, c'est qu'un chef est là pour rappeler en permanence à ses hommes le cap, les valeurs. Montrer l'exemple, toujours, en toutes circonstances.

Si des soldats engagés sous ses ordres s'étaient vraiment rendus complices d'une bande d'assassins, c'est l'armée entière, et avec elle le sort de l'opération Mistral, qui se trouverait compromise.

— Je vais ordonner une enquête interne, à mener le plus vite possible, informa-t-il son subordonné. En attendant, le chef de section est suspendu de ses fonctions, mais il est hors de question de donner son identité ou quoi que ce soit de sensible à son sujet à la presse. Si sa faute est avérée, il sera jugé et sanctionné, c'est sur ce point qu'il faut insister auprès des journalistes.

— Reçu. Espérons que ça suffira à désamorcer l'affaire.

Le général soupira. Il ne se faisait pas d'illusions, il savait que de toute façon les médias n'allaient pas le lâcher, peu importait que la bavure soit due à une erreur de jugement ou au choix délibéré d'un officier. L'armée abritant en son sein des fachos mettant à profit l'état de siège pour régler son compte à la « racaille », voilà le genre de message caricatural qui promettait de belles unes.

Son portable sonna à nouveau. Un regard sur l'écran et il constata que les ennuis ne faisaient que commencer : c'était Cardignac. Il se doutait bien que le président ne résisterait pas à la tentation de rejeter la responsabilité sur une faute isolée des militaires, qu'il refuserait d'en assumer sa part et ferait tout pour sauver son plan.

Pour toute réponse, Gerfaut éteignit son portable. Il avait besoin de répit. Il changea de tenue et se dirigea vers la salle de squash toute proche qu'abritait la forteresse de Balard. Heureusement que le CPCO était conçu pour que ses occupants puissent y vivre en quasi-autarcie, un peu comme à bord d'un sous-marin nucléaire en patrouille dans les profondeurs océaniques, songea-t-il en tambourinant à la porte de la chambre de son aide de camp. Il ne lui restait plus qu'à espérer que « le nonce » savait jouer au squash et accepterait de disputer une partie à 5 heures du matin.

Balard
salle de presse

— On se croirait davantage sur un campus universitaire que dans un état-major, glissa avec une pointe de regret une journaliste, reporter de guerre pour un grand quotidien, à son voisin de pupitre. Franchement, ces couloirs interminables et aseptisés, sans aucun objet évoquant la vie militaire, quelle tristesse par rapport aux fastes martiaux du boulevard Saint-Germain. Tiens, ça me fait l'effet d'une bouffe végane comparée à un bon steak saignant !

— Tu aurais préféré quoi ? Qu'ils suspendent des Mirage aux plafonds et dressent des guérites dans les couloirs ?

Son collègue, journaliste d'investigation à la radio publique, se fichait lui comme d'une guigne de la décoration des lieux. Il trouvait en revanche plus gênant que l'espace assigné à la presse soit totalement déconnecté du reste de l'immense QG, comme pour garantir à tout prix son opacité. D'ailleurs, rien que pour accéder à cette salle de presse il fallait franchir un contrôle plus sévère que celui d'un aéroport en alerte Vigipirate, assuré par une société de sécurité privée, elle-même renforcée par des gendarmes de l'air – Balard étant l'ancien siège de l'état-major de l'armée de l'air – et des soldats en tenue de combat, tous revêtus de gilets pare-balles.

La pièce n'en était pas moins bourrée à craquer. Le porte-parole du ministère des Armées, un ex-communicant dédié au conseil des grands patrons du privé et des ténors politiques qui devait son nouveau poste avant tout à son réseau professionnel particulièrement étoffé, croulait sous la mitraille des questions. « Oui ou non un détachement de l'armée se trouvait-il sur les lieux de la bataille rangée de Montpellier ? » « Pourquoi n'ont-ils pas stoppé les miliciens ? » « Y a-t-il dans vos rangs des complices des agresseurs ? » « L'ordre de ne pas intervenir est-il venu de plus haut ? À quel niveau hiérarchique ? »

À chaque intervention le porte-parole, novice dans la chose militaire, répondait par les éléments de langage prémâchés par le cabinet du ministre et l'état-major, faisant monter l'exaspération de son auditoire.

Lorsque, à bout d'arguments, il opposa un « secret-défense » systématique aux journalistes demandant l'accès à des soldats engagés dans l'opération ou aux communications phoniques ou numériques échangées ce funeste soir, ce fut la bronca. Les récriminations et les frustrations accumulées depuis le début de Mistral éclatèrent d'un coup.

— Vous êtes moins timorés quand il s'agit d'*embedder* des reporters sur le terrain au Mali ou en Afghanistan. Alors que le pays devient un champ de guerre, on a tout juste droit à des débriefings loin du cœur de l'action, c'est un comble !

— Sans compter que des photographes et des équipes de télévision entrés par leurs propres moyens dans la cité Deraismes ont été arrêtés et expulsés par la gendarmerie. On se croirait dans la Russie de Poutine !

Roulant frénétiquement des yeux, le communicant, désemparé, semblait chercher en vain du secours auprès des officiers présents dans la salle de presse. Il finit par craquer :

— Vous devriez vous estimer encore heureux : en régime d'état de siège, le gouvernement pourrait parfaitement, s'il le jugeait nécessaire, suspendre la parution de vos titres et contrôler ce que diffusent vos chaînes…

Les officiers échangèrent des regards courroucés. Un colonel chuchota à son voisin :

— Qu'est-ce que c'est que ce sombre crétin envoyé par le ministre ? Il veut nous mettre à dos les journalistes.

— Il perd son sang-froid, mais c'est vrai que les questions sont orientées. Ils sont de parti pris.

— Éteignons l'incendie, je vais recadrer cet abruti, prévenez Gerfaut et…

Il ne put finir sa phrase, les journalistes se levèrent comme un seul homme et quittèrent la salle de presse.

— À ce niveau-là, la seule réponse c'est le boycott, ponctua la grande reporter de guerre.

Paris centre
Au même moment

Loin de Balard et du périph', dans son loft du quartier Saint-Paul au cœur du Paris historique, Tancrède avait les yeux rivés sur son écran de télévision et la main posée sur sa radio portative qu'il allumait et trimballait avec lui dès qu'il était obligé, pour une raison ou pour une autre, de bouger de son canapé.

L'état de siège avait fait de lui un autre homme. Le bobo un brin dandy et sûr de lui avait fait place à un citoyen plein d'angoisse et de colère. Comment était-il concevable, s'interrogeait-il en regardant défiler les intervenants sur les plateaux des chaînes info, que seules les associations, une bonne part des syndicats et les partis politiques de gauche s'opposent résolument au rideau de fer qui s'abattait sur le pays ? Le jeune avocat était atterré par les sondages. Les gens étaient-ils tous devenus fous, leur conscience annihilée par la peur des attentats récurrents ?

Il se remémora, amer, la tirade du père de Delphine lors du dîner houleux de Noël : « Ce dont ce pays a besoin c'est d'une dictature ! » avait beuglé Michel. Et voilà, on y était en plein. Ce que Tancrède avait pris pour d'inconséquents propos d'après-boire se révélait prophétique.

Pire, sa propre compagne Delphine collaborait avec les apprentis Pinochet, Cardignac et Gerfaut. Où était-elle encore, d'ailleurs ? Cela faisait plusieurs jours qu'ils se croisaient à peine, la conseillère élyséenne, plus absorbée que jamais par son boulot, ne faisant que de rares et brèves apparitions dans le loft si cosy. Au fond cela valait mieux, se dit Tancrède. La situation politique avait exacerbé les tensions au sein du couple.

S'arrachant à ses noires pensées il se replongea dans les infos. À l'écran, des responsables associatifs, rejoints par des avocats médiatiques familiers de telles causes, annonçaient qu'ils prenaient sous leur aile les familles des victimes de la cité de Montpellier. Et qu'ils attaqueraient l'État. Certes, ils avaient perdu une première bataille, cruciale, quand le Conseil d'État avait validé en référé la proclamation de l'état de siège. Mais leur guerre à eux non plus n'était pas finie, et ils comptaient bien ne rien lâcher. La France, serinaient-ils comme un mantra, était quand même le pays des droits de l'Homme.

Tancrède trouvait l'une des militantes interviewées, une brune aux yeux charbon, particulièrement éloquente et convaincante. Elle représentait le Collectif de défense des victimes de l'état de siège (CODEVES) et appelait carrément les « femmes et les hommes de bonne volonté » à rejoindre « la résistance ». Buvant ses paroles, il se rappela qu'avant de mettre son talent de juriste au service lucratif des nantis, il avait aspiré à plaider pour les faibles et les opprimés.

Il lui fallut moins d'une minute pour dénicher sur Google les coordonnées du Comité. Il tapa le numéro sur son portable. C'était un répondeur. Un peu déçu, Tancrède laissa néanmoins un message.

— Bonjour, je suis avocat et je suis prêt à m'engager bénévolement pour défendre les familles de victimes. Agir en justice contre l'État ne me fait pas peur. Bien au contraire.

26

Paris

Delphine Salgado jeta un regard étonné sur le présentoir garni d'œufs durs qui trônait sur le comptoir. Il en existait donc encore dans les bars, malgré les règles drastiques d'hygiène alimentaire ? Qui pouvait bien avoir envie d'avaler un œuf dur sur le zinc, à part les personnages des vieux films de Claude Sautet ?

— T'inquiète pas, c'est pas fait pour être bouffé, personne m'en prend jamais. Mais ça donne un petit côté vintage que j'entretiens, lui confia, rigolard, Basile, le patron de ce bistrot à deux pas de la station Châtelet où elle avait eu naguère ses habitudes.

— *Vintage*, ah bon ? Démodé plutôt, tu ne crois pas ? le taquina-t-elle en désignant les murs avec lambris et papier peint rayé, le carrelage noir et blanc et les banquettes en skaï bordeaux élimées.

L'établissement était resté dans son jus, celui d'un Paris populaire évanoui depuis longtemps. Il attirait quelques touristes, soit qu'ils aient été en quête d'authentique, soit qu'ils aient vu dans cette déco années 60 le summum du « stylé ». Basile, l'air satisfait avec sa couronne de cheveux grisonnants et sa bedaine proéminente, avait su gonfler sa clientèle de quartier. Du temps où Delphine était journaliste, elle jugeait l'endroit propice aux rencontres discrètes avec ses sources.

La conseillère élyséenne y avait donné rendez-vous à Noura Bassir. C'était sur son trajet de métro pour rentrer de son travail à l'hôpital. Quant à elle, elle avait profité d'un déplacement éclair du président en province pour s'éclipser un moment du « château ». La jeune interne l'avait appelée l'avant-veille. Au téléphone elle avait paru gênée, embarrassée.

— Bonjour madame… euh, Delphine. C'est Noura, la sœur de Yassine. Voilà, ça m'embête de vous déranger pour si peu…

— Noura, mais vous ne me dérangez pas, dites-moi ce qui se passe, l'encouragea Delphine.

Lors de la venue de la famille à l'Élysée, elle avait été touchée par cette jeune fille courageuse et déterminée, s'était promis de garder le contact et de suivre avec le conseiller judiciaire du président l'évolution de l'enquête sur la bavure fatale.

— Eh bien, ma mère a perdu un foulard auquel elle tient énormément, elle pense, en fait elle est sûre de l'avoir oublié dans le bureau du président. Elle était si émue… Un foulard brodé. C'était un cadeau de Yassine, alors elle est désespérée, si vous pouviez…

— Bien sûr, ne vous en faites pas on va le retrouver, la rassura Delphine. Je vous rappelle.

Elle avait remarqué pendant la visite que la mère malaxait en permanence entre ses mains, de nervosité et de chagrin, cette étoffe tissée au fil d'argent.

Voyant Noura entrer dans le troquet, Delphine brandit le foulard comme un trophée.

— C'est l'horlogère de l'Élysée qui l'a retrouvé. En passant comme chaque matin vérifier la pendule du bureau présidentiel, elle a vu un bout d'étoffe qui dépassait des coussins.

Plutôt que le faire livrer par un motard du « château », Delphine avait saisi l'occasion de le remettre en main propre à Noura. Elles se firent la bise spontanément et s'installèrent à une table isolée.

— Ah merci, merci, c'est vraiment cool, ma mère sera soulagée. Ça ne paraît pas grand-chose mais ça vient de Fès, la ville de la famille de ma mère. Les brodeuses y sont réputées. Yassine lui avait offert ce foulard lors de nos dernières vacances là-bas.

— Tu ne crois pas qu'on pourrait se tutoyer, on n'a pas tant d'années que ça d'écart, non ?

— Alors vous… tu ne te méfies plus de moi ?

— Pourquoi dis-tu ça ?

— Ma petite vanne, l'autre jour à l'Élysée, sur le président et Daech… C'était de la provoc, si t'avais vu ta tête ! Franchement, j'ai cru que tu allais appeler les gardes républicains au secours.

— C'est ma réaction qui n'était pas très futée. C'est sûr, mieux vaut en rire.

Delphine était soulagée par le franc-parler de sa convive.

— Toute ta famille est originaire de Fès ? reprit-elle.

— Non, mon grand-père est venu de Rabat au début des années 60.

— Et moi mon arrière-grand-père d'Espagne à la fin des années 30, c'est ça la France, se marra Delphine.

Voyant Noura se rembrunir, elle se mordit les lèvres. La France, comme elle disait, ne traversait pas exactement une période idyllique… Elle se leva pour aller commander un thé et un café au comptoir.

— Comment ça va chez toi ? s'enquit Delphine en se rasseyant.

— Papa s'en sort à peu près, il a repris le travail. Il faut qu'il fasse tourner son garage-carrosserie, c'est une petite affaire, il ne peut pas se permettre de lâcher les clients… et il doit garder l'œil sur ses deux employés. Maman est complètement incapable de s'y remettre pour le moment. Elle qui cumulait deux boulots dans la journée, à la mairie et à la cantine de l'école, et qui faisait filer droit toute la famille, toujours un ordre à la bouche, « arrête de gaspiller l'eau, ferme le robinet », « récite-moi ta leçon de français »… Faris et mes deux plus jeunes frères, encore au lycée, la soutiennent, essaient de l'impliquer dans le comité Justice pour Yassine.

Basile approcha de leur table, plateau à la main. Il se pencha vers Delphine :

— Alors ma belle, on te voit plus beaucoup par ici. Maintenant que tu fréquentes la haute, mon rade n'est plus digne de tes rencards. Dommage, ça fait toujours plaisir d'avoir des belles poulettes en vitrine…

— Dis donc Basile, c'est agréable pour mon invitée. Pour ce qui concerne les poulettes, fais gaffe, tu ne voudrais pas qu'on te colle un hashtag *balancetonporc*, non ? Les temps changent mon vieux, faut te mettre au goût du jour, l'admonesta gentiment Delphine.

— Ah ça, ne compte pas sur moi, c'est pas mon genre, bougonna Basile en s'éloignant.

Noura, ne sachant pas trop si elle devait rire ou se froisser de la balourdise du bistrotier, porta sa tasse de café à ses lèvres. Delphine observa qu'elle avait gardé sa blouse blanche sous sa parka.

— Quand j'étais petite, ma mère m'emmenait parfois le mercredi au dispensaire où elle travaillait. J'adorais la voir en blouse d'infirmière, avec sa trousse, les instruments, l'ambiance. Mais tenter médecine, non, j'étais nulle en maths.

— C'est pas tellement la question d'être douée, il faut surtout bosser. Et ça, c'était une autre histoire, avec mes frangins il y avait une bonne dizaine de gamins qui débarquaient à la maison tous les jours après la classe. Tu imagines, dans un T3 ? Des fois je devais « checker » toute une rangée de mains avant d'arriver au coin salon qui me servait de bureau. J'avais mon casque anti-bruit greffé sur les oreilles !

— Oui, je vois le tableau, rigola Delphine. J'ai l'impression qu'il n'y a pas que ça qui a été difficile…

— Le plus dur, c'est quand on te fait sentir en permanence que tu es une intruse. En première année, tu te retrouves dans un amphi où chaque individu se transforme en bourrin obsédé par un seul but : écraser son voisin pour gagner une place au concours. C'est hard pour tout le monde, mais pour la rebeu de service c'est la double peine. Une bande de redoublants m'avaient repérée, ils me barraient le passage dans l'amphi en hurlant *retourne faire ton BTS ! Va faire des ménages comme ta mère !*

— Maintenant tu as fait ton trou, tu as réussi l'internat…

La jeune fille secoua la tête, un sourire blasé aux lèvres.

— Et alors ? Ça n'empêche pas les brimades. L'autre jour un patron a montré du doigt mes cheveux et m'a balancé : *Comment tu vas faire rentrer tout ça sous la calotte de chirurgie ?* Bon, c'est vrai qu'ils traitent tous les internes comme des chiens, c'est la tradition chez les carabins.

— Ben dis donc… Faut vraiment avoir la vocation.

— On peut le dire comme ça, oui. Moi, c'est venu quand ma mère était à la maternité. Ça peut sembler bizarre, mais je trouvais ce système de santé formidable, il donne tant. L'État-providence, m'avait expliqué mon grand-père, et c'était valable pour tous, les Français, les immigrés. Ça m'a donné envie de participer, même si le système a changé, envie de donner à mon tour. Bon, tout en faisant un métier génial et bien payé, hein !

Delphine approuva, reposant son thé. Tout en se sentant proche de son interlocutrice par bien des aspects, elle mesurait à quel point le parcours était plus ardu, compliqué, décourageant, quand on naissait du mauvais côté de la barrière sociale. « L'assignation à résidence, voilà l'ennemi », avait dit un président.

Noura soupira et reprit :

— Ces études bouffent ma vie sociale, mais ça m'aide à me vider la tête, à ne pas rester en boucle sur la mort de mon frère. Je vois bien que ma mère m'en veut un peu, elle aimerait que je sois plus présente. En même temps j'ai plein d'images de Yassine qui me reviennent comme des flashs. C'est moi qui le poussais à s'accrocher aux études, à viser haut.

Elle s'interrompit, la gorge nouée. Basile réapparut, posa sur leur table un plateau avec deux coupes d'olives noires et de chips.

— C'est la maison qui offre ! Je vous ressers quelque chose, Mesdames ? Un petit apéro ?

— Ni grand ni petit, merci, un autre thé et un café feront l'affaire, de toute façon on ne va pas tarder, répondit Delphine.

— Pas d'alcool, il faut garder la tête froide, je comprends, dit le patron dépité. Surtout en ce moment, ça n'a pas l'air d'aller très fort ton président, tu m'affranchis ?

Delphine lui décocha un sourire contrit.

— Tu te doutes bien que non, ce ne serait pas très « pro ».

— Ah d'accord, c'est secret-défense, quoi, lâcha le patron avant de retourner à son comptoir.

Noura elle aussi restait sur sa faim. Elle était curieuse de comprendre ce qui se passait en coulisses maintenant qu'elle avait pénétré le saint des saints, le bureau présidentiel.

— Tu es censée être d'accord avec toutes ses décisions ?

— Mon job, c'est de les expliquer avec conviction. Si j'ai accepté de travailler dans son équipe c'est parce que je crois en lui, en sa capacité à changer les choses.

— Mais tu es à l'aise avec tout ce qui se passe ?

La conseillère élyséenne se prit la tête dans les mains, gênée. Elle ne pouvait pas se permettre de balancer tout ce qu'elle avait sur le cœur.

— Disons que je suis attentive à ce que ressentent les gens et, à mon petit niveau, j'essaie de le faire remonter au président.

— Tu lui dis tout ?

Ellc éluda :

— Ce n'est pas si simple, tu sais…

Elle se retint d'ajouter qu'un président n'apprécie pas forcément qu'on lui dise ses quatre vérités. Et qu'il faudrait déjà, pour cela, faire sauter le barrage des conseillers du premier cercle, qui finissaient par lui faire perdre le contact avec le terrain…

27

Hôtel Matignon
Paris

— Monsieur le Premier ministre va vous recevoir. Veuillez me suivre, je vous prie.

Les quatre hommes vêtus d'austères complets gris échangèrent un regard entendu, puis se levèrent avec une lenteur étudiée. Il ne fallait pas donner l'impression de se précipiter. Jamais. Que ce soit à Matignon, à l'Élysée ou dans n'importe quel ministère régalien. Chacun des quatre représentants du patronat fréquentait depuis tant d'années les allées rutilantes du pouvoir qu'ils s'étaient immunisés contre l'envoûtement, parfois fatal, qu'exerçaient les palais de la République sur leurs occupants. Pour ces hommes de pouvoir – économique, le seul qui compte vraiment à leurs yeux –, il ne s'agissait que d'espaces de négociations, de tractations, de compromissions avec les différents locataires. Ces derniers passaient, tandis qu'eux restaient. Dans ces arènes dorées, les combattants obtenaient toujours des demi-victoires ou des demi-défaites.

Quand ils entrèrent dans le vaste salon lambrissé donnant sur le parc de Matignon avec son élégant kiosque à musique, Charles Brissaud les attendait derrière son bureau en consultant quelques dossiers étalés sur sa table. Derrière lui, un homme jeune, pas plus de la trentaine, se servait un café. Le Premier ministre leva la tête vers ses visiteurs et lança d'une voix claire :

— Ah messieurs, soyez les bienvenus. J'ai convié mon conseiller économique à cette entrevue, j'espère que vous n'y voyez pas d'inconvénient.

Parfaitement au fait du protocole, le chef du gouvernement se leva de son bureau pour les saluer un par un. Il les fit asseoir autour de la table de travail, au centre de la pièce.

— Je sais que l'état de siège est trop récent pour que l'on puisse enregistrer des retombées positives ou négatives dans vos secteurs d'activité, mais je voulais faire un point sur le sujet. Est-ce que l'activité militaire perturbe vos affaires ?

Le numéro un du Medef ouvrit le bal. Dans l'ordre hiérarchique, il passait toujours en premier.

— Non, les remontées du terrain sont plutôt bonnes. Nous nous attendions à plus de perturbations. Mais nous avons un sérieux problème avec les assureurs.

— C'est-à-dire ?

— À partir du moment où le pays est considéré en état de guerre, les compagnies ne veulent plus honorer leurs contrats avec les entreprises. Et c'est imparable. La guerre rend les assurances caduques.

Le jeune conseiller économique se pencha et murmura à l'oreille du Premier ministre.

— Vous pouvez leur en faire part directement, intima le chef du gouvernement à son collaborateur.

— Nous avons été alertés de ces dysfonctionnements par Bercy. Je suppose qu'ils vous ont proposé d'augmenter leurs primes ?

— En effet. Mais les hausses sont inacceptables.

— Nous étudions la mise en place d'un mécanisme de substitution par l'État qui serait financé sur une hausse des prélèvements des bénéfices des… assurances.

— Bien joué, mais n'oubliez pas les avions…

— Quels avions ? demanda le conseiller intrigué.

— Tout survol d'un pays en guerre oblige les compagnies aériennes civiles à prendre des précautions, voire à détourner les vols. Ou à payer des… surprimes d'assurance.

— On en revient au même problème, intervint Brissaud le regard empreint de lassitude.

— En effet, je suis sûr que vos conseillers ont oublié d'ajouter ce point de détail à votre budget…

— Nous allons y remédier, grommela le Premier ministre. Et pour les PMI ? À part les problèmes d'assurance.

Le responsable de la CGPME se fendit d'un large sourire.

— Nos adhérents, vous le savez, sont très attachés à l'ordre et au respect des lois. Si le gouvernement appliquait une politique aussi volontariste en matière de réduction de charges et de fiscalité, ils seraient les plus heureux. Mais je rejoins mon collègue du Medef, les assureurs jouent les emmerdeurs. On nous signale aussi des soucis avec les exportations dans certains pays du Maghreb ; Alger et Tunis ont bloqué des cargos de matériel d'équipement et d'aliments pour bétail.

Le Sénégal refuse d'honorer des règlements dans la livraison de carcasses de viande, les stocks pourrissent dans les entrepôts de Dakar. L'état de siège n'est pas populaire dans ces pays. On craint que ça s'étende et comme vous le savez les PME exportatrices n'ont pas la même trésorerie que les multinationales pour les protéger.

Le Premier ministre opina du chef.

— J'alerterai le quai d'Orsay pour débloquer la situation.

Il tourna son regard vers le troisième homme, celui qui représentait les banques.

— Et vous ?

— Les marchés financiers deviennent nerveux. Après un accueil plutôt positif, la Bourse a fait un bond de deux points le premier jour, on sent une tension. On a tous lu que le plus gros fonds d'investissement étranger en France, Greyrock, voyait d'un mauvais œil ce qui se passait ici. L'interview de son *chairman* dans le *Financial Times* a fait plonger les marchés. Pour être clair, il serait bon que l'état de siège ne s'éternise pas.

Le chef du gouvernement s'attendait à cette analyse, il lisait lui aussi *Les Échos* chaque matin.

— Et du côté de l'hôtellerie et de la restauration ?

Le plus corpulent de ses interlocuteurs eut l'air embarrassé.

— Les bars-restaurants pavoisent, les hôteliers font grise mine. Les gens sortent plus qu'avant, avec tous ces militaires partout, ils se sentent en sécurité. En revanche, les établissements font face à une avalanche d'annulations des touristes étrangers, en particulier des

Américains et des Chinois. C'est normal, on ne va pas faire du tourisme dans un pays en guerre.

Le conseiller économique notait les commentaires des uns et des autres sur un carnet, bien qu'il connût exactement la tournure des affaires dans chaque secteur.

— Autre chose ?

Le représentant du Medef toussa nerveusement.

— Ça grogne du côté des syndicats. Les plus radicaux s'enflamment et ont pris des contacts avec l'extrême gauche pour déclencher des grèves. Je suppose évidemment que vous êtes informé.

— Nous avons eu des entretiens à ce sujet avec vos homologues de deux grandes centrales. C'est vrai qu'ils ne sont pas très enthousiasmés par les défilés de chars permanents dans les rues. Ça leur pique les yeux, mais ils ont promis de rester calmes, du moins si ça ne s'éternise pas. Concernant les leaders syndicaux les plus politisés, tout est possible…

Brissaud jeta un œil impatient à l'horloge sur son bureau, il devait embrayer avec une autre réunion, cette fois avec deux grands patrons du CAC 40 qui préféraient exprimer leurs doléances sans passer par les représentants patronaux.

— Messieurs, je vais être obligé de terminer cette réunion enrichissante, naturellement mon collaborateur reste en contact permanent avec vos services.

Les quatre hommes se levèrent avec la même lenteur qu'à leur arrivée. Le président du Medef prit la parole :

— Monsieur le Premier ministre, je pense que vous avez saisi nos inquiétudes. L'état de siège ne peut pas se prolonger indéfiniment.

— Et il n'en est pas question. Je vous rassure. J'ai pris bonne note de vos inquiétudes et je ferai passer le message au président. C'est amusant…

— Quoi donc ? demanda l'hôtelier-restaurateur.

Le Premier ministre les raccompagna à la porte et s'exclama d'une voix à peine ironique :

— C'est bien la première fois dans l'histoire de notre pays que les marchés financiers, les patrons et les syndicats sont sur la même longueur d'onde !

28

Jour 4

Lefigaro.fr

Douze individus ont été interpellés ce matin dans le département de l'Hérault et se trouvent en garde à vue. Proches du groupe d'extrême droite Jeune-France/Stop-Racaille, ils sont suspectés d'avoir participé aux violences ayant entraîné la mort de trois personnes à Montpellier.

Dans les heures qui ont suivi cette attaque raciste, des heurts entre des jeunes du quartier et les forces de l'ordre se sont produits dans la cité, ainsi que dans une demi-douzaine de communes environnantes. Des vitrines de magasins ont été pillées, une agence bancaire et une trentaine de voitures ont été incendiées, mais l'intervention de la gendarmerie et de l'armée a ramené l'ordre. L'état-major des Armées a indiqué qu'une enquête interne a été ordonnée sur le comportement d'un détachement militaire qui se trouvait à proximité de la rixe et n'a pas réagi en empêchant la tuerie. L'officier commandant cette section a été suspendu.

Paris
COMCYBER
Commandement opérationnel de cyberdéfense

La nuit enveloppait la capitale d'un cocon protecteur. Dans les immeubles qui environnaient l'état-major, les lumières des appartements s'éteignaient les unes après les autres. Leurs habitants plongeaient dans un sommeil engourdi après une journée glaciale, aucun d'entre eux n'aurait pu imaginer qu'à quelques pâtés de maisons se livrait une guerre féroce. Une guerre totale, mondiale, où le nombre d'octets comptait plus que le nombre de divisions. Quelque part dans les entrailles du complexe militaire Balard, deux salles remplies de soldats bourdonnaient d'une activité incessante. Des soldats d'un genre nouveau pour lesquels le clavier et la souris remplaçaient le fusil et la grenade. À l'heure où la France s'endormait, une centaine de cyberguerriers patrouillaient dans les campagnes sombres et les cités obscures du Net. Ils portaient tous à l'épaule l'écusson de leur unité : un aigle survolant un globe terrestre frappé par des éclairs de foudre cerclé à la base d'une demi-cocarde à fins liserés. Ils ne ressemblaient pas à des geeks, pourtant ils maîtrisaient tous les arcanes du nouveau monde virtuel.

Le général Gerfaut observait cette armée silencieuse assise devant les rangées ininterrompues d'écrans d'ordinateur.

— Bienvenue dans la quatrième armée.

— C'est-à-dire ?

— La cyberforce ! Le Web constitue un nouveau champ de bataille du troisième millénaire. Ni l'armée de terre, ni celle de l'air et encore moins la Marine ne peuvent guerroyer dans cet univers. La France a mis le paquet pour rattraper le retard sur les Américains et les Russes, le budget avoisine deux milliards d'euros sur les cinq dernières années. Vous n'étiez jamais venue au COMCYBER ?

— Non, j'ai déjà accompagné le président à l'état-major, mais jamais ici. Impressionnant.

Gerfaut et la jeune femme avaient passé deux heures en tête en tête dans le bureau pour un *media training* express. Le président avait appelé personnellement le général pour recevoir sa chargée de com avant son passage le lendemain dans l'émission *Face aux Français*.

« On ne parle pas à la télévision comme dans une caserne, avait martelé Cardignac, cette séance, c'est non négociable. »

Il y avait aussi une autre raison, Delphine et le général devaient s'entendre sur les thèmes d'intervention, qu'elle rapporterait au président pour validation. Elle était arrivée avec une petite appréhension, n'ayant jamais coaché un militaire et encore moins un général. Mais la réunion s'était déroulée à merveille, Gerfaut maîtrisait son élocution et la présentation de ses arguments à un tel point qu'elle le soupçonnait d'avoir déjà pris des cours de com.

À l'issue de leur rencontre, il lui avait proposé de l'accompagner au COMCYBER pour une visite de routine. Delphine ne s'était pas forcée pour accepter, personne ne l'attendait à la maison. Tancrède découchait pour une permanence de nuit à l'association de défense des victimes. L'ambiance devenait de plus en plus électrique entre eux. Son compagnon ne supportait pas qu'elle travaille pour Cardignac et Gerfaut. À ce rythme-là, elle se demandait si leur couple n'allait pas exploser avant la fin de l'état de siège.

À l'intérieur de la salle de cyberdéfense noyée dans une semi-pénombre, les écrans scintillaient de toutes parts. Gerfaut et Delphine s'avançaient dans une travée centrale qui séparait des rangées de bureaux alignés comme dans une salle de classe et isolés par de fines cloisons. Ils étaient accompagnés d'un colonel, numéro deux du COMCYBER, adjoint du général commandant l'unité, et responsable de la permanence de nuit. Delphine était fascinée, ça lui rappelait son ancien métier quand elle découvrait pour ses reportages des univers inconnus.

— Vous êtes tous rassemblés ici ? demanda-t-elle au colonel.

— Non, ce serait impossible. Deux mille quatre cents sous-officiers et officiers travaillent pour nous dans toute la France. Ici, c'est seulement l'organe de commandement. Et encore, je ne compte pas les six cents ingénieurs et techniciens de la direction générale de l'Armement et nous pouvons faire appel à quatre mille réservistes, tous professionnels des métiers de l'informatique.

Gerfaut écarta les bras devant la salle et s'enthousiasma :

— La cyberforce doit assurer trois missions clés. Un, forger le bouclier en protégeant la quinzaine d'intradef[1] et les deux cent mille adresses Internet-défense d'intrusions malveillantes. Deux, jouer les voltigeurs sur le Net pour récolter de l'information sur nos adversaires potentiels. Trois, ouvrir le feu et monter des opérations commando de hacking contre nos ennemis.

Le colonel opina.

— Et tous les ans nous organisons des manœuvres *Defnet* de simulation d'attaque virtuelle à grande échelle sur toute la France. L'année dernière, on a eu l'appui de deux cent quarante étudiants d'écoles supérieures qui ont bossé nuit et jour pour défendre la France dans… le monde virtuel.

Les deux militaires et la jeune femme passèrent devant un bureau où était punaisée sur une cloison la photo des présidents russes, chinois et américains en Joker balafré de Batman, version Heath Ledger.

— Vous avez beaucoup d'ennemis ?

— L'année dernière, vingt-trois mille attaques de toutes sortes ont frappé la défense nationale. Et ça s'est accéléré avec l'état de siège. Aujourd'hui on explose les compteurs. Nous avons subi neuf cents cyberattaques de toutes sortes. Elles proviennent pour l'essentiel de hackers. La police en a coffré cinq, et interpellé un gamin de seize ans. Le problème c'est que les attaques viennent pour la plupart de l'étranger.

— Vous pensez à des pays en particulier ?

— Pas forcément, bien que la Russie, très forte dans ce domaine, ait pu essayer de tester nos systèmes de sécurité. Non, le plus souvent les hackers utilisent des re-routeurs, type TOR ou autres, qui attribuent une

1. Réseaux sécurisés intranet de l'armée.

adresse IP, la carte d'identité de l'ordinateur, à l'autre bout du monde et rendent très difficile la traçabilité.

Ils arrivèrent devant un mur sur lequel trônait un immense écran plat au-dessus d'une console avec clavier et qui diffusait une carte de France bleutée. Une multitude de cercles rougeoyants de tailles différentes oscillaient en permanence. Les plus gros points correspondaient au grand Paris et aux métropoles françaises.

— C'est l'activité en temps réel des flux Internet dans tout le pays. Consultation de sites, envoi de mails, échanges sur les réseaux sociaux, ce sont des milliards de données qui transitent chaque seconde. Depuis l'état de siège on note une hausse de 15 % des échanges. Ça chauffe.

Delphine restait perplexe.

— Attendez… Vous avez accès au contenu des échanges ? Vous pouvez lire mes mails ? Écouter des conversations téléphoniques sans autorisations de la justice ?

Le colonel posa son doigt sur ses lèvres.

— Chut. Information classée *Très secret défense*. Disons qu'en théorie nous avons le pouvoir d'intercepter et d'analyser tout échange d'informations susceptible de mettre en danger la République. Nous transmettons chaque jour au GIC[1], l'organisme officiel de contrôle des écoutes, les numéros et les boîtes mail traités par nos soins. Il y a aussi la CNCTR[2] qui doit valider nos demandes.

1. Groupement interministériel de contrôle.

2. Commission nationale de contrôle des techniques de renseignement.

— Et si vous vouliez vous passer de leur aval ? Comme pirater le portable du président ou de ses conseillers ?

— Pourquoi, je devrais ? L'Élysée me cache des choses ?

Delphine durcit son regard.

— Vous ne répondez pas à ma question.

Gerfaut jeta un coup d'œil en coin à son subordonné et éclata de rire.

— Vous lisez trop de thrillers, madame Salgado. J'ai autre chose à faire que de mettre sur écoute le président ou ses proches. J'aurais trop peur d'entendre des choses qui ne me plaisent pas.

Delphine ne semblait pas convaincue. L'officier du COMCYBER intervint :

— En toute franchise il est impossible de tout contrôler. Même la NSA aux États-Unis n'y arrive pas. La masse de données est trop importante.

— Si on ne peut pas le contrôler on peut appuyer sur l'interrupteur, ajouta Gerfaut d'un ton neutre.

Delphine tiqua.

— Pardon ?

— Appuyer sur le bouton off. Couper Internet dans tout le pays en cas de menace avérée… Rideau. Plus de sites, plus de mails, plus de réseaux sociaux. Terminés Facebook, Tweeter, Instagram et Snapchat. Écran noir. Ça fera du bien aux dizaines de millions de cerveaux français drogués d'Internet de faire une pause.

— Vous plaisantez ?

Le général semblait s'amuser devant sa mine interloquée.

— À votre avis ? dit Gerfaut, puis il se tourna vers le colonel. On lui explique ? Elle fait quand même partie du staff présidentiel.

Le colonel parut gêné et ne répondit pas. Delphine haussa le ton :

— Ce que vient de dire le général, c'est vrai ? Colonel, est-il possible de couper Internet en France ? Je veux dire isoler totalement le pays.

L'officier se massa le menton et répondit d'une voix embarrassée :

— Oui et non… Disons que… C'est-à-dire qu'il faut comprendre comment fonctionne Internet. Le support physique d'Internet, son système sanguin, est constitué d'une multitude de gros câbles bourrés de fibres optiques qui relient les continents entre eux. Je vais vous montrer.

Il pianota sur un clavier posé sous l'écran. Une carte du monde remplaça celle de la France sur l'écran plat. Les cinq continents étaient reliés entre eux par des segments de lignes droites de couleurs variées.

— 428 câbles sous-marins ont été installés au fond des mers du monde entier. Le plus grand, celui qui relie l'Asie aux États-Unis, court sur vingt mille kilomètres.

Il zooma sur l'océan Atlantique.

— Ici, vous voyez la vingtaine de lignes posées par les câblo-opérateurs privés entre l'Amérique du Nord et l'Europe.

Il agrandit la carte au niveau de la France.

— Comme vous le voyez deux câbles atlantiques arrivent en France, sur la côte normande. Sur la façade méditerranéenne, vers Toulon, sont connectées les lignes en provenance du Maghreb et du Moyen-Orient. Inutile de vous préciser que les installations terrestres qui reçoivent ces câbles sont aussi sécurisées que des centrales nucléaires.

Delphine suivait le parcours des câbles atlantiques.

— Et si quelqu'un coupe une ligne en haute mer ? Par exemple l'une de celles entre les États-Unis et l'Europe, il n'y aura plus de Web entre les deux continents ?

— Heureusement pour les pays occidentaux, non. Nous sommes tous reliés dans un enchevêtrement de lignes. Immédiatement le flux emprunterait d'autres circuits. C'est ce qui fait la force du Web. En revanche le problème se pose pour les pays qui n'ont pas beaucoup de lignes. En 2015, en Méditerranée, un yacht a jeté l'ancre à six cents kilomètres au large à l'est d'Alger. Pas de chance, c'était juste au niveau du câble qui reliait l'Algérie à l'Europe. Résultat, la ligne a été tranchée net et le pays fut privé d'Internet pendant cinq jours.

— Mais pour revenir à l'Europe et aux États-Unis, si on coupait plusieurs câbles en même temps ?

— Alors là oui… Vu le volume d'informations échangées, ça provoquerait une sacrée pagaille. Le trafic devrait rebasculer *via* l'Asie et le Grand Nord. Le chef d'état-major britannique a alerté ses homologues européens l'année dernière sur la présence de navires et de sous-marins russes au-dessus des câbles du côté des Açores. Pour lui, Moscou pouvait sans problème couper les lignes, ou les pirater. Plus de 90 % des échanges mondiaux sur le Net passent par ces tuyaux, y compris les transactions boursières. Pour info, lors de l'invasion de la Crimée en 2013, les Russes ont coupé la région du reste du monde.

— Internet passe aussi par les satellites, non ?

— C'est l'autre réseau de transfert de données le plus utilisé, mais sans commune mesure avec les câbles, à peine 1 % du trafic. Et on peut les brouiller…

La jeune femme se promit d'acheter un livre sur le sujet, elle tombait des nues. Le comble pour une professionnelle de l'info. Elle ne voulait pas lâcher l'affaire :

— Je reviens aux propos du général, existe-t-il quelque part en France un interrupteur qui éteindrait tous les réseaux Internet ?

— Non, sourit le colonel, quand les flux Internet arrivent dans notre pays, quel que soit le point d'accès géographique, ils ne sont pas utilisables en tant que tel. Un autre opérateur prend alors le relais, que l'on appelle le FAI, Fournisseur d'accès Internet. Ce sont les sociétés comme Orange, SFR, Bouygues, Free, etc., ceux-là mêmes à qui vous payez votre abonnement.

— En théorie on pourrait leur demander de couper les robinets ?

— En théorie oui, mais on ne l'a jamais fait chez nous ou dans les pays occidentaux. Nous sommes dans un État de droit. En revanche, à l'étranger c'est une pratique plus répandue qu'on ne le croit. De mémoire, ça a commencé en 2011 en Égypte, pendant le printemps arabe. Le dictateur égyptien Moubarak a braqué son flingue sur la tempe des sociétés FAI égyptiennes pour couper l'accès aux protocoles DNS et BGP. Et hop, rideau. Écran noir sur tous les ordinateurs et les téléphones du pays.

Gerfaut toussa :

— DNS ?

— Pardon… DNS pour Domain Name System et Border Gateway Protocol qui nomme les adresses IP utilisées par les fournisseurs FAI. Depuis, une flopée de régimes autoritaires s'y sont engouffrés. La Syrie, la Chine, Cuba, la Corée du Nord, etc. Au Gabon par exemple, en 2016, le nouveau président a fait couper tous les réseaux sociaux juste après son élection, histoire d'empêcher les opposants de fomenter des manifestations.

— C'est donc si facile que ça ?

— Tout dépend du nombre de fournisseurs d'accès. Moins il y en a plus il est facile de les museler, c'est le cas des pays dont je vous ai parlé. D'autant plus que les lois en vigueur les obligent à obéir aux États ou alors c'est la prison pour le dirigeant de la compagnie. Et ils sont nombreux dans le monde. Sur cent quatre-vingt-seize pays dans le monde, l'agence Renesys en a répertorié soixante et un dans lesquels Internet pouvait être coupé sur un claquement de doigt du chef d'État. Et le chiffre monte à cent trente-trois si l'on ajoute ceux chez qui ça ne poserait pas de gros problèmes. Cent trente-trois sur cent quatre-vingt-seize, plus des deux tiers des pays sur la planète. Ça fait réfléchir…

— Rassurez-moi, la France n'en fait pas partie ?

— Non, dans les pays occidentaux il y a pléthore de FAI et la législation y est moins contraignante.

— Moins contraignante… en temps de paix, commenta Gerfaut.

Delphine n'aimait pas le ton du général, et elle n'était pas satisfaite des réponses du colonel. Elle insista :

— Désolée de ré-enfoncer le clou, mais imaginons que pour une raison d'importance stratégique majeure, nous convoquions les patrons des fournisseurs d'accès. Ils pourraient couper les robinets ?

— Ça provoquerait un sacré raffut. Ce serait considéré comme une atteinte aux libertés.

Gerfaut braqua son regard sur Delphine.

— Je ne suis pas d'accord. Imaginez que nous soyons victimes d'une cyberattaque massive contre tous les centres de pouvoir, ministères, banques, grosses entreprises et les zones sensibles, telles que les centrales nucléaires, les aéroports, les gares… La question pourrait se poser.

— En effet, ça peut se concevoir, répondit prudemment le colonel.

Gerfaut soupira en consultant sa montre.

— La visite est terminée, je dois me rendre à une réunion avec mes adjoints, je vais vous raccompagner madame Salgado.

Ils saluèrent le numéro deux du COMCYBER et sortirent de la salle d'un pas rapide pour se diriger vers l'ascenseur qui menait au parking. Delphine se sentait frustrée, les militaires n'avaient pas répondu à sa question.

— Si ça ne vous dérange pas de ralentir, j'ai des talons…

— Oui bien sûr.

Ils s'engouffrèrent dans la cabine qui s'enfonça dans le sol. Delphine se tourna vers le général.

— Général, l'état de siège vous permet-il de contrôler Internet ?

— De mémoire, les textes de loi ne mentionnent pas le Web.

Le ton de sa voix était évasif. Un peu trop au goût de Delphine.

L'ascenseur s'arrêta et s'ouvrit dans un parking où attendait la voiture de l'Élysée. Gerfaut la laissa sortir, mais resta dans la cabine.

— Passez une bonne soirée, madame. Mes respects au président. Je suis impatient de participer à l'émission de demain, merci pour votre aide.

Delphine hocha la tête en guise de remerciements.

— Je vous en prie, mais vous n'avez pas entièrement répondu à ma question. L'article 36 autorise la mise sous contrôle de tous les moyens d'information, or, à l'époque de sa rédaction en 1958, le Web n'existait pas. Pourtant Internet n'est-il pas un canal d'information ? Et même le plus important de nos jours.

La porte de la cabine se refermait sur le général. Son regard était fixe. Sa voix répondit comme en écho :

— Je pense que vous avez déjà la réponse à votre question. Bonne soirée.

29

Prison de Galmeuil
Bourgogne

— Bon sang, où voulez-vous que je les mette vos quarante types ?

Le directeur de la prison écarta le rideau de la fenêtre et jeta un regard agacé aux quatre camions garés dans la cour d'admission de la prison. Une pluie drue tombait sur les bâches des véhicules, une dizaine de soldats faisaient le pied de grue, trempés jusqu'aux os.

— La direction des affaires pénitentiaires vous a pourtant envoyé un message très clair, répondit le capitaine du génie.

Le directeur de la prison se retourna vers l'officier. Il hésita quelques secondes, puis fixa le militaire avec gêne.

— Écoutez, je vais être franc avec vous, j'ai bien reçu la circulaire du ministère, mais elle n'était pas claire.

Il retourna à son bureau, prit ses lunettes et regarda l'écran de son ordinateur.

— Je vous lis l'alinéa 4b, capitaine.

— Faites donc.

— … Dans le cadre de l'état de siège vous veillerez à apporter votre concours aux forces de l'ordre en présence, y compris militaires. Et ce dans l'appréciation de vos capacités d'admission en cours pour la bonne marche de l'établissement. 4c. Toute incarcération devra faire l'objet de la constitution de dossier qui sera transmis… etc., etc.

— Vous devez apporter votre concours… Oui, c'est exactement ça. Je ne vois pas où est le problème.

— Il est écrit, je cite, à la bonne marche de l'établissement. Je suis désolé, mais je ne peux pas les entasser dans des cellules que je n'ai pas. On m'a transféré avant-hier vingt prisonniers, le ministère n'a pas dû les enregistrer. Ça arrive parfois avec le nouveau logiciel.

Le capitaine se frotta l'arête du nez en signe d'agacement. Il était crevé, n'avait pas dormi depuis plus de vingt-quatre heures et se retrouvait à jouer les convoyeurs de prisonniers, très loin de ses attributions dans le génie. Il répondit d'une voix plus calme qu'il ne l'aurait cru :

— Et le logiciel du bon sens, vous pouvez le faire tourner ? Vous avez pourtant reçu un avis de transfert de la gendarmerie dans l'après-midi. L'un de vos adjoints a été contacté par téléphone.

— C'est pour ça que j'ai essayé de vous répondre, mais impossible de vous joindre.

— Et pour cause. J'étais sur la route à trimballer ces clampins, mon portable n'avait plus de batterie.

— J'ai contacté ma hiérarchie pour les alerter. Je peux héberger une dizaine de bonshommes, et encore, mais pour les autres, pas question ! Si je les entasse dans des cellules déjà pleines, je risque l'émeute. Ça fait trois ans que je gère l'état d'urgence, je sais de quoi je parle.

Emmenez-les à la gendarmerie la plus proche, elle est à une demi-heure, ils ont des cellules de dégrisement.

— Moi aussi je vais être franc avec vous, pas question que je reparte avec cette fine équipe. Vous devez obéir à l'autorité militaire. En l'occurrence moi.

Le directeur poussa un soupir et observa l'officier comme un enfant en bas âge.

— Tant que je n'ai pas reçu d'ordre de mes supérieurs, personne ne rentre dans la prison. C'est comme ça. État de siège ou pas.

— Ce sera donc une bataille de… supérieurs, gronda soudain le militaire.

Il s'approcha du bureau, ouvrit un calepin, prit le téléphone, composa un numéro et mit le haut-parleur. Au bout de quelques secondes, une voix masculine résonna :

— Cellule de coordination opération Mistral, j'écoute.

— Ici, le capitaine Genrier, identifiant Bravo Tango Alpha.

— Donnez la clé, je vous prie.

— Code louveteau.

— Identification correcte, capitaine. Je vous mets en relation.

Le directeur de la prison ne put s'empêcher de sourire.

— Bravo Tango Alpha… opération Mistral, code louveteau… amusant on se croirait chez les scouts.

Le capitaine ne répondit pas. Une nouvelle voix, féminine, prit la relève à l'autre bout du fil :

— Cellule opérationnelle, vous avez un problème capitaine ?

— Affirmatif, je suis à la prison de Galmeuil avec mes prisonniers, le directeur refuse de coopérer. Je demande des instructions.

— Je vois… Problème de places libres… Nous avons eu trois autres incidents similaires. Une procédure d'urgence a été établie. Veuillez rester en ligne.

— J'attends.

Une musique de chambre résonna dans le haut-parleur. Le directeur s'était allumé une cigarette sans en offrir à l'officier.

— Vous perdez votre temps, capitaine. Vous pourriez me passer le général Gerfaut que ça ne servirait à rien. Je tiens mes ordres du ministère.

— Patientez…

Le directeur souffla une bouffée et lui adressa un regard dédaigneux.

— L'article 36, ça me rappelle la fac de droit, Panthéon. Personne ne prenait ça au sérieux. L'état de siège c'est le casse-gueule assuré sur le plan juridique. Le président a fait une erreur, on va créer plus de problèmes qu'en résoudre. Je vois déjà des hordes d'avocats et d'associations de droits de l'Homme faire le siège des juges. Capitaine retournez faire la guerre et laissez les civils travailler. C'est mon avis et je pense qu'il est partagé par pas mal de monde.

— Votre avis, on s'en fout, répliqua l'officier.

Il s'écoula trois bonnes minutes dans un silence glacial avant que ne retentisse un déclic, puis une nouvelle voix, masculine et fatiguée, sortit du haut-parleur :

— Ministère de la Justice. Conseiller Thierry Kerdavec, permanence des affaires pénitentiaires. Que se passe-t-il ?

Le responsable de la prison se redressa d'un bond sur son siège.

— Mes respects, monsieur le conseiller. Je ne peux pas accueillir les quarante prévenus. Comme je l'ai dit au capitaine, nous avons reçu…

— Désolé, mais il n'y a pas d'autre option, le coupa le conseiller. Débrouillez-vous comme vous voulez.

— Mais…

— Il n'y a pas de « mais ». Nous sommes en état de siège, les représentants des forces armées ont tout pouvoir. Adressez-nous un relevé précis des mises sous écrou et nous verrons ce que nous pourrons faire demain.

Le visage du directeur de la prison s'était décomposé.

— Je me permets d'insister. J'ai fait face à un début d'émeute le mois dernier, je suis en sous-effectif de personnel, il serait plus…

— Ça suffit ! répliqua le conseiller, je me suis fait souffler dans les bronches par le secrétariat général de l'Élysée il y a deux heures pour ne pas avoir su gérer les autres transferts. Démerdez-vous. Bonne soirée.

Le capitaine raccrocha le combiné et jaugea le patron de la prison. Il n'avait qu'une envie, c'était de rentrer au plus vite dans sa caserne. Il ne profita même pas de l'état de décomposition du fonctionnaire.

— On va se la jouer efficace. J'ai du gros dealer, du trafiquant d'arme, du multirécidiviste en tout genre. On a même mis la main sur deux braqueurs et un violeur en cavale. Envoyez vos gardiens les récupérer et on se sépare bons amis.

— J'appelle le chef de permanence, répondit son interlocuteur d'une voix morne. Vous n'avez pas de djihadistes ?

— Non, ceux-là sont aux mains de l'antiterrorisme. Je leur souhaite bien du plaisir…

30

Jour 5

Franceinfo.fr

La question de l'état de siège, et d'un vote du Parlement sur son prolongement éventuel au-delà de douze jours, provoque toujours de vifs débats à l'Assemblée nationale. Le président de La France populaire (LFP) Jean-Jacques Chastagnon dénonce une « forfaiture » et demande un vote immédiat sur la suspension de l'état de siège, les conditions d'application de l'article 36 de la Constitution n'étant pas réunies selon lui. Sur la même ligne que LFP, on trouve les députés communistes, les régionalistes corses, bretons et basques, ainsi qu'une partie des élus du groupe La Vraie Gauche (ex-socialistes). Le groupe lui-même campe sur une position plus nuancée, c'est-à-dire l'exigence auprès du chef de l'État que cet état de siège soit « limité dans le temps » et « circonscrit dans ses objectifs ». Le porte-parole de La Vraie Gauche demande en outre la mise sur pied d'une Commission parlementaire permanente, dont les membres seraient habilités au « secret-défense », pour contrôler l'action du gouvernement et de l'armée dans cette période.

Dans le camp opposé, les députés du Front des patriotes (FDP), qui soutiennent pour la première fois de la législature le président de la République, se sont déchaînés contre le groupe LFP et M. Chastagnon. « Traître », « défaitiste », « à Cayenne ! », « Vendu à Daech », « Cinquième colonne ! », les noms d'oiseaux ont volé bas dans l'Hémicycle, déclenchant sur tous les bancs un tohu-bohu conduisant la présidente de l'Assemblée nationale, Mme Amélie de Rohan, à menacer de suspendre la séance.

Dans la situation actuelle, si un vote sur l'arrêt ou la poursuite de l'état de siège devait avoir lieu immédiatement, la première solution n'aurait sur le papier aucune chance de l'emporter, les tenants d'un arrêt étant ultra-minoritaires. À l'extrême droite, le Front des patriotes l'appuie sans réserve, à droite la France républicaine (FR) soutient « à condition qu'il ne s'agisse pas une fois encore de poudre aux yeux ». Quant à la majorité, le parti présidentiel « En avant la France ! » et les centristes de LibDem, elle est évidemment favorable à maintenir l'état de siège « aussi longtemps qu'il le faudra pour mener à bien les opérations antiterroristes », comme l'a déclaré le Premier ministre à la tribune de l'Assemblée.

Paris
LCI
Politiquement show

— Bon sang, ce général, il en a où je pense. Avant lui, personne n'avait osé se colleter à bras-le-corps avec le problème des cités, jubila le chroniqueur, représentant de *Valeurs actuelles*, devant les images qui défilaient en boucle. Je dois aussi reconnaître que notre président m'a bluffé, jamais je ne l'aurais cru capable de donner un bon coup dans la fourmilière. Quel courage admirable.

De l'autre côté de la table, la journaliste de *Mediapart* lui lança un sourire cruel :

— *Notre président*... C'est marrant, d'habitude vous utilisez l'expression *l'actuel locataire de l'Élysée*. Ça ne m'étonne pas de vous, mais pour ma part je suis sidérée par la décision de Cardignac. Décréter l'état de siège est une erreur catastrophique. Regardez comment ont été traités les habitants des HLM, on les a sortis avec des mitrailleuses au petit matin pour les entasser comme du bétail. Je ne suis pas certaine que vous trouveriez Cardignac sympathique si on vous sortait du lit à coups de pied aux fesses.

— Ils les ont relogés le soir même ! Et leurs cités sont débarrassées de la vermine.

— La fin ne justifie pas les moyens. Ce n'est pas le boulot de l'armée.

— Et les terroristes appréhendés, vous en faites quoi ? Les armes automatiques ? Jamais la police n'aurait pu les trouver sans l'état de siège.

— Ça, vous n'en savez rien. Ils étaient peut-être dans le collimateur de l'antiterrorisme.

L'animatrice de l'émission leva la main.

— On nous signale que tout se passe bien, sauf à Marseille où semble-t-il les interventions mettent plus de temps que prévu.

— J'ai la solution, ricana la journaliste, l'armée n'a qu'à bombarder comme elle l'a fait au nord de Paris. On pulvérise les tours et hop plus de soucis.

— C'étaient des roquettes LAU 275, pas des bombes, dit le journaliste de *Valeurs actuelles*, un peu de rigueur je vous prie. Il n'y avait aucun innocent à l'intérieur, juste des fanatiques d'Allah prêts à tuer.

Il avait choisi ses mots avec soin, sûr de son effet. Depuis le temps qu'il débattait avec elle, il savait planter ses banderilles. Elle le fusilla du regard.

— Ça recommence avec l'islamophobie. Vous stigmatisez toute une partie de nos concitoyens qui respectent les lois de la République. Et ça conduit au pire du pire, la ratonnade de Montpellier et les gamins assassinés par vos amis fachos.

Son adversaire semblait consterné.

— Ce ne sont pas mes amis et je condamne tout comme vous ces meurtres ! Ne me faites pas un procès d'intention en racisme. Ça suffit avec votre bien-pensance. Je respecte tout comme vous la majorité de nos compatriotes musulmans qui suivent les lois de la République. Je suis sûr que les Français partagent ma sympathie pour le général Gerfaut et le président.

La chroniqueuse de *Mediapart* le toisa.

— Aboyer avec la meute, au troupeau jouer du pipeau…

— Pardon ?

— Rien, juste les paroles d'une chanson de Maxime Le Forestier. C'est nettement plus mélodieux que le son du clairon. Je vous la ferai écouter la prochaine fois.

L'animatrice intervint à nouveau :

— On m'avertit à l'instant qu'un premier sondage vient de tomber sur la décision du président. Il a été conduit à la mi-journée, une fois que les résultats des opérations étaient connus. Les chiffres vont s'afficher pour nos téléspectateurs.

Un panneau apparut sur la moitié de l'écran.

71 % des Français approuvent l'état de siège.

71 % approuvent l'action du général Gerfaut.

58 % font confiance au président de la République.

L'animatrice jeta un coup d'œil aux deux journalistes. Celui de droite ne cachait pas sa joie, celle de gauche restait de marbre. Elle fut la première à prendre la parole :

— À l'évidence, les Français préfèrent les marches militaires à Maxime Le Forestier.

— Ce qui prouve qu'on leur accorde une compétence pour régler les problèmes, ajouta son adversaire.

— Pour ça, l'armée est championne.

L'animatrice la regarda avec étonnement.

— Je ne vous suis pas.

La journaliste eut un sourire matois.

— Pardon, j'avais en tête la phrase piquante d'Alphonse Allais : « La grande trouvaille de l'armée c'est qu'elle est la seule à avoir compris que la compétence ne se lit pas sur un visage. Elle a donc inventé les galons »…

Satisfaite de son bon mot, elle continua :

— Plus sérieusement, le président n'a pas de quoi pavoiser.

— Et pourquoi ? demanda son adversaire, sa cote remonte, de mémoire les précédents sondages le plaçaient à 39 % d'opinions positives. Il gagne plus de vingt points.

— Oui, mais sa popularité est plus basse que celle de Gerfaut. Treize points de moins. À sa place je me ferais du souci. Ça doit phosphorer intensément à la cellule communication de l'Élysée. Le message est clair.

Elle marqua une courte pause, sûre de son effet et reprit d'une voix onctueuse :

— Ce sondage se traduit par un slogan : Gerfaut président.

31

AFP

Bruxelles. Union européenne. État de siège.

Le président Marc Cardignac sera au centre des projecteurs cette après-midi à Bruxelles à l'ouverture du sommet européen. L'instauration en France de l'état de siège divise fortement les pays membres de l'UE, les délégués s'attendent à ce que la question, qui n'était pourtant pas à l'ordre du jour en raison de sa soudaineté, occupe la majeure partie des travaux.

Invalides
Paris

Les drapeaux pris de haute lutte aux ennemis de la France pendaient le long de la nef de la cathédrale de Saint-Louis des Invalides. Accrochés à l'élévation, sur les corniches, à une dizaine de mètres du sol, ils formaient une silencieuse haie d'honneur à la gloire des armées de la nation. Étendard autrichien frappé d'un aigle bicéphale gagné par les grognards de l'Empereur, bannières ottomanes au croissant conquises par Charles X après la prise d'Alger, pavillon chinois floqué du tigre blanc des mandarins, drapeau de l'armée allemande ornée d'une sombre croix de fer prussienne, les trophées célébraient l'héroïsme des guerriers des temps jadis.

Gerfaut et la Professeure marchaient côte à côte en silence le long de l'église sans oser briser le silence qui y régnait. C'est le général qui avait suggéré cet endroit pour leur rencontre, entre l'état-major et l'Élysée. Les lieux avaient été vidés des touristes qui s'y pressaient habituellement. Le général prit la parole.

— Voulez-vous que l'on aille discuter dans l'un des salons particuliers du gouverneur militaire de Paris ? C'est un ami, il me laisse en disposer à ma convenance.

— Non, posons-nous ici, dit-elle en indiquant l'une des travées.

Ils s'assirent sur un banc de bois clair. Gerfaut restait raide comme un piquet, sans s'adosser.

— De quoi vouliez-vous me parler ? demanda-t-il d'une voix tendue. C'est le président qui vous envoie ?

— Oui. Il s'inquiète, mais ne veut rien laisser paraître auprès de l'état-major et son cabinet.

— Vraiment ? Pourtant tout se déroule bien, à part quelques points de friction.

— C'est justement de ces… points de friction qu'il s'agit. Me permettez-vous de faire un rapide bilan avant d'entrer dans le vif du sujet ?

— Je vous en prie.

— Voilà maintenant quatre jours que l'état de siège a été déclaré. Sur les cinq grandes cités, quatre ont été pacifiées. On peut parler de réussite quasi totale. Si ce n'est que le feu couve toujours dans la cinquième, celle de Marseille, où la bataille est loin d'être gagnée.

— Ce n'est qu'une question de temps, la majorité des habitants n'a pas manifesté d'hostilité, mais nous sommes aux prises avec des bandes armées.

— Certes, mais la zone n'est toujours pas sous contrôle. Par ailleurs, on recense des émeutes dans quelques prisons. Les forces de l'ordre ont été dépêchées sur place.

— Voilà pourquoi j'avais proposé de construire des camps en dur, mais ça a été refusé lors des réunions de préparation de l'état de siège. Selon mes informations, il semble que le ministère de la Justice n'a pas pu, ou pas voulu, coopérer comme la situation l'exigeait.

— Peu importe, ce n'est pas le plus inquiétant. Un phénomène de contagion s'est propagé dans plusieurs villes, à Toulouse, Béziers, Nantes… Les agressions racistes de Montpellier ont servi de catalyseur, on voit fleurir un peu partout des portraits des gamins assassinés.

— J'ai suspendu le chef de section et ordonné une enquête, quant aux meurtriers, j'espère qu'ils seront condamnés avec la plus grande sévérité. Pour les nouveaux foyers de contagion, j'ai détaché un tiers de mes troupes.

— Oui, mais ça ne suffira pas si le feu s'étend ailleurs. Il vous faut être plus réactif sans moyens supplémentaires.

Gerfaut fronça les sourcils. Son interlocutrice mettait en doute ses compétences.

— Je fais avec ce que l'on me donne. Et je vois où vous voulez en venir. J'ai envoyé une note à l'Élysée pour exposer mes craintes et le moyen d'y remédier avec efficacité. Mobilisation des dix mille réservistes en se basant sur le volontariat. Ce sont des personnels très motivés, compétents, qui s'entraînent tous les ans. Avec eux, nous sommes sûrs d'aider la police et la gendarmerie dans n'importe quel coin.

— Oui et c'est pour ça que je suis ici. Le président refuse pour le moment votre proposition. Pas question de les rappeler. On a déjà bien du mal à gérer tous les cafouillages, ce n'est pas la peine de s'exposer à d'autres emmerdements. Imaginez que certains de vos réservistes dérapent ?

— Que propose le président comme autre solution ?

— Pour le moment, rien de plus que continuer avec votre contingent de départ. Il faut tenir jusqu'au douzième jour de l'état de siège en écopant là où se trouvent les voies d'eau. Le temps d'arriver à bon port.

— On pourrait aussi changer de bateau. Je n'ai pas envie de couler à pic.

— Allons général… Plus de dix mille hommes, des tanks, des avions, des hélicoptères. Une armée extraordinaire. Vous commandez une frégate dernier cri, ne rêvez pas d'un porte-avions.

— Certes, mais si comme vous dites le feu se propage et que je n'arrive pas à l'éteindre, je serai tenu pour responsable.

— Le président aussi.

— Oui, mais je serai le premier à être blâmé.

— Personne ne vous a dit que la tâche serait aisée, dit-elle en reboutonnant son manteau de laine. Marchons un peu, voulez-vous, il fait un peu trop froid à mon goût ici.

— Avec plaisir, allons rendre visite à l'empereur.

Il s'écoula quelques minutes avant qu'ils n'arrivent à la promenade qui menait au dôme des Invalides, joyau de l'édifice. Aucun des deux n'avait parlé. Gerfaut ruminait ses pensées. Il brisa le silence qui s'était installé entre eux :

— L'histoire se répète, je n'aimerais pas être votre général Gordon…

— Qui est-ce ?

— L'un des plus remarquables généraux anglais du XIXe siècle. Le général Charles George Gordon, dit Gordon Pacha.

— Ça ne me dit rien.

— En 1883 éclata au Soudan une révolte islamique menée par un prophète illuminé, le Mahdi. Il voulait enflammer l'Afrique et chasser les grandes puissances coloniales. Au nom d'Allah, il donnait le choix aux peuplades conquises : la soumission ou l'extermination. Ses partisans brandissaient d'ailleurs un drapeau noir. Du pur Daech avant l'heure. Le Mahdi leva une armée de cinquante mille fanatiques qui balaya tout ce qui se trouvait devant lui, y compris une armée de onze mille Égyptiens commandés par des Britanniques. Le Premier ministre libéral anglais, James Gladstone, dépêcha le général Gordon pour organiser l'évacuation des Égyptiens et des Européens menacés d'être pris au piège dans la capitale, Khartoum. À l'époque, Gordon était un général atypique, qui avait fait sa carrière aux confins de l'Empire et en Chine. Auréolé de gloire, célébré dans la presse et les cercles de pouvoir, il jouissait aussi d'un grand prestige chez les Soudanais pour avoir mis fin quelques années auparavant à l'esclavage dans le pays. Bref, c'était le sauveur parfait. L'homme de la situation.

Elle fit une moue ironique.

— Un peu comme vous, c'est ça ? Et que s'est-il passé ?

— La glorieuse épopée vira à la tragédie. Gordon et les milliers d'habitants furent pris au piège à Khartoum, encerclée par les islamistes. Gordon ne voulut pas abandonner les assiégés alors qu'il pouvait encore s'échapper et le Premier ministre britannique refusa d'abord d'envoyer des renforts. Quand il le fit, c'était trop tard, Gordon périt le sabre à la main et tous les assiégés furent passés au fil de l'épée du Mahdi.

La Professeure marchait d'un pas vif, le froid pénétrait son manteau, elle regrettait de ne pas avoir pris sa doudoune.

— Édifiante histoire, mais je ne vois pas où vous voulez en venir. Aucune armée ne vous menace. C'est vous qui assiégez l'ennemi…

— Le message est pourtant clair. Les hommes politiques appellent les militaires à la rescousse, mais refusent de leur accorder des moyens supplémentaires pour obtenir la victoire finale. Si vous ne me donnez pas de renforts, je faillirai à ma mission et tout ce qui a été entrepris n'aura servi à rien. Je serai le sacrifié de l'histoire.

— Croyez bien que le président est suffisamment intelligent pour revenir sur une décision si elle se révèle inefficace.

— Je l'espère pour lui. Savez-vous comment ça s'est terminé pour le Premier ministre Gladstone ?

— Vous allez me l'apprendre.

— L'envoi tardif des renforts a choqué les Anglais, jusqu'à la reine Victoria elle-même et a provoqué un scandale d'État. Le gouvernement Gladstone est tombé un mois plus tard et son Premier ministre fut marqué au fer rouge dans l'histoire anglaise.

— C'est une menace ?

— Je ne me permettrais pas. Juste un éclaircissement historique.

Ils arrivèrent sous le dôme majestueux, baigné d'une lumière froide tombant de quatre gigantesques oculus. Gerfaut et la Professeure s'arrêtèrent sur la galerie circulaire qui surplombait le lourd cénotaphe de quartzite rose, posé en contrebas dans la crypte. L'officier s'appuya sur la balustrade et contempla le tombeau de l'aigle.

— Quel génie. Général à vingt-cinq ans, premier consul à trente, empereur à trente-cinq et maître de l'Europe à trente-sept.

La Professeure sentit un frisson parcourir sa nuque. Cette fois ce n'était pas le froid. Son esprit se cabra. Si le président et elle s'étaient trompés sur cet homme ? Elle se raidit, sa voix se fit plus ferme :

— Général, ne me dites pas que vous vous prenez pour Napoléon.

En guise de réponse, le rire de Gerfaut se répercuta sous le dôme.

— Évidemment non. J'admire le militaire et l'homme d'État. Un météore qui a enflammé le ciel de l'Europe. Il a gagné la gloire et a propagé la fureur et le sang sur tout un continent. Son orgueil démesuré et sa volonté de puissance ont eu raison de lui autant que ses ennemis fort nombreux.

— Vous me rassurez, dit-elle en consultant sa montre. Je présenterai vos arguments au président.

— J'en suis fort aise. Vous pouvez aussi calmer ses inquiétudes, j'assurerai ma mission quoi qu'il m'en coûte. Seul compte l'intérêt supérieur de la nation. Et sa grandeur.

Elle lui rendit son regard avec fermeté.

— Vous n'êtes pas le seul. Le président et moi-même partageons cette exigence.

— Plus qu'une exigence, c'est un idéal. Une passion. La France a perdu ce désir d'absolu, cette envie de quelque chose de plus important qui nous fait nous dépasser. Notre civilisation valorise la dérision et la superficialité alors qu'elle devrait célébrer le courage et l'esprit de sacrifice. Quant à la jeunesse, intoxiquée par son narcissisme et le consumérisme, elle ne brandit que d'illusoires selfies en guise de nouveaux drapeaux.

— Général, croyez que je partage certaines de vos analyses, mais attention à la caricature. La jeunesse, notre civilisation… Attention aux amalgames. Je dois interrompre cette conversation instructive pour me rendre à l'Élysée.

— Désolé, je m'enflamme. Ce doit être la proximité de l'empereur.

La Professeure se demanda s'il y avait une pointe d'humour dans les paroles du militaire. Le général leva les yeux vers la voûte majestueuse et reprit d'une voix profonde :

— Ce que je cherche avant tout, c'est la grandeur. Ce qui est grand est beau.

— Comme vous y allez…

— Ce n’est pas de moi, je cite Napoléon.

Elle sourit, poliment.

— Je ne connaissais pas, j’essaierai de la replacer.

Elle se dirigea vers la sortie d’un pas vif, cette atmosphère sépulcrale la glaçait. Au moment où elle allait passer la porte, elle s’arrêta, puis se retourna pour lui lancer sur un ton assuré :

— Puisque vous aimez les maximes de Napoléon, j’en ai une que je rappelle parfois au président.

— Je vous écoute.

— « Du sublime au ridicule il n’y a qu’un pas. » Bonne journée, général.

32

Bruxelles, siège du Conseil européen

Tour à tour, les délégations déboulaient de leurs limousines noires, au pied du massif bâtiment Justus Lipsius, monolithe de béton et de verre, rue de la Loi à Bruxelles. Sur le tapis rouge, le président de la Commission européenne, un Néerlandais ultralibéral qui avait pour devise personnelle « *You eat what you kill* » accueillait chacun des vingt-sept chefs d'État ou de gouvernement de l'UE par une simple poignée de main ou une tape amicale dans le dos, selon leur proximité politique.

S'il donna sans hésitation une accolade appuyée à la chancelière allemande, il se montra plus circonspect à l'égard de Marc Cardignac. Comme s'il n'arrivait pas à se décider entre un geste de camaraderie complice ou la stricte froideur protocolaire. D'ordinaire le Hollandais appréciait chez le président français le style décomplexé avec lequel il dynamitait les tabous et carcans d'une économie bien trop étatisée à ses yeux d'Européen du Nord. Mais sa soudaine décision d'instaurer en France un régime d'exception l'avait médusé : il n'y avait donc pas que dans les dictatures tropicales que l'on installait les militaires aux commandes ?

Il choisit de s'en tirer par une pirouette.

— *Dear* Marc, je ne sais plus si je dois te faire la bise ou le salut militaire ?

Le chef de l'État répondit par un sourire crispé.

— Je te remercie pour ton humour mon cher Wim, mais je ne crois pas que la situation de la France soit un sujet de plaisanterie.

Ce disant il s'empara de la main de son hôte qu'il secoua avec vigueur, la retenant prisonnière durant d'interminables secondes. Les caméras de toutes les télévisions du continent zoomaient avec gourmandise sur ce drôle de bras de fer : le sommet promettait d'être mouvementé.

À l'origine cette réunion extraordinaire, convoquée dans la foulée de l'attentat de Lyon, devait être consacrée à la lutte contre le terrorisme. Londres, Manchester, Barcelone, Madrid, Berlin, Bruxelles, Copenhague, etc., la liste des pays frappés ne cessait de s'allonger, même si la France était la plus durement touchée. De tels sommets faisaient presque figure de sinistre routine, les mesures, créations d'agences *ad hoc* et élaboration de plans antiterroristes s'empilant au fil des tueries de masse. Mais pour quels résultats ?

Cette fois l'atmosphère était spéciale, fébrile. C'est bien sûr ce que l'on appelait ici dans un euphémisme diplomatique « l'expérience française » qui était dans tous les esprits. Et divisait une fois de plus les Européens.

Dans la salle 50.1 du « Justus Lipsius », autour de la gigantesque table de travail, les élargissements successifs de l'Union avaient fait passer de six, puis neuf et ainsi de suite jusqu'à vingt-huit et désormais vingt-sept – après le Brexit – le nombre des membres. Cela portait le nombre de participants au double ou au triple, compte tenu de la présence de conseillers aux côtés des dirigeants politiques. Certains délégués distinguaient donc à peine leurs homologues les plus éloignés et préféraient river les yeux sur les écrans télé pour identifier les orateurs. Malgré ces artifices la tension était palpable.

Le président du Conseil italien – équivalent de notre Premier ministre –, Gianfranco Malvino, dégaina le premier :

— Tout d'abord je tiens à féliciter notre collègue Marc Cardignac pour le courage, la justesse et la sagesse de sa décision. Je suis d'autant plus ravi de constater que la France se range ainsi à la raison pour prendre des mesures extrêmes de fermeté qu'elle n'a pas ménagé par le passé ses critiques contre nos propres dispositifs de protection de notre pays.

Cardignac faillit tressaillir. C'était le baiser de la mort. L'homme dont il venait de recevoir l'onction, Malvino, leader d'un parti néofasciste parvenu au pouvoir dans la péninsule par la grâce d'une alliance avec la gauche populiste, était devenu, avec ses mesures anti-migrants, anti-Roms et ses provocs répétées à l'encontre des gouvernements jugés trop mous, la bête noire des démocrates européens. Mais il s'était *a contrario* imposé comme le chef de file des populistes, souverainistes et nationalistes de tout poil qui avaient le vent en poupe en Europe. Dans sa position, Cardignac ne pouvait se payer le luxe d'être trop regardant sur ses alliés potentiels. En tant que membre de l'UE, la France avait des obligations découlant des traités dont elle était signataire. Elle était en outre soumise à des instances judiciaires supranationales comme la Cour européenne des Droits de l'Homme[1]. Cardignac voulait donc éviter à tout prix d'être ostracisé par ses pairs.

Malvino avait donné le signal, à présent toutes les délégations demandaient la parole. Très vite une ligne de clivage pro- et anti-Cardignac se dessina. Ironiquement, le camp des « pour » était composé pour l'essentiel de pays traditionnellement hostiles à la France, soit qu'elle les ait humiliés un jour soit qu'ils aient été exaspérés par sa sempiternelle propension à piétiner les règles – d'orthodoxie budgétaire notamment – qui s'imposaient pourtant à tous dans l'Union.

En fin diplomate, le représentant de la France auprès des institutions de Bruxelles avait noté la délectation perverse avec laquelle les dirigeants hongrois, autrichiens, polonais et d'autres volaient au secours de Cardignac et applaudissaient avec une ferveur surjouée l'état de siège.

— Ils tiennent leur revanche, glissa-t-il en se penchant sur sa chaise vers Cardignac. Hier encore nous leur donnions des leçons de démocratie, c'est de bonne guerre. Surtout ne prenons pas la mouche, leur soutien pourrait bien nous être précieux à l'avenir.

Chaque délégation s'accrochant à son temps de parole, y compris celles des « petits » pays tels Malte,

1. Cette juridiction internationale, qui siège à Strasbourg, est distincte de la Cour de justice de l'Union européenne, et n'est pas une institution de l'UE.

Chypre, les États baltes, le sommet avançait alors que le véritable ordre du jour n'avait toujours pas été abordé. Cardignac redoutait la réaction des poids lourds du « front du refus » à son état de siège, qui ne s'étaient pas encore exprimés. Il savait par ses sherpas qui avaient sondé le terrain dans les chancelleries les plus sensibles – Berlin, Bruxelles, Amsterdam, Luxembourg, Madrid, Lisbonne et même Athènes pourtant soutenu à bout de bras par Paris durant la crise de l'euro – que ce ne serait pas fameux.

Le Premier ministre espagnol, l'un des rares dirigeants socialistes de l'UE, demanda la parole. Il incarnait le courant le plus rose de son parti et gouvernait avec le soutien de l'extrême gauche. Il gardait toujours en travers de la gorge le soutien passé du président français au parti centriste espagnol. Il déclencha les hostilités.

— Quelle terrible déception nous apporte la France, lança-t-il, le regard noir dardé sur Marc Cardignac. Qui aurait pu imaginer pareille trahison des valeurs européennes de la part de l'un des pays fondateurs, de surcroît patrie des droits de l'Homme ! Je comprends et je compatis à l'épreuve qu'endure votre pays face au terrorisme, le mien aussi a été frappé par ce fléau. Mais n'êtes-vous pas en train de donner la victoire aux terroristes avec cet état de siège ? Priver nos peuples de libertés, les empêcher de vivre comme ils en ont l'habitude, c'est précisément leur objectif. Les peuples ont la mémoire longue, le mien se souvient de ce que signifie vivre dans un régime autoritaire, il a connu cela pendant de trop longues années. L'entrée de l'Espagne dans l'Europe nous a aidés à tourner la page, à adopter et renforcer ces valeurs que nous devons tous chérir et protéger. Tous, sans exception.

Ulcéré par cette tirade, Cardignac s'avança dans son fauteuil, cala ses poings sur la table, prêt à bondir. Ne venait-il pas de se faire traiter de dictateur à la Franco ?

— Nos peuples, comme vous dites, sont surtout fatigués des belles paroles, aussi ronflantes qu'inutiles, rétorqua-t-il sèchement. C'est la France qui est attaquée, elle est souveraine dans le choix des armes pour se défendre, dans le respect total de sa Constitution. Enfin, sérieusement, qu'avons-nous accompli et obtenu ici d'efficace face à un péril qui nous menace pourtant les uns et les autres depuis des années ? Franchement, je vous le demande. Le plan de lutte contre le financement du terrorisme lancé début 2016 ? Il reste en chantier. Et nous ne disposons toujours pas de registre central européen antiterroriste, ni de moyens vraiment efficaces et coordonnés pour dépister et combattre les contenus illicites sur Internet. Quant à la fameuse Académie européenne du renseignement, elle n'est encore qu'au stade de projet ! Je ne cite que quelques exemples, mais pendant ce temps les djihadistes, eux, se jouent des frontières pour notre plus grand malheur. Aussi je vous le dis tranquillement, l'action menée en France peut et doit être un exemple pour l'Europe : moins de paroles et plus d'actes !

Trépignant sur sa chaise, Gianfranco Malvino approuvait bruyamment, aussitôt imité par les délégations d'Europe centrale. Le président de la Commission, Wim van Does, tenta de les rappeler à l'ordre. L'Italien jaillit de sa chaise.

— Ce n'est pas le représentant d'un pays où on vend de la drogue dans les bars et où les policiers ressemblent à des hippies aux cheveux longs qui va nous dicter sa loi !

Le brouhaha devint tel que la présidente croate, qui assurait selon la complexe alchimie bruxelloise la présidence semestrielle de l'UE, ordonna une suspension de séance. Les dirigeants de chaque camp ainsi que leurs ministres et conseillers se regroupèrent par petits groupes, palabrant tout en faisant quelques pas à l'étage pour se dégourdir les jambes ou se calmer les nerfs.

Marc Cardignac se dirigea vers la chancelière allemande, et l'invita pour un aparté dans la suite avec sofas et bar à rafraîchissements que possède chaque délégation. L'Allemagne, l'alter ego de la France au sein de l'attelage européen, n'allait quand même pas lui faire défaut ? Ils s'installèrent l'une en face de l'autre et prirent deux bières ambrées. La chancelière s'exprima d'une voix douce :

— Je vais être franche, Marc. Tu connais mon attachement aux principes, et ma réticence naturelle à voir des militaires se déployer dans les rues. Il n'y a pas que notre ami espagnol, mon pays aussi a une histoire douloureuse, surtout pour une fille de l'Est comme moi. Mais ne t'inquiète pas, je saurai me montrer mesurée, je ne te jetterai pas l'anathème, peut-être convient-il de te laisser une chance si tu nous donnes les garanties que cet état de siège est provisoire. Nous serions stupides et même suicidaires de nous déchirer aujourd'hui, de diviser l'Europe en deux camps comme si le Brexit n'avait pas suffi. Arrêtons de donner du grain à moudre à ces populistes extrémistes qui montent partout, menacent même ma coalition en Allemagne.

Ces propos rassérénèrent son interlocuteur. Pas pour longtemps. La chancelière lui prit le bras et, rapprochant son visage du sien lui dit en baissant le ton, comme si elle craignait d'être écoutée par des oreilles indiscrètes, en ces coulisses du palais européen :

— Tu as vu que certains sont très remontés, prêts à aller au clash ; ils menacent même d'activer l'article 7 contre la France.

Cardignac en resta bouche bée. L'article 7 ! L'arme atomique de l'Union européenne. Il n'avait jusqu'ici été enclenché qu'une seule fois, et la procédure – interminable et compliquée comme il se doit – n'avait pas encore abouti à son terme. C'était contre la Pologne, mise à l'index pour sa réforme de la Justice, visant à l'assujettir au pouvoir politique.

L'article 7 du traité de Maastricht – inclus dans tous les textes ultérieurs – prévoyait de suspendre de certains droits essentiels, à commencer par le droit de voter les décisions communautaires, un pays membre coupable de violation des valeurs européennes. Ces dernières, définies par l'article 2 du même traité, étant le respect de la dignité humaine, la liberté, la démocratie, l'égalité, l'état de droit et le respect des droits de l'Homme. L'état de siège bafouait-il une ou plusieurs de ces valeurs ? C'était toute la question, songeait Marc Cardignac en regagnant à pas lents la salle 50.1.

À son entrée il remarqua que la quasi-totalité de ses collègues avaient le nez plongé sur leur portable. En l'apercevant certains eurent l'air gênés, d'autres affichèrent un rictus narquois. Intrigué, il sortit son téléphone, au moment où son conseiller diplo lui murmurait à l'oreille :

— Ce satané président américain a encore fait des siennes sur Twitter.

Cardignac tapota les touches de l'appareil. Le tweet s'afficha :

« *How exciting is the new french policy against terrorism ! And what a terrific leader appears general Gerfaut, brave and brilliant as de Gaulle used to be ! Long life to him, he'll be a wonderful president for #France*[1] *!* »

Estomaqué, le président manqua d'en bazarder son téléphone. Ce balourd d'Américain l'humiliait au pire moment.

---

1. J'adore la nouvelle politique française contre le terrorisme ! et quel super leader que Gerfaut, aussi courageux et intelligent que de Gaulle. Longue vie à lui, il fera un superbe président pour la France.

33

Jour 6

Lemonde.fr

Rude sommet pour le président Cardignac hier à Bruxelles, qui a dû affronter un véritable « front du refus » de l'état de siège des dirigeants attachés aux « valeurs démocratiques de l'Union européenne ». Certains de ces États membres, parmi lesquels l'Espagne, le Portugal et les Pays-Bas vont demander le déclenchement à l'encontre de Paris de l'article 7 du traité de Maastricht. Celui-ci prévoit des sanctions pour non-respect de ces valeurs. Concrètement, que va-t-il se passer ? Rien dans l'immédiat : la procédure, comme souvent en Europe, étant complexe. Il faut d'abord que le recours à l'article 7 soit approuvé par les quatre cinquièmes des vingt-sept membres du Conseil européen, soit vingt-deux pays au moins. Deuxième étape : Paris disposerait alors de trois mois pour prendre des mesures conformes aux demandes de Bruxelles. Faute d'obtempérer, des sanctions seraient prises contre la France… à condition qu'elles soient votées à l'unanimité des membres (le pays concerné ne participant pas au vote).

En clair, la procédure n'aurait pratiquement aucune chance d'aboutir, ni même d'ailleurs de démarrer, le chef de l'État ayant reçu hier le soutien de nombreux dirigeants européens, notamment italien, autrichien, polonais, hongrois, etc.

Ce sont bel et bien deux Europe qui se sont affrontées hier, celle des partisans de la lutte la plus ferme contre le terrorisme et celle des partisans d'une UE campant sur sa tradition d'ouverture et de tolérance. Au-delà du succès ou de l'échec de la procédure « article 7 », le risque de fracture totale de l'Union, un « Euroxit », se dessine. « Ce serait le scénario où des États n'acceptant pas la politique menée par leurs partenaires préféreraient faire sécession, se retirer purement et simplement de l'Union. Ce scénario est possible », estime, pessimiste, un diplomate rompu aux arcanes bruxellois.

Garmeuil
Aisne

Tancrède attrapa sa serviette dans l'une des sacoches et laissa son scooter sur le parking visiteurs. Il pestait contre la terre entière, plus exactement contre son patron et les bouchons. Sa réunion matinale s'était éternisée avec un gros client venu exprès de l'île antillaise de Saint-Martin qui voulait se fiscaliser en France. Pendant la consultation, son boss avait chuchoté à l'oreille de Tancrède qui n'arrêtait pas de jeter des coups d'œil irrités à sa montre :

— C'est un dossier à 100 000 euros de commission, fais au moins semblant de t'y intéresser.

— J'ai rendez-vous à 11 heures à la prison, à trente bornes de Paris. Ça craint pour mes clients si j'arrive en retard.

— Le seul client qui compte est ici, assis à l'autre bout de la table. Tes dealers attendront.

La veille, Tancrède avait annoncé sa décision d'aider bénévolement le CODEVES, collectif de défense des victimes de l'état de siège. Le but de l'association était d'apporter un soutien juridique aux familles de ceux qui avaient été embarqués par la police et les militaires, excepté pour les chefs de suspicion de terrorisme.

Le patron de Tancrède ne comprenait pas pourquoi l'un de ses plus brillants collaborateurs perdait son temps. Et le temps pour un avocat, ce n'était pas de l'argent, mais de l'or.

À peine la réunion terminée, le compagnon de Delphine s'était rué sur son scooter et avait tracé sur le périph'. Mais à la sortie de porte d'Orléans, il s'était retrouvé bloqué dans un bouchon provoqué par le passage d'une colonne de camions militaires sur l'avenue du Général-Leclerc.

Des automobilistes s'étaient fendus d'applaudissements nourris quand bien même ils poireautaient. Une conductrice d'un 4×4, bloqué au niveau du scooter de Tancrède, avait ouvert sa vitre et agitait les mains.

— C'est comme à la libération de Paris, la France est sauvée. Gerfaut va nettoyer ce pays de la racaille et des islamistes !

Le jeune avocat n'avait pas répondu, pressé de quitter ces scènes de liesse dont il se sentait exclu. Si elle avait su qu'il allait défendre la *racaille,* elle l'aurait sûrement pulvérisé avec son mammouth sur roues.

Tancrède pénétra dans la prison. Cela faisait bien quatre ans qu'il n'y avait plus mis les pieds, la dernière fois, c'était pour rencontrer un homme politique, client du cabinet, qui avait été condamné pour corruption et voulait négocier un arrangement avec Bercy sur son patrimoine.

Il remplit les formalités d'usage et se fit mener dans une pièce sécurisée pour s'entretenir avec ses clients. Le CODEVES l'avait mis sur ce dossier en urgence, il ne possédait que quelques informations sommaires transférées par mail. Tout juste savait-il que les trois types s'étaient opposés aux policiers pendant la descente dans l'une des cités. Deux d'entre eux possédaient un solide casier judiciaire, essentiellement pour trafic de stupéfiants, le dernier était vierge. Aucun n'était fiché S ou soupçonné de terrorisme. L'un des prévenus était signalé comme un converti à l'islam sans autre mention supplémentaire.

Alors qu'il sortait son portable de sa serviette, la porte s'ouvrit pour laisser entrer un militaire.

— Bonjour maître, je suis le capitaine Leonetti. Vous avez une heure de retard. Nous devons parler.

L'officier s'assit en face de lui et le dévisageait en souriant. Mince, des petites lunettes cerclées de noir, le visage fin, le regard doux ; n'eût été son treillis, l'officier ressemblait plus à un bibliothécaire qu'à un féroce guerrier.

Tancrède se rembrunit et prit son ton le plus cassant :

— Bonjour capitaine. Je suis venu pour m'entretenir avec mes clients, pas avec un membre des forces armées. À moins que vous ne vouliez faire appel à mes services, et il faudra prendre rendez-vous, vous n'avez rien à faire ici.

— Bien au contraire. Je suis venu vous informer que vos clients sont déférés devant une juridiction militaire. Nous n'avons pas pu vous attendre, notre tribunal de campagne a beaucoup de travail aujourd'hui.

Justice militaire... Tribunal de campagne. Les mots qu'il entendait n'avaient aucun sens. Tancrède masqua sa surprise, ne jamais faire état de ses émotions face à l'adversaire, c'était la règle dans le métier. Il s'entendit répondre d'une voix mécanique :

— Vous devez faire erreur. Point un, la justice militaire n'est pas en œuvre dans ce pays, même pour les terroristes. Point deux, mes clients ont pour seul tort de s'être rebellés, sans avoir causé de dommages corporels aux forces de l'ordre.

Le capitaine posa ses coudes sur la table et joignit ses mains sous son menton.

— Vous oubliez le point trois.

— C'est-à-dire ? demanda Tancrède avec méfiance.

— Article L112-4 de justice militaire en temps de guerre. Une juridiction civile est obligée de se dessaisir au profit du tribunal territorial des forces armées dès que celui-ci revendique sa compétence. Dans le cas présent, nous revendiquons notre compétence.

— Vous plaisantez. Mes collègues se sont rendus hier matin au tribunal de Bobigny pour plaider dans des affaires similaires.

Le capitaine hocha la tête.

— Oui et la moitié des prévenus a été relâchée. Les règles du jeu ont changé depuis ce matin 7 heures.

Ordre a été donné par l'état-major de mettre en place, à titre expérimental, un tribunal militaire pour juger tout civil ayant mis en danger les forces de l'ordre. En temps de guerre.

Il consulta sa montre et reprit :

— À l'heure qu'il est, vos clients vont passer en comparution.

— Bon sang, qui les défend ?

— Un juriste de l'armée. Tout comme moi. J'ai fait l'École de droit de la Sorbonne avant d'entrer à l'état-major.

Tancrède se leva d'un bond. La coupe était pleine.

— J'exige l'annulation immédiate de cette mascarade.

Le capitaine sortit un calepin et un stylo de la poche de sa veste.

— Je prends bonne note de votre déclaration, elle sera jointe au dossier de vos clients. Autre chose ?

— Je veux appeler mon comité. À moins que vous ne me fassiez arrêter ?

— Nous ne sommes pas dans une dictature, je vous en prie maître.

Tancrède prit son portable et composa le numéro du coordinateur juridique de l'association. Il attendit une poignée de secondes et on décrocha.

— Salut Étienne, il m'arrive un truc dingue. Mes clients ont été déférés devant un tribunal militaire.

— Tu n'es pas le seul, Virginie est dans la même situation à Orléans.

— Que fait la chancellerie ?

— Ils auraient été mis devant le fait accompli. On a alerté le barreau, le syndicat de la magistrature et les médias. On essaie aussi de contacter l'Élysée.

— Et moi je fais quoi ?

Il y eut un court silence, puis son interlocuteur répondit d'une voix rapide :

— Les collègues sont en train de se plonger dans les subtilités de la justice militaire. Ça prend du temps. Notifie ton opposition formelle. Ils seront obligés d'en prendre réception, mais ça ne changera rien.

— Je sais, c'est fait.

— Ensuite demande à voir l'avocat de tes clients pour l'assister. C'est prévu dans leurs textes. En plus, on a besoin d'avoir un témoignage de première main sur ce qui se passe, juste pour avoir des billes pour les attaquer.

Son interlocuteur s'interrompit, on entendit des éclats de voix autour de lui, puis il reprit :

— Je suis obligé de raccrocher. On a un conseiller de l'Élysée au bout du fil. Courage.

Tancrède rangea son portable. Le capitaine le dévisageait avec intérêt.

— Alors ? demanda-t-il d'un ton impatient.

— Je demande à voir mes clients comme m'y autorise le code de procédure militaire en temps de guerre.

— Désolé, vous avez été dessaisi en raison de votre retard.

Tancrède haussa le ton :

— Comme c'est dommage, vous ne connaissez pas votre propre code qui permet à un avocat civil d'aider son confrère militaire ? Vous voyez, je veux collaborer avec les forces armées…

L'officier nota le ton ironique de Tancrède, puis haussa les épaules.

— Oui, je le connais, mais je peux aussi refuser.

— Et prendre le risque d'invalider la décision de votre foutu tribunal pour vice de forme ?

Leonetti capitula.

— O.K., suivez-moi. Après tout, ça ne changera pas grand-chose.

Ils sortirent de la pièce et prirent un long couloir sinistre qui se terminait par une porte en fer surmontée d'une caméra. Leonetti appuya sur le bouton de l'interphone.

— Tribunal.

La porte s'ouvrit dans un déclic et ils prirent un autre corridor, cette fois plus large qui donnait sur une cour intérieure. Des gardiens et des militaires allaient et venaient. Tancrède nota la présence de camions identiques à ceux qu'il avait vus porte d'Orléans.

— Ce n'est plus très loin, dit l'officier, nous avons réquisitionné un réfectoire pour installer le tribunal.

— Qui le compose ?

— Un président et quatre juges officiers choisis dans les troupes stationnées aux alentours. Ils sont assistés par un greffier, un huissier et le chef des gardiens de la prison pour représenter le gouvernement. Nous avons dû aller vite, mais tout en respectant la loi.

Tancrède ricana :

— Des juges et un avocat, tous militaires de carrière, un gardien de prison en garant, l'indépendance de la justice n'est pas un vain mot dans l'armée. Bonjour la schizophrénie.

Le capitaine accéléra le pas.

— Je vous signale que cette procédure est inscrite dans les textes de loi de la République. Il n'y a rien d'illégal. Rien.

— Ce n'est pas ce que je voulais dire. Un militaire se caractérise par son obéissance. Il tète aux deux mamelles de l'ordre et de la discipline, non ?

— Où voulez-vous en venir ?

— Pour un juge ou un avocat dans le civil, c'est tout le contraire. Leur indépendance garantit leur efficacité. Obéir oui, mais seulement à la loi. Donc, votre tribunal galonné est un non-sens. Une incongruité. Un oxymore judiciaire. Une… farce.

— Et remettre en liberté des voyous qui menacent la société, ce n'est pas une farce ? répondit l'officier sur un ton pincé. Quand une menace existe, il faut la neutraliser. C'est clair et limpide comme l'eau de ma gourde de campagne.

Il indiqua une porte sur leur droite.

— Nous arrivons dans la zone de regroupement des prévenus en attente de jugement.

En entrant, la première chose que nota Tancrède fut l'odeur. Acre, tenace, mélange de senteurs corporelles rances et de cigarette froide. Une bonne dizaine d'hommes étaient assis de chaque côté d'un couloir, menottés, encadrés par des gardiens. Ils portaient tous des pantalons et un tee-shirt kaki, comme des soldats. Tancrède fronça les sourcils.

— Pourquoi ne sont-ils pas en habits civils ?

— Dans un tribunal militaire, on doit se conformer à la discipline. Jusque dans la tenue.

L'un des prisonniers leva les yeux vers Tancrède. Pas plus de vingt ans, son visage fatigué reflétait une expression de tristesse et de colère, comme s'il tenait le jeune avocat pour responsable de sa situation. L'officier indiqua une autre porte.

— Maître, vos clients sont en cours de jugement. Vous ne pourrez pas interrompre les débats, sinon vous serez expulsé, article L 255-8 ou pas. Suis-je clair ?

Tancrède lui lança un regard de défi.

— Sinon quoi ? Vous me fusillez ?

Ils entrèrent dans ce qui avait été un réfectoire, de la taille d'un amphi. Sur le mur du bout était accroché un grand drapeau tricolore. Sous le drapeau, cinq hommes étaient assis derrière une table, raides comme des piquets. Les quatre militaires et le gardien de prison. Face à eux, à environ trois mètres, trois jeunes hommes se tenaient debout, les chevilles menottées aux pieds d'un banc. Derrière chacun d'eux se dressait un soldat en arme.

Le président de séance, un militaire aux cheveux courts et argentés, frappa un coup de maillet sur la table. Sa voix forte résonna dans toute la salle.

— Après délibération, nous allons procéder au jugement. Au terme des débats, nous avons entendu l'acte d'accusation et la défense des prévenus par la voix de leur avocat. Les faits reprochés aux trois individus en face de nous sont corroborés par des vidéos prises par les unités de combat. Deux de ces hommes ont lancé des pierres sur des membres d'une unité en opération. Pour le troisième, il était en retrait, mais a apporté son soutien et a refusé d'être interpellé. Il a en outre proféré des insultes contre les forces armées les traitant de bâtard et d'autres grossièretés. Je voudrais ajouter que…

— Tu me fais *dahak* ! l'interrompit l'un des prisonniers.

— Silence, répliqua le juge commandant en frappant son maillet. Votre attitude agressive ne fait que confirmer notre sentence. En conséquence, Omar Bouktra et Frédéric Novak, vous êtes condamnés à cinq ans de prison ferme. Pour Farid Douna, la cour a été plus clémente, et n'a retenu que les insultes, vous êtes condamné à un an de prison.

Les trois hommes stupéfaits hurlèrent de colère. Les soldats les plaquèrent sur leur banc. Tancrède restait tétanisé par l'ampleur des peines. Elle dépassait son entendement.

Le juge frappa avec son maillet et fusilla du regard les prévenus.

— La sentence est exécutoire dès maintenant, gardiens, faites sortir les condamnés. Affaire suivante.

34

Reuters. La faculté de Tolbiac est en grève. Des AG se sont formées pour manifester contre l'état de siège. Le doyen a demandé l'intervention des forces de l'ordre pour rouvrir l'université. Des AG doivent se tenir demain dans plusieurs universités du pays.

Par ailleurs, on apprend qu'un collectif national d'enseignants s'est créé pour exiger la reprise normale des cours dans les cités où ont eu lieu des opérations militaires. Des retards à la réouverture ont en effet été constatés. Ces enseignants, soutenus par des associations de parents d'élèves, envisagent une journée nationale d'action contre l'état de siège.

Paris
Grands Boulevards

Le crachin froid de janvier avait cessé, une douceur presque automnale baignait la capitale. Les Parisiens faisaient la queue devant les cinémas et les théâtres, se pressaient aux terrasses couvertes des restaurants, emplissaient les trottoirs devant les bistrots et les galeries d'art, s'agglutinaient devant les vitrines encore illuminées des grands magasins, pestaient contre les difficultés à se garer, vitupéraient la mairie… Une soirée normale dans la capitale.

Étrangement normale même, si loin en apparence d'un pays en état de siège, constatait Delphine Salgado, assise à l'arrière de la voiture de la présidence qui la conduisait le long des boulevards vers la grande brasserie où elle avait invité ses parents à dîner. Elle avait prévu de s'y rendre à pied, préférant marcher une petite demi-heure pour se laver l'esprit du climat de stress et de sourde inquiétude pesant sur son bureau élyséen. Comme d'habitude, sa journée de travail avait débordé, l'empêchant de décrocher à temps et ne lui laissant d'autre choix que de recourir au sempiternel triptyque voiture-chauffeur-agent de sécurité pour se faire déposer à son rendez-vous.

C'était sa première sortie depuis, depuis… elle ne savait plus. Elle avait tenu à la réserver à ses parents, qu'elle avait pratiquement laissés sans nouvelles après le dîner cataclysmique de Noël. L'engueulade entre son père et Tancrède, la peine de sa mère qui s'était donné tant de mal, puis l'horreur de l'attentat et le retour précipité en pleine nuit au palais présidentiel…

Au moment où elle allait pousser la porte du restaurant, un grondement déchira le ciel. Elle ne leva même plus les yeux.

Encore un Rafale. Ça devient lourd…

Depuis que Paris et plusieurs grandes villes de province avaient droit à leur survol quotidien, les opposants à l'état de siège y allaient de leurs commentaires acerbes sur les réseaux sociaux du style « pourvu qu'ils ne perdent pas une bombe sur le chemin » ou parfois conspirationnistes « les avions balancent du gaz anesthésiant sur la population ».

Le grelot de la porte tinta quand elle pénétra à l'intérieur du vénérable établissement.

— Chère madâââme Salgado, l'accueillit avec emphase le chef de rang de cette brasserie courue des politiques et des journalistes. Je vous ai installés à votre table habituelle, vous y serez tranquilles. Vos parents sont déjà arrivés, je leur ai proposé un apéritif.

Voyant arriver sa fille, Annie s'était déjà levée de sa chaise.

— Ma chérie que je suis contente de te voir, se réjouit-elle en embrassant Delphine deux fois sur chaque joue, une habitude qu'elle conservait malgré les remontrances de cette dernière qui jugeait que cela faisait provincial.

Ce soir elle n'avait vraiment pas le cœur aux reproches. Sa mère ne lui en laissa de toute façon pas le loisir.

— Oh là là mais tu as une petite mine, tu as l'air complètement épuisée. Tu ne couves pas quelque chose au moins ? demanda-t-elle, son œil aiguisé d'infirmière détaillant les traits tirés et la pâleur de Delphine. Avec tout ce barouf, ils doivent te tuer à la tâche ! Ton père et moi, on suit tout ça à la télé. Quelle histoire, je me demande vraiment où ça va nous mener ?

Bedaine en avant, son père se dressa à son tour pour l'embrasser. Lui avait l'air tout à fait réjoui.

— Où ça va nous mener ? Là d'où on n'aurait jamais dû partir, à ce bon vieux pays comme il était avant. Bravo, ma grande, là je tire mon chapeau à ton

Cardignac, il a eu les couilles d'agir comme il fallait agir. Et ce général Gerfaut, alors, quel sacré type ! Tu as de la chance de pouvoir le côtoyer, tu vas nous raconter tout ça, dit-il en se frottant les mains.

Il se rassit et invita Delphine à faire de même, placée entre ses parents. La jeune femme se demanda fugacement ce que cet « avant » signifiait au juste, mais se retint de poser la question à son père ; pas question de se fâcher une nouvelle fois. Michel reprit la parole sans la laisser souffler ni rassurer sa mère sur sa santé :

— Franchement, on sent que l'atmosphère a changé, je t'assure que dans notre petite banlieue on voit la différence, y en a qui font moins les fiérots et qui en rabattent. Ici, c'est bien la première fois depuis très, très longtemps que j'arrive à faire dix pas de suite dans Paris sans que des Roms s'accrochent à mes basques pour que je leur file du pognon.

— L'opération Mistral n'a rien à voir avec les Roms, papa, l'interrompit doucement sa fille, forçant son sourire. Il s'agit de stopper la menace terroriste en démantelant des réseaux qui venaient d'agir ou s'apprêtaient à frapper. Rien de plus, rien de moins, ce n'est pas un changement de régime, je te vois venir.

Il en fallait plus pour démonter Michel, décidément enthousiasmé par le spectacle qui s'offrait à ses yeux grâce à l'état de siège.

— M'enfin tu peux dire ce que tu veux avec tes mots de « techno », n'empêche que le général est en train de faire le grand nettoyage, il remet le pays en ordre ! Je me doute bien que tu ne l'avoueras jamais, mais je suis persuadé qu'au château vous avez un plan bien plus large que la chasse aux djihadistes. Il suffit de voir comment l'armée met les cités au pas, tous ces gars arrêtés et embarqués fissa au gnouf. Y a pas à dire, pour stopper les émeutes de banlieue les paras sont plus efficaces que les policiers. Encore bravo, c'est vraiment le coup de balai qu'il nous fallait pour faire débarrasser le plancher aux dealers, aux caïds, aux escrocs aux Assedic et à tous ces imams polygames qui prennent leurs ordres chez Daech ! On va enfin se retrouver vraiment chez nous.

Delphine se mordit les lèvres. En moins de deux minutes son père venait de lui enfoncer un peu plus le moral, de raviver cette impression diffuse de malaise qui la tenaillait plus ou moins fort depuis des jours. Et si la majorité des Français pensait la même chose, interprétait de la même façon que lui l'opération Mistral, ne voyait dans cet état de siège qu'un moyen idéal pour mener une politique d'une radicalité telle que même l'extrême droite n'aurait pas osé en rêver ?

De fait, l'application de l'article 36 n'avait véritablement entraîné d'effets exceptionnels que sur certaines portions du territoire national : les banlieues, déjà habituées à être traitées comme les reléguées de la République, avec leurs habitants se sentant souvent eux-mêmes comme des citoyens de seconde zone. Pour le reste, qu'y avait-il de changé dans un pays ayant intégré l'état d'urgence depuis plusieurs années, où les patrouilles des militaires en armes de sentinelle dans les rues, les musées, les gares ou les aéroports faisaient partie du paysage familier ? Où l'on s'accommodait parfaitement de menues entorses aux libertés pourvu que le sentiment de sécurité en sorte renforcé ?

Delphine se refusa à glisser sur cette pente.

— Qu'est-ce que tu racontes, répondit-elle de son ton le plus calme possible, on n'a programmé aucun coup de balai ou je ne sais quelle élucubration. Je te le redis, les djihadistes capturés vivants vont en prison et seront jugés, voire expulsés, les autres cas suspects sont soumis à une procédure normale. Au risque de te décevoir, je suis sûre que la plupart rentreront très vite chez eux.

— Avec l'aide d'avocats comme ton Tancrède, peut-être ? Je n'en reviens pas que ce gauchiste de pacotille ait quitté ses clients millionnaires pour voler au secours de la racaille, ça m'épate. Je lui souhaite bien du plaisir, mais je ne crois pas qu'il gagnera contre Gerfaut. Cette fois la peur a changé de camp. Il était temps !

— Eh bien, tu le lui diras toi-même, il doit venir me prendre tout à l'heure, cingla Delphine.

— Dommage qu'il ne puisse pas dîner avec nous, mais on sera contents de lui faire coucou, coupa Annie, toujours apaisante.

Le repas touchait à sa fin, Delphine avait gentiment ravi son père en lui racontant quelques anecdotes sur son nouveau héros, Maxime Gerfaut, quand Tancrède apparut. Michel eut du mal à reconnaître dans ce jeune homme dépenaillé aux joues bleuies par une barbe mal entretenue celui qu'il appelait avec une ironie appuyée « mon gendre ». L'avocat paraissait excité, tendu. Il expédia les formules de politesse envers ses beaux-parents et brandit un doigt accusateur en direction de sa compagne :

— C'est inimaginable ce qui se passe ici même, à Paris. Mes clients, parmi lesquels des gamins d'à peine seize ou dix-sept ans, ont été embarqués sans même que j'aie pu les voir pour être livrés à la justice militaire. La justice militaire ! Comme les sections spéciales sous Pétain. C'est la dictature !

— Dictature, mais qu'est-ce que tu débloques, mon gars ? Regarde autour de toi, tout est normal, plus paisible que jamais, le rembarra Michel en désignant la baie vitrée donnant sur le boulevard.

À peine achevait-il sa phrase que la vitre se mit à vibrer : trois blindés transports de troupes roulaient à vive allure, faisant souffrir de tout leur poids le macadam.

En regardant passer le convoi, Delphine distingua des silhouettes dans la pénombre du trottoir : celles de jeunes filles blacks en sweat-shirts et doudounes qui, de peur, avaient instinctivement rentré les épaules et baissé la tête en voyant les engins militaires. Trois policiers surgirent autour d'elles pour leur demander leurs papiers et voir le contenu de leurs sacs alors que deux adolescentes blondes comme les blés passèrent devant elles sans se faire arrêter. Elles s'exécutèrent de mauvaise grâce, l'une d'entre elles paraissait vraiment apeurée. Satisfaits, les flics s'éloignèrent. La plus jeune reprit son sac et détailla Tancrède, Delphine et ses parents assis dans le restaurant. Michel et Annie interceptèrent son regard.

— Il ne faudrait pas non plus que ceux qui n'ont rien fait paient pour les autres, dit Annie, troublée.

Pour la première fois, Michel paraissait embarrassé. Il soutint le regard de la jeune fille, puis celle-ci rejoignit ses amis et elles disparurent dans la nuit. Tancrède grimaça.

— Alors Michel, content ? Ça doit faire chaud au cœur de voir nos forces de l'ordre dans l'exercice de leur mission. Si ça se trouve ce sont de dangereuses djihadistes. C'est marrant ces policiers blancs qui contrôlent ces Noires. On se croirait en Alabama dans les années 60. La ségrégation raciale, le Ku Klux Klan, le bon vieux temps, hein Michel ?

Delphine fusilla son compagnon du regard.

— Ça suffit Tancrède, retire ça tout de suite.

Alors que Delphine s'attendait à ce que son père réagisse avec virulence, celui-ci arborait une expression étrange. Il posa sa fourchette et regarda Tancrède droit dans les yeux. Une expression de tristesse envahissait son visage ridé.

— Le Ku Klux Klan… C'est dégueulasse. Vous me prenez pour un vieil homme raciste, insensible et réac. Pour vous, c'est facile de cataloguer les gens comme moi.

— Quand je vois vos réactions…, balbutia Tancrède.

Le père de Delphine haussa d'un ton.

— Vous m'emmerdez avec vos jugements. Oui, je n'ai pas aimé ce que je viens de voir. Et je serais le premier à héberger ces gamines si elles se faisaient rafler. Jamais je n'ai été raciste. Je me fous de la couleur de peau des uns et des autres. Me comparer au Ku Klux Klan et pourquoi pas me traiter de nazi. Allez-y !

— Jamais je n'ai dit ça, dit son « gendre » désarçonné.

— Excuse-toi tout de suite Tancrède ! gronda Delphine.

— O.K., je retire ce que j'ai dit. Pardon.

Michel avala son verre de vin d'un trait.

— Vous m'avez toujours pris pour un con, Tancrède. Mes réactions ? Oui j'en rajoute quand je vous vois. C'est vrai qu'avec l'âge je suis devenu plus dur. Mais bon sang j'aime pas ces islamistes qui foutent le bordel, j'aime pas ce que mon quartier est devenu, je tremble quand ma femme rentre en retard du boulot, j'ai toujours peur qu'elle se soit fait agresser. Vous ne pouvez pas comprendre, vous avez toujours vécu ici à Paris, dans les beaux quartiers. Ce que je veux… c'est…

Son épouse passa son bras autour de son épaule.

— On a compris, finis de manger, tu te fais du mal.

Delphine posa sa main sur son avant-bras et murmura d'une voix douce :

— Tu veux quoi papa ?

Il lui renvoya un regard triste.

— Je suis fatigué, ma fille. Je ne comprends plus le monde dans lequel on vit. Il me fait… peur. Je voudrais juste que tout redevienne comme avant. C'est tout ce que je demande. Qu'il redevienne comme avant.

35

Jour 7

Exclu Leparisien.fr

La ministre de la Justice, Émilie Montlouis, annonce sa démission du gouvernement. « Trop c'est trop », a-t-elle cinglé. La garde des Sceaux avait déjà laissé paraître à plusieurs reprises son profond désaccord vis-à-vis de l'état de siège. « Rester, cela aurait été trahir mes valeurs, nos valeurs, celles de notre République, piétiner ce que m'ont appris mes grands maîtres, me renier moi-même, tout ce que je suis et ce à quoi je crois », a-t-elle ajouté. Avec son départ, c'est la « caution de gauche » d'un gouvernement en régime d'exception qui disparaît. « Est-ce que j'ai une gueule d'alibi ? » a lancé Mme Montlouis avec son habituel franc-parler. « Désormais je mènerai le combat ailleurs, avec mes amis au Parlement, avec la société civile, dans la rue, devant les tribunaux. Notre pays doit au plus vite retrouver le cours normal de la démocratie, refermer cette sinistre parenthèse », a-t-elle conclu.

La démission de la ministre a été saluée par les syndicats de magistrats et les barreaux du pays qui ont brandi la menace d'une grève immédiate si le pouvoir ne stoppait pas le recours aux tribunaux militaires.

AFP

BULLETIN ALERTE. État de siège. Élysée.

Un communiqué de la présidence de la République annonce qu'il est mis fin à toute poursuite devant des tribunaux militaires.

« Il n'est pas question de créer ou recréer un nouvel ordre judiciaire, les cas rapportés dans les médias relèvent d'une interprétation excessive des dispositions de l'article 36 sur l'état de siège, et aussi d'une part de malentendu », commente sans plus de précisions une source dans l'entourage du président.

De son côté, la cour de cassation, comme l'y autorise la Constitution, a annulé les seize jugements de ces tribunaux. Les prévenus sont tous renvoyés devant les cours civiles.

Plateau de télévision
Boulogne-Billancourt

— Ouh merde, ça y est, ils viennent prendre le contrôle de l'antenne.

À la vue des militaires débarquant en pack de la Citroën civile et des deux gros SUV Ford kaki, les vigiles postés à l'entrée de la grande tour TF1 sur les quais de Seine à Boulogne eurent un instant de flottement. Ils se ravisèrent.

Ce soir, c'était la grande première : le chef d'état-major, le général Gerfaut, muet jusqu'ici, intervenait à la télévision pour répondre aux questions des Français. Un panel représentatif, comme disaient les pros des médias et du marketing, avait été rapidement constitué pour l'émission.

L'opération représentait une aubaine pour la chaîne. Journaux, radios et télés s'arrachaient le général, chacun étant prêt à tout pour décrocher la première interview : non seulement le chef d'orchestre de l'état de siège était l'homme du moment, mais en plus il demeurait méconnu. Le visage du « sauveur des Yézidis » s'était certes étalé sur toutes les unes des journaux, mais l'intéressé ne s'était à aucun moment livré publiquement. Qui était-il, que pensait-il, qu'ambitionnait-il vraiment ? Mystère…

Les journalistes tenaient d'autant plus à le cuisiner que la couverture des opérations dans les cités était strictement encadrée, ce qui entraînait de sérieuses frictions entre la presse et le pouvoir. Et le verrouillage par ce dernier de toute la communication de l'armée n'avait pas arrangé les choses. En effet, chaque demande de rencontre avec le chef d'état-major, adressée comme il était d'usage au service de presse des armées, la Dicod, se trouvait systématiquement reroutée vers le sommet de l'État. Comme si l'Élysée avait voulu cacher son général.

Dans un premier temps, c'était bien le but, avoua Delphine à l'un de ses anciens collègues. Pas question de l'exposer dans une phase aussi sensible : et s'il se laissait piéger par ses intervieweurs et dévoilait des secrets militaires ou, pire, empiétait sur le terrain des politiques ? Trop risqué. Cardignac avait eu bien assez d'un clash avec le prédécesseur de Gerfaut à Balard.

D'un autre côté, la communicante de l'Élysée était bien consciente qu'il fallait donner un os à ronger aux médias, assurer un minimum de transparence à l'opération Mistral maintenant qu'elle était installée, avec ses premiers succès mais aussi ses bavures. Maintenir le black-out sur l'information, c'était nourrir les accusations de dictature, insistait-elle auprès du président pour obtenir son feu vert.

La formule hybride du « Face aux Français », où les questions des journalistes seraient contrebalancées par celles de citoyens lambda, fut donc proposée à la direction de la plus grande chaîne du pays, qui accepta avec enthousiasme. Un prestataire spécialisé dans la constitution de panels recruta en urgence neuf intervieweurs volontaires et surtout « représentatifs » de la société.

D'abord réticent, plus à son aise sur le terrain que derrière un micro, Gerfaut s'était ensuite laissé convaincre. Quelques jours au cœur du pouvoir lui avaient suffi pour apprendre que lorsqu'on a une action à défendre, expliquer ou promouvoir, il vaut mieux le faire soi-même.

En pénétrant dans le vaste hall de Boulogne en forme d'arrondi, avec ses parois lambrissées ou couvertes d'écrans et ses rambardes chromées, il eut soudain l'impression bizarre d'avoir accédé au rang de star. Le gratin de la chaîne était venu l'accueillir avec force ronds-de-jambe, puis on le conduisit au maquillage.

— Avec votre carrure et ce regard clair, vous allez faire un carton chez la ménagère de moins de cinquante ans, le flatta la maquilleuse.

— Voilà qui me changera, ce n'est pas ma cible habituelle, plaisanta le général.

— Euh, je parlais d'un carton d'audience…

Studio, essais lumière, pose des micros-cravates, réglage de la hauteur du pupitre derrière lequel il ferait face aux panélistes d'un côté, aux trois journalistes maison de l'autre – « vous les reconnaîtrez facilement, c'est ceux qui ont l'air pas sympas », lui avait glissé mi-figue mi-raisin Alice Valbergues en le briefant dans la matinée –, tout était prêt.

Au moment des présentations Gerfaut nota que rien n'avait été laissé au hasard : l'une de ses interrogatrices était mère d'une victime d'attentat, un autre était père d'un djihadiste auteur d'une attaque-suicide en Syrie. Il éprouva une compassion spontanée pour l'une comme pour l'autre, tout en se demandant ce que ce choix pourrait bien donner dans l'émission.

— Général Gerfaut, qui êtes-vous ? lança la présentatrice.

Cela commençait sur du velours.

— Je suis comme vous, répondit-il en levant le menton devant les neuf panélistes. Quelqu'un de vrai et de simple qui fait partie du peuple de France, et qui partage les mêmes préoccupations que chacune et chacun d'entre vous. Quelqu'un de convaincu que face à ses tragiques difficultés, la France a besoin de l'unité de tous ses enfants, de tous ses citoyens. L'unité est fondamentale, car c'est l'unité qui procure l'espérance. Quand on est ensemble, on est fort. Et quand on est fort, on a l'optimisme et la volonté. C'est tous ensemble, unis, que nous réussirons à redresser notre pays, à restaurer la confiance et la sécurité.

Face à lui, sur les bancs du « jury », les deux parents touchés par le terrorisme avaient les yeux humides.

Le président Cardignac suivait l'émission dans son bureau, le salon Doré de l'Élysée. Il s'adressa à Delphine Salgado et Alice Valbergues assises à ses côtés à la grande table de travail.

— Quelle tirade ! Un vrai discours politique. Je me demande si c'était vraiment une bonne idée de l'envoyer parader sous les projecteurs.

Sur le plateau, la parole était à un cheminot syndicaliste, un homme corpulent au regard méfiant.

— Peut-on faire confiance à l'armée ? Ce n'est pas son rôle d'assurer la sécurité sur le sol national. Déjà que ce n'est pas brillant en temps normal avec la police et les CRS qui enchaînent les bavures.

Gerfaut joua d'abord la complicité :

— Vous savez, l'armée a beaucoup changé. Au début de ma carrière, quand j'étais jeune saint-cyrien, on me traitait de « rampouille » quand je sortais en uniforme avec mes cheveux courts. C'était le surnom donné aux engagés par rapport aux appelés du contingent.

Le public sourit, il continua :

— Aujourd'hui l'armée est devenue très populaire, elle est même acclamée depuis les attentats et…

Il marqua une pause comme s'il cherchait ses mots. De longues secondes s'écoulèrent au point que la présentatrice intervint :

— Général ?

— Excusez-moi, je n'ai pas l'habitude de passer à la télévision. Je viens de me rendre compte que je commettais une injustice. Oui l'armée est populaire, mais je ne peux laisser passer votre commentaire sur les forces de l'ordre. Policiers, gendarmes, CRS, tous font un travail admirable et ne ménagent pas leur peine pour des salaires sans rapport avec les dangers qu'ils encourent. Et on leur crache à la figure à la moindre manifestation qui tourne mal. C'est trop facile ! Au début de l'état de siège, ils ont été aux avant-postes ! Je voudrais les remercier du fond du cœur et leur dire que je suis leur plus fidèle soutien.

À quelques kilomètres de là, devant son poste, Cardignac ironisa :

— Bien joué, Gerfaut, tu apprends vite les ficelles.

— Je pense qu'il est sincère, dit Valbergues sur un ton prudent.

— Vous êtes de quel côté Alice ? répliqua le président avec acidité.

— Du vôtre… Quelle question…

Sur le plateau, Gerfaut s'enhardissait.

— Pour revenir à l'armée, elle jouit d'une bonne image car elle protège parfois au prix de la vie de ses soldats. C'est notre mission, sur notre territoire comme au-dehors. En partie aussi parce que c'est une institution qui incarne des valeurs, et qu'on y apprend la vie, la punition, la récompense, l'esprit de groupe.

— Ce n'est pas parce qu'elle est populaire qu'elle doit prendre le pouvoir, objecta le syndicaliste.

— Il ne s'agit pas de prendre le pouvoir. Cela, c'est le rôle des politiques. Et pour ma part je suis un homme loyal. Eh oui, ça peut surprendre mais ça existe encore des gens loyaux. Le plus important, c'est le lien armée-nation : l'armée n'existe que par son lien avec la nation. Une armée sans ce lien tissé, profond, retissé, c'est dangereux. Il ne faut pas trahir ce lien. Notre mission est de protéger les Français, c'est tout.

Une brune à l'air malicieux, d'une quarantaine d'années, prit la parole. Elle se présenta comme une « chômeuse de très longue durée à cause des gouvernements incapables ».

— On ne sait rien de votre vie privée. Il existe une Mme Gerfaut ? Vous avez des enfants ?

— Non, hélas, je n'ai pas eu le temps pour une vie de famille. Je suis un spécimen assez rare, sur ce plan, chez les officiers. Mais il n'est pas trop tard si vous avez quelqu'un à me présenter, ça m'évitera d'aller sur Tinder.

— Je suis candidate, répondit du tac au tac la femme avec un charmant sourire.

L'assistance rit de bon cœur à l'échange.

— Je ne trouve pas de travail depuis trois ans, seriez-vous capable de m'en trouver si vous étiez élu président ?

Gerfaut ne cacha pas sa surprise et attendit quelques secondes avant de répondre :

— Vous me prenez au dépourvu. Je suis général, pas ministre du Travail. Mais quand je vois des millions de gens sans emploi dans ce pays je suis ulcéré. Cela étant il faut savoir que l'armée est aussi un employeur important. Et la palette des métiers offerts vous surprendrait. Nous sommes à la fois le premier recruteur de jeunes peu qualifiés dans le pays et dans le même temps nous intégrons des BAC + 5.

— Vous n'avez pas répondu général, apostropha un homme d'une cinquantaine d'années présenté comme un artisan boulanger.

— Je vais vous faire une réponse de soldat. Je pense que lutter contre le chômage est une forme de guerre. Pour la gagner, il faut des moyens. Peut-être n'en a-t-on pas mis assez pour remporter la victoire. Pas une victoire totale, il y aura toujours du chômage, mais il faudrait revenir à un niveau acceptable, ça vaudrait le coup d'essayer.

— Et les impôts ? Les taxes en tout genre ? Je travaille dur et je n'arrive pas à terminer le mois.

Gerfaut sourit avec empathie.

— C'est inacceptable, mais je ne peux rien vous dire de plus. Je suis tenu à mon devoir de réserve. Je ne suis ni président ni Premier ministre.

Devant son écran, Cardignac secouait la tête d'un air perplexe.

— Encore heureux ! Je suis le seul à entendre le contraire quand Gerfaut prétend qu'il n'est pas intéressé par le pouvoir ?

Sur le plateau, un jeune homme brun au visage poupin prit la parole :

— C'est bien beau de parler de guerre, mais en pratique ça donne quoi ? J'ai un Bac + 5 en psychologie, je ne trouve pas de boulot depuis trois ans. Je fais quoi, je m'engage comme troufion ? Ou chauffeur d'un type galonné comme vous ?

Le ton était sec et agressif. Gerfaut se raidit.

— C'est toujours mieux que de devenir chômeur professionnel. Et puis ça vous apprendra déjà les bonnes manières.

L'assistance réagissait à la passe d'armes avec des sourires cruels. L'étudiant ne se laissa pas démonter et soutint le regard du militaire.

— Je n'en doute pas, général. Sûrement à coups de pied au cul.

— Je vous trouve caricatural, cher monsieur.

— N'est-ce pas la méthode pédagogique que vous appliquez à notre pays avec votre état de siège ?

Des rires fusèrent. Gerfaut s'empourpra, il ne supportait pas le ton ironique de son interlocuteur. Au moment où il allait répliquer, l'un des journalistes leva la main. C'était la cheffe du service politique de la chaîne.

— Revenons à des questions plus précises. Général, vous aviez décidé de votre propre chef de mettre sur pied une justice militaire pour faire comparaître les personnes interpellées dans le cadre de vos opérations. Une initiative qui a déclenché un tollé général et la démission de la ministre de la Justice. Le président a mis un terme à cette initiative. Ce n'est pas un abus de pouvoir de votre part ?

Droit dans son uniforme, muscles tendus, les deux poings enserrant les rebords de son pupitre, Gerfaut prit une grande inspiration.

— Il faut savoir ce que l'on veut. L'objectif de l'opération Mistral est clair : éradiquer les foyers de terrorisme. Il faut pour cela assécher le terreau sur lequel ils prospèrent. Pour les individus suspectés de participation aux actes passés ou de planification d'attentats, ils ont été arrêtés par la police et la gendarmerie et ont tous été remis aux juges antiterroristes. Ces magistrats font un travail admirable, ils sont surchargés de travail et je tiens à les saluer. En revanche, on nous a signalé de nombreux incidents avec ceux qui ont opposé la force aux interventions en cours. Par soutien aux terroristes, par bravade, par haine des forces de l'ordre ou pour nous empêcher de briser leurs mafias et leurs trafics en tout genre… Nous les avons envoyés en prison. Et que s'est-il passé ? Certains juges en ont relâché une partie dans la nature. À quoi ça sert de faire notre boulot s'il doit être aussitôt défait derrière notre dos ?

— Ce n'est pas à vous de décider de la justice dans ce pays, il y a des lois pour ça. Le président vous a désavoué.

— Je vous rappelle que les tribunaux militaires sont explicitement prévus par l'article 36 sur l'état de siège, donc par la Constitution. J'avoue que j'ai peut-être été maladroit dans ma décision, il aurait fallu que je communique… De toute façon, l'incident est désormais clos.

— Quand même n'était-ce pas le premier gros coup de canif dans le contrat de confiance qui vous lie à Marc Cardignac ?

— Non, juste une divergence de point de vue. Je continue à dire qu'il faudrait mettre en place une justice plus contraignante, mais à partir du moment où le président de la République a pris sa décision je la respecte.

Cardignac, dont le visage s'était empourpré au fur et à mesure de l'intervention du général, secouait la tête, stupéfait.

— Qu'est-ce qui lui prend, il est devenu fou ? Il remet publiquement en cause mes propres décisions. Il n'a qu'à installer des sections spéciales dans chaque juridiction et dresser des pelotons d'exécution place de Grève pendant qu'il y est ! Désolé madame la Professeure, mais je vais devoir songer à un recadrage aux petits oignons de votre protégé.

36

Paris
Palais de l'Élysée
Salon Vert

Delphine et la Professeure étaient assises sur un canapé dur et terne. Devant elles, le président faisait les cent pas de part et d'autre du salon. Tous les lustres et les appliques de la pièce étaient allumés. Mauvais signe, songea Delphine, Cardignac mettait toujours les lumières plein pot quand il était nerveux. Cela faisait un quart d'heure que la réunion avait commencé et il ne cessait de fulminer. Et pour cause, la veille, il s'était livré depuis son bureau à une brève interview au JT de 20 heures de la télévision publique, histoire de ne pas laisser le CEMA monopoliser les écrans. Las, l'audience s'était révélée médiocre et les commentateurs politiques l'avaient trouvé fade. Du moins en comparaison de Gerfaut dans son passage à *Face aux Français*.

Cardignac s'arrêta devant la fenêtre qui donnait sur le parc. Une lourde pluie martelait les carreaux, les branches des peupliers ployaient sous l'averse.

— L'enfant de salaud. Question sondages, il fait de l'alpinisme et moi de la spéléo. Ma cote de confiance s'effondre.

— Le mot me paraît excessif, murmura Delphine, plutôt une érosion.

Il se retourna vers les deux femmes, sortit son portable de sa poche et le brandit devant elles.

— Érosion ? C'est une blague. Vous avez vu mon audimat d'hier soir. Dix points de moins que Gerfaut ! J'ai même été battu par *Plus belle la vie*. Jamais je n'aurais dû vous écouter et l'autoriser à passer à la télévision.

Delphine encaissa le coup, le missile était dirigé contre elle. Alice Valbergues intervint :

— Marc, puis-je vous donner mon avis ? En toute franchise ?

Le président laissa s'écouler quelques instants sans répondre puis vint s'asseoir sur le fauteuil Empire de l'autre côté de la petite table.

— C'est ce que j'exige de mes collaborateurs.

La Professeure sourit en jetant un œil complice à Delphine.

— Ils disent tous ça, mais ils pensent toujours le contraire. (Puis, se tournant vers le président :) Vous accordez trop d'importance à la popularité de Gerfaut. Du coup, vous ne voyez plus tout le travail réalisé. Ses opérations coups de poing, avec les policiers et les gendarmes, démantèlent un nombre impressionnant de filières mafieuses. Mieux, on bénéficie d'effets collatéraux stupéfiants, j'ai reçu un rapport très intéressant de l'Intérieur, le nombre de dépôts de plaintes pour vols et violences chutent dans toutes les grandes villes de France. On n'avait pas vu ça depuis belle lurette. L'évidence est criante, la présence de l'armée fait peur aux délinquants de tout poil. Gerfaut est un sacré bosseur, il a tenu ses engagements et, jusqu'à preuve du contraire, il ne compte pas se présenter à la prochaine élection.

— Il pourrait…

— Certes, mais on n'y est pas. C'est dans un an.

— Et s'il voulait faire un putsch ? Vous y avez songé ? Il contrôle le pays avec l'armée. La police et la gendarmerie sont ravies du retour à l'ordre. Et quand on voit sa conception de la justice, on peut se poser des questions. Ça ne choque pas les Français, ils en redemandent.

Valbergues sourit.

— Vous avez trop d'imagination. On n'est ni au Chili du temps de Pinochet ni dans une république bananière africaine tenue par des généraux. J'ai l'impression que vous êtes un peu jaloux, c'est touchant.

Le président lui lança un regard glacial.

— Vous ne comprenez pas. Ce n'est pas de la jalousie mais de la frustration. Je me suis donné corps et âme à ce pays, j'ai pris la responsabilité, immense, de promulguer l'état de siège. Aucun autre président n'aurait osé le faire. Je dois rassurer à gauche ceux qui croient que j'instaure une dictature et à droite tempérer ceux qui veulent encore plus de répression. Je dois encaisser les gifles données par les alliés et esquiver les baisers empoisonnés des nations hostiles. Oui, je mesure le travail du général Gerfaut, mais je suis surtout blessé par l'ingratitude des Français. Si je m'écoutais, je donnerais ma démission, je me reconvertirais dans le privé, à moi les millions et la belle vie.

— Vous savez très bien que vous ne démissionnerez pas, dit Alice Valbergues. Et pas question non plus de virer Gerfaut.

Delphine prit la parole :

— Exact. Ce serait catastrophique en termes d'image. Il faut faire avec et peut-être repenser votre stratégie de communication.

— Je sais, répondit Cardignac en se levant. C'est pour ça que j'ai demandé de l'aide en externe.

Delphine tiqua. Par le passé, le président s'était parfois attaché les services de communicants extérieurs, ça n'avait pas été une réussite. Cardignac passa devant son bureau, prit son téléphone et appela sa secrétaire.

— Faites entrer Mme Joyaux, elle a suffisamment poireauté.

Les deux femmes ne purent cacher leur surprise. Charlotte Joyaux était l'une des plus redoutables communicantes sur la place de Paris. Une femme de pouvoir, incontournable. Son cabinet d'une cinquantaine de salariés, des collaboratrices pour l'essentiel, possédait en portefeuille un tiers des entreprises du CAC 40. Elle avait conseillé une ribambelle de ministres, députés et candidats heureux ou malheureux à la présidence de la République depuis des décennies, droite et gauche confondues. Elle tutoyait de nombreux patrons de presse et des directeurs de rédaction, déjeunait régulièrement avec les journalistes en vue et parmi ses nombreux talents, elle recyclait ceux qui abandonnaient le métier pour goûter aux délices lucratifs de la com. Quand Delphine avait annoncé son départ du journal dans sa rédaction, elle avait reçu une heure plus tard une proposition de Charlotte Joyaux pour intégrer son écurie.

Charlotte Joyaux n'avait pas besoin de faire partie d'un réseau. Elle était son propre réseau.

La porte s'ouvrit pour laisser entrer une femme d'une cinquantaine d'années, cheveux courts, sanglée dans un tailleur-pantalon strict bleu nuit. Cardignac se leva pour la saluer.

— Monsieur le président, c'est un honneur.

— Vous connaissez Mmes Salgado et Valbergues, je suppose ?

— Bien sûr, des femmes d'exception, répondit Charlotte.

Delphine la salua à son tour et nota que la Professeure avait adopté une attitude froide en lui tendant une main distante.

Cardignac fit asseoir la nouvelle arrivée dans le dernier fauteuil.

— J'ai demandé à Mme Joyaux de me faire quelques propositions sur notre stratégie de communication.

Delphine se pinça les lèvres. Elle se tourna vers le président.

— Vous auriez pu nous en parler, monsieur le président.

— Vous aviez trop de travail et puis je voulais un avis extérieur. Alors madame Joyaux, votre analyse ?

La communicante envoya un large sourire aux deux femmes.

— Avant tout je voudrais rassurer Delphine. Que les choses soient claires, je ne viens pas pour prendre votre place et encore moins remettre en cause le formidable travail que vous faites pour le président.

— Merci de le souligner…

— Bien. En termes d'image, Gerfaut est une catastrophe pour vous. Il vous a vampirisé. Les partisans de l'état de siège ne jurent que par lui et les adversaires vous conspuent tous les deux. Bref, vous récoltez les emmerdements et aucun bénéfice.

— Merci, on le savait déjà, dit Delphine.

— Que proposez-vous ? demanda Alice Valbergues.

— Ce n'est pas simple, mais pour résumer il faut agir sur deux fronts. Faire remonter votre cote et baisser la sienne.

— Et par quels moyens ?

— Je pourrai passer quelques coups de fil à des amis journalistes dans certains médias. Mais ça ne suffira pas. Un article ou une interview n'a jamais changé la donne. En tout cas il y a des erreurs à ne plus reproduire. Comme de le laisser occuper le devant de la scène à la télévision ou ailleurs.

Delphine ne broncha pas, mais elle avait senti la morsure de la banderille.

— Il faut lui fermer le clapet, continua la communicante, après tout c'est un militaire. Mais au-delà de la personnalité de Gerfaut, il y a un problème récurrent dans les médias. Ils parlent de ce qui ne va pas, montent en épingle les incidents. Sans oublier la diffusion d'informations sensibles. Pas plus tard qu'avant-hier j'ai découvert dans *Le Monde* un compte rendu intégral de l'une des opérations dans les cités. Pratique pour les apprentis terroristes, il y avait tout le *modus operandi* avec force détails. J'imagine que les policiers et les militaires ont dû s'étrangler.

Delphine intervint :

— Si mon avis vous intéresse encore, on ne peut pas censurer les médias. C'est le meilleur moyen de faire plonger, réellement, la cote de confiance du président et de son gouvernement.

Valbergues secoua la tête.

— Sauf s'il s'agit d'informations sensibles sur le plan militaire ou policier. En temps de guerre, c'est un délit passible des peines les plus graves. Je rappelle qu'il s'agit d'un état en siège. Ce n'est pas juste des soldats et des tanks dans la rue. De nouvelles responsabilités s'imposent pour chacun de nos concitoyens, journalistes compris. On pourrait aussi songer à une agence ou à un comité mixte, composé de journalistes et d'experts en communication, pour réfléchir sur la déontologie de l'information en temps de crise.

— Intéressant... Les arguments se tiennent, commenta sobrement Cardignac.

Delphine poussa un profond soupir et se leva d'un bond.

— Et pourquoi pas créer un ministère de la Propagande version Goebbels ? Cette réunion prend une tournure qui ne me plaît pas, monsieur le président. Hier, j'ai appris qu'on pouvait couper Internet d'un claquement de doigts, ce soir j'entends des propositions ahurissantes sur la liberté de la presse. Alice vous me décevez, je ne m'attendais pas à ça de votre part. Comme, à l'évidence, vous jugez mes conseils inappropriés, je préfère me retirer de cette réunion.

Cardignac se leva à son tour et la prit par les épaules.

— Pas question ! J'ai besoin de vous. Il s'agissait juste de réflexions lancées en l'air. Je n'ai pas l'intention de censurer les médias et encore moins Internet. Vous avez ma parole.

La jeune femme se rassit tandis que Charlotte Joyaux prenait à nouveau la parole :

— Je suis d'accord avec Delphine. Pour autant, on ne peut pas continuer comme ça. Il faut vous gagner les cœurs. Persuadez les journalistes de montrer la face ensoleillée de l'état de siège.

— Ensoleillée ?

— Outre les formidables résultats de la police et des gendarmes en matière d'antiterrorisme, regardez autour de vous. Le sentiment de sécurité est revenu dans les villes, ce qui n'était pas arrivé depuis des décennies. À Paris, une femme comme moi peut à nouveau se balader sans crainte dans les rues à une heure du matin. Mes amis chefs d'entreprise sont confiants, du moins si ça ne dure pas trop longtemps. Même les pilotes d'Air France et les conducteurs de Sud Rail n'osent plus faire grève.

Le président prit un air perplexe.

— Non je plaisante, continua Charlotte Joyaux, c'est juste un hasard du calendrier. Mon message est clair. Il faut PO SI TI VER ! Et associer l'image du président à cette embellie pendant que Gerfaut, lui, abat le… sale boulot.

37

Jour 8

Yahoo actu

Charlie Hebdo *fait sa une ce matin avec un dessin sur le général Gerfaut coiffé du chapeau de Napoléon Bonaparte et cette phrase : « Je suis votre nouvel empereur. Prosternez-vous. »*

Comptes Facebook

Andrélepirate : Je vote Gerfaut.

Karine liseuse : Pétition pour mettre fin à l'état de siège. Signez en masse et venez manifester à Paris.

Thibault le croisé : Soutenez le général, par tous les moyens possibles. La France est de retour.

Muhad Muhad : Arrêtez ce dingue, il va transformer notre pays en Corée du Nord.

Twitter

Joss66 : Bravo Cardignac, de tout cœur avec le président #France#gouvernement#patrie.

Théo Leon : Les militaires au poteau. La parole au peuple #dictatureenfrance#fascisme#révolution.

Lea family : Le général nous rassure. Continuez comme ça #gerfaut#jesuislarmée.

Paris
État-major des armées
Balard

Gerfaut avait réuni son état-major. Ordre du jour : comment faire face au nouveau front ouvert par les émeutes dans les prisons ? Une note en provenance du service de renseignement de la pénitentiaire, transmise au général juste avant qu'il ne rejoigne la salle de gestion de crise du CPCO, était très inquiétante. Elle décrivait la manière dont la rébellion était organisée et coordonnée entre les différentes centrales. Les « espions » de la Chancellerie avaient repéré, parmi les suspects embastillés dans le cadre de l'opération Mistral, des « prisonniers volontaires ».

— En clair, on aurait affaire à des djihadistes présumés qui se seraient laissé capturer exprès, pour pouvoir servir de relais et de transmetteurs d'ordres une fois en taule, détailla un conseiller spécial du secrétariat général de la Défense et de la Sécurité nationale (SGDSN).

L'homme, un quadragénaire barbichu à la posture professorale, expert de l'islamisme radical dans les prisons, avait été convié au briefing par le chef d'état-major. Lequel interrogea :

— Selon vous, quel peut être leur but ?

— Organiser la contagion des émeutes d'abord, ensuite s'assurer qu'elles durent le plus longtemps possible pour déborder et épuiser les gardiens. Il y a déjà quelques cas de prisons où le personnel s'est mis en grève. Le but des islamistes est de généraliser ces retraits des agents pénitentiaires, et ils peuvent très bien y arriver. Déjà qu'on manque de moyens et de personnel en temps normal, là, avec les coups de filet tous les jours ou presque et les placements massifs en préventive, c'est l'asphyxie. Nos agents sont essorés, ils n'en peuvent plus. Par ailleurs…

Le fonctionnaire hésita, visiblement réticent à aborder un point qui le turlupinait.

— Par ailleurs ? insista Gerfaut.

— Eh bien, j'imagine que dans l'hypothèse d'une grève, vous avez pensé à la réquisition de force des agents pénitentiaires, d'autant plus logique en état de siège. Seulement voilà, cela pourrait s'avérer un choix risqué, car ce serait vécu par les gardiens comme une provocation, depuis des années ils ont les nerfs à vif. Ces éléments-là, croyez-moi que les islamistes les ont parfaitement analysés. Si nous avons nos infiltrés chez les détenus, ils ont malheureusement aussi leurs antennes chez les gardiens…

Un « hum, hum » se fit entendre dans la pièce.

— Pas besoin d'infiltrés pour savoir ce que pensent ces fieffés syndicalistes, il suffit de lire les journaux, grommela un officier.

— Allons messieurs, je vous en prie, ce n'est ni le lieu ni le moment pour des chamailleries, les rappela à l'ordre Gerfaut.

Il se prit le menton entre le pouce et l'index.

— Mouais, je comprends bien la manœuvre. Ils créent des abcès de fixation, nous obligeant à y détacher des forces qui seraient bien plus utiles ailleurs. Pendant que j'envoie un détachement de fantassins ou de gendarmes à Clairvaux je n'ai plus personne pour sécuriser la centrale nucléaire de Chooz, en gros. Or nous ne disposons pas aujourd'hui de l'assurance que tous les réseaux terroristes ont été anéantis ou dispersés. Qui sait s'il ne reste pas des affidés de Daech ou d'AQMI capables de frapper des centres névralgiques et paralyser le pays ?

Les officiers réunis acquiescèrent. Le tableau dressé par l'envoyé du SGDSN était alarmant à plus d'un titre. Sur le volet militaire, si Mistral avait engrangé d'incontestables succès, l'opération était loin d'être terminée, comme le constataient les cadres de l'état-major. La seule issue était de renforcer l'emprise militaire sur le terrain. Deux obstacles se dessinaient alors. Le premier, d'ordre logistique : où trouver ces renforts ? L'armée de terre était à l'os, et il était exclu de « dépoiler » les Opex en rapatriant d'urgence de nouveaux contingents déployés au Sahel ou au Levant. À moins de puiser à grande échelle dans la réserve. Cela ne s'était encore jamais fait pour une opération de guerre réelle. Le second obstacle devenait alors politique : rappeler tous les réservistes pouvait accréditer le sentiment que la situation n'était pas totalement sous contrôle. Comment réagirait l'opinion ? Approuverait-elle une montée en puissance de l'état de siège ?

— Peu importe que ce soit bien perçu ou pas, la mobilisation de la réserve pour des missions de sécurisation, pas pour des assauts antiterroristes, paraît la meilleure réponse, trancha Gerfaut. J'ai la conviction que les esprits sont mûrs pour cela, c'est la participation de toute la nation à sa sécurité. Maintenant il faut examiner ce qui est faisable, dans quels délais et avec quels volumes. J'imagine que nous avons des scénarios prêts ?

Il désigna du regard le chef d'état-major de l'armée de terre (CEMAT) et le directeur général de la gendarmerie nationale, deux généraux cinq étoiles.

— Sur le papier, tout est toujours possible, marmonna le premier. C'est le plan « Réserve 2018 », et on a fait des répétitions qui ne se sont pas trop mal passées, dans la foulée des premières vagues d'attentats.

Au printemps 2016, l'armée de terre avait en effet procédé, pour la première fois depuis la professionnalisation, à un rappel de sa Réserve opérationnelle de deuxième niveau (RO2), par décret en Conseil des ministres. Les « rappelables » devaient participer à un exercice baptisé Vortex impliquant une brigade parachutiste et une brigade logistique. En théorie étaient concernés tous les anciens militaires – qu'ils soient ou non volontaires pour la réserve – ayant quitté le service depuis moins de cinq ans. Les deux premières années, les gens conservent leur uniforme – dans lequel ils arrivent encore à rentrer, un point non négligeable – et sont toujours capables de se servir de leur arme, mais ces automatismes se perdent ensuite assez vite. Pourtant, Vortex avait donné des résultats jugés alors satisfaisants par le ministère de la Défense : 46 % des ex-militaires d'active concernés avaient répondu présent, et 42 % s'étaient effectivement présentés à leurs régiments respectifs.

— Les autres avaient été bloqués par les grèves des transports, ricana celui qui s'était déjà illustré par sa saillie sur les gardiens syndiqués.

C'était vrai, mais en partie seulement. Bien des personnels concernés n'avaient jamais reçu leur convocation à cause d'adresses erronées, d'autres n'avaient pas pu se dégager de leurs obligations professionnelles, d'autres enfin avaient tout simplement refusé d'obtempérer.

Gerfaut se livra à un rapide calcul mental. Sachant qu'environ dix mille soldats quittent chaque année l'armée de terre, il pouvait tabler sur un « vivier potentiel » de cinquante mille « rappelables », entre ceux de la Réserve opérationnelle de premier niveau (RO1, composée d'ex-militaires et de civils spécialement formés ayant signé un engagement à servir dans la réserve – les plus motivés) et ceux de la RO2. Sans oublier les civils volontaires pour la réserve, des spécialistes œuvrant dans des secteurs vitaux pour la sécurité nationale tels que le nucléaire, tous débordant de bonne volonté.

— Et la gendarmerie alors, je ne doute pas qu'on puisse compter sur vous mon général ?

Le directeur général, un gendarme carré d'épaules et d'esprit, se montra, lui, enthousiaste.

— Affirmatif, mon général ! Vous savez bien que la montée en puissance de la réserve est même mon cheval de bataille. Ce serait l'occasion idéale d'en démontrer l'utilité.

L'officier avait par le passé présenté un projet ambitieux à son ministre de tutelle, place Beauvau. La gendarmerie comptait cent neuf escadrons au total, dont en permanence une grosse vingtaine en opération outre-mer. Ces escadrons-là étaient relevés tous les trois mois. Seuls les hommes partaient, tout le matériel et les équipements, des blindés aux canons à eau, demeuraient sur place. L'idée consistait donc, en cas de besoin, à faire « tourner » ces escadrons avec des réservistes, qui resteraient encadrés par quelques officiers d'active. Un moyen simple et rapide de décupler les forces grâce à des escadrons « mixtes ».

Lors des émeutes de banlieue de 2005, où les gendarmes en intervention furent soumis à une pression considérable face à la multiplicité des points chauds, l'existence d'un tel dispositif aurait été précieuse. Bien qu'aisément réalisables, ces propositions n'avaient pourtant recueilli depuis aucun écho. Trop compliqué et trop dispendieux de gérer tous les fichiers de « rappelables », avait-on objecté. Le général soupçonnait en réalité les responsables politiques du ministère de l'Intérieur, bastion historique de la police, d'être peu enclins à doter la gendarmerie de moyens trop considérables…

— Votre plan me paraît excellent, on aurait bien besoin de tels escadrons, le félicita Gerfaut. Je vais le proposer dès aujourd'hui au président de la République. À moins que…

Son sourire était carnassier.

— À moins que je ne me proclame empereur. Je pourrai me passer de son avis et enfin décider de l'avenir de ce pays…

Les visages des militaires se figèrent. La stupéfaction était totale. Gerfaut attendit quelques secondes puis sortit d'un tiroir un journal plié en deux qu'il brandit.

— Ne faites pas cette tête. Ça m'étonne que personne parmi vous n'y ait fait allusion. Moi, je l'ai trouvée très drôle, cette une de *Charlie Hebdo* !

38

Banlieue parisienne

VVvvrr… VVvvrr… VVvvrr… Noura tressaillit, porta les mains à ses oreilles. Ça recommençait. Le bourdonnement incessant, obsédant des drones qui, nuit et jour, survolaient la ville, surveillant les mouvements dans les rues, scrutant les toits et les terrasses des bâtiments, zoomant sur les accès aux caves. Celui-ci devait être tout proche, à en juger par l'intensité du bruit des hélices. Elle balaya l'esplanade quasi déserte du regard puis leva les yeux mais, entre la nuit déjà noire et les hautes façades des tours qui masquaient le ciel, il était impossible de distinguer quoi que ce soit.

Elle eut envie de hurler :

MONTRE-TOI SALE BESTIOLE !

L'œil dans le ciel. Un côté orwellien, la prophétie d'un monde totalement sous contrôle et transparent réalisée. « Un cauchemar », frissonna Noura.

Son téléphone vibra dans son sac. Elle se saisit de l'appareil : c'était Faris.

— Wesh grande sœur, comment tu vas ?

Il marqua un silence.

— C'est quoi ce boucan autour de toi ? T'es dans une ruche ou quoi ?

— Dans la rue. C'est un drone, au-dessus de moi, je crois qu'il a décidé de m'espionner tout spécialement, il me suit depuis que je suis sortie de la maison, plaisanta-t-elle pour se donner du courage.

— Méfie-toi, ces saletés voient tout, écoutent tout et enregistrent tout, rétorqua son frère qui, lui, ne rigolait pas du tout. T'es sûre qu'il n'est pas armé au moins ? Il paraît qu'ils tirent des missiles sur les gens qui traînent dehors. L'autre jour y en a un qui a nitraté trois keums qui fumaient un tarpé devant la patinoire : on n'a rien retrouvé d'eux tellement la charge était puissante, *ouallah* ! Comme s'ils avaient été enlevés par les Martiens.

— Ah oui ? Tu crois pas qu'on aurait retrouvé un énorme cratère sur les lieux de l'explosion ?

Noura sourit. Faris avait toujours eu un certain sens de l'exagération. Certains drones, c'est vrai, ne se contentaient pas de missions de reconnaissance et de surveillance. Ils étaient armés, avec une puissance de feu redoutable comme l'énorme Reaper, un appareil de l'US Air Force de plus de 20 mètres d'envergure dont l'armée française avait acquis plusieurs exemplaires. L'un de ces appareils avait été déployé lors des premières opérations antiterroristes dans la zone, mais on n'en avait plus revu aucun de ce genre depuis.

— Ouais, tu peux bien te marrer. N'empêche que ces engins pourrissent la vie de toute la cité. Une vraie psychose. Les gens défilent au centre social pour se lamenter, les adultes qui ferment plus l'œil de la nuit et partent crevés au boulot, les mères qui se retrouvent avec des gamins hypernerveux sur les bras, les ados qui zonent parce qu'on leur a fermé les salles de sport à cause du couvre-feu. Et je te parle pas des perquisitions. Les flics et les militaires se la jouent comme l'armée israélienne chez les Palestiniens, ils enfoncent l'une après l'autre les portes de tous les apparts de l'immeuble en pleine nuit ! Avant-hier on a reçu une dizaine de familles traumatisées, les soldats avaient retourné les tiroirs et vidé les armoires, piétiné les fringues, réveillé les enfants…

À l'autre bout du fil Noura était indignée. Elle sortait de chez ses parents, à qui elle avait rendu visite, profitant d'un soir où elle n'était pas de garde à l'hôpital. Dans leur coin, c'était plutôt tranquille, mais elle se doutait bien qu'au cœur de la cité l'état de siège devait se faire ressentir durement.

— Tu as appelé les élus, la préfecture ? Il y a des procédures à respecter…

— Procédures, *walou* ! Régime d'exception, qu'ils disent, tout est aux mains des militaires. C'est eux qui décident, si t'es pas content tu finis au gnouf ou au cimetière.

— N'exagère pas quand même.

— Exagérer ? Et Yassine alors, tu oublies comment ils l'ont assassiné, pour rien du tout ?

Noura accusa le choc. Elle songea à sa mère, toujours recluse, prostrée dans l'appartement familial. Elle réfréna l'onde de chagrin qui pointait.

— Écoute Faris, tu sais bien que le flic qui a tiré a été suspendu et qu'il est mis en examen. Il va y avoir un procès.

— Ah ouais, et quand ça ? En attendant il a été laissé en liberté conditionnelle. Ta copine de l'Élysée peut te garantir qu'il va pas mettre les voiles ? Crois-moi, on est en train de se faire balader. Un rebeu de plus ou de moins sur la terre c'est pas un problème pour eux. Un de moins, c'est même mieux.

Entendre son frère aussi remonté alarmait Noura. Elle était jusqu'ici convaincue qu'il était bel et bien rentré dans « le droit chemin », mais était-ce si sûr ? À cause du choc de la mort injuste de son frère, ne risquait-il pas de rebasculer dans la délinquance, pire, d'être attiré par des démarches extrémistes ? En tant qu'éducateur, il avait gardé le contact avec ses anciens potes dealers de cannabis. Plusieurs d'entre eux étaient « montés en gamme », trafiquant désormais l'héroïne ou même les armes de guerre. En plein état de siège, la plupart avaient été interpellés ou se planquaient, mais Faris saurait à coup sûr où les trouver s'il en ressentait le besoin.

— Alors, qu'est-ce que tu comptes faire, l'interrogea-t-elle ?

— Je peux pas trop en parler au téléphone, répondit-il l'air mystérieux. En tout cas, on va déjà aller à la grande manif contre l'état de siège à Bastille, avec le comité Justice pour Yassine. Et je peux t'assurer qu'on va nous remarquer, on pourra pas nous louper, j'ai une sacrée putain d'idée.

— Raconte…

— *Makache*, tu verras bien…

Il raccrocha en ricanant. Noura rangea son portable dans son sac, inquiète.

La jeune femme pressa le pas, elle devait attraper le RER avant 22 heures, l'heure du couvre-feu, pour regagner son minuscule studio non loin de l'hôpital Bichat – c'était tout ce que son traitement d'interne lui permettait de s'offrir. Elle longea une rue habituellement animée, désormais lugubre avec ses boutiques aux rideaux métalliques baissés, ses immeubles tristes à pleurer. À part un ou deux kebabs et une échoppe de vente et réparation de portables qui résistaient vaillamment, tout était fermé. Sinistre. Seule consolation pour la jeune femme, le drone insistant avait fini par aller espionner ailleurs.

Arrivant devant la gare, elle distingua trois militaires qui patrouillaient sur le parvis quasi désert, fusil d'assaut en bandoulière. Deux policiers en tenue les accompagnaient…

— Mademoiselle, s'il vous plaît ! héla l'un des hommes.

Elle se raidit instinctivement, sentit sa gorge se nouer. Elle n'avait pu s'empêcher de penser à Yassine.

L'un des policiers s'adressa à elle, l'air goguenard :

— Eh ben où tu cours comme ça, pressée de retrouver ton amoureux ? Tu devrais pas plutôt être chez toi avec tes parents pour le couvre-feu ?

Noura se retint de lui décocher un coup de pied dans les parties.

— De quel droit vous me tutoyez, vous vous croyez au temps des colonies ? C'est comme ça que vous chassez les terroristes ? Vous allez me faire rater mon train.

— Allez, allez, ma belle, pas d'histoire, montre-nous tes papiers et ouvre ton sac, reprit le flic.

Un caporal s'interposa, la main droite posée en arrière sur la crosse de son Famas et la gauche appuyée sur le canon, pointé vers le bas.

— Ne vous inquiétez pas mademoiselle, ça va aller vite, vous serez à temps pour le départ.

— C'est ça, fais ton galant, toi…, maugréa le policier.

La jeune interne présenta sa carte d'identité. Son badge de l'hôpital était accroché à la même boucle, avec son caducée. En le voyant, ainsi que la trousse blanche ornée d'une croix rouge dans le sac qu'elle venait d'ouvrir, l'agent demanda :

— Vous êtes infirmière ?

— Tiens, vous me vouvoyez, du coup. La politesse ça vient avec le rang social ? Eh non, pas infirmière. Essaie encore, c'est tiède.

De la main elle fit le geste de monter plus haut. Elle le narguait.

— Médecin ?

— Bingo. Première année d'internat, pour être précise.

L'autre ouvrait des yeux ronds, ébahi.

— D'ailleurs on a ouvert dans mon hôpital une aile pour les dégâts liés aux opérations. Alors si on vous tirait dessus, là, c'est moi, la bougnoule, qui vous soignerais, faudrait vous y faire…

— Bah nous aussi on est des bougnoules, ça nous gênerait pas de passer entre vos mains, au contraire, se marra l'un des soldats, originaire d'Afrique.

Noura bouillait intérieurement. La réaction du flic était si classique, cette incapacité à imaginer qu'on puisse réussir autrement que dans le rap ou le foot. Toute une somme de préjugés en vigueur chez certains employeurs, pas tous, et qui condamnait des copines de Noura, malgré leurs diplômes, à se trimballer d'un petit boulot à un intérim, ou à finir par accepter un CDI nettement en dessous de leurs qualifications.

À l'hôpital, elle avait noté plus d'une fois l'œil méfiant voire hostile de certains patients découvrant qu'ils auraient affaire à elle… même si en général elle retournait vite la situation grâce à sa compétence et à son sourire. Et d'un autre côté, elle enrageait quand elle voyait des patientes voilées refuser de se faire soigner par des médecins hommes. Une régression insupportable qui la faisait bouillir.

Elle avançait vaille que vaille, avec cette désagréable sensation d'être prise entre le marteau des préjugés racistes et l'enclume des dérives islamistes.

Elle rangea ses papiers, referma son sac et tourna les talons : son train n'attendrait pas.

— Excusez-nous mademoiselle, faut nous comprendre, on fait ça pour votre sécurité, bredouilla le caporal, la laissant s'esquiver.

— Il est bien temps d'y penser, à ma sécurité ou à celle de ma famille, lâcha-t-elle écœurée.

S'installant de justesse dans son train, elle aperçut son visage soucieux se refléter dans la vitre : les propos de Faris la tourmentaient.

39

Cité Deraismes
Banlieue parisienne nord

Le gymnase était plongé dans une quasi-obscurité. Des petites veilleuses diffusaient de faibles lueurs émeraude au-dessus des portes de sortie.

Le sergent-chef Balester balaya la vaste salle d'un œil rapide. La deuxième section dormait d'un sommeil profond. Les quarante lits picots alignés au cordeau quadrillaient ce qui avait été jusqu'à la semaine précédente une salle omnisports où se défoulaient les gamins du quartier. Désormais, les fusils et les grenades avaient remplacé les raquettes et les ballons.

Une température douce régnait dans la salle, le chauffage avait été réglé à dix-neuf degrés, température idéale pour le sommeil.

Balester consulta sa montre. Deux heures du matin. Cela faisait deux nuits qu'il assumait le rôle de sous-officier de permanence et il en avait sa claque.

Il poussa la porte qui donnait sur le parking extérieur, une brise glacée l'enveloppa des pieds à la tête. L'éclairage public avait été remis dans toute la cité. Devant lui, à trois cents mètres, se dressaient deux barres d'immeubles, blafardes forteresses de verre et de béton usés. Un peu plus loin, sur la gauche, on apercevait les ruines de la tour Myosotis pulvérisée trois jours plus tôt par le Tigre.

Le sergent-chef s'alluma une cigarette et aspira une longue bouffée en contemplant la cité plongée dans la nuit. Lui qui avait grandi dans un bourg franc-comtois, c'était la première fois qu'il mettait les pieds dans une banlieue alors qu'il avait participé à des opérations en Irak et en Afghanistan. Passé la première journée d'intervention, il avait patrouillé avec sa section dans les rues et aidé au relogement des habitants.

Professionnel, il avait appliqué les consignes du capitaine de compagnie, elles-mêmes transmises par l'état-major. *Ne pas répondre aux provocations, aux insultes, se montrer courtois, pas de regards hostiles, ne pas hésiter à aider, faire preuve de sympathie, respecter les différences religieuses. Chacun d'entre vous est le meilleur ambassadeur de l'armée française.*

Il connaissait ces consignes pour les avoir appliquées à l'étranger avec les populations locales. Sauf qu'ici on était en France et ça ne passait pas. Ça lui restait en travers de la gorge. Il ne supportait pas de voir tous ces barbus en djellaba et ces femmes voilées qui le regardaient comme s'il était lui-même l'étranger. Qui parlaient en arabe quand il passait devant eux. Tout ça à un jet de pierre de Paris. Le pire, songeait-il, c'était qu'ils n'étaient qu'une minorité dans la cité, mais de par leur apparence, ils semblaient dix fois plus nombreux. Le sergent se considérait pourtant comme un type modéré, il n'aimait pas les extrémistes de tout poil et il était le premier à sanctionner les propos racistes dans la troupe, comme il était prescrit dans le règlement. Peu lui importait la couleur de la peau ou l'origine de ses camarades, du moment qu'ils étaient réglos et pros c'était l'essentiel. Mais là, c'était différent. Il sentait l'hostilité d'une partie de la population. Il n'aurait pas été étonné d'apprendre qu'un de ces types s'était jeté sur des soldats avec un couteau de boucher.

— Vous n'auriez pas à boire et des glaçons, chef ? On crève de chaud ici.

Il leva la tête et aperçut l'une des sentinelles de l'équipe de nuit perchée sur le toit du gymnase, un fusil avec viseur de nuit.

— Rien de suspect ?

— Je m'ennuie. J'espère qu'il va y avoir de l'action.

— Pas moi. On vient vous relever dans une heure.

Le sergent continua sa ronde et longea le gymnase. La probabilité d'une attaque était infime, la cité avait été vidée de son arsenal et, de toute façon, tout le périmètre du gymnase était sous surveillance d'un réseau de caméras infrarouges de dernière génération reliées au PC de campagne. Même un chat noir n'aurait aucune chance d'approcher sans se faire repérer.

Balester arriva au niveau d'une porte gardée par un planton.

— Tout va bien, caporal ?

— Oui, sergent-chef, on se croirait dans *The Walking Dead*. J'ai l'impression qu'une horde de zombies va sortir des immeubles pour me bouffer.

— Vous devriez changer de série TV, essayez *Joséphine ange gardien*.

Le sergent-chef salua le caporal et prit un escalier défraîchi qui menait à la partie administrative du bâtiment. L'équipe de nuit avait réquisitionné le bureau du responsable pour le transformer en mini-PC de section. Quand il entra dans le bureau, une odeur familière monta à ses narines. Mélange de café froid, cigarettes mal éteintes et graisse de fusil. Une senteur désagréable pour le commun des mortels, mais rassurante pour lui. Aux murs, il y avait un grand poster délavé d'une rencontre de *free fight* avec les photos de combattants à la mine féroce. Juste à côté, une affiche de *La Reine des neiges*. Le sergent n'avait toujours pas compris la logique de la déco.

Il se fraya un chemin entre une armoire métallique branlante et un empilement de caisses de munitions et arriva au centre de la pièce. Quatre soldats jouaient au poker autour d'une table. Balester repéra la cafetière qui fumait encore sur le réchaud portatif.

— Dix euros pour voir, lança l'un des joueurs, un rouquin au visage espiègle.

— Je passe, répondit celui qui était en face de lui, la mine dégoûtée.

— Je vois ! répliqua le troisième, un petit sec à la figure émaciée.

Ils étalèrent leurs jeux sous l'œil amusé du sergent.

— Carré de dames ! jubila le roux en raflant le tas de billets posés au centre de la table.

— Va te faire foutre, grimaça celui qui affichait deux misérables paires. J'arrête.

Le sous-officier se versa une tasse de café et en avala la moitié d'un coup.

— Sergent ? On va en avoir pour combien de temps ? demanda celui qui avait perdu sa mise.

— Combien de temps pour quoi ?

— Ben ici. C'est pas terrible.

— Te plains pas du logement, on est les mieux servis. Les autres compagnies pioncent dans des tentes.

— Non, c'est pas de ça qu'il parlait, dit le rouquin. C'est de la mission.

Le sergent-chef avala une autre gorgée de café.

— J'en sais rien. On se contente de faire le ménage et d'obéir, vous avez tous fait des permanences pour l'opération Sentinelle, c'est pas si différent, répondit-il sans enthousiasme. Je dis ça, je dis rien…

— Le doute est l'ennemi mortel du soldat !

Une voix forte jaillit à l'entrée de la pièce. Un homme de haute stature apparut sur le seuil. Ils le reconnurent en un quart de tour et se levèrent d'un bond.

— Fixe, lança le sergent.

Le colonel Fernandez arriva à leur niveau, il était accompagné d'un civil, le commissaire Beladji. Les deux hommes fixaient la table de jeu encombrée de jetons et de cartes. Le colonel prit l'une d'entre elles et la retourna.

— As de pique, mauvaise pioche. Les jeux d'argent sont interdits. Qui peut me citer le règlement à ce sujet ?

— Trois jours d'arrêt, mon colonel.

L'officier supérieur aspira longuement.

— Un peu plus… Heureusement pour vous, je suis de bonne humeur. Virez-moi ce tripot et offrez-nous quelque chose de chaud, sinon je vais me transformer en glaçon.

— Pour moi ce sera un Coca, dit Beladji.

— Vous voulez une IAL dans la canette, commissaire ?

— Pardon ?

— IAL, Interface d'alimentation liquide… Une paille en langage civil.

— Votre foutu jargon mili, fit Beladji en souriant, pas d'IAL. Et comment appelez-vous vos rations de nourriture ?

— RCIR, voyons ! Ration de combat individuel réchauffable. Vous en voulez ?

— Non merci, on a entendu votre conversation Beaucoup d'entre vous aimeraient rentrer dans leur caserne. Exact ?

Les soldats ne répondirent pas. L'officier reprit :

— Pourtant, vous avez vécu des expériences beaucoup plus éprouvantes dans des pays rudes avec des conditions de combat très dures.

Le sergent-chef savait que ses hommes n'en pensaient pas moins, mais ne l'ouvriraient pas. Il s'enhardit :

— Ouais… Mais ici on joue les flics. J'ai rien contre vous, dit-il en jetant un regard ennuyé au policier, mon beauf en est, mais on n'a pas signé pour ça.

Le rouquin intervint :

— C'est juste qu'on sait qu'on va rien régler. J'avais jamais mis les pieds dans ce… ce genre d'endroit, j'suis de la campagne, moi. Je connaissais par Internet ou la télé. Honnêtement, vous pourriez y mettre un régiment entier pendant toute l'année, ça changerait rien au problème.

Beladji demanda d'une voix douce :

— Quel problème ?

— Les gens ici, ils nous aiment pas. Quand on passe dans les quartiers blancs on nous applaudit et ici on nous regarde avec méfiance. Dès qu'on partira ça recommencera.

— Vous pensez qu'ils sont tous comme ça ? réagit le policier.

— Non, pas tous, mais bon… Je dis pas ça pour vous, hein !

Le commissaire ne broncha pas, cela faisait des décennies qu'il entendait des réflexions maladroites ou racistes. Les racistes, il savait les détecter au premier regard. Il tapota la table du plat de la main.

— Caporal, vous êtes-vous demandé pourquoi les islamistes et les trafiquants pullulaient dans ces quartiers ?

Le soldat n'osa pas répondre. Beladji continua :

— Comme je l'ai dit à votre général, j'ai grandi dans l'une de ces cités. Moi j'ai fait mon chemin, dans les clous. Mes deux copains d'enfance ont eu des parcours différents. À la base ils étaient comme moi, ni pires ni meilleurs. Le premier a choisi le trafic de came, plus lucratif. Le second a fait l'école hôtelière, c'était le plus gentil de nous trois, à la sortie il n'a eu que des boulots de merde et un jour un patron l'a insulté devant les clients. Mon ami lui a mis son poing dans la gueule et a écopé de cinq mois de zonzon. Là-bas il a trouvé de chouettes types sympas qui lui ont révélé leur vérité : d'un côté il y a le Coran, le camp du bien, de l'autre tous ceux qui étaient plongés dans les ténèbres, le camp du pas bien. À son retour il avait troqué son jean contre une djellaba et s'était laissé pousser la barbe. Il a dit qu'il avait retrouvé sa fierté.

— On est désolés, dit le rouquin.

— Il n'y a pas de quoi. C'est pas devenu un terroriste, il a horreur des armes, mais sa fierté islamique est devenue sa raison de vivre. La République n'est qu'un concept absurde pour lui. Tout ça pour dire que moi aussi j'aurais pu me trouver dans l'un de ces immeubles à glander, à trafiquer ou avoir un job sous-payé. Et je ne suis pas certain que j'aurais vu d'un bon œil des troufions venir me dégager de mon appartement à l'aube.

— On peut pas tout excuser ! répliqua un autre militaire. Mon grand-père était portugais, dans les années 60 il a habité dans des HLM comme celles d'ici. Il a aussi souffert de racisme. Il en a bavé avec des boulots de merde, c'est pas pour ça qu'il est devenu terroriste ou dealer.

Beladji se servit une tasse de café.

— Vous avez raison, mais c'était dans les années 60, la période de plein-emploi. Sans chômage ni intégristes. Ça change la donne.

Le colonel qui n'avait pas voulu intervenir jusqu'ici croisa les bras et prit la parole :

— Et les autres de la section, ils en disent quoi ?

— C'est partagé.

— Partagé comment ?

Les trois hommes échangèrent des regards gênés, puis le roux répondit :

— Ben, y en a qui pensent qu'on devrait défoncer grave, genre se la jouer *Fast and Furious* avec les Leclerc dans la cité. Et d'autres non, que c'est pas notre boulot, que…

Il n'eut pas le temps de terminer sa phrase. Une explosion sourde retentit dans le gymnase. Les murs vibrèrent de partout, l'affiche de *La Reine des neiges* tomba à terre dans un fracas de verre brisé.

— Attaque, hurla le sergent-chef, qui appuya sur le bouton d'alarme relié au PC et à une sirène installée dans le gymnase.

Les soldats de permanence jaillirent de leurs sièges, la table bascula à terre. Ils prirent leurs fusils HK posés sur le râtelier à une vitesse qui stupéfia le commissaire Beladji tandis que le colonel dégainait son pistolet et l'armait.

— Je viens avec vous.

— Moi aussi, dit Beladji.

— Ça risque d'être chaud, répliqua Balester.

— On s'en fout.

Une deuxième explosion retentit. Les militaires et le policier bondirent hors de la pièce et filèrent dans le couloir qui menait au gymnase. Au fur et à mesure qu'ils approchaient, des hurlements montaient en puissance de toutes parts. Une fumée âcre et grise s'échappait du bout du corridor.

— Merde, merde, hurlait le sergent.

Quand ils arrivèrent dans la salle de sport un spectacle de désolation s'offrit à eux. Tous les lits de camp avaient été soufflés comme des fétus de paille. Certains étaient enflammés. Les soldats de la section seulement vêtus de slip et de tee-shirt étouffaient les départs d'incendie ou se ruaient sur leurs armes. Beladji leva les yeux, le toit verrière était éventré. Le colonel attrapa l'un des soldats par le bras.

— Que s'est-il passé ?

Le militaire leva la main en direction du toit.

— Un gars a balancé deux grenades. Il a dû se faufiler là-haut, casser la vitre et lâcher sa purée. On a des blessés ou pire…

Au sol, deux hommes étaient allongés, le visage en sang.

— Et merde, murmura le colonel. Et l'ennemi ?

— Un de nos gars lui a vidé tout un chargeur et a fait exploser la verrière. Le terroriste est tombé là-bas.

Le soldat indiqua un corps qui gisait au milieu des lits en vrac. Beladji et les autres militaires s'approchèrent du cadavre qui baignait dans une flaque de sang. Les bras et les jambes formaient des angles obscènes par rapport au tronc, la poitrine était déchiquetée par les balles 5,56 mm du HK416, on n'arrivait même plus à distinguer le torse du ventre. Curieusement le visage était intact, à peine souillé par quelques éclats rouge vif. Un visage innocent.

— Putain… C'est…, murmura le sergent.

— Un gamin, un putain de gamin, ajouta Beladji écœuré.

Figé dans une posture grotesque, telle une poupée désarticulée, l'adolescent ouvrait de grands yeux étonnés. Comme s'il ne comprenait pas ce qu'il faisait là.

40

Jour 9

20minutes.fr

Le chef d'état-major des armées se rendra ce matin sur les lieux de l'attaque meurtrière d'un dortoir de militaires par un groupe armé cette nuit à la cité Deraismes. Deux soldats ont été tués et trois autres blessés. Le général Gerfaut a annoncé l'envoi de renforts sur place, avec notamment pour mission d'assurer la sécurité des enquêteurs chargés de mener des perquisitions et de procéder aux interpellations nécessaires. De nouvelles flambées de violence se sont produites dans plusieurs autres communes pour protester contre le couvre-feu. Un collectif de médiateurs des quartiers demande la levée de cette mesure « vexatoire », vécue selon eux comme une « brimade qui assimile l'ensemble des habitants aux terroristes ».

Plusieurs capitales, Alger, Rabat, Tunis, Amman, Beyrouth ou Riyad, ainsi que l'université al-Azhar du Caire, l'une des plus hautes autorités de l'islam, ont fait part au gouvernement français de leur « préoccupation » à propos d'une politique de répression

« qui viserait spécifiquement une communauté et une religion » et elles attendent des « explications ». L'Iran et la Turquie ont rappelé leurs ambassadeurs « pour consultation ».

Tension sur la scène politique nationale également, où l'opposition de gauche veut déposer une motion de censure à l'Assemblée nationale. Par ailleurs, les organisateurs attendent « plusieurs dizaines de milliers » de manifestants au premier rassemblement contre l'état de siège organisé aujourd'hui place de la Bastille à Paris. La préfecture de police et le commandement militaire de la place de Paris ont annoncé un déploiement exceptionnel de sécurité.

Paris
Comité Du Guesclin

Le silence régnait quand le dernier membre du comité s'assit autour de la longue table ovale de la salle d'apparat. Les visages paraissaient déterminés. Jamais de mémoire de l'association on n'avait vécu une période aussi intense. La Professeure était assise à côté du général de Haut Bréau à la place d'honneur non loin du buste du connétable de France.

Elle avait noté un changement important depuis son dernier passage : dans le couloir qui menait au salon avait été ajoutée sur un mur la photographie de Maxime Gerfaut sertie dans un cadre couleur acier, à côté de celle du général Bigeard.

Elle jaugea l'assistance, c'était à l'évidence une autre France que celle qui défilait au même moment à l'autre bout de Paris. Deux France, deux camps viscéralement opposés dans leur vision du monde et d'eux-mêmes. Pour les sympathisants de Du Guesclin et tous ceux qui partageaient leurs idées, c'était l'éternel affrontement entre tenants de la patrie et de l'ordre face aux partisans de l'anarchie. Pour les manifestants qui battaient au même moment le pavé à Bastille, le combat se résumait à celui de la liberté, la démocratie et l'ouverture aux autres contre la réaction et le nationalisme. Entre les deux camps, une majorité silencieuse de citoyens qui oscillait à chaque élection tel un pendule. Rien de nouveau sous le soleil de la République. Chacun était persuadé de détenir la lumière. Ici, au comité Du Guesclin, on vénérait déjà le nouveau porteur du flambeau de la vérité qui embrasait la France, le général Maxime Gerfaut. De l'autre côté de la capitale on le conspuait, ainsi que le président, parce qu'il étouffait les libertés et plongeait le pays dans les ténèbres.

La Professeure songeait à Cardignac isolé dans son palais de l'Élysée et censé être le garant de l'unité de la nation. Mais quelle unité pouvait-il y avoir entre ces deux France ? Elle n'avait jamais existé. Combien de présidents, de droite comme de gauche, avaient épuisé leur énergie à maintenir les apparences ?

Cette fois l'état de siège entérinait la victoire d'un des camps. Celui de Du Guesclin.

Alice Valbergues rassembla ses notes et se tint prête à intervenir. Elle était là pour ça. Et, accessoirement, sonder cette France droite dans ses bottes. Jusqu'où était-elle prête à aller ?

Un verre tinta. Le président du comité Du Guesclin toussota et prit la parole :

— Mesdames et messieurs, je déclare ouverte la troisième réunion extraordinaire du comité. Ayons une pensée émue pour nos camarades morts dans l'exercice courageux de leur mission. Leur souvenir restera gravé à jamais dans nos mémoires.

L'assistance acquiesça silencieusement. Haut Bréau continua :

— Nous avons le plaisir de recevoir à nouveau Alice Valbergues qui a accepté de venir nous apporter quelques éclaircissements. Madame voulez-vous dire quelques mots ?

Alice se leva et prit le petit micro qu'on lui tendit.

— Merci général. Bien… Comme vous le savez, le président tient votre comité en haute estime. Quand il a eu l'idée d'instaurer l'état de siège il m'a envoyée ici pour vous sonder sur le général Gerfaut. Votre comité a été de bon conseil.

— C'est bien la seule chose de valable pondue par Cardignac depuis qu'il est au pouvoir, lança un homme corpulent. Et à part ça, est-ce qu'il recevra les familles des militaires morts au combat comme il l'a fait pour celle du gamin de banlieue ?

— Oui, c'est prévu. Il y aura aussi un hommage solennel aux Invalides. Il prononcera un vibrant discours pour remercier l'armée pour son sacrifice.

— C'est surtout bon pour son image… Malin le Cardignac ! Un coup je serre la louche aux musulmans, un coup je flatte les milis. Il bouffe à toutes les gamelles.

Des applaudissements jaillirent, Haut Bréau agita un index en direction du trublion :

— Charles, abstenez-vous de ce genre de commentaire sans que l'on vous ait donné la parole. On n'est pas dans une AG à Tolbiac !

La Professeure durcit le regard.

— Que les choses soient claires, le président a ses convictions, vous les connaissez, qui sont souvent aux antipodes des vôtres. Je vais être brève, je dois retourner à l'Élysée. Une question se pose : faut-il prolonger l'état de siège ? Un travail remarquable a été réalisé, arrestation de cellules terroristes qui se préparaient à commettre des attentats, stocks d'armes en tout genre, incarcérations de nombreux suspects…

— Lesquels ont été remis en liberté dans la foulée par les juges ! Toujours la même rengaine, lança une femme élégante au bout de la table.

— Certes, mais vous avez remarqué qu'on commence à sentir des craquements dans la société française. Le président ne veut pas que le remède soit pire que le mal. Une réflexion est en cours.

— Laissez le président réfléchir et Gerfaut agir, jeta la femme. La France ne s'en portera que mieux.

Des sourires fleurirent à nouveau dans l'assistance. La Professeure ne broncha pas et continua :

— Sans préjuger de la décision finale, le président penche pour un retour à la normale.

À de rares exceptions, tous les visages autour de la table s'assombrirent. Après un silence pesant, le général répondit d'une voix calme :

— Vous devez vous douter que nous sommes tous ici partisans d'une prolongation. Voire d'aller plus loin, comme dans le durcissement de la justice. Gerfaut a fait très fort en sortant son tribunal militaire du chapeau avant qu'il ne soit rappelé à l'ordre.

Un militaire leva la main.

— Pourquoi s'arrêter au milieu du gué ? L'insécurité est en chute libre, les terroristes et les fichés S sont en passe d'être neutralisés. Il faut frapper plus fort pour éradiquer les voyous. Laissez-lui faire le boulot le plus ingrat, acceptez les tribunaux militaires même si on en a pour un an. Vous tirerez les marrons du feu à la prochaine élection.

— Ce n'est pas si simple. Quand bien même vous auriez raison, les critiques se multiplient en France et à l'étranger. Les marchés sont fébriles et, pour votre gouverne, les taux d'intérêt de la dette de la France ont grimpé d'un demi-point. Gerfaut va coûter quelques milliards au budget. Ce que l'on gagne d'un côté on le perd de l'autre.

— Nous ne sommes pas des financiers, chère madame. Si vous voulez recueillir l'avis des banquiers, allez faire un tour à la Bourse. Ici vous ne trouverez que des patriotes pour qui la nation passe avant l'argent.

La Professeure ne répondit pas, elle s'était attendue à ces avis tranchés. Ils étaient prévisibles comme ceux du camp d'en face. C'est ce qui faisait aussi leur faiblesse à tous.

Le président du cercle lança un regard amusé à la conseillère.

— Aimez-vous le football, madame Valbergues ?

— Pendant les coupes du monde oui. Surtout quand on gagne.

— Diego Maradona, grand joueur argentin devant l'éternel, a pondu une admirable maxime : « Arriver dans la surface et ne pas pouvoir tirer au but, c'est comme danser le slow avec sa sœur. »

Des rires fusèrent, l'atmosphère semblait se détendre. Un homme d'une soixantaine d'années intervint, Alice l'avait déjà croisé dans des colloques, c'était l'un des plus grands pontes de la médecine militaire.

— Je vais choquer mes amis ici présents, mais je comprends l'hésitation du président. Chez un malade infecté par des bactéries, l'administration d'antibiotiques à haute dose ne doit pas durer trop longtemps, sinon son corps s'affaiblit. Ne pourrait-on pas envisager une période de convalescence après l'opération Gerfaut ?

— Qu'entendez-vous par là ?

— Alléger la présence militaire là où la contamination a été stoppée, mais maintenir un cordon sanitaire en laissant à l'armée le soin d'intervenir sur tout le territoire.

Alice Valbergues prit le temps de la réflexion, mais ne sut que répondre.

— Il faudrait étudier ce cas de figure avec des constitutionnalistes, ça m'a l'air compliqué.

Le général président de l'association inspectait l'assemblée pour repérer ceux qui voulaient s'exprimer. Une main se leva. C'était le directeur d'une grosse société d'armement, un chauve au visage mince et au regard perçant.

— Chère madame, suis-je dans l'erreur si je pense que vous nous faites l'honneur de venir devant ce comité afin de jauger nos réactions ?

Alice Valbergues sourit.

— Je tiens toujours compte de l'avis des professionnels, le président aussi. Je vous l'ai dit.

— J'avais bien noté. Pardonnez ma franchise. Au fond ne subsiste qu'une question essentielle pour le président. S'il décide de mettre fin à l'état de siège au bout de douze jours, en tirera-t-il un bénéfice pour lui ?

— C'est un peu lapidaire, répondit-elle, seul compte l'état du pays.

— Ça se discute… En revanche je suis certain d'une chose. S'il siffle la fin de la partie il aura perdu sur toute la ligne.

— Et pourquoi ?

— Les gens comme moi, comme tous ceux qui ont appuyé l'état de siège dans ce pays y verront une marque de faiblesse flagrante, voire un lâchage de Gerfaut. Ceux d'en face, syndicalistes, partis de gauche, associations de défense des droits de l'Homme pavoiseront mais en voudront toujours à Cardignac d'avoir donné les clés du camion à un militaire. Vous jouez aux échecs, chère madame ?

— Oui, quand j'en ai le temps.

— Si le roi Cardignac pousse le cavalier Gerfaut hors de l'échiquier, il se mettra lui-même en échec et mat.

Alice Valbergues répliqua d'une voix cinglante :

— Vous avez raison de le souligner, Gerfaut n'est que le cavalier de la partie, Cardignac reste le roi.

Le général Haut Bréau et l'assistance savouraient la passe d'armes. Le chauve hocha la tête d'un air entendu puis répondit, la voix tranchante :

— Sauf si le cavalier décide de devenir roi…

41

Paris
Place de la Bastille

Tancrède hâta le pas en direction de la Bastille, redoutant que le cordon de CRS ne bloque les accès à la place. Il ne voulait pas rater le début de la manifestation contre l'état de siège. La toute première du genre, au bout de dix jours de régime d'exception ! C'est dire si le peuple de gauche avait été soufflé, sonné, anesthésié par la soudaineté et la brutalité de la décision du président Cardignac. Il y avait eu chez les partis politiques, les syndicats et les associations, d'ordinaire prompts à réagir, un long flottement sur la conduite à tenir. Une hésitation compréhensible : cette situation était totalement inédite, même inconcevable pour tous ceux nés bien après la Seconde Guerre mondiale et l'Occupation, après la guerre d'Algérie. On se demandait ce qui était autorisé ou pas dans le cadre d'un état de siège. On s'interrogeait sur les modes de protestation possibles sans mettre en danger les manifestants. L'article 36 de la Constitution, que tous avaient désormais potassé, prévoyait expressément des restrictions des libertés d'expression, de rassemblement et de réunion. Cela relevait du pouvoir discrétionnaire du gouvernement.

Lorsqu'ils s'étaient tournés vers les autorités préfectorales, lesquelles s'étaient à leur tour adressées aux autorités militaires, les organisateurs de la manif s'étaient entendu servir un discours débonnaire et rassurant :

— Enfin, bien sûr qu'on a encore le droit de manifester, nous ne sommes pas en dictature !

Cet engagement avait été bien vite écorné. Le ministère de l'Intérieur, saisi du dossier étant donné son extrême sensibilité politique, avait posé une sérieuse limite. Au lieu d'un cortège protestataire dans les rues de Paris, seul un rassemblement statique, plus facile à contrôler, fut autorisé.

Le choix de la place de la Bastille s'imposa rapidement : les défenseurs de la liberté étaient appelés à se retrouver au pied de la colonne de Juillet, sur laquelle était inscrite la célèbre formule : « À la gloire des citoyens français qui s'armèrent et combattirent pour la défense des libertés publiques dans les mémorables journées des 27, 28, 29 juillet 1830. » Les Trois Glorieuses. Tancrède connaîtrait-il aujourd'hui la sienne, de Glorieuse ?

Déboulant du boulevard Richard-Lenoir, il leva les yeux vers le ciel. Un pâle soleil d'hiver faisait luire le bronze doré du Génie de la Liberté, juché au faîte du monument. « C'est de bon augure », songea le jeune homme.

La veille, il avait été sèchement licencié de son cabinet d'avocats. Pour absentéisme répété sans motif réel. Son patron, un as du droit fiscal âgé de seulement quelques années de plus que lui, amateur de Ferrari et de grands vins, lui avait désigné d'un regard froid les cartons déjà emballés dans son bureau. Son ex-bureau désormais.

— Si tu préfères consacrer tes journées à défendre bénévolement des apprentis djihadistes plutôt qu'à t'occuper des dossiers de nos clients qui, eux, nous paient et nous paient cher, libre à toi. Nous ne sommes pas une officine de philanthropes, on ne fait pas commerce de bons sentiments, tu t'es trompé d'adresse.

Tancrède ne regrettait rien. Maintenant il était libre, en accord avec ce qui lui avait fait choisir ce métier d'avocat et passer le concours, dix ans plus tôt à la fac de droit.

Arrivé sur la place, il fut frappé par le silence ambiant, malgré la présence d'une foule déjà importante. Il y avait bien une camionnette-sono et une tribune avec micro et baffles, mais elles restaient muettes.

Cherchant des yeux les calicots du CODEVES, Collectif de défense des victimes de l'état de siège, par le truchement duquel il s'était engagé, il repéra la chevelure brune de Malika Hamidi, la porte-parole.

— Plutôt sinistre comme ambiance, on donne vraiment l'impression d'assister à l'enterrement de la démocratie, il ne manque plus que le cercueil et les chrysanthèmes, glissa-t-il après l'avoir embrassée.

— Les gens hésitent, cherchent leurs marques, c'est normal à côté de toutes ces violences de l'armée dans les cités. Regarde, il n'y a que des adultes, pas de familles, pas de manifestants avec des poussettes, pas le moindre stand de vente de mousses ou de merguez, rien de festif. La crainte de la répression est passée par là.

— Faut pas exagérer c'est pas le Chili de Pinochet, ni le Brésil, rétorqua Tancrède en désignant d'un geste circulaire le pourtour de la place de la Bastille, sur laquelle débouchaient une dizaine d'artères, de la rue Saint-Antoine au boulevard Henri-IV. J'ai bien croisé du kaki et quelques blindés en venant, mais il y a surtout des CRS, du classique.

— Et alors, tu crois qu'ils vont nous distribuer des colliers de fleurs et nous envoyer des bisous ? Attends un peu que ça s'échauffe et on verra…

Le flux continuait de se déverser sur la place, il s'amplifiait considérablement. Des gens de tous âges, de tous métiers et conditions sociales, beaucoup d'étudiants, de lycéens et d'enseignants, de cadres, d'employés, de syndicalistes de la SNCF, de la Poste, de la magistrature, on reconnaissait çà et là des figures en vue du spectacle ou de l'intelligentsia… C'est Paris et la banlieue qui étaient dans la rue, Faris Bassir arriva en tête d'une délégation, brandissant une pancarte « Justice et vérité pour Yassine ».

Entourée de caméras, reconnaissable avec une grande étole violette drapée autour de son cou, l'ex-ministre de la Justice, Émilie Montlouis, avait un air farouche. L'un des journalistes, moins de la trentaine, plus rapide que les autres, lui colla son micro presque sous la bouche.

— Votre présence n'est-elle pas une provocation à l'égard du président Cardignac ?

Émilie Montlouis lui répondit en embrassant la foule de manifestants du regard, comme si elle était le capitaine d'un navire qui scrutait un sombre horizon :

— Si défendre les libertés publiques est une provocation, alors oui je l'assume. L'heure est grave. L'état de siège doit cesser immédiatement.

— Les sondages montrent que les Français y sont pourtant favorables.

L'ex-ministre s'arrêta net, le foudroya du regard puis se tourna vers la caméra.

— Jeune homme ! En 1981, les sondages nous disaient que 61 % des Français étaient contre la suppression de la peine de mort. Ça n'a pas empêché le président Mitterrand de l'abolir. On ne gouverne pas avec des sondages et encore moins quand ils sont fondés sur la peur. C'est ma vision de la politique. Maintenant, laissez-moi défiler pendant qu'on en a encore le droit.

Une foule mélangée d'allure intello, bobo ou populaire, en duffle-coats, doudounes Canada Goose, sweatshirts et blousons de sport de marque, parkas usées et gros gilets de laine, bonnets, capuches ou pompons colorés sur les oreilles. En franchissant les rangées de barrières métalliques, tous jetaient un regard tantôt inquiet tantôt vengeur sur les agents casqués, boucliers sur la poitrine, longues matraques en évidence.

Le parvis de l'Opéra Bastille était maintenant noir de monde, partout des pancartes bariolées émergeaient de la foule. « État de siège = Dictature », « Le fascisme ne passera pas », « Soldats, rentrez dans vos casernes », « Poutine + Pinochet + Thatcher = Cardignac », « Ce n'est pas Gerfaut qu'il nous faut »... Les slogans fusaient, la sono crachotait *Le Temps des cerises*, le chant des Communards. Un groupe se mit à beugler « Général nous voilà » sur l'air de l'hymne de sinistre mémoire au maréchal Pétain. D'autres, plus jeunes ou moins férus d'histoire, préféraient s'inspirer des rappeurs et donnaient enfin la touche de légèreté qui manquait à la manif.

« Cardignac t'as mis le boxon / La ZEP et le Bronx tu confonds / T'as cru que c'était Gaza ici / Pour des fedayin tu nous as pris / T'envoies les paras nous starquizzer / Et les hélicos nous nitrater / Préviens tes keufs qu'y sortent leurs guns / Toi et Gerfaut vous finirez sous la faux... » Et ainsi de suite dans la même veine poétique, apprécia non sans ironie Tancrède.

Les caméras qui collaient la garde des Sceaux démissionnaire bifurquèrent d'un même mouvement vers un point précis de la place, d'où fusaient des cris de stupeur. Une trentaine de manifestants avaient subitement arraché leurs blousons et survêtements, laissant apparaître la tenue qu'ils camouflaient en dessous : la combinaison orange des prisonniers de Guantanamo. Ils avaient poussé le réalisme jusqu'à enfiler des bandeaux sur les yeux, des masques blancs en caoutchouc sur le nez et la bouche, un casque sur les oreilles et des moufles aux mains : l'attirail imposé aux détenus du camp américain pour les priver de sensations. L'image était saisissante. Les journalistes se pressaient autour d'un gaillard barbu, visiblement le leader.

Noura Bassir, qui zappait sur les chaînes d'info dans la salle de pause de son service, sentit son cœur s'arrêter de battre. Sous son masque, elle avait immédiatement reconnu Faris.

Vêtu d'une vareuse à la Mao, chiffon rouge accroché à la poitrine, le président de La France populaire grimpa à la tribune dressée devant la colonne de Juillet.

L'homme dominait de la tête et des épaules l'opposition, morcelée comme jamais depuis l'élection de Cardignac, grâce à ses talents d'orateur. Il prêchait pour l'avènement d'une République parlementaire sans président… tout en rageant de ne pas être président à la place du président. Il avait été l'un des rares à exiger au sein de l'Assemblée nationale la levée immédiate de l'état de siège.

— Peuple, citoyennes et citoyens, c'est l'alarme ! La liberté est en danger, elle vacille, voici qu'on veut la bâillonner et l'étouffer, qu'on entend le bruit des bottes et du canon dans nos villes, dans nos cités. Dans mes pires cauchemars, malgré l'imagination sans limites des puissances coalisées de l'argent et des forces réactionnaires pour opprimer le peuple, je n'aurais jamais imaginé voir cela. France, patrie de Gavroche et des droits de l'Homme, où es-tu ? Réveille-toi !

Les applaudissements crépitèrent, la sono fut couverte par un vigoureux *Chant des partisans* entonné par la foule. L'orateur reprit sa harangue :

— Cardignac, Gerfaut, prenez garde ! Prenez garde à la rue, elle a chassé les tyrans, chassé les rois et les reines, elle a fait fuir les envahisseurs nazis…

Il s'interrompit soudain, abaissant son micro et tendant le cou, main en visière sur les sourcils, vers un côté de la place. Tancrède et Malika regardèrent dans cette direction. Ils entendirent des cris, la foule fut parcourue d'un mouvement de houle violent, la poussant en avant vers le centre pavé, depuis l'angle entre la cour Damoye et la rue de la Roquette. S'éleva alors un bruit étrange, comme un tam-tam géant sur lequel on aurait tambouriné avec des baguettes métalliques.

C'était le son des boucliers frappés en rythme de leurs matraques par les CRS, qui chargeaient une horde de deux à trois cents assaillants tout en noir, casqués et masqués ou portant des lunettes de piscine contre les gaz lacrymogènes. Ils hurlaient et brandissaient des armes de toutes sortes : marteaux, pavés, cocktails Molotov…

Les black blocs. Le cauchemar des forces de l'ordre. Efficaces comme des paramilitaires, rapides comme l'éclair, ils frappaient vite et fort, puis s'évaporaient comme des fantômes.

BANG !

Une détonation. Un activiste avait balancé sa bombe incendiaire sur les forces de l'ordre. Ses camarades s'apprêtaient à faire de même. Contrairement à leur habitude, les black blocs se regroupaient, ils n'essaimaient pas en petits groupes parmi le gros des manifestants. Ils étaient clairement venus pour en découdre avec les CRS ou, mieux, les militaires.

D'autres explosions retentirent. Un début d'incendie se produisit sur la place, autour de Tancrède des gens fuyaient, paniqués, vers les boulevards. Un blindé bleu des CRS braqua le jet puissant de son canon à eau sur les abribus en flamme. Des rangs de black blocs jaillit alors un énorme cocktail Molotov, façonné dans un magnum de champagne. La bouteille fracassa la tête d'un CRS et explosa dans la foulée. Le souffle laissa plusieurs policiers sur le carreau. Hurlant et vociférant, les black blocs se ruèrent sur la cohorte un instant désorganisée des CRS tentant de secourir et de relever leurs blessés. Du sang maculait le macadam. La bataille rangée tournait à l'avantage des émeutiers.

Tout à coup, on vit les activistes se couvrir précipitamment les oreilles avec leurs poings, tout en se ployant en deux. Un son strident, insupportable, vrillant les tympans et paralysant de douleur les individus, était émis par une sorte d'antenne parabolique fixée sur le toit d'un camion militaire blindé, qui venait de surgir de la rue de Lyon.

Un canon à sons. Quelque 160 décibels déversés dans un rayon aussi étroit que précis en direction des black blocs. Bien au-dessus du seuil tolérable de 120 décibels. Hagards, pris de nausées, les attaquants lâchaient prise. Les forces de l'ordre, CRS et militaires mêlés, embarquèrent ceux qui n'avaient pas réussi à fuir.

Tancrède, réfugié à la devanture, au rideau baissé, du Café français, était sidéré par la scène. Jamais il n'avait entendu parler de cette arme stupéfiante. Son estomac se noua, l'armée faisait la loi dans les rues. C'était une évidence.

Le président Cardignac intervint le soir même à la télévision, pour la deuxième fois seulement depuis l'entrée en vigueur de l'état de siège. Une apparition calibrée. Un pool restreint de chaînes de télévision, de radios et d'agences de presse fut convoqué au château. Pas de questions-réponses avec les journalistes, le président se présenta sur le perron de l'Élysée, où il fit une déclaration solennelle de moins de cinq minutes. Il se félicita des premiers résultats de l'opération Mistral, insista sur l'aspect exceptionnel de l'état de siège, appela plus que jamais les Français au rassemblement. Il cibla particulièrement les habitants des « quartiers difficiles », leur assura qu'ils avaient « toute leur place dans la République » et qu'il faudrait s'atteler dès maintenant « à la reconstruction d'un avenir meilleur et solidaire ». Il eut des mots émus pour les militaires tués dans les opérations et pour les CRS blessés à la Bastille, et adressa un message de compassion et de regret à l'endroit des victimes civiles de l'état de siège.

Quelques minutes après la fin de l'intervention présidentielle, un communiqué fut diffusé aux rédactions, en provenance de Matignon. Les services du Premier ministre – en liaison avec les autorités militaires, était-il précisé – annonçaient l'interdiction temporaire de toute réunion, rassemblement ou manifestation sur la voie publique.

42

Jour 10

AFP

France. État de siège.

L'ultraviolence des black blocs hier lors du rassemblement de protestation contre l'état de siège à Bastille soulève la polémique et bien des questions. La gauche dénonce des « provocations inadmissibles » et s'interroge sur la présence de black blocs « en plein Paris et en plein état de siège ». La Ligue des droits de l'Homme et Amnesty International demandent par ailleurs des éclaircissements sur certaines armes utilisées par les forces de l'ordre. Elles visent le canon à son, arme non létale mais dangereuse, qui n'est pas répertorié dans l'équipement officiel de la police ou de la gendarmerie. Selon une source proche des industries de l'armement, l'armée disposerait peut-être d'un tel canon – utilisé par l'armée américaine ou israélienne – « à titre expérimental ».

De son côté la droite déplore que la manifestation de Bastille ait été autorisée. Pour la porte-parole de la France républicaine (FR), c'est « le signe qu'une fois de plus ce pouvoir ne fait les choses qu'à moitié : il devrait se consacrer totalement à l'opération Mistral et interdire provisoirement tout ce qui concourt au défaitisme ou à la contestation du travail des forces de l'ordre ». Dans ces conditions, FR annonce « ne pas encore être fixé » sur sa position en cas de vote au Parlement sur une prolongation de l'état de siège.

En tout état de cause, il s'agirait, selon les termes de la Constitution, d'un vote à la majorité simple. Le soutien du parti présidentiel et de ses alliés centristes serait donc suffisant. Mais le gouvernement sollicitera-t-il cette prolongation ? Pour le moment, rien ne filtre de l'Élysée ou de Matignon.

Paris
Débat télévisé

Le présentateur en veste noire et cravate rouge posa ses mains bien à plat sur la table. L'œil de velours, le sourire séduisant, il fixait la caméra et la France au fond des yeux. Comme chaque soir de la semaine, à 22 heures précises. La seconde partie de soirée, celle censée attirer un public plus exigeant et à hauts revenus, c'est ce qui était vendu aux annonceurs.

— Bienvenue sur *Focus*, votre rendez-vous de décryptage de l'info. Avant-hier soir, le général Maxime Gerfaut est intervenu dans l'émission *Face aux Français* et le moins que l'on puisse dire c'est que son franc-parler n'est pas passé inaperçu. L'homme qui mène tambour battant l'état de siège depuis dix jours est sorti de sa réserve pour user d'un discours aux accents gaulliens qui a surpris jusqu'à l'Élysée. Nos invités sur ce plateau vont nous aider à y voir plus clair. À ma droite le professeur Pierre Faugères, historien et auteur d'un livre sur les héros en politique, Florence Lubon, publicitaire et autrice de *Story telling et politique*, et enfin Albert Marcilly, constitutionnaliste, ex-doyen de la faculté de la Sorbonne.

Les invités paraissaient détendus, excepté Marcilly dont le visage était grave. L'animateur ouvrit le feu en se tournant vers la jeune femme.

— Florence Lubon, vous avez écrit un livre sur le marketing appliqué à la politique. Que pensez-vous du général Gerfaut ? C'est un bon produit ?

La publicitaire émit un rire mélodieux :

— Je doute qu'il se voie comme tel, mais d'un point de vue consumériste l'offre Gerfaut répond à la demande du moment. Il incarne une figure d'autorité forte, ce que veulent les Français en ces temps troublés, il a déjà fait la preuve de son efficacité pendant l'état de siège. Ce produit – pour répondre à votre terminologie – est fiable. En outre, il affiche une *story telling* digne d'un film de Hollywood, avec en star un général au grand cœur, sauveur des femmes yézidies dans les sables du désert face aux méchants islamistes de Daech, pardon pour le pléonasme. Ajoutez à cela qu'il affiche un petit côté têtu et rebelle, pas trop quand même, c'est un militaire, on tient là un de Gaulle bis. En nettement plus séduisant.

L'animateur lui renvoya un sourire complice et se tourna vers l'historien :

— Et vous professeur Faugères, qu'avez-vous retenu de son intervention ?

— Indubitablement, il emploie un champ lexical utilisé avant lui par de nombreux hommes providentiels dans l'histoire de France. Prenez les éléments de langage typiques : nation en danger, remettre de l'ordre, sursaut patriotique, etc. Madame citait de Gaulle, eh bien on dirait du De Gaulle dans le texte, mais à la différence de l'autre général, Gerfaut, lui, se met au niveau des Français. Il a pris soin de préciser qu'il vient du peuple, qu'il partage leurs inquiétudes et leur colère. Il dit avoir été choisi et qu'il a répondu présent à l'appel du président. Pour être honnête, il ne se pose pas en dernier recours et n'appelle pas à une insurrection, mais on perçoit chez cet homme un discours qui prend des accents providentiels.

— C'est quoi un homme providentiel ?

— Civil ou militaire, il surgit toujours dans une situation de crise dans laquelle s'embourbe le régime politique en place. On n'a jamais besoin d'un homme fort quand tout va bien. Il rompt avec les schémas des dirigeants du moment et se pose en champion d'un renouveau, d'une régénération. Il répond à un besoin profond d'inquiétude et d'angoisse. C'est la figure du rebelle, mais aussi du père, du héros et du prophète armé. Et là, on remonte très loin dans l'inconscient collectif des peuples.

L'animateur entendit la voix de son rédacteur en chef résonner dans son oreillette :

— Déconnecte ce type, on comprend pas la moitié de ce qu'il raconte, champ lexical, inconscient collectif, coupe-le.

L'animateur jubilait. Contrairement à son supérieur, il n'avait pas peur des mots qui pouvaient effaroucher le grand public. Bien au contraire, il aime miser sur l'intelligence des téléspectateurs. À la fureur du rédacteur en chef, il ne tint pas compte de la remarque.

— Pouvez-vous être plus précis ?

— Pardon. Les trois religions du Livre ont gravé dans les esprits ce que j'appelle la figure du prophète armé. L'être exceptionnel qui se sent investi d'une mission divine ou politique et qui va conduire un peuple vers son destin. Moïse qui fend les eaux et emmène les Juifs vers la terre promise, Mahomet qui surgit du désert pour conquérir des nations. Quant au Christ, s'il n'est pas un prophète il veut bouleverser l'ordre établi pour bâtir le royaume de son père. En fait, au-delà d'une pensée religieuse, il faut y voir tout simplement une manifestation d'un penchant que l'on a tous pour l'irrationnel. On prête à ces hommes des pouvoirs surhumains. On est dans le mythe à l'état pur. Ce ne sont que les avatars des héros de l'Antiquité, Hercule, Ulysse, Thésée… Au Ve siècle avant Jésus-Christ, Périclès, le sauveur de la République athénienne, a été exalté comme un demi-dieu.

— De nos jours on dirait les Avengers, Spiderman ou Batman, ajouta Florence Lubon.

L'animateur hocha la tête.

— Nous vivons à l'aube du troisième millénaire. La France est une République laïque. Comment expliquer ce besoin récurrent de nos concitoyens pour un chef, un sauveur ? Un sondage Ipsos pour le Monde de 2013 indiquait que 87 % des Français attendaient « un vrai chef pour remettre de l'ordre ». N'est-ce pas contradictoire ? Vous voulez répondre professeur

Marcilly ? Je rappelle que vous êtes l'un des premiers à avoir exprimé un avis positif sur l'état de siège.

Le constitutionnaliste plissa les lèvres.

— L'histoire de notre République depuis la Révolution montre que dès sa naissance elle a eu recours à des figures tutélaires. Le général Bonaparte a d'abord été considéré comme le sauveur de la République avant d'en devenir l'empereur fossoyeur. Prenez Gambetta et Clemenceau, ils ont été adulés comme les pères de la nation. Jaurès, lui, a incarné la figure du tribun du peuple de gauche et trente ans plus tard, la France, en 1940, s'est donnée au maréchal Pétain considéré comme le sauveur du pays dans la débâcle de l'invasion nazie.

— Citer Pétain, c'est pas un peu limite ? Je préfère de Gaulle, commenta la publicitaire sur un ton indigné.

— Ne voyez pas d'adhésion de ma part, juste une analyse. Pétain et de Gaulle sont des hérauts habités de visions temporelles radicalement opposées. Le maréchal a forgé tout son discours sur la tradition, le passé d'avant la Révolution. Valeurs catholiques rigides, agriculture, terre qui ne ment pas, rejet de l'industrialisation et du capitalisme, etc. À la même époque, le général Franco, le Caudillo, était sur la même longueur d'onde, il prônait le retour aux valeurs ancestrales et se posait en ennemi de la modernité, source de chaos. *A contrario*, de Gaulle, tout en s'inscrivant dans un passé glorieux, se posait en bâtisseur de modernité et de rénovation. La France industrielle et conquérante, la puissance décolonisatrice, le vote des femmes… Il a engagé le pays dans un bouleversement total. Et suprême consécration, il a forgé une nouvelle Constitution en 1958, celle de la Ve République, toujours en vigueur. Notre République actuelle. Sous les acclamations du peuple ! Alors que son accession au pouvoir présentait une part d'ombre, à la limite du coup d'État. Alors oui, les Français, tout démocrates qu'ils soient, raffolent toujours des hommes à poigne quand ils se sentent menacés. Il faut préciser que ce recours au chef est bien plus marqué à droite qu'à gauche.

L'historien leva la main :

— Marcilly a raison. La projection dans le temps est un facteur majeur dans la séduction des masses. Je voudrais citer Napoléon qui disait : « On ne conduit un peuple qu'en lui montrant un avenir, un chef est un marchand d'espérance. »

— Gerfaut serait-il un marchand d'espérance ? rebondit l'animateur. Qu'en pense la spécialiste de la pub ? Vendre du rêve c'est un peu votre métier, Florence.

— On vend tous quelque chose… Vous c'est de l'info… Non ?

— Pas de digressions…

— Oui, c'est vrai, il tient un discours de séduction. Mais pour revenir à la notion d'hommes providentiels, je ne pense pas qu'il faille remonter aux temps bibliques pour expliquer cet appétit. Le sauveur de la patrie ? On nous refait le coup depuis des décennies. À chaque élection du chef de l'État, on nous vend le Superman ou la Wonder Woman du moment. Celui ou celle qui va sauver le pays. On devrait d'ailleurs plutôt l'appeler élection providentielle et pas présidentielle. Chaque candidat se pose en être supérieur seul capable de résoudre tous les problèmes, de la guerre en Syrie au réchauffement climatique en passant par les délocalisations d'entreprises, le chômage, les files d'attente aux urgences dans les hôpitaux, les agressions des vieilles dames dans la rue, la radicalisation des banlieues, jusqu'au prix du ticket de métro. Bien évidemment en soulignant que le prédécesseur, qu'il soit du même parti ou du camp adverse, a été un parfait incapable. C'est toujours le même message. Si les Français en pincent pour les sauveurs de la nation, c'est aussi parce que les politiques les intoxiquent depuis leur premier baptême électoral.

— Vous n'avez pas répondu à ma question sur Gerfaut.

La publicitaire prit un air embarrassé.

— Je ne sais pas ce que le général Gerfaut a en tête. Il reste prudent. En revanche, je remarque que le président, Marc Cardignac, avait joué cette carte à fond avant son élection. Il a incarné cet homme providentiel surgi de nulle part. C'est bien là le hic : désormais il semble que Gerfaut lui fasse de l'ombre sur ce plan. Il n'y a qu'à voir les sondages, la popularité du général dépasse de très loin la sienne.

L'historien fit un discret signe à l'animateur pour intervenir.

— Oui, Professeur ?

Le doyen riva son regard sur l'une des caméras, comme s'il s'adressait à une personne en particulier.

— La forge de l'histoire nous livre une leçon implacable. Bien fou celui qui ne l'entend pas !

Il marqua une pause et croisa les mains sur la table. Figé comme la statue du commandeur. Les autres invités attendaient poliment qu'il continue. De longues secondes blanches s'écoulèrent. L'oreillette de l'animateur résonna :

— Fais-lui cracher le morceau, on est en retard sur la pub !

— Quelle leçon ? demanda le journaliste.

Le visage de l'historien s'anima à nouveau :

— Empires, royaumes, républiques, jamais dans l'histoire on n'a vu deux hommes providentiels à la tête d'un pays. Et aujourd'hui, en France, il y en a un de trop.

43

Jour 11

Paris
Palais de l'Élysée

Le président Cardignac attendait le général Gerfaut dans le salon d'angle, où il aimait s'isoler pour travailler, réfléchir ou méditer, et plus rarement recevoir un visiteur en tête à tête. C'était l'une des plus belles pièces du château, l'ancienne chambre à coucher de l'impératrice Eugénie, vaste et lumineuse, au premier étage, donnant d'un côté sur le parc et de l'autre sur l'aile Madame. En se penchant à la fenêtre, il échangeait parfois un baiser muet avec son épouse qui y avait installé son secrétariat. Longtemps dévolue au conseiller spécial du président, cette pièce était surnommée « le bureau qui rend fou » : parmi ceux qui avaient naguère occupé cette fonction auprès de prédécesseurs de Marc Cardignac, certains s'étaient en effet illustrés par de mémorables « pétages de plombs » de mégalomanie. Alice Valbergues avait prudemment choisi un endroit plus modeste.

Le bureau auquel était assis le président présentait lui aussi une particularité appréciable. Cette longue table en acajou possédait un empiètement si massif qu'une fois assis les visiteurs se retrouvaient avec les genoux coincés sous les tiroirs : l'inconfort les dissuadait de s'éterniser en réunion. Le bord opposé offrait en revanche un ingénieux décroché, permettant à leur hôte, douillettement installé, de croiser et décroiser les jambes à son gré. La chose avait amusé Cardignac et lui avait rappelé une anecdote rapportée par un diplomate du Quai au sujet du défunt leader palestinien Yasser Arafat. Lors des interminables réunions où les membres des différentes factions de l'OLP s'empaillaient à n'en plus finir, le vieux chef au keffieh à damiers quittait la séance pour aller se reposer. Lorsqu'il revenait s'asseoir à la table au bout de la nuit, les autres en étaient encore à discutailler, totalement essorés. Arafat, frais comme un gardon, prenait alors la parole et imposait sa décision que plus personne n'avait l'énergie de contester. L'art de dominer.

Avec Gerfaut il s'attendait à une partie serrée.

L'huissier à la chaîne d'or introduisit le chef d'état-major.

— Mon cher général, je suis heureux de vous voir. Venez, installons-nous à mon bureau, nous avons beaucoup de choses à nous dire.

— J'y compte bien monsieur le président. Et aussi beaucoup de choses à faire.

Gerfaut avait noté la mine soucieuse du chef de l'État. Il ne s'en étonnait qu'à moitié. Entre les deux hommes, les points de friction s'étaient accumulés ces dernières soixante-douze heures, entre le recours à la justice militaire, la survenue de bavures dans l'opération Mistral mais aussi, il le pressentait bien, l'explosion de sa popularité auprès des Français. « Comment disaient les politiques, déjà ? » se demanda-t-il *in petto*. « Ah oui : il n'y a pas la place pour deux crocodiles dans le même marigot. »

— Tout d'abord général, je tiens à vous féliciter, dit Cardignac adoptant soudain un sourire engageant. Il est sans doute encore trop tôt pour proclamer *mission accomplie*, mais c'est quand même en bonne partie le cas. Vos hommes ont fait de l'excellent boulot : des dizaines de terroristes neutralisés ou capturés, un projet d'attentats massifs en chaîne, qui aurait pu anéantir des centaines de vies, déjoué, des réseaux démantelés et des arsenaux confisqués, beau bilan, bravo.

L'intéressé hocha la tête en signe d'assentiment, puis demanda sur un ton un brin ironique :

— Mais ? Car j'ai appris qu'il y a toujours un mais en politique…

— Oui, j'ai remarqué en vous regardant à la télévision qu'en effet vous appreniez vite.

Un éclat de dureté était apparu dans le regard de Cardignac. Il reprit néanmoins, plus affable :

— C'est vrai, il y a un mais, cependant il ne vous vise en rien personnellement. Il concerne l'évolution de la situation du pays. Cela, c'est mon boulot à moi, je ne vous l'apprends pas. Or je constate que si, sur un plan, disons, technique, l'état de siège est en passe de porter ses fruits, il en va autrement sur un plan politique. Le prix est plus élevé que je l'imaginais. Les Français sont un peuple compliqué à diriger, croyez-moi. D'un côté, ils exigent l'ordre et la sécurité, de l'autre, ils ont horreur qu'on bouscule leurs habitudes, qu'on donne l'impression de limiter les libertés publiques. *Liberté, liberté chérie*, n'est-ce pas dans notre hymne national ?

— Les sondages que vous affectionnez tant montrent pourtant que l'opinion plébiscite l'état de siège.

— Je vous l'accorde… et j'y vois un hommage à votre efficacité. Mais détrompez-vous, les sondages ne sont pas ma boussole. Je perçois des tensions en profondeur qui m'inquiètent. Elles ne sont pas nouvelles, certes, mais l'opération Mistral les a révélées sous une lumière plus crue que jamais. J'ai sans doute surestimé notre capacité à faire de la chirurgie fine, là vous nous avez servi de la chirurgie de guerre. Avec des dégâts collatéraux. L'élimination des foyers terroristes est un acquis formidable, mais je crains que la prolongation de l'opération, avec ses déplacements de population – même temporaires –, ses fournées de suspects envoyés devant vos juges militaires et, disons-le tout net, ses bavures, ne creuse encore un peu plus des fractures à jamais irréductibles. On me reprocherait d'avoir rompu l'égalité entre les citoyens, avec d'un côté ceux qui recueilleraient tous les bénéfices de Mistral, de l'autre ceux qui se verraient appliquer un régime spécial, discriminatoire. Mon but a toujours été la restauration de la sécurité pour tous, en aucun cas la coupure de la société en deux France irréconciliables.

— Pour parler clair, monsieur le président, vous envisagez la suspension de l'état de siège ? Vous ne demanderez pas sa prorogation au Parlement ?

Cardignac se cala dans son fauteuil, visage fermé. Il inspira longuement, tourna la tête et désigna sur un mur une gravure du XVIIIe siècle représentant Henri IV, à cheval, contemplant Paris depuis une colline avoisinante.

— *Le bon roi Henri IV,* commenta le président. Ce protestant a pansé les plaies causées par cette monstruosité que fut la Saint-Barthélemy en se convertissant au catholicisme. Il aurait pu continuer la guerre civile, mais il a choisi de faire la bonne concession au bon moment.

— Vous n'êtes pas roi…

— C'est bien là tout le mystère de nos institutions républicaines, tout droit issues de la monarchie. Pouvoir imposer des décisions difficiles, audacieuses, aux effets parfois rudes pour des pans entiers de la population, mais qui sont nécessaires parce qu'elles feront avancer le pays. Il faut bénéficier soi-même de l'autorité et de la légitimité pour pouvoir le faire. De l'onction de la nation. Il faut aussi parfois accepter des entorses à la sacro-sainte démocratie, comme avec l'état de siège. Seulement tout est question d'équilibre, d'harmonie, de dosage entre ordre et liberté, entre autorité et démocratie. Comment être certain du juste dosage ? Telle est la question.

Gerfaut connaissait ce goût de Marc Cardignac pour la sacralité qui transcende l'histoire de France, réunissant sur une même et longue chaîne multiséculaire les souverains qui cumulaient jadis entre leurs mains pouvoir temporel et pouvoir spirituel aux plus laïcards des présidents des Républiques successives.

Mais ce n'était pas le moment de philosopher. Il s'impatienta :

— Alors, pour l'état de siège, qu'avez-vous décidé ?

— Je n'ai pas encore définitivement arrêté ma décision. Je vous ai exposé les conséquences néfastes que sa prorogation pourrait entraîner.

Le général sentit monter en lui une colère mêlée de frustration. Il se contint, reprit le plus posément possible :

— Monsieur le président, permettez-moi de vous avertir que vous commettriez une grave erreur. Cette opération a besoin de la durée pour être parfaitement efficace. Tous nos effectifs prévus ne sont même pas encore déployés, le décret de mobilisation des réservistes ne doit être pris que demain en Conseil des ministres : vous n'allez pas me dire que vous y renoncez ?

Cardignac usa lui aussi d'un ton conciliant :

— Ma réflexion avance…

— Alors je vous en conjure, accordez-moi encore un peu de temps. Vous l'avez dit vous-même en me confiant cette mission : notre responsabilité à tous les deux est historique. Cette occasion historique de nettoyer le pays, nous sommes en train de la saisir. Laissez-moi vous présenter nos plans. Il reste sur le territoire des points sensibles utilisables pour de futurs attentats, c'est ce qui ressort des interrogatoires de prisonniers et de l'examen des documents saisis. Pour mettre la main sur l'intégralité des réseaux, de leurs complices et soutiens, il faut impérativement user des grands moyens, agir sur Internet par exemple. Vous parlez de chirurgie fine, mais il serait illusoire de prélever des djihadistes comme on retirerait des poissons rouges d'un bocal si on n'assèche pas le terreau sur lequel ils prospèrent, qui leur sert à la fois de vivier et de base arrière. Demain, tout recommencerait. Notre stratégie est à grande échelle, nous devons nous y tenir jusqu'au bout. L'état de sidération actuel est un atout, mais ça ne durera pas si tout d'un coup on dit aux suspects potentiels « chers amis, on s'est bien amusés mais maintenant c'est terminé, rentrez chez vous, tout redevient comme avant » ! Il ne faut pas s'arrêter à mi-chemin, sinon tout le boulot accompli n'aura servi à rien.

— Stop !

Le président demeura un instant silencieux.

— Personnellement j'ai le sentiment qu'on aurait du mal à remplir davantage les prisons ! Éclusez déjà cette promotion et on verra pour la suite. Mais je suis convaincu que si je présente le bilan actuel des opérations, tout le monde sera satisfait. C'est vrai, je vous avais dit que vous entreriez dans l'histoire. Voilà qui est fait.

Esquissant le geste de se dresser pour répondre, Gerfaut eut les cuisses sciées par l'arête du tiroir. Il grimaça, maudissant le tortionnaire frustré qui avait conçu ce foutu meuble.

— C'est donc nous qui devons rentrer dans nos casernes ! s'exclama-t-il dépité, désemparé. J'imagine que les communicants ont dû vous souffler le scénario à l'oreille. Limpide, je vois ça d'ici, *bad cop / good cop* comme dans les séries américaines : l'armée a fait le sale boulot, maintenant qu'elle a fait place nette, le gentil président peut reprendre la main avec douceur. Je vous remercie monsieur le président, mais si je dois rentrer dans l'histoire ce sera à ma façon, j'écrirai moi-même le scénario.

— Général, vous allez trop loin, je ne vous permets pas. Vous vous laissez griser par votre popularité subite. Mais attention, l'immunité sondagière ça n'existe pas. Je suis votre chef, ne l'oubliez pas.

— Je vous en prie, pas la peine de me menacer. Je suis un soldat mais je suis d'abord un homme loyal, loyal envers les Français. Au cas où l'état de siège ne serait pas prolongé, je tiendrais une conférence de presse pour expliquer mon désaccord.

— Que faites-vous de votre devoir de réserve ?

— Si je dois démissionner pour pouvoir parler librement, je démissionnerai. Je ne serai pas le premier !

Gerfaut recula sa chaise, se leva, tira sur le pli de son pantalon d'uniforme, fit un salut impeccable et sortit du salon d'angle sans ajouter une parole.

Le président regagna le salon Doré, traversant le secrétariat qui le séparait du salon d'angle. Il appela Alice Valbergues et Delphine Salgado, qui le rejoignirent aussitôt.

— Ma décision est prise : je vais suspendre l'état de siège. Il n'y aura pas de vote à l'Assemblée nationale et au Sénat. Je m'adresserai ensuite aux Français, longuement, cette fois. J'expliquerai les résultats considérables obtenus, et les mesures, législatives notamment, que nous envisageons pour conforter ces succès sur la durée. Dans l'immédiat, le plus important est de dédramatiser et d'apaiser les esprits. Je vais appeler le Premier ministre.

Delphine sourit tandis que le visage de la Professeure paraissait tendu.

— Êtes-vous certain que ce n'est pas un peu précipité ? L'opinion approuve toujours l'état de siège et soutient Gerfaut.

Pour toute réponse Cardignac cita son cher René Char :

— « Impose ta chance, serre ton bonheur et va vers ton risque ! »

— Le temps n'est plus à la poésie, mais plutôt de parler politique.

Cardignac se leva, prêt à se diriger vers la porte à double battant.

— Ma décision est prise, je n'y reviendrai pas.

— C'est une erreur, monsieur le président ! Une grave erreur. (Puis, se tournant vers Delphine :) Voulez-vous nous laisser, je dois parler au président. Seule à seul.

44

Jour 12

AFP

Flash.

L'Élysée vient d'annoncer que l'état de siège sera prorogé et va soumettre cette décision au vote du Parlement, conformément à l'article 36 de la Constitution.

L'annonce a été faite à 6 heures via *un bref communiqué de l'Élysée. Le général Maxime Gerfaut est aussi reconduit dans sa fonction de chef d'état-major.*

Par ailleurs, l'information selon laquelle le président Marc Cardignac aurait quitté le palais de l'Élysée pour une destination inconnue a été infirmée par son entourage.

TROISIÈME PARTIE

Renaissance

Tout l'art de la guerre est basé sur la duperie.

Sun Tzu

La démocratie s'arrête là où commence la raison d'État.

Charles Pasqua

La vérité est aux hommes politiques ce que la bonté est au bourreau.

Journal de campagne
du général Maxime Gerfaut

45

Paris
Palais Bourbon

Depuis la salle des Quatre Colonnes où ils étaient massés, les journalistes entendirent l'écho du roulement de tambours annonciateur de l'arrivée dans l'hémicycle du président de l'Assemblée nationale. Un rituel hautement symbolique. L'hommage ainsi rendu par une double haie de gardes républicains signifiait que l'armée faisait allégeance aux politiques. Dans une Ve République qui avait connu le putsch des généraux à Alger, ce cérémonial, même s'il faisait tiquer des jeunes élus qui le jugeaient d'un autre âge, n'avait rien d'anodin. Il prenait d'autant plus de sens pour cette séance de l'Assemblée, cruciale.

Les députés, à la demande du Premier ministre Charles Brissaud, devaient voter pour ou contre la prorogation pour trois mois de l'état de siège. Un « stop ou encore » aux enjeux dramatiques. Sur le papier, l'issue du scrutin ne faisait aucun doute, en raison de l'écrasante supériorité numérique de la majorité présidentielle. Sauf que le malaise planait. Tard dans la nuit, la rumeur d'une disparition du président s'était répandue. Le démenti officieux d'un membre de l'entourage de Marc Cardignac n'avait pas suffi à l'éteindre.

Le journaliste « séancier[1] » d'un quotidien parisien alpagua sur son passage l'attaché parlementaire d'un poids lourd de la majorité.

— Il est passé où Cardignac ? Il a filé à Baden-Baden ? Il avait un rencard rue du Cirque[2] et il a oublié de sortir du lit ? Le chef de l'État est-il en capacité d'exercer son mandat ? Est-ce que le président du Sénat doit se préparer à un intérim ?

— Comment veux-tu que je le sache ? Et je peux t'assurer que mon patron n'est pas plus au courant de cette histoire. Depuis l'état de siège, l'Élysée verrouille tout, même si on leur demandait l'heure ils nous la donneraient pas…

Le laconisme de son interlocuteur ne surprit pas le reporter. Comme ses collègues, il ne lui restait plus qu'à attendre la fin de la séance et la sortie des parlementaires pour espérer glaner quelques infos.

Dans cette salle majestueuse, sur laquelle veillaient telles des sentinelles hiératiques deux paires de hautes colonnes en marbre, se jouait la quintessence du petit théâtre politique. Les politiques soufflaient aux journalistes de vraies ou fausses confidences, ciselaient les petites phrases qui feraient mouche, ourdissaient des complots… parfois même livraient d'utiles décryptages et analyses de la situation. Sous

1. Correspondant au Parlement.

2. Rue où fut surpris par les paparazzis un président apportant des croissants à sa maîtresse.

le regard impassible du buste d'un Jaurès qui n'en pensait sans doute pas moins, les caméras tourbillonnaient, les perches et micros s'agitaient, les reporters se pressaient autour des politiques, des plus capés à la piétaille des débutants, dans des mêlées dignes d'un match France-Angleterre de rugby. C'était ici qu'il fallait voir et être vu. Un député n'y fit-il pas, assis sur un canapé, une grève de la faim de plus d'un mois pour dénoncer la délocalisation d'une usine de sa circonscription béarnaise[1] ?

Les portables des journalistes crépitèrent. Leurs collègues dans l'hémicycle balançaient tweets et alertes pour annoncer le résultat du vote : l'état de siège était prorogé, à une large majorité, droite et extrême droite ayant joint leurs voix à celles de l'alliance présidentielle. La gauche avait voté contre. Le chef de La France populaire, Jean-Jacques Chastagnon, frustré de n'avoir pas pu s'exprimer plus de quinze minutes à la tribune de l'Assemblée nationale, déboula le premier dans la salle des Quatre Colonnes. Une meute l'entoura, les projos des cameramen l'illuminèrent.

Il fulminait. Il désigna d'un geste de la main le buste de Jaurès, puis la niche où se dressait une statue de marbre, allégorie de la République du sculpteur Martial.

— La République, mesdames et messieurs de la presse, celle du grand Jaurès et des géants qui nous ont précédés en ces lieux, Victor Hugo, Clemenceau, Gambetta, Blum, nous venons de l'enterrer aujourd'hui. Les fossoyeurs de la démocratie…

1. Le centriste Jean Lassalle en 2006.

Il fut aussitôt interrompu par les journalistes qui voulaient des infos, pas un discours.

— Monsieur Chastagnon, ce vote devait-il être maintenu alors que des nouvelles alarmantes circulent à propos du président Cardignac ?

Des parlementaires de tous groupes arrivaient à leur tour, aussitôt les journalistes se détournèrent de Chastagnon pour tendre leurs micros aux plus bavards.

L'éditorialiste d'une grande chaîne interpella une députée proche du président :

— Curieux quand même de la part du Premier ministre de vous avoir fait voter ce texte de prorogation ; selon nos informations, Cardignac envisageait plutôt son interruption, vous confirmez ?

L'élue semblait troublée, elle jeta un regard inquiet à la caméra et fit signe à son interlocuteur qu'elle préférait s'exprimer en *off*.

— C'est toute la période qui est curieuse, on a du mal à suivre. Un coup il faut prolonger la mission de Gerfaut, un coup il faut tout stopper. Nous avons été loyaux en votant l'état de siège, mais maintenant le bureau exécutif du parti exige une rencontre à l'Élysée avec le secrétaire général. Qu'il nous explique ce qui se passe avec le président, nous devons en avoir le cœur net. Ces rumeurs de disparition rendent la situation intenable.

Un président qui disparaît. Malaise ? Mise en scène ? Acte malveillant ? On s'interrogeait sur l'existence de précédents. On rappelait le cas de ce chef de l'État, victime d'une attaque cérébrale, conduit en catimini à l'hôpital militaire du Val-de-Grâce. Le ministre de l'Intérieur, qui était aussi son principal rival politique, n'en avait été informé qu'au bout de longues heures, à sa grande fureur. Cardignac pouvait-il être victime d'un problème de santé ? Il était pourtant jeune, en bonne forme à croire les communiqués officiels annuels.

Alors, un scénario à la Baden-Baden ? Un des épisodes les plus rocambolesques de la Ve. Au plus chaud de 1968, le général de Gaulle, dépassé par cette explosion de la jeunesse qu'il n'avait pas vue venir et ne comprenait pas, disparut un jour entier de l'Élysée. Il s'était envolé avec sa famille à bord de deux hélicoptères, officiellement pour gagner son refuge de Colombey-les-deux-Églises. Au-dessus de la Champagne, les deux Alouette longèrent au ras-du-sol afin d'échapper aux radars, jouant à saute-mouton sur les collines et rasant les cimes des forêts. Pour atterrir en Allemagne, au QG du général Massu – alors commandant en chef des forces françaises outre-Rhin –, ahuri de voir débarquer la famille de Gaulle !

Tandis qu'à Paris le gouvernement, affolé, cherchait partout le Général, celui-ci s'entretenait en tête à tête avec son vieux compagnon d'armes de l'autre côté de la frontière. Selon les uns, de Gaulle, en proie à un sérieux coup de blues, prêt à tout lâcher, était allé s'assurer du soutien de l'armée en cas d'insurrection généralisée. Pour d'autres, il avait au contraire tout manigancé, afin que ses partisans s'inquiètent de sa disparition et se remobilisent. À son retour en France, requinqué, il annonça la dissolution de l'Assemblée nationale, une manifestation d'un million de gaullistes déferla sur les Champs-Élysées. Le vieux chef avait renversé la situation.

Cardignac, débordé par une situation qu'il avait lui-même provoquée, jouait-il un scénario à la de Gaulle ?

46

Paris
Palais de l'Élysée

— Madame la conseillère est en réunion, elle ne peut pas vous recevoir pour le moment.

— Ça suffit ! J'en ai marre de me faire balader.

Delphine contourna le bureau de la secrétaire et se dirigea vers celui d'Alice Valbergues.

— Mais, vous ne pouvez pas…

— La ferme !

Elle ouvrit la porte et vit la Professeure debout face à la grande porte-fenêtre qui donnait sur le jardin de l'Élysée. La pièce était plongée dans une semi-pénombre.

— Navrée d'interrompre votre réunion avec vous-même, mais je veux des explications !

La Professeure continuait de fixer l'immense pelouse blanchie par le givre.

— Quel jardin magnifique, ma chère Delphine, un hectare et demi de pelouse, bosquets, arbres et fleurs de toutes sortes. On a l'impression que le temps s'arrête dans cette oasis de verdure. Saviez-vous que l'on y trouve l'un des plus vieux et des plus grands arbres de Paris ? Un platane de cinquante mètres de haut, planté du temps de madame de Pompadour, la favorite de Louis XV et propriétaire des lieux. Un havre de paix et pourtant je ne l'aime pas.

Delphine s'avança, le pas trop vif.

— Alice, je ne suis pas là pour parler botanique. Je suis la conseillère presse et personne ne me tient au courant. Qu'est-il arrivé au président ?

Alice Valbergues se retourna et la dévisagea en affichant un regard las.

— Je comptais vous en parler.

— Je vous écoute.

— J'étais avec lui et deux de ses conseillers quand ça s'est produit hier soir. Nous allions dîner quand il a été pris de convulsions. C'était impressionnant. Il est devenu tout rouge et s'est effondré sur son fauteuil. On a cru qu'il avait fait une crise cardiaque. Le médecin de l'Élysée, le Dr Jarnac, est intervenu et on l'a transporté d'urgence à Bichat, pas le temps d'aller jusqu'à l'hôpital militaire Percy à Clamart. Très peu de personnels sont au courant, on a utilisé un van banalisé du Palais. Marc est dans le service du professeur Murville, un ponte dans sa partie. Jarnac est resté à son chevet.

— Quelle est la cause ?

— Il semblerait, et j'emploie le conditionnel pour le moment, qu'il ait fait une iatrogénie[1] sévère.

— C'est quoi ?

— Réaction indésirable à la prise de médicament. En l'occurrence son traitement anticholestérol. Ils lui

1. Interaction avec les médicaments.

ont diagnostiqué un blocage rénal aigu et des saignements gastro-intestinaux. Il a été mis sous coma artificiel.

— Mon Dieu.

La Professeure hocha la tête.

— Ça arrive plus souvent qu'on ne le croit, chaque année, des dizaines de milliers de Français font des accidents médicamenteux, soit par surdosage soit par rejet. La bonne nouvelle, c'est qu'il est hors de danger.

— Mais le coma alors ?

— Une mesure de sécurité, rassurez-vous. S'il réagit bien aux traitements, il devrait être de retour pour occuper ses fonctions dans quelques jours.

— Ce n'est pas un empoisonnement ? Il y a déjà eu la tentative d'attentat à Fréjus.

Alice Valbergues secoua la tête.

— L'hôpital a fait des tests par précaution, procédure obligatoire avec les personnalités importantes. Rien de suspect n'apparaîtrait dans les analyses. Pas de traces de poisons susceptibles de provoquer de tels symptômes. En revanche, le tableau clinique corrobore une intoxication aux anticholestérol, on en a trouvé une dose anormalement élevée dans son sang.

Delphine s'était affalée sur l'un des fauteuils. Des attentats sanglants, une tentative d'assassinat, un état de siège et maintenant un président dans le coma. Ça faisait beaucoup pour une responsable de com en si peu de temps.

— Je peux en parler aux journalistes ?

— Attendez un peu, répondit Valbergues en secouant la tête, je voudrais avoir une confirmation définitive de l'équipe soignante. Les résultats de ses analyses ne doivent pas tarder. Vous êtes rassurée ?

— Pas vraiment. Pourquoi avoir prolongé l'état de siège ? Le président était contre. J'ai assisté à la réunion.

Alice Valbergues s'assit sur le bord du bureau et s'alluma une cigarette. Son visage était marqué.

— Vous me prêtez trop de pouvoirs, je n'ai rien décidé du tout. C'est Brissaud qui a pris cette décision en accord avec ses ministres. Et je l'ai appuyé. Il n'y avait aucune autre option possible, compte tenu de l'état de faiblesse du président. Il faut garantir une continuité du pouvoir. D'un pouvoir fort. Le Premier ministre est aux commandes du gouvernement, le général Gerfaut s'occupe de notre sécurité. Du moins pour le moment, jusqu'à la sortie de l'hôpital de Marc.

— Je ne suis pas certaine qu'il appréciera ce choix. Il le prendra pour une trahison.

— Non, il comprendra. Nous vivons des moments difficiles. La République ne peut pas se permettre de montrer un signe de faiblesse en de telles circonstances.

— Mais vous vous rendez compte que les médias nous deviennent chaque jour plus hostiles.

Elle s'approcha de la jeune femme et lui prit les mains.

— Je le sais, c'est pour ça que j'ai besoin de votre appui pour convaincre les journalistes.

— Je ne me sens pas capable de jouer la comédie. Je ne crois plus à votre état de siège. Et si vous sortiez de votre palais, vous vous rendriez compte qu'une partie grandissante de la population commence à en avoir marre. Même le patronat veut en finir, quant aux syndicats n'en parlons pas…

— Gerfaut reste populaire. Un dernier sondage donne…

Delphine la coupa :

— Je les ai vus. Sa cote s'érode depuis celui du débat télévisé. 58 % de partisans, ça fait sept points de moins. Et encore, il résiste chez les personnes de plus cinquante ans, mais au rayon jeunesse on brade à tout-va. Seulement 20 % des moins de vingt-cinq ans croient en lui et je parierais que ce sont des sympathisants de la droite la plus dure.

— Vous voulez nous abandonner ?

Delphine ne sut quoi répondre. La Professeure continua d'une voix tendue :

— Je vous ai toujours apporté mon soutien. Aujourd'hui c'est moi qui vous demande de l'aide. Moi et le président. Sitôt qu'il sera à son poste tout redeviendra comme avant. Il annulera l'état de siège. Ne nous lâchez pas Delphine.

— Nul besoin d'en rajouter, répondit la jeune femme mal à l'aise.

Elle songea à Tancrède, au moins pour lui tout était clair. D'un côté il y avait les bons, de l'autre les méchants. Elle, ça faisait des semaines qu'elle jouait les funambules. Écartelée entre sa loyauté à Cardignac et à Valbergues et ses états d'âme de plus en plus ingérables. Il fallait qu'elle tranche. Mais pas tout de suite. Elle se leva et lança :

— O.K., je marche, du moins pour le moment. En revanche, je veux donner des informations aux médias au plus tard dans la soirée. Vous vous débrouillez comme vous voulez.

— Merci Delphine.

— Vous croyez qu'il récupérera ?

— C'est-à-dire ?

— Son… cerveau… Il n'y a pas de risque qu'il y ait des séquelles ?

Pour la première fois la Professeure sourit.

— Pas à ma connaissance, dit-elle en retournant devant le jardin, de toute façon la France ne peut pas se le permettre. Une fois l'état de siège terminé, il faudra passer la vitesse supérieure et nous avons besoin d'un président affûté. De grands changements nous attendent.

— Comment ça ?

Valbergues s'enhardit.

— L'article 36 a montré ses limites. L'armée peut cautériser les plaies, mais pas guérir le corps. Ce n'est pas son job. Il va falloir ouvrir un grand chantier dans le pays et regarder nos tares et nos faiblesses sans se mentir. Et avoir le courage de prendre les bonnes décisions sans basculer dans l'extrémisme.

— La VIe République ? Je croyais que c'était définitivement enterré.

— Disons que ça peut redevenir d'actualité, profitons des événements récents pour bousculer les conservatismes. Pour cela il faudra que Cardignac retrouve son énergie originelle.

Delphine s'approcha d'elle et s'alluma à son tour une cigarette. Elle avait accompli ce geste machinalement, alors qu'elle avait arrêté de fumer depuis des années. Troublée, elle regarda au-dehors. Sur la pelouse, deux jardiniers poussaient une brouette remplie de bois mort.

— Et il aura intérêt à ne pas passer trop de temps dans ce jardin, reprit Valbergues.

— Pourquoi ?

— Je me suis rendu compte qu'à chaque fois qu'il revenait d'une promenade dans ce parc il était plus calme, plus serein. Presque philosophe.

— Je ne vois pas le problème.

— Croyez-moi ou pas, mais dans les situations de crise ou les périodes de tension, on a besoin d'une bonne dose d'adrénaline. Et dans ces moments précis, le stress devient votre meilleur allié. Oubliez le bien-être, le bonheur et la paix intérieure. Évitez les jardins zen, les montagnes majestueuses et les plages paradisiaques. « Quand vous voulez agir, donnez un coup de pied aux fesses à Bouddha et faites entrer Attila », avait coutume de dire l'un de mes professeurs à Columbia, ancien conseiller stratégique du président Clinton.

Delphine afficha un visage dubitatif.

— Vous aviez de curieux enseignants.

— Non, disons seulement qu'il y a un temps pour le sage et un autre pour le guerrier. Et ce dernier ne s'épanouit que dans le bruit et la fureur. Les plus grandes décisions stratégiques ont été prises dans le feu des batailles, les intuitions politiques les plus audacieuses sont sorties d'esprits enfiévrés de dirigeants sous pression. Comment croyez-vous que le président Kennedy a géré la crise des missiles de Cuba et évité une troisième guerre mondiale avec l'URSS ? Sur les pelouses de la Maison-Blanche en sirotant une bonne bière ? Non, lui et ses conseillers n'ont pratiquement pas dormi pendant une semaine, enchaînant réunion sur réunion, ingurgitant des hectolitres de café et fumant des centaines de cigarettes. L'adrénaline ! Rien de tel pour stimuler le dirigeant en temps de crise. Et ce jardin de l'Élysée n'est pas le meilleur endroit pour en sécréter.

La Professeure leva les yeux autour d'elle et croisa les bras avec un air de défi.

— Regardez autour de vous, toutes ces dorures d'un autre temps, ces tableaux compassés, ce mobilier d'un autre siècle, ce luxe dépassé, on se croirait dans un musée. Je ne les supporte plus. Songez à tous les présidents qui ont occupé ces lieux. Tous leurs conseillers témoignent qu'au fil des ans, ils se sont ramollis, ont perdu de leur courage. Diriger un pays en régnant dans un palais rempli de serviteurs, quelle absurdité !

47

Paris
Forum des Halles

En dépit du froid, la rue Pierre-Lescot ne désemplissait pas. Familles qui déambulaient les bras chargés de paquets, bandes d'ados agglutinés devant les vitrines, quelques touristes bravant l'état de siège en extase devant la Canopée jaunie qui ondulait sous un pâle soleil hivernal. Un samedi après-midi presque ordinaire aux portes du plus gigantesque temple de la consommation de la capitale. Seule la présence d'un AMX 10 RC et deux Griffon devant le commissariat détonnait dans le paysage urbain. Le canon 105 mm du char sur roues avait été levé le plus haut possible à la demande de l'association des commerçants agacés par ce nouveau genre de mobilier urbain. L'intérêt militaire de sa présence restait pour le moins discutable. Aucun stratège ne comptait faire cracher des obus capables de pulvériser n'importe quel édifice aux alentours et ce jusqu'au jardin des Tuileries. Ni utiliser l'une des deux mitrailleuses ANF1 7,62 mm qui pouvaient, en théorie, hacher menu des dizaines de badauds à la ronde le temps d'avaler un café.

Présence psychologique. Marquer son territoire. De fait, nombreux étaient les curieux, souvent jeunes, massés derrière les barrières de sécurité, qui se prenaient des selfies goguenards avec en arrière-plan le monstre placide de dix-sept tonnes.

À quelques dizaines de mètres de là, un immeuble jouxtant un magasin de chaussures de sport avait été réquisitionné pour loger une compagnie d'infanterie prête à intervenir en cas d'incident. Des groupes de quatre soldats et d'un sous-officier entraient et sortaient toutes les deux heures pour patrouiller dans le centre commercial en compagnie des policiers. Deux jours plus tôt, une fausse alerte à la bombe avait semé un début de panique dans le centre obligeant à une évacuation forcée de cinq mille clients des boutiques vers la surface et la neutralisation des stations RER et du métro. La pagaille avait au moins eu le mérite de servir d'exercice en temps réel et d'installer des sirènes d'alarme pour accélérer l'évacuation de la foule. L'unité blindée avait reçu un boîtier d'alarme à n'utiliser qu'en cas d'urgence. Une sorte de talkie-walkie muni d'un gros bouton rouge que les servants devaient toujours avoir à portée de main. En l'occurrence au sol à côté du poste de transmission mobile.

Accroupi, un soldat lavait consciencieusement le pneu d'une grosseur digne d'un concours de tracteurs du Middle West. Lui et ses collègues appliquaient la consigne : présenter à la population un matériel flambant neuf. La veille, un major était venu faire une inspection surprise et avait passé un savon au groupe sur la « saleté indigne » des véhicules. Résultat, deux soldats avaient été réquisitionnés pour la corvée et ce contrairement aux usages en vigueur, les nettoyages se faisaient toujours dans les casernes. Mais les temps étaient exceptionnels… Grandeur et servitude des guerriers professionnels du troisième millénaire.

— Astiquer ce bourrin alors que ça grouille de meufs dans le coin, maugréa le jeune caporal, tout juste vingt ans, j'en ai une qui m'a branché hier, elle voulait monter dans l'AMX.

L'un de ses camarades, juché sur la tourelle et qui frottait des taches de boue sur le blindage, leva l'index en direction de la rue.

— Mate les deux engins de chasse qui arrivent. Ça vaut le déplacement.

Deux jeunes filles brunes en parka moulante s'étaient postées devant les barrières de sécurité et envoyaient des sourires aguichants.

Le caporal se leva comme un cabri, balança son éponge et fit un pas de côté pour les apercevoir, mais son pied heurta par mégarde le talkie qui tomba à la renverse.

Un hululement strident retentit au-dessus de leur tête.

— Oh putain ! cria le caporal en se précipitant sur le boîtier d'alerte pour tenter de l'éteindre.

La sirène fixée sur la hampe d'un lampadaire continuait à hurler de plus belle.

— Coupe cette merde ! cria l'un des soldats.

— J'essaie, mais ça veut pas s'arrêter.

Un lieutenant posté sur l'un des deux Griffon leur fit de grands signes, mais il n'arrivait pas à se faire entendre.

L'effet de la sirène fut dévastateur. En une poignée de secondes, la foule aux alentours fut prise de panique. Les deux filles avaient déguerpi tandis que trois policiers en civil arrivaient en courant.

— Que se passe-t-il ? lança l'un des flics aux soldats. Attentat ? Tireurs ?

— Non, la sirène s'est déclenchée par erreur.

— Et merde, lâcha le policier qui prit son oreillette, envoyez unités pour canaliser un mouvement de foule rue Pierre-Lescot et probablement vers le centre. Aucune menace, je répète aucune menace. Nos amis troufions ont déconné.

Dans la rue piétonne, la bousculade et l'affolement se propageaient à la vitesse d'un feu dans une pinède. Les enfants étaient poussés par leurs parents pour éviter d'être piétinés, les plus âgés se ruèrent dans les cafés pour ne pas être happés par la marée humaine. Juste devant les barrières de char, un couple avec ses deux gamins fut bousculé sans ménagement. Les sacs de marque s'envolèrent tandis que la mère valsait à terre. Le jeune caporal l'aida à se relever et poussa la famille à l'intérieur des barrières, contre le char.

Debout sur la tourelle, un soldat frappait à grands coups de crosse la sirène comme s'il voulait l'achever. Il s'écoula encore une poignée de secondes avant que la plainte stridente ne s'arrête. Un policier monta sur le toit d'un Griffon avec un haut-parleur.

— Ne paniquez plus, s'époumona le flic. Fausse alerte, c'est une erreur ! Je répète, fausse alerte.

Une escouade de militaires et policiers surgit de l'autre extrémité de la rue et tenta de calmer les gens affolés. Ils séparaient le flot en deux flux et les canalisaient contre les vitrines des magasins.

Du côté du char, le père de famille, un brun à la carrure de rugbyman, tenait ses enfants apeurés contre lui.

— C'était juste un jeu, ne craignez rien les enfants.

— On est désolés, dit un lieutenant qui venait tout juste d'arriver, la sirène est partie toute seule.

Le père secoua la tête et le regarda avec dureté.

— C'est un peu facile ! Des gens peuvent se faire tuer dans la bousculade. Bon sang, vous servez à quoi ? À foutre la merde ?

— Changez de ton, monsieur. On est ici pour votre sécurité.

Au moment où il terminait sa phrase, un grondement déchira le ciel. Deux Rafale passèrent dans le ciel à la vitesse de l'éclair. Le père de famille leva les yeux, la mine agacée.

— Et eux là-haut ils sont censés nous protéger ? D'escadrilles de bombardiers pilotés par des djihadistes ? (Puis il abaissa son regard vers l'AMX 10.) Et votre char, vous comptez l'utiliser contre qui ? Des blindés de Daech cachés dans les rues de Paris ?

Le lieutenant se raidit d'un bloc.

— Je ne suis pas habilité à évoquer les mesures prises dans le cadre de l'état de siège, vous allez attendre que la foule se soit calmée et ensuite vous sortez du périmètre de sécurité. Sinon…

Le rugbyman brandit un index sous son nez.

— Sinon quoi ? Je ne reçois pas d'ordre de militaires, on est dans une démocratie jusqu'à preuve du contraire.

L'épouse qui avait réajusté son manteau intervint :

— Mon mari n'a rien contre vous, c'est juste qu'on en a assez de l'état de siège. On dirige une petite entreprise de transport et de livraison et je peux vous dire que c'est un cauchemar avec les contrôles partout, en ville, en banlieue, à la sortie des zones d'entrepôts. On ne peut plus assurer les commandes et on perd des clients. Et hier soir, on a attendu deux heures avant qu'un médecin n'arrive pour soigner notre troisième garçon.

— Je suis désolé madame, je ne fais qu'appliquer les consignes. Il ne faut pas nous en vouloir.

Le mari croisait les bras en grommelant.

— Je peux vous dire qu'au début j'étais pour le général Gerfaut. Je pensais que l'armée allait régler les choses, mais maintenant ça suffit. Non seulement on se fait emmerder, mais ça change rien pour la sécurité. Mon frère s'est fait agresser avant-hier devant son immeuble à Colombes et y avait personne pour l'aider. Ni soldats ni flics.

Le lieutenant soupira.

— Cher monsieur, l'armée n'a jamais eu vocation à « régler les choses » comme vous dites. On est là pour soutenir l'action de la police. Et pour ma part, j'obéis aux ordres, rien de plus. Croyez bien que si on me demande mon avis, je fais demi-tour à la seconde avec mes blindés et je rentre dans ma caserne.

48

Paris
Balard

Le centre de commandement bourdonnait telle une ruche. Dans la salle de réunion vitrée, le général Gerfaut se tenait debout, les mains jointes derrière le dos, la mine soucieuse. Assis autour de la longue table ovale, ses trois adjoints et les représentants de la police et de la gendarmerie attendaient son feu vert pour commencer leurs rapports. Mais le général restait muet, le regard fixé sur la Professeure qui venait juste d'arriver.

— Je vous prie de m'excuser, je reviens de l'hôpital et ça bouchonne toujours autant à Paris, état de siège ou pas.

Gerfaut afficha un sourire apaisant.

— Je crains que ce ne soit pire selon mes sources… On n'a toujours pas trouvé de recette miracle pour les embouteillages. Comment va le président ?

— Bien, il s'est réveillé. Il doit passer une batterie d'examens, à commencer par un scanner, mais les médecins sont sereins.

— Tant mieux… Tant mieux. Pour ne rien vous cacher, j'étais le premier surpris quand le Premier ministre m'a annoncé que l'état de siège était prolongé. Compte tenu de ce que le président m'avait dit la veille…

La Professeure ne répondit pas, mais elle avait noté qu'il s'était exprimé devant les officiers. Elle se tourna vers eux.

— Pouvez-vous nous laisser seuls je vous prie ? Je dois communiquer au général des informations confidentielles.

Les militaires et les policiers obéirent et quittèrent la salle comme un seul homme. Gerfaut attendit qu'ils soient sortis pour s'asseoir à côté de la conseillère.

— Que se passe-t-il madame Valbergues ?

— Vous n'allez pas assez vite, général.

— Vous plaisantez ? Je ne fais que suivre ma feuille de route tracée par le président, au millimètre près.

— Rétablissez les tribunaux militaires et renforcez les contrôles sur les zones sensibles.

Gerfaut plissa les yeux. Son mal de tête revenait de plus belle. Il s'efforça de se concentrer sur ce que lui disait la Professeure.

— Je croyais que le président était contre !

— Je peux vous parler franchement ?

— Le contraire me surprendrait.

— Marc Cardignac est toujours sous observation, disons qu'il n'a pas recouvré tous ses esprits et prend des sédatifs puissants. Avant le choc lié aux médicaments, il souffrait de surmenage. Burn-out pour être dans l'air du temps. Les médecins ont recommandé trois jours de repos au minimum. Vous avez l'occasion unique de monter la pression. Le Premier ministre vous suivra.

— Qu'entendez-vous par monter la pression ?

— Vous savez très bien ce que je veux dire. Rétablissez les tribunaux militaires, pas partout, mais dans certaines zones clés. Durcissez les descentes dans les zones sensibles. Mettez en application ce que vous aviez conseillé au président.

Gerfaut se renversa sur sa chaise.

— Et quand il va revenir à l'Élysée, il me dégagera de mon poste séance tenante.

— Oui, bien évidemment.

— Je ne comprends pas.

— L'état de siège devait s'arrêter si le président n'avait pas eu son accident médicamenteux. Vous auriez de toute façon perdu votre place. C'est peu de dire que le courant ne passait plus entre vous.

— Et alors ? Je ne vous suis pas. Je ne vois pas pourquoi je devrais prendre des risques pendant ces quelques jours. D'autant qu'il semble que l'état de siège perd de sa popularité de jour en jour.

— Oubliez les sondages. Vous allez donner la pleine mesure de vos talents. C'est une occasion unique. Et quand le président reviendra, il vous signifiera votre congé, et vous passerez pour le sacrifié. Mais un sacrifié droit dans ses bottes qui n'a jamais transigé. Votre réputation restera intacte et qui sait, cela pourra vous ouvrir de nouvelles portes. En politique par exemple.

Gerfaut fronça les sourcils.

— En politique… La belle affaire. Et vous ? Quel est votre intérêt dans tout ça ?

— Le service de la France.

— Ne me prenez pas pour un idiot. Vous avez autre chose en tête.

La Professeure resta silencieuse, se contentant de soutenir le regard du général. Elle plissa ses lèvres minces, puis répondit d'une voix lente :

— L'idée de l'état de siège était excellente, mais vous n'avez réussi qu'à éteindre l'incendie de façon temporaire. Quand vous retournerez dans vos casernes, les foyers reprendront. Pas tout de suite bien sûr, ça prendra sûrement plusieurs semaines voire des mois, mais je suis certaine que tout recommencera comme avant. En l'état, la Ve République ne marche plus quand il s'agit de rétablir l'ordre en France. Si vous faites la preuve de votre efficacité avec des moyens, comment dire, peu conventionnels, alors vous montrerez la voie pour une transformation de nos institutions. Et Marc Cardignac comprendra tout le parti qu'il pourra en tirer.

Un colonel frappa à la porte vitrée et fit des signes à Gerfaut.

— Excusez-moi je vous prie, dit le général en se dirigeant vers la porte.

Il s'entretint une bonne minute avec son subordonné puis revint vers Alice Valbergues.

— Ils commencent sérieusement à me faire c… les étudiants. Une nouvelle manif d'envergure nationale est prévue cette semaine en coordination avec deux syndicats et un parti d'opposition bien rouge. Les modalités pratiques ne sont pas encore fixées, mais ils veulent nous défier malgré l'interdiction de réunion publique. Ils cherchent l'affrontement comme la dernière fois. Pour le moment, il s'agit d'étudiants politisés. Comme à chaque fois dans ce type de mouvement.

— Ennuyeux… Quelle est l'estimation du nombre de manifestants potentiels ?

Gerfaut lut rapidement le document.

— Pas de chiffres précis, les services évoquent quelques milliers d'individus sur toute la France.

— Les CRS sont disponibles, général. Ajoutez quelques compagnies de vos hommes qui ont fait les stages CENZUB de canalisation d'émeutes en renfort et vous tiendrez le terrain.

Gerfaut secoua la tête et brandit la feuille que son subordonné lui avait remise.

— Pas question. On va avoir des jeunes dans les rues et à coup sûr des casseurs qui vont en profiter pour mettre le bordel. Vous avez vu ce qui s'est passé à Paris la dernière fois. À la moindre bavure de nos hommes, je vais passer pour le Pinochet de service. Je n'ai pas envie de me taper un Sivens bis.

— Et si vous laissez faire, c'est toute votre autorité qui en prend un coup et on aura de toute façon le bordel comme vous dites.

— Je préférerais que notre bon président soit de retour et prenne ses responsabilités. Et ce n'est pas tout. Nos services ont intercepté des messages en provenance des organisateurs, ils veulent lancer une grande opération d'envergure sur les réseaux sociaux pour mobiliser les jeunes dans le pays.

Alice se leva à son tour et se rendit devant la vitre qui donnait sur le PC. Elle contempla les militaires qui allaient et venaient dans tous les sens, puis tourna la tête vers le général.

— Pourquoi ne pas utiliser COMCYBER pour perturber leurs communications ?

— Déjà tenté ! J'ai le rapport sous les yeux. Nos petits génies ont inondé la Toile de faux messages, mais les syndicats étudiants ont aussi leurs hackers et ils sont arrivés à nous contrer. Ils utilisent des TOR pour faire passer les messages de l'étranger et même des photos codées sur Instagram pour diffuser leurs messages. Malins. S'ils réussissent leur coup, on va se retrouver avec des manifs un peu partout en France. Ils ont trois jours pour faire monter la sauce.

La Professeure se massa les tempes comme si elle réfléchissait longuement. Ses yeux semblaient ne pas ciller.

— Avez-vous envisagé d'interrompre les flux de communication ?

Gerfaut la dévisagea stupéfait.

— Couper Internet ? Vous êtes sérieuse ?

— Non, pas Internet, on ne va pas déclencher une pagaille monstrueuse, juste les accès aux réseaux sociaux les plus importants, plus les portables des meneurs.

— Ça n'empêchera pas certaines manifs.

— Non, mais ça les perturbera. Et on évitera la tache d'huile. Vous avez la possibilité de contacter les opérateurs pour couper certains robinets ?

— En théorie oui, mais ce sera une première en France.

— Ça s'est déjà fait dans d'autres pays.

— Je sais, au Gabon, juste après l'élection présidentielle pour empêcher l'opposition de manifester contre les résultats. Ou en Égypte, pendant les soulèvements du printemps arabe, quand les services de renseignement de Moubarak ont bloqué Twitter. Mais on n'est ni en Égypte ni au Gabon… Et puis quand bien même, il me faudra l'autorisation du Premier ministre. Ça m'étonnerait qu'il appuie cette mesure.

Pour la première fois, la conseillère sourit.

— Ça, j'en fais mon affaire, général.

49

Paris
Hôpital Bichat
Service de médecine interne

Noura arriva devant la porte d'accès au service gardée par l'un des officiers de sécurité. L'homme était assis sur une chaise et lisait une revue automobile d'un air ennuyé. Il se leva à son approche alors qu'elle brandissait le badge de sécurité remis par le GSPR au personnel soignant habilité à entrer dans la zone de sécurité. Il contrôla le nom sur sa liste et hocha la tête en lui ouvrant la porte battante.

Le couloir aux murs blanc laiteux parcourus d'une bande orangée se scindait en deux directions, à gauche vers les chambres et la partie administrative, à droite pour les salles de soins. À une dizaine de mètres, elle aperçut les gardes du corps qui faisaient le pied de grue devant l'entrée de la chambre du président. Toutes les autres chambres avaient été vidées et les patients transférés dans des services annexes. Seul le personnel médical concerné avait été informé de l'identité de ce patient pas comme les autres. La rumeur s'était répandue dans l'hôpital qu'un émir du Golfe y était soigné, et le directeur l'avait laissée courir. Noura s'arrêta au niveau des policiers du GSPR et leur adressa un charmant sourire.

— Vous n'avez besoin de rien ?

— Non merci, mademoiselle, répondit le plus âgé des deux.

— Moi oui, si vous aviez quelque chose à grignoter je ne dirais pas non, ajouta son collègue.

— Je vous fais apporter un plateau, dit Noura.

Elle jeta un œil à la dérobée à la chambre entrouverte. Dire qu'elle avait rencontré le président dans son palais, au faîte de sa puissance, et maintenant il n'était qu'un malade affaibli, allongé sur son lit, nu sous son pyjama réglementaire. L'homme le plus puissant de France n'était qu'un homme.

Elle reprit sa marche et arriva au bureau du patron du service qui était allumé. Une incongruité, à cette heure tardive il n'y mettait jamais les pieds, mais cette fois avec un tel patient… Elle entra sans frapper.

Un homme au visage rubicond avec de grands yeux enchâssés derrière des lunettes noires et rondes scrutait l'écran de son ordinateur. Le professeur Jean-Pierre Murville avait l'air d'un hibou, songea la jeune femme. Elle l'aimait bien, un mandarin fort en gueule, laïcard, bon vivant, sujet à des coups de sang aussi imprévisibles que spectaculaires mais qui avait le cœur sur la main. Contrairement aux autres patrons, souvent méprisants à son égard, il l'avait prise sous son aile et lui faisait une entière confiance.

Le médecin leva la tête et lui envoya un sourire chaleureux.

— Ah Noura, vous tombez bien. Je viens de recevoir les analyses du président. C'est bien étrange. Il était sous traitement statines depuis un mois, mais il n'a déclenché sa réaction qu'hier soir.

— Quel est le taux de concentration plasmatique de la molécule ?

— On est à plus de 400 % ! C'est comme s'il s'était enfilé toute la plaquette d'un seul coup. Pourtant, j'ai eu son médecin personnel qui est allé vérifier son pilulier.

— Et alors ?

— Rien de particulier, les médicaments de la semaine étaient à leur place. Il faut creuser ailleurs. Mon confrère m'a dit que Cardignac avait fait une hépatite A l'année dernière. Peut-être que son foie présente des dysfonctionnements et ne sécrète plus les enzymes de dégradation des médicaments dans le sang. Du coup j'ai demandé des examens complémentaires pour une iatrogénie hépatique.

Il recula son siège et croisa les bras derrière la nuque.

— Bon sang, et dire que je devais partir en vacances en Floride avec ma femme. J'ai tout annulé en catastrophe et je n'avais même pas pris d'assurance. Vous connaissez Miami, Noura ?

— Non, j'aimerais bien.

— J'adore cette ville, j'y passe dix jours tous les ans en hiver. Je préfère Coral Gables à South Beach, moins tape-à-l'œil. J'aime bien l'île de Key West, vous ne connaissez pas non plus ? insista Murville qui manquait de tact ou de perspicacité, voire des deux à la fois.

— Hélas non…

— Vous devriez, siroter un verre sur Mallory Square au coucher de soleil, c'est divin.

Le professeur soupira, se leva et posa sa main sur l'épaule de Noura.

— Bon, revenons à notre triste réalité parisienne… Vous pouvez envoyer les analyses à l'Élysée ? J'ai laissé ma messagerie ouverte, les mails du secrétaire général et du médecin du palais sont en haut de la liste. J'ai rédigé une lettre d'explications, vous la trouverez sur l'écran. Pour ma part, je vais rendre visite à M. Cardignac en compagnie de mon collègue hépatologue Dupart, je lui ai demandé de venir me donner un coup de main.

— Comment va-t-il ?

— À mon avis, il abuse un peu trop du Cialis[1], il va y laisser sa peau avec sa jeune épouse. Bander c'est bon pour la santé, mais passé soixante-dix ans il ne faut pas abuser.

Noura ouvrit de grands yeux. Le professeur éclata de rire.

— Je parlais de Dupart !

Il prit une canette de soda coloré qui traînait sur son bureau, l'avala en grimaçant et la jeta dans une poubelle.

— Pouark… Quelle saloperie chimique. Et ils appellent ça du jus d'orange ! Dire que je devrais être à Miami en train d'en siroter un cocktail au bord de la plage. Un bon gros verre avec une paille, du gin, du rhum, du vrai jus d'orange ou de pamplemousse. Et

1. Médicament pour traiter les problèmes d'érection.

non, j'ai droit à la canette bien dégueu du distributeur. J'ai vraiment pas de chance.

Noura le regarda s'éloigner et fronça les sourcils.

Et si...

Il fallait qu'elle vérifie.

Elle s'assit devant l'ordinateur et pianota à toute allure.

50

Paris
Balard

Gerfaut tournait en rond dans son bureau à l'état-major. Une pièce au décor spartiate, à l'image de ce bâtiment fonctionnel, impersonnel, qui aurait pu aussi bien accueillir le siège d'EDF ou de Bouygues, selon le mot d'un officier nostalgique de l'état-major du boulevard Saint-Germain. Un portrait du maréchal Foch, des fanions et cadres photo sur les étagères de la bibliothèque, un uniforme d'amiral pendant sur un cintre au fond de la penderie en métal : le prédécesseur de Gerfaut, écœuré par son limogeage brutal, était parti avant même d'achever son déménagement. Personne n'avait osé débarrasser ces reliques.

Le nouveau chef d'état-major ne possédait pas, lui, le goût des bibelots et souvenirs, il voyageait léger. Sa seule touche personnelle, qui l'accompagnait dans tous ses postes, était un sabre du XVIIIe siècle accroché au mur dans son fourreau de cuir noir et d'argent : il lui avait été offert jadis par un chef de village en Bosnie, pour remercier le lieutenant Gerfaut d'avoir protégé les habitants des milices serbes. Quelques semaines plus tard, les casques bleus avaient plié bagage, abandonnant la population à ses bourreaux. D'un hommage mérité, ce sabre était devenu son remords. Éternel.

Le général ruminait les propos de la conseillère spéciale du président. À quoi jouait Alice Valbergues ? À l'entendre, elle lui donnait carte blanche pour durcir l'état de siège. Et le chef du gouvernement l'appuierait, elle en répondait. Pourtant il ne parvenait pas à réprimer un sentiment de méfiance.

Maxime Gerfaut s'approcha du mur, tendit le bras et saisit le pommeau du sabre, qu'il tira du fourreau.

— Et si le temps était venu d'accomplir mon destin ? proféra-t-il en brandissant l'épée devant son propre reflet sur le long miroir à côté de la penderie.

Il sourit de sa tirade, conscient que la scène était digne d'une BD ou d'un film pour ados.

N'empêche, s'il était là aujourd'hui, c'est parce que le président de la République lui avait confié une mission. Dans l'intérêt supérieur de la nation. Alors cette mission, il l'accomplirait. Jusqu'au bout.

— Je ne vais pas me laisser baiser par les politiques !

C'était toujours la même histoire, pestait-il. Ils nous prennent pour des demeurés, ils n'ont aucune culture militaire. Des « combattants de moquette », voilà ce qu'ils étaient ! Depuis la disparition du service militaire, le fossé s'était creusé plus encore entre les responsables civils et les gradés. Plusieurs camarades de Gerfaut avaient servi dans des cabinets ministériels, à Matignon ou ailleurs. Presque tous s'étaient plaints de la condescendance avec laquelle ils étaient traités, des airs goguenards affichés à leur endroit par de jeunes conseillers pas même trentenaires.

Il se remémora la confidence d'un camarade de promo, devenu général de gendarmerie, qui n'avait pas non plus sa langue dans sa poche.

— Que veux-tu, un militaire, on s'en méfiera toujours. Le pire, au fond, c'est quand ils font semblant de nous associer à leurs décisions. En réalité ils ne nous écoutent pas. Un ministre m'a consulté un jour à propos d'escadrons mobiles à dissoudre, il fallait fermer quinze casernements. J'ai proposé une liste de sites. Pas un seul ne fut retenu. Toutes les fermetures avaient été décidées sur des critères de purs intérêts politiques locaux. Le problème, c'est qu'à force de revers de ce genre, de petites défaites, les chefs militaires se retrouvent décrédibilisés aux yeux de leurs troupes.

Gerfaut laissait libre cours à sa rancœur. Il se sentait un peu dans la peau de cet ancien chef d'état-major qui avait démissionné avec fracas après s'être fait recadrer publiquement par le chef de l'État. L'officier avait osé « ouvrir sa gueule » pour protester contre des coupes budgétaires imposées en catimini aux armées malgré une promesse solennelle d'augmentation. Gerfaut avait alors admiré son attitude.

Mais lui, il ne se contenterait pas de démissionner. Il était déterminé à aller plus loin. Beaucoup plus loin.

Il rengaina son sabre et s'approcha du téléphone. Il appuya sur une touche pour appeler son aide de camp.

— Capitaine Éloi, dénichez-moi une voiture banalisée ou n'importe quel véhicule dans lequel je pourrai sortir sans être vu. Je préfère éviter que les locataires d'en face me collent au train.

Ceux d'en face, c'étaient les journalistes de la principale chaîne d'info du pays, qui avait son siège pile en vis-à-vis du « Pentagone » de Balard. Le poste d'observation idéal. S'il prenait un jour à Gerfaut l'envie de lancer un appel à la nation, il n'aurait qu'à traverser la rue. Pratique. Mais lorsqu'il s'agissait de se rendre à un rendez-vous secret, comme il s'apprêtait à le faire, c'était plus gênant…

Paris septième arrondissement

Le général grimpa les marches du perron, en haut duquel l'attendait un grand type chauve au maintien raide dans son costume noir.

— Mes respects mon général, dit l'homme, content de vous voir.

Maxime Gerfaut braqua son regard sur son hôte qu'il revoyait pour la première fois depuis très, très longtemps. L'espace d'un instant, il parut hésiter. Puis il tendit la main.

— Bonjour général de Haut Bréau. Comment allez-vous ?

— Bien, très bien. Je suis ravi de vous accueillir. Que de chemin vous avez parcouru depuis que vous étiez lieutenant sous mes ordres en Centrafrique.

— Une période formatrice, j'en ai gardé un excellent souvenir.

Derrière sa formule aimable, Gerfaut ressentit un froid glacial. Il se faisait l'effet de franchir le point de non-retour.

Haut Bréau le conduisit dans un bureau aux allures de club de lords anglais où brûlait un feu de cheminée. Il fit servir deux whiskys secs par son maître d'hôtel et entra dans le vif du sujet, coupant court aux états d'âme insoupçonnés de son visiteur.

— Cette chère Alice Valbergues a décidément eu la main heureuse en vous choisissant, je n'ai jamais douté que vous seriez l'homme de la situation, dit-il. Pas comme notre président, hélas, qui flanche au moment où ça chauffe et où il faut prendre les décisions. Les bonnes. Tant pis pour lui, nous nous passerons de ses services… et de sa personne.

— Attendez, attendez, coupa le chef d'état-major, il n'est pas question d'attenter à la vie de Cardignac ni de qui que ce soit. Ce que je veux, c'est ramener l'ordre une bonne fois dans le pays, et m'en donner les moyens avant sa sortie de l'hôpital. Il faut rétablir les tribunaux militaires, mobiliser les réservistes, calmer les contestataires en coupant les réseaux sociaux et en arrêtant les meneurs, fermer quelques facs, mettre en sourdine les médias défaitistes…

— Comme vous y allez, mon cher Gerfaut ! Vous n'auriez pas aussi en besace un plan pour nous débarrasser des migrants et des Roms ? Ma parole, c'est un véritable coup de force que vous me proposez. Appelons un chat un chat : c'est un putsch ! Ha ha ha, je crois qu'à mon âge je n'aurai plus beaucoup d'autres occasions de m'amuser, Alice a dû vous dire que je marche à fond : soyez assuré du soutien du comité Du Guesclin.

Gerfaut se braqua, agacé.

— Un putsch ? Si c'est une plaisanterie elle est de mauvais goût. Rien ne se fera sans l'aval du Premier ministre, c'est ce qui est convenu avec Alice Valbergues.

Haut Bréau eut un geste désinvolte de la main, comme pour écarter les derniers scrupules du général.

— Bon, bon, vous êtes un soldat républicain, nous le savons tous. Mais trêve de paroles : comment comptez-vous agir ? Sur qui pouvez-vous compter ?

— Que voulez-vous dire ?

— Qui vous suivrait dans un… dans votre action plus… musclée ? Avec le comité, nous avons sondé l'état-major : les chefs des trois armées, Terre, Air, Marine, et de la gendarmerie ne marcheront pas. Peu importe, rappelez-vous ce que disait le camarade Lénine : il suffit d'avoir l'adhésion de 20 % d'entre eux et les 80 % restants suivront.

— 20 %, sur un effectif total de deux cent vingt mille militaires, c'est déjà énorme, maugréa Gerfaut. Encore faut-il qu'ils occupent les fonctions clés, stratégiques.

Il se livra à un rapide inventaire. La Marine et l'armée de l'air, il pouvait s'en passer dans le cadre de son plan. Les hélicoptères de l'ALAT (Aviation légère de l'armée de terre) suffiraient amplement. L'essentiel, c'était l'armée de terre. Une centaine de régiments, quelque cent quinze mille hommes et femmes au total, formant les gros bataillons des trente mille militaires en posture opérationnelle vingt-quatre heures sur vingt-quatre – pour une large part sur des théâtres extérieurs. L'opération Mistral mobilisait déjà la fine fleur des régiments d'infanterie et de l'arme blindée et cavalerie.

— Je peux compter sur la plupart des chefs de corps engagés dans Mistral, il faudra agir vite, donner l'ordre d'amplifier la manœuvre, estima Gerfaut. Ils suivront si tout se déroule dans le cadre de l'action de siège.

— Bien, mais ça ne suffit pas.

— Il me faut aussi la gendarmerie mobile : treize mille gendarmes, cent neuf escadrons, si je suis votre calcul il en faudrait une vingtaine avec moi.

— Plusieurs hauts gradés sont membres de mon comité, on devrait arriver à les convaincre. Vous savez, en temps normal les gendarmes ont besoin d'un ordre écrit de Matignon pour pouvoir engager quatre malheureux blindés sur le terrain. Une montée en puissance de l'état de siège ne devrait pas déplaire à certains officiers, mais n'oubliez pas que la majorité est républicaine.

— Comme moi. Le but est d'enclencher le mouvement sur tout le territoire. Maintenant que nous avons réduit la menace terroriste, il faut en finir avec la criminalité et la délinquance dans les grandes villes, Paris, Marseille, Lyon, Grenoble… Je veux un plan Giuliani !

— Giuliani…, fit le vieux militaire en fronçant les sourcils, ça sonne comme un maréchal d'Empire, mais son nom ne me dit rien.

Gerfaut sourit, les vastes connaissances de Haut Bréau ne dépassaient pas le périmètre des casernes.

— C'est l'ancien maire de New York qui a réussi à sabrer la criminalité à New York dans les années 90. Un succès total, fondé sur l'objectif « Tolérance zéro », même pour le moindre carreau de vitre cassé…

Le travail a été fait par les flics, mais les juges ont suivi. Résultat, vous pouvez vous balader avec vos petits-enfants à Times Square à une heure du matin sans vous faire détrousser. Je n'en dirais pas autant de certains quartiers de Paris… Tolérance zéro ! C'est simple, net et dissuasif.

— Général, comme vous y allez ! Et vous vous récriez quand j'emploie des mots crus. Enfin ça, c'est le travail des policiers et des juges, vous voulez le faire à leur place ? Vous ne manquez décidément pas d'ambition…

Gerfaut parut gêné, comme pris en faute. Il eut une pensée pour le commissaire Beladji, qui ne manquait jamais de le ramener au sens des réalités.

— Non, je dis simplement que nous devrons travailler main dans la main avec la police, comme nous le faisons dans l'opération Mistral. Il faudra bien qu'elle l'accepte.

— Ça mon cher ami, rien n'est moins sûr. Entre les flics et les biffins, ça n'a jamais été le grand amour. Au comité Du Guesclin, nous avons de solides contacts avec deux ou trois grands directeurs, je vais voir ce qu'on pourrait en tirer. Mais je doute fort qu'ils marchent avec nous…

Il s'interrompit quelques secondes, son regard erra sur le buste du connétable de France, l'air soucieux.

— Il vous faut aussi l'appui des politiques. Un appui essentiel. Je préfère vous imaginer en Du Guesclin qu'en Jeanne d'Arc.

— Précisez votre pensée…

— Du Guesclin et Jeanne, deux guerriers magnifiques, ont sauvé la France et accessoirement la peau à leurs rois respectifs, Charles V pour l'un, Charles VII pour l'autre. Le premier a terminé sa carrière auréolé de gloire, puissant parmi les puissants du royaume, la seconde a fini au bûcher, en martyr. Deux destins bien différents qui s'expliquent simplement : le connétable a toujours eu le soutien de son roi alors que la pucelle a été abandonnée en rase campagne par son suzerain. Ce qui me conduit à vous demander si vous avez des assurances sur l'appui du Premier ministre ? Ce type ne me dit rien qui vaille.

— Oui, il me l'a confirmé par téléphone, avec le soutien sans faille d'Alice Valbergues.

Le visage de Haut Bréau s'éclaircit.

— La Professeure… Pour moi ce serait plutôt la reine de fer. Que vous a-t-elle suggéré ?

— Si les jeunes et les banlieues s'excitent trop, couper les réseaux sociaux pour les empêcher de se structurer. Du moins, dans un second temps.

Le vieux général éclata de rire.

— Excellente idée ! Internet… la peste noire qui empoisonne le cerveau de l'Occident. Quand je vois ma petite-fille passer son temps le nez collé à son portable ça me donne envie de l'écraser sous un Leclerc. Je parle du téléphone bien sûr…

— J'avais compris.

— Ça leur fera du bien de ne plus se droguer avec leurs téléphones et leurs tablettes ! Cette Valbergues est décidément de très bon conseil, elle devrait prendre la place de Brissaud. On aurait enfin un Premier ministre qui en a.

51

Les Échos

Urgent. Cinquante grandes compagnies aériennes, dont la majorité des low cost, ont décidé d'interrompre leurs vols pour la France à partir de ce soir minuit. Les négociations avec le ministère des Transports pour prendre en charge la hausse de leurs primes d'assurance liée à l'instauration de l'état de siège n'ont pas abouti. 55 % du trafic est annulé dès demain. Les autorités aéroportuaires ont demandé aux compagnies de prévenir leurs clients pour ne pas provoquer des perturbations massives dans les aéroports. On apprend aussi que les représentants de l'association des transporteurs routiers internationaux réclament à leur tour des compensations financières, leurs marchandises ne sont plus assurées dès qu'elles transitent par la France. Le Medef et la CGPME demandent officiellement la suspension de l'état de siège.

Paris
Rue de Lancry

Des pancartes bariolées gisaient à terre au milieu d'un amoncellement de sacs remplis de tracts. Tancrède contourna les obstacles et se faufila dans le capharnaüm qui servait de local au mouvement étudiant. Aux murs, Che Guevara fumait un bon gros cigare sur un transat tandis que le président français effectuait un impeccable salut nazi et le général Gerfaut jouait du képi sur les genoux du maréchal Pétain. Un joyeux brouhaha régnait dans la vaste salle enfumée, des garçons et des filles s'apostrophaient et s'activaient dans tous les sens. L'avocat évita de justesse un type qui poussait un chariot rempli de cadavres de bouteilles vides et cartons à pizza usagés. Une discrète senteur de cannabis chatouilla ses narines et réveilla en lui une bouffée de nostalgie. L'ambiance lui rappelait furieusement celle qu'il avait connue quand il militait dans un autre syndicat du temps de ses études de droit. Même foutoir généralisé.

— Bonjour, vous êtes le type envoyé par Amnesty International ?

Tancrède se retourna et fit face à un barbu qui semblait plutôt avoir l'âge de donner des cours qu'en recevoir.

— Si par type vous voulez dire avocat, oui je pense être la bonne personne. Maître Tancrède Maurois.

— Moi c'est Tom. Suivez-moi, je vous amène au bureau politique, répondit l'étudiant sans un sourire.

Ils passèrent devant un gros ballon rouge à moitié gonflé et floqué du logo du syndicat étudiant et pénétrèrent dans une pièce minuscule occupée par un bureau gris au design sécurité sociale années 60. Derrière le bureau, deux étudiants, un garçon à lunettes et une fille aux cheveux courts, étaient penchés sur un ordinateur portable, lui aussi estampillé du logo de l'association. Ils levèrent la tête, la fille le gratifia d'un charmant sourire, son compagnon restait silencieux et croisait les bras en affichant des tatouages si gros qu'ils lui mangeaient ses deux avant-bras chétifs.

— Bonjour maître, je suis Anna et voici Nikos. Contents que vous soyez venu. On est vraiment dans la merde.

— Que puis-je pour vous ? dit Tancrède en s'asseyant sur un siège bancal.

La jeune femme échangea un regard avec ses camarades.

— Ben voilà, on s'est aperçus que notre site a été piraté. On est à peu près certains que c'est le gouvernement qui en est à l'origine. On voudrait déposer plainte.

— Comment pouvez-vous savoir que c'est l'État ?

La petite brune échangea un regard gêné avec ses deux camarades.

— On lui dit ?

Le barbu secoua la tête.

— Non, ce n'est pas une bonne idée.

— Mais si on lui dit pas, il ne pourra pas comprendre.

Tancrède consulta sa montre, impatient, puis fit mine de se lever.

— Je n'ai pas beaucoup de temps à vous consacrer. Mettez-vous d'accord sinon je m'en vais.

— O.K., on lui dit…, lança Anna, il se trouve qu'on a des pointures dans notre équipe informatique, dont Tom ici présent. Ils ont réussi à remonter à nos pirates en pénétrant dans leur système. Et en l'occurrence c'était un site de l'armée. On a eu juste le temps de déguerpir avant qu'ils ne nous chopent.

Tancrède fit la moue.

— Si je comprends bien, c'est gentil hacker contre méchant hacker. Ça n'a aucune valeur devant un tribunal. Je ne suis pas certain de vous être bien utile.

Le tatoué se pencha sur la table.

— Écoutez, on voudrait mobiliser les jeunes pour dégager les militaires. Mais déjà qu'on a du mal à les faire bouger, si en plus on se fait mettre des bâtons dans les roues, autant dire que c'est perdu d'avance. On veut aussi jouer les réseaux sociaux, mais on n'est pas certains que ça prenne. On se disait qu'une plainte pourrait faire bouger les journalistes et relayer nos messages.

— J'ai participé à la manif parisienne avant-hier, soupira Tancrède, on n'était pas si nombreux, je comprends. Quel est l'état des lieux ?

La militante tourna l'ordinateur vers lui. Une carte de France apparut sur laquelle quatre villes, Toulouse, Marseille, Paris et Rennes, étaient cerclées de rouge.

— On a six facs dans ces villes qui nous suivent. Dans les lycées, ils sont remontés, mais la sauce ne prend pas. D'autant que d'autres syndicats étudiants soutiennent Gerfaut.

— Des fafs ! Des réacs ! Des bourges ! marmonna le barbu.

— Pas tous, tempéra la fille, ce serait trop simple de faire cette analyse, le général jouit encore d'une certaine popularité chez ceux qui ont peur du désordre.

Le tatoué hocha la tête d'un air sentencieux.

— Anna a raison, c'est dur de faire bouger la masse, même les moins âgés. Les Français sont des veaux, avait coutume de dire je ne sais plus quel dirigeant du Parti communiste dans les années 60.

— Je ne pense pas, il s'agissait du général de Gaulle, grimaça Tancrède.

— Vous êtes sûr ?

— À 1 000 % et ça m'écorche de le dire. Bon, je vais vous quitter, dit l'avocat en se levant, oubliez la plainte, en revanche je vais parler de votre histoire à la présidente de mon association, elle connaît pas mal de gens dans les médias, ça peut faire un bon article, genre des barbouzes qui piratent un site étudiant. Mais je doute de son influence sur les jeunes. Bonne chance à vous.

Quand il sortit du local, il prit son téléphone et consulta ses messages. Delphine avait essayé de le joindre trois fois de suite. Il rappela alors qu'il montait sur son scooter.

— Comment va la colonelle Salgado ?

— Ce n'est pas drôle, Tancrède.

— Moi ça me fait rire. Que voulais-tu ?

— Juste te prévenir que je rentrerai tard ce soir. Tu peux faire les courses ?

— Non. J'ai autre chose à foutre. Je ne sais pas si tu es au courant, mais j'ai moi aussi du boulot. Je dois aller voir la coordination des black blocs, ils veulent un avocat pour les défendre quand il y aura la prochaine manif. Ils comptent kidnapper des soldats, mais s'ils se font choper vaut mieux qu'ils aient une assistance juridique.

De l'autre côté de la ligne, la voix se tendit.

— J'espère que tu as refusé. C'est illégal.

— C'était de l'humour, mon amour. Tu fréquentes trop les galonnés, ça te bouffe ton intelligence.

— Je suis sur les dents depuis un jour et une nuit, avec un président à l'hôpital et des journalistes qui me harcèlent. Désolée de ne pas rire à tes blagues. Bonne soirée.

Elle lui raccrocha au nez. Tancrède mit son casque sur la tête en pestant :

— Je crois que je vais devoir changer de nana.

52

Paris

Delphine s'attabla et commanda un crème. La chaleur bienfaisante qui régnait dans le café contrastait avec le froid vif de la rue. Elle parcourut *Le Parisien* du jour et s'attarda sur les pages politiques. L'interview du ministre de l'Intérieur était fidèle à ce que lui avait dit la responsable com de la place Beauvau. Il restait droit dans ses bottes et maniait un langage de fermeté propre à ses prédécesseurs de gauche et de droite. Ça rassurait toujours. Elle tourna la page et tomba sur un long article sur les effets indésirables des médicaments en France. Depuis qu'avait été diffusée l'information sur l'accident médicamenteux du président, tous les médias se prenaient de passion pour ce « grave problème de santé publique ». Les journalistes santé ne chômaient pas et dans toute la France les médecins et les pharmaciens étaient assaillis d'appels angoissés de patients sous traitement anticholestérol. Il y avait de quoi. Dix-huit mille morts, soit cinq fois plus que les morts sur les routes, et cent quarante mille hospitalisations avaient été enregistrés l'année précédente. Et il avait fallu que ça tombe sur le président en plein pendant l'état de siège.

— Ça fait réfléchir non ?

La voix avait surgi derrière son dos. Delphine se retourna et vit Noura se pencher au-dessus de son épaule pour lire l'article. La conseillère enleva son sac à main posé sur la chaise pour que la jeune interne puisse s'asseoir.

— Je suis désolée de te prendre du temps.

— J'ai bien le droit de prendre un café, dit Delphine, même si je ne peux pas m'éterniser. Tu as des nouvelles du président ?

— Oui, il va mieux. Il pourrait sortir demain, d'ici deux jours maximum. Tu vas prévenir les médias ?

— Pour l'instant je resterai discrète. Tout va bien ?

La jeune médecin avala son café d'un trait. Elle sortit son téléphone de son sac et le posa sur la table.

— J'ai quelque chose à te montrer.

Elle manipula son smartphone et afficha la photo d'un tableau rempli de chiffres.

— Ce sont les analyses toxico du président quand on l'a admis aux urgences. Elles indiquent une concentration massive de statine dans son sang. Deux hypothèses sont possibles. Un, il a absorbé une dose de médocs trop importante. Deux, les cytochromes de dégradation de la statine n'ont pas fonctionné. Je penche pour la seconde explication.

— Tu pourrais être plus claire ?

— Pardon, quand tu absorbes un médicament, ton corps sécrète des enzymes spéciales, des cytochromes CP4A, qui détruisent une partie des molécules. S'ils ne fonctionnent pas la concentration médicamenteuse grimpe de façon vertigineuse et c'est l'intoxication.

— O.K., qu'est-ce qui aurait pu les en empêcher ?

— Des furocoumarines, des molécules que l'on trouve dans certains fruits et légumes et qui ont la particularité de bloquer l'action de ces enzymes et donc l'overdose médicamenteuse. J'ai donc effectué une demande d'analyse complémentaire pour mesurer leur présence dans les échantillons biologiques du président. Et j'en ai trouvé une quantité au-delà de la normale.

— Comment as-tu eu cette idée ?

— Hier, mon chef de service a fait une réflexion sur les cocktails à base de fruits qu'il ingurgitait pendant ses voyages en Floride et je me suis souvenue que le président nous vantait les mérites du jus d'orange pendant notre visite à l'Élysée.

Delphine leva la main pour demander l'addition et fixa Noura perplexe.

— Oui, mais pourquoi n'a-t-il pas fait une intoxication plus tôt ? Cela faisait plus d'un mois qu'il était sous traitement et qu'il continuait de se doper à l'orange.

Noura afficha une mine embarrassée.

— Je ne sais pas, peut-être était-ce le verre de trop… Ou alors pendant le dîner on lui aurait servi un autre type de jus de fruits plus agressif que l'orange. Le pamplemousse par exemple, c'est une vraie calamité, on interdit désormais d'en prendre aux malades sous traitement, que ce soient des anticholestérol ou des antidépresseurs.

Delphine fronça les sourcils.

— J'ai déjà entendu cette histoire. Quelqu'un m'en a parlé récemment. Ça me reviendra.

— Tu devrais vérifier à l'Élysée ce qu'on lui a servi comme boisson ce soir-là. Mais ce n'est qu'une hypothèse.

Delphine prit son sac à main et se leva.

— Merci pour le tuyau, je demanderai en cuisine, mais en ce moment j'ai d'autres priorités. Je suis navrée de t'abandonner, mais c'est vraiment la folie. Quand ça sera plus calme on t'invitera à la maison avec Tancrède.

— Plutôt quand l'état de siège sera terminé, ce sera plus facile pour moi. Si tant est qu'il se termine.

— Oh oui ! Je pense qu'il est grand temps qu'on passe à autre chose. Mon couple risque de ne pas survivre à Gerfaut.

Son portable se mit à sonner. Le nom d'un journaliste du *Monde* s'afficha.

— Ça n'arrête jamais, pesta Delphine qui prit l'appel, je hais les journalistes, parole d'ancienne du métier. Tu me donnes une minute ?

Delphine se leva pour s'éloigner de quelques mètres en collant son portable à l'oreille.

— Oui, Jérôme.

À mesure qu'elle écoutait son interlocuteur son visage blêmit.

— Ce n'est pas possible ! Vous êtes sûr ? Je vais vérifier tout de suite, je vous rappelle.

Delphine retourna vers la table et s'assit à côté de Noura en pianotant rageusement sur son smartphone.

— Ton réseau marche ? demanda-t-elle à l'interne.

— Oui, ça passe.

— Tu as des comptes Facebook, Twitter ou Instagram ?

— Je ne vis pas au Moyen Âge, Delphine.

— Essaie de te connecter.

La jeune femme tapota à son tour et secoua la tête.

— Non, impossible d'y accéder. Il doit y avoir un problème de connexion.

Delphine héla le serveur.

— Servez-moi votre cocktail le plus fort.

— Mais enfin que se passe-t-il ? dit Noura, inquiète.

— Ce n'est pas la connexion qui déconne, lâcha Delphine, c'est Gerfaut. Il a coupé les réseaux sociaux. Quel con, mais quel con…

— Tu en es certaine ?

— Un journaliste vient de m'alerter. L'un de ses contacts chez un opérateur de téléphone l'a prévenu que des militaires avaient débarqué dans leur boîte.

— Mais… c'est illégal, balbutia Noura.

— Pas du tout, l'état de siège l'autorise. C'est Gerfaut lui-même qui me l'a expliqué quand j'ai visité son état-major. Ils ont un service spécialisé.

Le garçon lui apporta son verre qu'elle avala d'un trait, sous les yeux effarés de l'interne.

— Que vas-tu faire ? fit Noura.

— Donner ma démission ! Je ne cautionne plus une seule seconde cette mascarade.

Son téléphone vibra à nouveau. Le numéro de la Professeure apparut. Elle décrocha d'un air furieux.

— Vous m'avez bien baisée, Alice, vous aurez ma dém sur votre bureau dans l'après-midi.

— Écoutez-moi, Delphine, venez immédiatement à Matignon.

— Pour me donner un cours de botanique ?

— Faites-moi confiance. J'ai une nouvelle importante à vous communiquer.

— Oui, je suis au courant… les réseaux sociaux pulvérisés par les chars de votre ami Gerfaut.

— Non, je ne peux rien vous dire par téléphone. Je vous envoie une voiture.

53

AFP

Urgent. La fermeture temporaire des réseaux sociaux, Instagram, Facebook, Snapchat et Twitter, par les autorités a provoqué une vague de protestation dans toute la France. Partis d'opposition de droite et de gauche, syndicats et associations ont dénoncé une atteinte inadmissible aux libertés. Le chef de la majorité à l'Assemblée nationale s'est déclaré « en opposition totale » avec cette mesure et demande son annulation immédiate. Face à l'ampleur des protestations, le Premier ministre Charles Brissaud devrait tenir un point presse dans l'après-midi. Selon des sources proches de Matignon, il s'agirait d'une initiative du général Maxime Gerfaut, chef d'état-major responsable de l'état de siège.

Lepoint.fr

Selon des sources proches de l'Élysée, le président Marc Cardignac devrait sortir demain de l'hôpital Bichat. Il pourrait s'exprimer rapidement à la radio ou la télévision si son état de santé l'y autorise.

Orange.fr

La colère monte dans le pays après les coupures d'accès aux principaux réseaux sociaux. La grogne s'est propagée dans les établissements scolaires et des manifestations spontanées de jeunes sont en cours dans une trentaine de grandes villes. Les centres-villes sont bloqués par des sit-in de protestation, plusieurs marches anti-blocage et anti-état de siège sont organisées en banlieues parisienne et lyonnaise. Selon des sources policières, malgré l'interdiction formelle de rassemblement public, l'ordre a été donné aux forces présentes de ne pas intervenir.

BFMTV

— Caroline Delas, vous êtes en direct de Lyon, place Bellecour, envahie par les lycéens et les étudiants. Quel est l'état d'esprit des manifestants ?

— Comme vous pouvez le voir, l'ambiance est plutôt bon enfant, mais ils réclament tous le rétablissement des réseaux sociaux. J'ai à côté de moi Mathieu de la coordination Rhône-Alpes. Mathieu, pensez-vous que vous serez entendu ?

— J'espère que oui. Nous ne quitterons pas les lieux tant qu'ils n'auront pas rétabli les moyens de communication. Couper Instagram et Facebook, c'est indigne d'une démocratie. Les jeunes se battront jusqu'au bout pour obtenir gain de cause. C'est leur liberté de communiquer qu'on attaque. Le général Gerfaut, si c'est lui qui a pris cette décision stupide, doit démissionner.

Lexpress.fr

Le Premier ministre a reporté sa rencontre avec les journalistes en début de soirée, il doit s'entretenir avec le général Maxime Gerfaut. Des incidents se sont produits à Paris, Bobigny, Lyon, Toulouse, Nîmes, Lyon, Vaulx-en-Velin, Argenteuil et Marseille. Des mouvements de troupes et de véhicules militaires ont été observés dans les villes perturbées par les manifestations, mais pour le moment aucun ordre d'intervention n'a été donné. La plupart des lycées et collèges seraient bloqués.

Paris
Hôtel Matignon

Le général Gerfaut attendait dans l'antichambre à la décoration surannée. Il consulta sa montre, cela faisait presque un quart d'heure que le Premier ministre le faisait poireauter. Il jeta un coup d'œil à son smartphone, les textos n'arrêtaient pas de tomber, tous plus contradictoires les uns que les autres. Il rangea le portable dans sa poche et s'efforça de se concentrer. Il avait fait une erreur en suivant les conseils d'Alice Valbergues. Une grave erreur. Ce qui se passait dans le pays était le contraire de ce qu'il voulait. Des centaines de milliers de jeunes dans les rues. Tous unis contre lui. Le cauchemar de tous les pouvoirs, de droite comme de gauche, hantés par le syndrome Malik Oussekine[1].

1. Jeune manifestant victime de violences policières lors des grandes manifestations étudiantes de 1986.

— Le Premier ministre va vous recevoir.

— Enfin !

L'huissier lui ouvrit la porte. Il ajusta sa tenue et entra d'un pas décidé.

Charles Brissaud était debout au centre de la pièce, à ses côtés se tenaient Alice Valbergues et Delphine Salgado. Cette dernière lui lança un regard assassin.

— Ah général, désolé de vous avoir fait attendre, dit Brissaud, prenez un siège. Nous avons à parler.

Gerfaut s'exécuta. Le Premier ministre arborait un sourire crispé.

En retrait, il reconnut le ministre de l'Intérieur assis contre le mur et un peu plus loin il y avait un autre homme installé dans un fauteuil, mais dans la pénombre il n'arrivait pas à distinguer son visage. Sûrement l'un des nombreux conseillers qui gravitaient autour du pouvoir. Un parasite de plus, songea Gerfaut.

— Nous sommes dans une situation intenable, dit Brissaud. Toute cette histoire de réseaux sociaux est allée trop loin. Je me retrouve pieds et poings liés. Le ministre de l'Intérieur ici présent m'a fait un point alarmant de la situation. Il y aurait un demi-million de jeunes dans les rues. Vous vous rendez compte, Gerfaut, un demi-million !

— Et encore, ce n'est qu'une estimation basse, ajouta Brice Léandri d'une voix grave.

Gerfaut secoua la tête avec gravité.

— Nous pouvons contrôler la situation, monsieur le Premier ministre. J'ai suffisamment d'hommes sur place. Ils peuvent faire évacuer les centres-villes et…

— Envoyer la troupe contre des gamins ? Vous êtes taré ! cria Delphine qui se tenait contre le mur, les bras croisés. On devrait vous enfermer.

Le Premier ministre lui fit signe de se taire et reprit :

— Pas question de faire mouvement. Vous allez rétablir immédiatement les réseaux sociaux. C'était une idée stupide. Vous m'entendez. Stupide.

Gerfaut se crispa. Jamais un civil ne l'avait insulté de la sorte. Il se contint et rétorqua :

— Vous avez pourtant approuvé ma décision.

Brissaud tapa du poing sur la table.

— C'est vrai, mais vous m'avez induit en erreur sur les conséquences. Il s'agissait d'éviter que le mouvement étudiant fasse tache d'huile. Et c'est tout le contraire qui vient de se produire. Pour corser le tout, les multinationales du Net nous accusent de censure, d'atteinte à la liberté. Cela s'est propagé dans le monde entier. Google est venu à la rescousse de ses petits camarades, ils ont affiché dans la page d'accueil de leur moteur de recherche une Marianne tricolore avec une tronçonneuse à la main ! Vos tribunaux d'exception sont brocardés et à cause de vous, notre pays est traîné dans la boue. Bon sang ! La France pays des droits de l'Homme est mise au banc des accusés. Aux yeux du monde entier, nous sommes devenus une dictature. Vous vous conduisez comme un putschiste !

Gerfaut se leva d'un bond. Il en avait assez de cette comédie.

— Ça suffit, je ne nie pas que cette décision soit malencontreuse, et nous allons rectifier le tir, mais il ne s'agit que d'une coupure de quelques sites de communication, répliqua le général. La France n'a pas déclaré la guerre ni conduit un génocide comme d'autres pays. Quant aux tribunaux militaires, ils auraient permis de mettre hors d'état de nuire un nombre considérable de délinquants si les avocats ne les avaient pas paralysés par leur grève.

Le Premier ministre ne répondit pas et lui renvoya un regard hostile.

Gerfaut se tourna vers la Professeure.

— Madame Valbergues ? Dites quelque chose. Présentez-lui vos arguments.

La Professeure haussa les épaules et évita son regard.

— Général, croyez bien que je comprends votre point de vue, mais le Premier ministre a raison, c'est allé trop loin.

— Je vous rappelle que c'est vous qui m'avez conseillé de couper le robinet des réseaux et de remettre en place les tribunaux spéciaux.

Alice Valbergues croisa les bras et lui renvoya un sourire compatissant.

— Vous avez mal interprété mes propos, général. Je ne me rappelle pas vous avoir proposé ces mesures. Bien au contraire.

— Mais… Notre réunion au centre de commandement…

— Oui, je suis venue pour vous prévenir que l'état de siège ne serait pas reconduit une fois que le président serait de retour. Et que votre mission n'avait plus de raison d'être. Je me souviens de votre réaction de colère, mais j'avais mis ça sur le compte de la fatigue.

Un frisson de colère parcourut le soldat, Valbergues le lâchait en rase campagne. Il articula d'une voix blanche :

— Vous mentez ! (Puis se tournant vers le Premier ministre :) Je vous jure sur ce que j'ai de plus sacré que Mme Valbergues m'a encouragé à durcir mes positions. Elle m'a même fait miroiter des ambitions politiques.

— Vous délirez général, reprenez-vous ! lâcha la Professeure d'un ton sec.

Brissaud scruta les deux adversaires, puis s'adressa à Gerfaut :

— Vous avez des témoins pour corroborer vos dires ? Ou un document rédigé par Alice ?

— Non ! Tout s'est déroulé dans la salle de réunion. Et…

Le militaire s'interrompit et dévisagea longuement la Professeure.

— Je comprends maintenant pourquoi vous avez fait sortir tout le monde… Bien joué.

— Oui, c'était pour ménager votre susceptibilité, je ne voulais pas vous faire part de votre limogeage devant vos subordonnés.

— Madame, votre attitude est indigne.

— Je vous en prie général, un peu de tenue, lança Brissaud.

Gerfaut dévisageait ses interlocuteurs avec un mépris non dissimulé.

— Vous m'avez utilisé pour faire le sale boulot et maintenant vous me jetez. Je vais même plus loin, je représentais une menace du fait de ma popularité et vous m'avez poussé à la faute sciemment. Pour me discréditer aux yeux de l'opinion. C'est une machination abjecte.

Un silence pesant s'abattit dans la pièce. Puis une voix masculine monta du fond de la pièce.

— Putschiste et complotiste… Et dire que je vous avais accordé ma confiance, général.

L'homme assis en retrait se leva lentement pour se diriger vers le général Gerfaut.

Amaigri, le teint livide, mais le regard brûlant, le président Marc Cardignac apparut en pleine lumière.

54

RTL

Le président Marc Cardignac est sorti de l'hôpital Bichat. Il devrait prononcer une allocution ce soir, à 20 heures.

Orange.fr

Des retraits de troupes sont signalés un peu partout en France. Les chars Leclerc et AMX déployés dans le cadre de l'état de siège sont en train de regagner leurs casernes. Par ailleurs, les vols des avions Rafale ont tous été suspendus.

AFP

Flash. Le général Gerfaut a été limogé de son poste de chef d'état-major.

Leparisien.fr

La mise à pied du chef d'état-major, le général Maxime Gerfaut, est un coup de théâtre. Celui qui apparaissait comme l'homme fort de l'appareil d'État, au point d'avoir amorcé un net durcissement de l'état de siège après sa prorogation par le Parlement, chute aussi brusquement qu'il était apparu.

Officiellement, l'homme paie pour les dérives auxquelles s'est livrée l'armée, les autorités civiles niant désormais l'avoir autorisé à imposer un black-out sur les réseaux sociaux. L'entourage du Premier ministre confie en outre que le rétablissement des tribunaux militaires s'est opéré sans l'autorisation formelle du gouvernement. « Lorsque le président s'est retrouvé momentanément hors-jeu à cause de son hospitalisation, Gerfaut s'est pris pour le maître et a abusé du pouvoir que lui conférait l'état de siège », commente un collaborateur de Matignon. Le sort du désormais ex-chef d'état-major demeure incertain. Selon certaines sources militaires, il aurait été placé aux arrêts de rigueur, d'autres laissent entendre qu'il serait simplement, pour l'heure, assigné à résidence dans ses quartiers à l'École militaire.

Paris

La doublure lumière, l'assistant de plateau qui se met à la place de l'invité pour tester les éclairages, se leva du fauteuil, réglages effectués, pour laisser la place au président. Marc Cardignac présentait une mine blafarde et des traits tirés après son hospitalisation. Sa maquilleuse personnelle avait eu beau déployer tout son art pour donner à son visage un semblant de tonus, le résultat n'était guère convaincant. Il flottait dans son costume marine, et son col de chemise bâillait légèrement sous le nœud de cravate bleu clair. Habilleuses, maquilleuses, coiffeur, les petites mains du palais allaient devoir donner un coup de collier pour lui redonner plus fière allure. Et il fallait reprendre les réglages lumière, soigner les éclairages.

En ces heures dramatiques, pas question de laisser apparaître à l'écran un président à l'air si affaibli. Delphine Salgado et la cellule audiovisuelle du palais avaient pris en compte ces contraintes dans le choix du lieu de tournage de l'allocution présidentielle. La bibliothèque de l'Élysée, pièce à la fois intime et solennelle – elle servit de décor à la photographie officielle de quatre présidents de la Ve –, s'était imposée comme le cadre idéal. L'enjeu, la reprise en main du pays, était immense. Le staff élyséen retenait son souffle : Cardignac n'avait pas droit au « plantage ».

Dans les salles de rédaction aussi l'atmosphère était fébrile. L'escamotage brutal du général Gerfaut, la tentative de putsch, la réapparition comme par magie du chef de l'État… les médias avaient rarement connu période aussi faste. Enquêtes sur les putschistes, leurs complices et leurs réseaux, interrogations sur l'hospitalisation du président – « vrai malaise ou maladie diplomatique ? » –, spéculations sur les suites politiques, ce flux alimentait minute après minute les sites des journaux et les radios et chaînes d'info en continu. La presse était d'autant plus accro qu'elle avait le sentiment de se faire balader, le pouvoir usant et abusant des restrictions à la liberté d'information induites par l'état de siège.

Le visage de Marc Cardignac emplit l'écran.

— Ouh là, il a pris cher, s'écria la journaliste accréditée à l'Élysée d'un grand quotidien parisien.

Elle s'apprêta à poster un tweet sur ce thème avant de se raviser, jugeant que ce ne serait pas à la hauteur des circonstances.

— Le réalisateur aurait intérêt à y aller mollo sur les gros plans s'il veut garder son job, renchérit, caustique, son rédacteur en chef.

Le président se lança. Le ton était ferme, plus assuré que ne l'aurait laissé craindre son apparence.

« Mes chers compatriotes, mes chères Françaises, mes chers Français, mes chers amis...

« Oui, permettez-moi de vous appeler chers amis, car les heures éprouvantes que vient de vivre notre pays, que nous venons de vivre, doivent nous conduire à nous tenir ensemble, à nous tourner chacun vers son prochain, vers son concitoyen, à nous considérer les uns les autres avec fraternité... »

— Qu'est-ce qu'il lui prend, c'est à l'hôpital qu'il a séjourné ou dans une secte ? s'étonna la journaliste politique.

— Cchhhuut, coupèrent ses collègues, ça sent la révélation, écoute.

« Vous vous en souvenez, lorsque j'ai pris la lourde décision d'instaurer l'état de siège, j'étais guidé, et tout mon gouvernement avec moi, fort du soutien entier et sans réserve d'une majorité de la représentation nationale, par l'urgente nécessité d'en finir avec la spirale terroriste. La France endeuillée, frappée, affaiblie, ne pouvait plus supporter... »

— Oui, O.K., gaspille pas tes forces, on sait tout ça, viens-en au fait, au fait ! s'impatientait la rédaction.

« Cette mission essentielle, je l'ai confiée à un chef exceptionnel, un soldat de dévouement et de courage,

le général Gerfaut. Un officier en qui j'avais placé toute ma confiance et, à travers moi, celle de toute la nation.

« Et voici, comme vous l'avez appris, que ma confiance a été trahie. Pire, que la confiance de tous les Français, de chacun d'entre vous, a été trahie. Et par qui ? Hélas, hélas, hélas... »

— Tiens, j'ai déjà entendu ça quelque part, releva le rédacteur en chef.

— C'est habile, le mimétisme avec de Gaulle condamnant les généraux putschistes d'Alger en 1962, c'est une façon de dramatiser et de charger Gerfaut à mort, analysa la correspondante à l'Élysée.

« Elle a été trahie par celui-là même qui était censé nous protéger, le général Gerfaut. Pour je ne sais quelle raison, ou plutôt je ne le sais que trop, une ambition dévoyée, une conception totalement irraisonnée de l'ordre public, une rêverie d'aventurier factieux, ce général exalté a outrepassé ses ordres et sa mission, entreprenant de se substituer aux organes de l'État, de museler les médias et le pays, s'en prenant aux partis et aux corps intermédiaires. Il projetait d'attenter aux libertés publiques. En un mot, lui et quelques égarés qui l'ont suivi se sont livrés à une tentative de coup d'État... »

— Mouais, c'est pas net tout ça, on n'a toujours pas bien compris s'il agissait sur ordre et ce qu'il visait exactement.

— Silence, c'est historique, là. On n'a pas vu un tel bordel depuis soixante ans.

« J'ai donc décidé, pour tourner une bonne fois la page et éviter la survenance de tragiques répéti-

tions de l'histoire, de mettre fin à l'état de siège. Je convoquerai demain matin un Conseil des ministres extraordinaire pour prendre les dispositions nécessaires, conformément à l'article 36 de notre Constitution. Les libertés publiques seront aussitôt rétablies, le couvre-feu sera levé... »

— Pas vraiment une surprise, commenta le rédacteur en chef, ça confirme notre une juste avant la disparition de Cardignac : il était pour la suspension. Il faut savoir d'où est venu le cafouillage, ou la manip, qui a abouti à la prorogation. Tout le monde doit être sur le pont, on checke à l'Élysée, Matignon, on recoupe les infos avec les ministres dans le coup et les poids lourds de la majo, y en a bien qui vont causer...

— L'Assemblée et le Sénat viennent de voter une rallonge de trois mois, ça fait désordre quand même.

— Et Gerfaut alors, qu'est-ce qu'ils ont fait de lui ? Cardignac ne précise rien, s'impatienta une journaliste.

— Selon le blog spécialisé défense « Grizzly », il aurait été mis au secret dans une caserne en dehors de Paris, répondit son chef. Nos reporters sont sur sa piste.

« Désormais il importe de se tourner résolument vers l'avenir. Avec une confiance renforcée par les épreuves. Nous avons remporté une bataille décisive contre le terrorisme. Mais pour gagner la guerre, pour que plus un seul jeune Français n'éprouve désormais l'envie de partir faire le djihad en Syrie ou ailleurs, de commettre des attentats dans son propre pays, la République doit reconquérir tous les territoires.

« La France ne peut plus rester divisée, fracturée. Avec mon gouvernement, avec l'appui du Parlement

et, je le souhaite, de tous les partis politiques, avec la participation des forces vives de la nation, nous allons lancer un chantier d'une ampleur encore jamais osée, en agissant et en avançant sur tous les fronts : éducation, emploi, égalité réelle des chances, politique de la ville, et bien sûr sécurité.

« Cette reconquête républicaine sera érigée en grande cause nationale, ce sera ma priorité numéro Un… »

Dans la grande salle de conférences de rédaction, où il regardait l'intervention sur le mur d'écran avec les journalistes politiques, le rédacteur en chef fit la moue.

— Un pas en avant, deux pas en arrière : c'était déjà le discours officiel en 2005 après les émeutes de banlieue et en 2015 après *Charlie Hebdo*. Il aura donc fallu tous ces attentats, toutes ces tragédies pour en revenir là.

Le président n'avait pas terminé.

« Je proposerai au Parlement d'importantes réformes de la Constitution de 1958… »

— Ah, il remet ça avec sa VIe République ? Il n'en avait plus parlé depuis la campagne présidentielle.

— Réformes, il a dit, pas révolution. Attends…

« Dans notre vieux pays, la France, le processus démocratique n'est jamais tout à fait parvenu à son terme. Je l'assume. Il est temps d'avancer, d'examiner sereinement ce qui relève des attributs nécessaires à une démocratie moderne et ce qui appartient au passé.

« J'envisage la suppression de l'article 36 sur l'état de siège. Ce dispositif nous a permis de lutter efficacement contre la menace terroriste. Mais son utilisation

s'est avérée complexe, a donné lieu à de graves dérapages. Il faut en tirer les conséquences. Le recours aux forces armées sur le sol national doit rester possible en cas de nécessité, mais dans un cadre strictement défini par une future loi sur la sécurité nationale.

« Quant à l'état de siège, je proposerai de le remplacer par un état de guerre, concernant spécifiquement un conflit avec un État ou une coalition se livrant à une attaque sur nos frontières ou sur notre sol… »

— Il est gonflé ! C'est lui qui a sorti cet article de la naphtaline, aucun président ne l'avait jamais utilisé, et maintenant il le bazarde, se récria la spécialiste Élysée.

— Il se donne le beau rôle de sauveur de la démocratie. Sur le fond, je ne suis pas sûr que ça change vraiment la donne : derrière les terroristes il y a presque toujours des États, et les attentats de masse sont une forme de guerre. Un dirigeant qui souhaiterait revenir à un régime d'exception se débrouillera toujours pour y arriver, estima, sceptique, un journaliste aux tempes grisonnantes.

À peine le président achevait-il de prononcer « Vive la République, vive la France » que son visage fut remplacé sur les écrans par les sempiternels plateaux d'experts.

— Après le champion de la sécurité, voici Cardignac champion des libertés, vous en dites quoi monsieur Sullerot, chapeau l'artiste ? demandait le présentateur de LCI.

L'invité auquel il s'adressait, Patrice Sullerot, médiatique avocat au Conseil d'État et au Conseil constitutionnel, fixa la caméra.

— Attention, pas si vite, il faut attendre d'en savoir plus sur le contenu de sa réforme… ou de sa future Constitution d'une VIe République. Il n'a pas été très précis.

— Rien de nouveau sous le soleil, alors ?

— Si, bien sûr. Renoncer à l'état de siège, c'est déjà un grand pas. Mais j'estime que pour bien faire on devrait aussi supprimer l'article 16, qui confère en cas de crise tous les pouvoirs au président. Comme l'article 36, il n'a été utilisé qu'une seule fois, par le général de Gaulle lors du putsch d'Alger en 1961. Si vous voulez, ces deux articles, c'est ce que j'appelle la soupape antidémocratique de notre Constitution.

— Soupape antidémocratique ? Que voulez-vous dire ?

— Eh bien, la Constitution organise notre système selon des principes forts, séparation des pouvoirs, primat de l'état de droit, contrôle de l'exécutif par le législatif, etc. Mais en cas de crise grave, on vous dit fini de jouer, on remet le pouvoir entre les mains d'un seul homme, on place les libertés entre parenthèses et on instaure un régime militaire pseudo-monarchique.

— Vous y allez fort ! D'abord, vous le soulignez vous-même, ces articles n'ont été activés qu'une seule fois chacun ; ensuite, leur application est temporaire…

L'avocat prit de longues secondes avant de répondre :

— Temporaire… à condition que l'homme ou la femme qui occupe l'Élysée soit réellement démocrate. Mais si un populiste ou un nationaliste accède un jour au fauteuil suprême, êtes-vous certain qu'il, ou elle, renoncerait aux pleins pouvoirs ?

55

Paris
Palais de l'Élysée

Delphine Salgado allait sortir de son bureau pour rcjoindre Tancrède quand son téléphone portable sonna. Elle jeta un œil sur l'écran, le numéro était masqué.

Elle hésita une poignée de secondes, il arrivait au président de l'appeler avec des portables des services de sécurité. Elle décrocha, une voix inconnue retentit.

— Bonjour madame Salgado, auriez-vous l'obligeance de jeter un œil à votre boîte mail ?

Le ton était neutre, presque désincarné. On aurait dit un robot de répondeur d'une grande entreprise.

— Qui êtes-vous ?

— Vous devriez vraiment consulter vos messages.

Delphine tentait d'enfiler son manteau, le téléphone contre l'oreille.

— Je vais raccrocher si vous ne vous identifiez pas. Mieux, je vais passer l'appel à la sécurité.

Il s'écoula une poignée de secondes, puis la voix s'infiltra à nouveau dans le portable.

— Mon identité importe peu. En revanche, je vous ai envoyé un document qui vous intéressera. Il s'agit de l'enregistrement d'une conversation lors d'un dîner à l'Élysée il y a quelques jours. Le portable TEOREM d'un des participants a été placé sur écoute par l'armée.

Delphine se figea. Elle reposa son manteau et se rapprocha de son ordinateur.

— Quel dîner ?

— Celui pendant lequel le président Cardignac a fait son malaise.

Elle ouvrit le PC et accéda à sa boîte mail. Une bonne trentaine de messages non lus en gras apparurent en haut de sa boîte de réception.

— Je reçois beaucoup de messages. Quel est l'identifiant du vôtre ?

— Cincinnatus.

— Cincinnatus comme le… comme le dictateur romain ?

— Vous apprécierez ce clin d'œil. Vous comprenez maintenant qui m'envoie vers vous, je présume ?

Le général Gerfaut. Delphine hésita. Devait-elle alerter les services de sécurité du palais pour qu'ils retracent illico son interlocuteur ? Son propre portable professionnel était crypté. Une petite voix lui soufflait de n'en rien faire, d'écouter ce fameux enregistrement.

Elle cliqua sur le message de Cincinnatus. Il n'y avait aucun commentaire, uniquement la pièce jointe avec le lien sur l'enregistrement. Elle posa son téléphone toujours allumé sur le bureau et saisit son casque audio dont elle plaqua un des deux écouteurs sur son oreille.

Un nouveau clic sur la souris de l'ordinateur.

La bande-son défila.

On entendit des bruits de pas, des discussions, puis des assiettes entrechoquées.

Une conversation.

— *Parfait. Comme je le disais, on est dans la merde. Gerfaut reste populaire, si on le dégage tout de suite, on va perdre dans les sondages.*

Delphine avait reconnu la voix du président. Puis une femme s'exprime. Alice Valbergues.

— *J'ai une idée, mais je ne sais pas si vous accepterez. Revenez sur votre décision. Vous pourriez prendre du recul le temps qu'il fasse une partie du boulot. Un peu comme de Gaulle qui a disparu à Baden-Baden pendant Mai 68. Pendant ce temps-là, je pourrais lui suggérer de faire un faux pas. Et puis vous le remercieriez comme il se doit. Vous apparaîtriez comme le sauveur de la République.*

— *Et le laisser faire des conneries ? Pas question.*

— *Vous êtes têtu.*

— *Non éthique. Je n'aime pas ce général, mais pas question de le manipuler.*

— *Il s'agit de raison d'État. Vous faites une erreur grossière et vos chances d'être réélu sont proches du néant.*

— *Je préfère me regarder dans la glace. Et vous me décevez beaucoup Alice pour imaginer que je vais tremper dans ce genre de combine. Je vais faire comme si je n'avais rien entendu.*

— *Comme vous voudrez, monsieur le président.*

— *Je vais avoir besoin de litres de jus d'orange et de café pour tenir la nuit.*

— *Je suis désolée monsieur le président, mais on est en rupture de stock. Par contre, on peut vous faire du jus de pamplemousse. Ça contient autant de vitamine C.*

— *Va pour le pamplemousse. Vous en prendrez Valbergues ?*

— *Oui, j'adore ça. C'est excellent pour la santé.*

Delphine fixait l'écran gris de l'ordinateur, effarée. Elle reprit machinalement son téléphone.

— Mon Dieu… Ce n'est pas possible.

Elle avait prononcé ces mots en se les adressant davantage à elle-même qu'à son mystérieux interlocuteur.

— Et pourtant si, ils ont tenté de manipuler Gerfaut, du moins Mme Valbergues. Bonne journée.

Delphine émergea de ses pensées et répondit après que son interlocuteur eut raccroché :

— Je ne parlais pas de ça.

56

France2.fr

Flash spécial. Alice Valbergues a été nommée Premier ministre en remplacement de Charles Brissaud. C'est la première fois depuis trente ans qu'une femme accède à ce poste.

Paris

Hôtel Matignon

— Je terminerai en citant le général de Gaulle : « Les plus nobles principes du monde ne valent que par l'action. » Une maxime qui me guidera, chaque jour, dans mes nouvelles fonctions. Avec votre aide à tous. Et pour commencer, je vous propose de partager une coupe de champagne.

L'assistance, une quinzaine de personnes, applaudit à tout rompre la nouvelle chef du gouvernement qui se dirigeait vers le coin buffet. Vêtue d'un tailleur blanc cassé, elle distribuait aux uns et aux autres poignées de main et sourires chaleureux. On entendit trois bouchons de champagne sauter et les serveurs entamèrent leur ballet, offrant coupes et canapés aux invités triés sur le volet. Deux heures plus tôt Alice Valbergues, radieuse, avait raccompagné son prédécesseur, le visage renfrogné, en bas des marches du perron sous les feux des caméras et les flashs des photographes. Officiellement, Brissaud se retirait sur ses terres d'Aquitaine pour bétonner la reconquête de son siège de député, officieusement il payait l'erreur d'avoir accepté la prolongation de l'état de siège.

Les médias avaient salué cette nomination inattendue. Choisir une femme telle qu'Alice Valbergues comme Première ministre pour faire oublier l'état de siège et son turbulent général, voilà qui était un admirable coup politique de Cardignac. Elle faisait, presque, l'unanimité autour de sa radieuse personne. À l'assemblée, la majorité retrouvait le sourire, soulagée de la mise au rencart de Gerfaut, les partis d'opposition ne pouvaient que saluer la nomination d'une femme pour ne pas être taxés de misogynie auprès de leur électorat féminin. Sa carrière internationale de haut vol réjouissait les milieux des entreprises et des affaires, son sens de la négociation mettait les syndicats dans de meilleures dispositions. Son courage personnel en imposait, une fuite dans la presse avait révélé qu'elle s'était opposée à Gerfaut quand il s'était imposé en censeur des réseaux sociaux. Tout bénéfice pour Cardignac dont la cote avait remonté en flèche dans les sondages.

Seule ombre au tableau pour l'Élysée, le général bénéficiait toujours d'une couche importante de partisans. 45 % des Français regrettaient son départ précipité. Sur les réseaux sociaux les théories complotistes explosaient. Gerfaut était devenu fou et mis dans un asile, Gerfaut avait été assassiné par le président, Gerfaut aurait été un agent infiltré du Mossad pour lutter contre l'islam, le président était franc-maçon et voulait se venger de Gerfaut nouveau héraut de la France patriote et catholique. La plus singulière expliquait que le général et le président étaient de mèche, que les premiers attentats à Lyon étaient des manipulations pour installer l'état de siège et qu'au final tout n'avait été qu'une vaste comédie pour duper les Français.

Dans le salon feutré, Delphine Salgado s'était mise à l'écart devant l'une des portes-fenêtres et observait le parc pendant que les nouveaux collaborateurs de la Première ministre se congratulaient.

La Professeure la rejoignit et lui mit la main sur l'épaule.

— Je vous connais Delphine. Quelque chose vous tracasse on dirait. Pourtant tout est bien qui finit bien. Nous sommes débarrassés de Gerfaut, le président retrouve sa popularité, son discours sur le renouveau de la Constitution a fait un tabac. Nous allons nous remettre au travail et bâtir une nouvelle France.

Delphine restait de marbre et continuait d'observer le jardin.

— Quel magnifique parc… Je me souviens de ce que vous m'aviez dit à propos de la dangerosité des espaces verts quand on exerce le pouvoir.

— Et je n'en démords pas, je ne m'y perdrai pas en contemplation. Pas question de me la jouer zen.

La nouvelle Première ministre avala d'un trait le fond de sa coupe. Delphine se tourna vers elle et lui envoya un sourire énigmatique.

— Quand je suis venue ici à Matignon, la première fois, votre prédécesseur nous a offert une petite visite privée du parc pour nous montrer l'arbre qu'il avait planté. Une tradition qui remonte à Raymond Barre avec la pose d'un érable. Depuis, chaque occupant de Matignon a choisi le sien, Fabius et Villepin un chêne, Ayrault un magnolia. J'avais trouvé la coutume charmante. Et vous quelle espèce allez-vous choisir ?

— Vous me posez une colle, je ne suis pas très portée sur la botanique, je demanderai conseil aux jardiniers.

— Puis-je vous faire une suggestion ?

— Volontiers.

— Un *citrus maxima*. J'ai trouvé le nom avant de venir.

— Je ne connais pas. Serait-ce un citronnier avec un dérivé latin du prénom du général Gerfaut ? Si c'est le cas, j'apprécie l'allusion.

— Vous n'y êtes pas du tout. *Citrus maxima* est le nom de l'arbre à pamplemousse. Un fruit qui vous a porté chance, non ?

La Professeure plissa ses paupières et répondit d'une voix neutre :

— Je ne vois pas très bien où vous voulez en venir.

— Vraiment ? Lors du dîner pendant lequel le président a eu son malaise, on lui a servi du jus de pamplemousse. Il en a bu un bon litre. Vous étiez présente et vous l'avez laissé se servir.

— Peut-être, je ne m'en souviens plus. J'avais d'autres priorités.

— Curieux cette perte de mémoire. Je me souviens d'une réunion à l'Élysée où vous m'aviez mise en garde sur la contre-indication du jus de pamplemousse et des médicaments anticholestérol.

La Professeure balaya la salle du regard autour d'elle et serra l'avant-bras de Delphine.

— Vous insinuez que j'aurais délibérément… empoisonné le président ?

— Je n'insinue rien. Je prouve.

Delphine prit son smartphone et le tendit contre l'oreille de son interlocutrice.

— C'est un enregistrement qui a été capté à l'Élysée pendant votre dîner.

— Impossible !

— Les militaires avaient trafiqué votre portable TEOREM, Gerfaut se méfiait de vous et préférait assurer ses arrières. Dans quel monde vivons-nous…

Alice Valbergues écouta l'enregistrement jusqu'au bout sans broncher, puis articula d'une voix tendue :

— Vous ne devriez pas jouer à ce petit jeu avec moi. Vous savez que je suis la nouvelle chef du gouvernement.

— Je ne suis plus votre chère amie… Comme c'est triste.

La Professeure s'adoucit. Elle jeta des regards rapides autour d'elle, puis prit la jeune femme par le bras.

— Je ne voulais pas vous menacer. Ce qui s'est passé ce soir-là est plus compliqué qu'il n'y paraît. Je vous jure que ce n'était pas prémédité. J'étais en colère, il était buté et allait commettre la plus grosse erreur de sa carrière en stoppant Gerfaut trop tôt. Il fallait agir vite, décider en quelques secondes. Je savais qu'il allait subir un choc médicamenteux… mais je savais aussi que ça ne mettrait pas sa vie en péril, les médecins pouvaient contrôler la situation.

— La Professeure prise de folie se transforme en empoisonneuse. Je vois déjà les gros titres.

— Non ! Quand je l'ai vu pris de convulsions, j'ai immédiatement alerté le médecin de l'Élysée et lui ai dit qu'il s'était intoxiqué, et il l'a fait vomir. Là, je peux bien vous avouer que pendant un instant j'ai failli flancher, je me suis demandé si je n'avais pas fait courir au président un risque insensé.

— Et ensuite ? Gerfaut, la prolongation de l'état de siège ?

— J'ai retrouvé mon sang-froid et j'ai conduit ma stratégie. La meilleure pour le président et la France. Les faits prouvent que j'ai eu raison.

— Vous m'écœurez.

La Professeure lui lança un regard dur.

— La morale n'est pas un paramètre prioritaire dans l'équation de la raison d'État.

Delphine prit son sac et la scruta avec un air de défi.

— Je suis curieuse de savoir ce que le président en pensera.

— Vous n'oseriez pas…

— J'ai pris rendez-vous avec lui demain matin.

— Mais…, balbutia Valbergues, les mains crispées sur sa coupe.

— Alice, profitez bien de la première nuit que vous allez passer dans votre nouveau palais. Il est probable que ce soit la dernière.

La chargée de communication tourna les talons sous le regard affolé de la nouvelle maîtresse de Matignon.

57

Paris
Élysée

Delphine Salgado dévisagea le président, interloquée. Calé dans son fauteuil, coudes appuyés sur son bureau, Marc Cardignac gardait les mains jointes sur l'arête du nez, les paupières closes. Mutique. *Il ne s'est tout de même pas endormi ?* se demanda la conseillère com. Elle se retint de lui secouer le bras. Il est vrai qu'il restait affaibli par son empoisonnement.

Assise face à lui dans le salon d'angle au premier étage du palais, Delphine venait de lui révéler toute l'histoire, mettant en avant ses preuves, lui faisant écouter l'enregistrement de Gerfaut. Tout au long de son récit, il l'avait écoutée sans ciller, sans l'interrompre, sans même prononcer un mot. Puis il avait fermé les yeux, comme il avait coutume de le faire lorsqu'il réfléchissait avant de prendre la parole. Mais cela ne durait jamais aussi longtemps.

Quand elle eut fini, il se leva de sa chaise et s'approcha de la haute fenêtre qui donnait sur l'aile Madame. C'était l'heure où Léa, son épouse, faisait venir dans son bureau leurs deux enfants, rentrés de l'école. Ils se racontaient leur journée, partageaient un chocolat chaud préparé par les cuisines du château, riaient avec insouciance. Il restait toujours silencieux, les mains jointes derrière le dos.

Delphine n'osait pas intervenir, elle imaginait ce que devait ressentir à cet instant précis le chef de l'État. Celle qu'il venait de nommer Premier ministre avait tenté de l'empoisonner. Situation inédite dans l'histoire de la République.

Il se retourna enfin et alla s'asseoir à son bureau.

Quelque chose clochait dans l'attitude du président. Il paraissait étrangement calme, comme si ces révélations ne l'atteignaient pas. Cardignac s'adressa à sa collaboratrice avec douceur.

— Vous voulez un café, un thé ? Un jus d'orange ?

Delphine restait interloquée. Elle tendit le buste dans sa direction et lança d'un timbre frémissant :

— Monsieur le président, vous avez entendu ce que je vous ai dit ? Elle aurait pu vous tuer, elle vous a manipulé, trahi.

— Thé ou café ? se contenta de répéter son interlocuteur.

— Thé, balbutia Delphine.

Le président appuya sur une touche du combiné et commanda un thé et des rafraîchissements, puis raccrocha et s'adressa à sa conseillère :

— Je comprends votre réaction. La situation n'est pas aussi simple.

— Pas si simple ? Vous allez la limoger sur-le-champ ?

Cardignac posa ses mains à plat sur le cuir du bureau avant de répondre du ton le plus posé qui soit :

— Non.

Le cerveau de Delphine tournait à toute allure. Ce non était illogique, absurde. Soudain une hypothèse germa. Elle articula lentement :

— Je comprends… Mon témoignage ne suffit pas. Vous voulez avoir plus de preuves. Vous comptez demander une enquête ?

— Non.

Delphine était estomaquée. Indignée, incrédule.

— Mais enfin, vous n'allez pas la garder à Matignon quand même ?

— Si.

La jeune femme se recroquevilla dans son fauteuil, accablée. Elle ne comprenait plus cet homme pour lequel elle s'était engagée en politique. Elle tentait désespérément de trouver une logique dans les réponses de son interlocuteur.

— Vous craignez de vous déjuger ? hasarda-t-elle. Il n'y a aucun risque, dès que les faits seront connus, tout le monde approuvera votre décision. Personne ne comprendrait que vous continuiez à travailler avec quelqu'un qui a attenté à votre vie.

Cardignac sourit, mais son regard froid démentait toute bienveillance.

— Je vous demande de garder tout cela pour vous, rien ne doit sortir de cette enceinte.

— Quoi, mais je…

On frappa à la porte. Cardignac leva la main pour interrompre Delphine.

— Entrez ! lança le président d'un ton impatient.

Le maître d'hôtel pénétra dans la pièce, posa le plateau sur une desserte à côté du bureau et disparut aussi vite qu'il était arrivé.

— Moi je n'ai pas droit à grand-chose, je suis encore sous traitement, reprit Cardignac en servant lui-même un thé à Delphine.

C'était au tour de celle-ci de rester sans mot dire. Elle hésitait entre balancer à la figure du chef de l'État son dépit, son dégoût même, ou le planter là sans une parole, sans explication, et retourner dans le monde normal.

Le président rompit le silence :

— La Première ministre est venue me voir il y a une heure. Sucre ?

— Euh… oui.

Il poussa la tasse dans sa direction, puis se renfonça dans son fauteuil.

— Elle m'a donné sa version des faits.

— Et donc ? interrompit Delphine.

— La méthode employée par Alice Valbergues est certes détestable, mais je tiens pour valable son moment de colère. Ce qu'elle a fait, c'était pour mon bien. Elle n'a en aucun cas essayé de m'éliminer, elle savait parfaitement ce qu'elle faisait. D'ailleurs quel intérêt y aurait-elle trouvé ? Ma disparition aurait sonné la fin de sa carrière.

— Je vous trouve vraiment indulgent, elle vous a bel et bien mis en danger…

— En agissant ainsi elle a paradoxalement fait preuve de loyauté, puisque le but était d'écarter un militaire dont l'action devenait dangereuse pour le pays. C'est de cela que je vous parle en invoquant la raison d'État. C'est aussi parce que j'ai la conviction qu'elle est aujourd'hui la personne qu'il faut à la tête du gouvernement, pour mener à bien les chantiers et les réformes que j'ai annoncés dans mon discours. C'est une tâche ardue, comme toujours chez nous il se trouvera beaucoup de monde pour lui mettre des bâtons dans les roues. Elle n'a pas d'états d'âme...

— Ça, on s'en est bien rendu compte !

Cardignac ignora la flèche.

— Pas d'attaches partisanes, donc pas d'entraves, elle sera capable de travailler avec tous, de faire montre d'audace. Elle vient de l'entreprise, c'est ce qui plaît aux Français, ils en ont assez des *combinazione* du vieux monde politique. Et son statut de professeur rassure, elle sait de quoi elle parle. Ce sera mon Raymond Barre, mon Mazarin ou Richelieu !

Il s'emballait.

— J'aurais plutôt dit Talleyrand ou Fouché, coupa Delphine, acerbe.

La réplique du président tomba, sèche comme un couperet.

— Je peux vous garantir qu'elle me sera à 100 % loyale. Elle n'a pas le choix. Avec ce que je sais, et que vous savez, pour elle c'est Matignon ou... la prison. Il suffirait d'un mot de ma part...

La jeune femme était soufflée. Ce président qu'elle avait cru un instant retrouver, lorsqu'il avait annoncé la levée de l'état de siège et le lancement de réformes pour régénérer la démocratie, était donc capable en même temps de calculs aussi cyniques ? De la même façon qu'il avait sacrifié Gerfaut, il n'hésiterait pas le jour venu à briser Valbergues, sa mission accomplie. *La raison d'État.*

Elle frissonna.

— Le général Gerfaut aussi connaît la vérité sur votre accident de santé.

— Cela, ma chère, j'en fais mon affaire. Je doute qu'il soit en mesure de se montrer menaçant.

— Vous vous êtes servi de lui, au fond. Il a fait le sale boulot, et hop, aux oubliettes le général !

Cardignac eut un sursaut d'exaspération.

— La passion vous égare, Delphine. Vous oubliez que je l'ai plus d'une fois mis en garde contre ses dérives. Il allait beaucoup plus loin que la mission que je lui avais confiée : vaincre le terrorisme, pas nettoyer les écuries d'Augias. Il s'était mis en tête de devenir le monsieur Propre du pays, et ça s'est aggravé après la prolongation de l'état de siège. Heureusement la manœuvre d'Alice nous a permis de le stopper.

— À moins qu'elle ne l'ait sciemment poussé à la faute…

— Allons Delphine, ne soyez pas parano. Vous m'inquiétez, je vais finir par me demander dans quel camp vous êtes ! Non, croyez-moi, nul besoin de le pousser pour que le soldat loyal se mue en émule de César, ou de Napoléon, son idole. Tout ça pour finir en Moubarak au petit pied, plongeant le pays en plein black-out.

— À vous entendre, on se demande bien pourquoi vous avez fait appel à lui.

— J'ai fait une erreur, je le reconnais, une grave erreur. J'ai trop misé sur la popularité des militaires. Les Français voient l'armée comme la dernière institution porteuse de valeurs fortes, la solidarité, l'autorité, la discipline, le courage. Regardez le nombre de jeunes qui s'engagent chaque année, ils cherchent du sens, ils cherchent aussi un univers où l'ascenseur social fonctionne toujours, où l'on peut gravir les échelons quelles que soient ses origines. Le brassage social, ethnique, y est une réalité. Je savais que l'armée serait efficace dans le combat contre les djihadistes, j'espérais que sa présence serait acceptée par la population.

— Les Français qui ont le plus applaudi les militaires sont ceux qui les avaient le moins sur le dos, ironisa Delphine.

— C'est vrai, ils suscitent l'espoir chez certains, la crainte chez les autres. Vous savez, tout général qu'il était, de Gaulle se méfiait des militaires. Après le putsch d'Alger il a tenu les généraux loin de la politique, a imposé le silence dans les rangs. Finalement, c'est lui qui avait raison. Dès qu'on leur lâche la bride, ils sont prêts à vous bouffer. C'est ce qui a failli arriver avec Gerfaut.

— Au niveau où il était dans les sondages il n'avait pas besoin de vous bouffer, sauf votre respect. Il lui suffisait d'attendre les prochaines élections.

Cardignac se récria, l'œil furibard :

— Vous ne croyez quand même pas que c'est pour une histoire de sondages que nous en sommes arrivés là, reprenez vos esprits, enfin ! Ce type mettait la République en danger. Il a fait croire aux gens qu'il suffisait de quelques solutions simplistes pour régler tous les problèmes. De général il se voyait déjà en moderne Saint Louis guérisseur de toutes les écrouelles françaises. La réalité est autre, l'homme providentiel est une chimère. Un conte de fées pour adultes.

— Et un cauchemar pour vous, monsieur le président. Je vais vous laisser.

Delphine glissa son portable dans son sac et continua sur un ton las :

— Sincèrement, je ne sais plus ce que je dois croire. Avec votre permission, je vais rentrer chez moi me reposer, ensuite j'y verrai plus clair.

Le chef de l'État acquiesça d'un geste de la main.

— Faites donc. Je suis moi-même fatigué, nous nous reverrons demain dans de meilleures dispositions. La France repart pour une nouvelle ère et je compte sur les meilleurs pour m'épauler dans cette mission. Je compte sur vous pour en faire partie, je sais que vous me comprenez.

— Je préfère ne pas répondre.

Épilogue

Assise sur un banc du jardin du Luxembourg, Delphine contemplait le ciel bleu électrique qui enveloppait la capitale. Des cris joyeux d'enfants bruissaient autour d'elle. Elle inspira longuement l'air sec et vif qui nappait le parc. Pour la première fois depuis très longtemps, elle inhalait une senteur qu'elle croyait avoir oubliée. Celle de la liberté.

Loin de la présidence, elle avait le sentiment de reprendre le contrôle de son existence. Tancrède aussi avait changé, remisé pour de bon son personnage d'avocat habile et cynique, renoué avec des causes en prise avec la réalité. Tous les deux avaient décidé de donner une nouvelle chance à leur couple.

Mais Delphine n'en avait pas tout à fait fini avec les affaires de l'État.

Elle sortit son téléphone, chercha dans ses contacts et afficha un numéro. Celui de son ancien rédacteur en chef. Son doigt planait au-dessus du clavier. Elle n'avait à effectuer qu'une infime pression de l'index pour que le cours de l'histoire change. Tout balancer. Tout. Avec son témoignage.

Le président et Valbergues ne s'en remettraient jamais.

Les conséquences étaient incalculables, la démocratie risquait à nouveau d'être secouée, mais Delphine avait-elle le droit de laisser le pays vivre dans le mensonge ?

Elle hésitait.

Appuyer sur la touche.

Ou pas.

À l'autre bout de Paris, dans une salle de bains, un homme enfilait un costume civil, puis il s'observa dans le miroir qui lui faisait face. Il n'arrivait pas à y croire, c'était bien lui. Le même que celui qu'il avait scruté, crapahutant sur un haut plateau au fin fond de la Syrie.

La seule différence, c'est qu'il ne faisait plus partie de l'armée.

Fort de l'enregistrement en sa possession, il avait obtenu sans mal son élargissement après sa mise aux arrêts de rigueur. Il n'y aurait pas de procès, personne, chez les civils comme chez les militaires, n'avait intérêt à un grand déballage. Les choses s'étaient réglées dans une relative discrétion, avec pour toute sanction sa mise à la retraite d'office, ainsi que le limogeage d'une poignée d'officiers supérieurs. Les médias ne s'étaient pas privés, du coup, de s'interroger sur ce drôle de putsch qui avait eu pour principal résultat de permettre au président de reprendre la main.

En fin de compte Gerfaut avait eu plus vite que prévu sa retraite. Il envoya à son reflet un sourire serein. Une nouvelle vie commençait. Il n'avait nullement renoncé à ses ambitions.

À ses rêves de grandeur. D'autorité et d'ordre.

Ses adversaires, le président et sa Première ministre, l'avaient sous-estimé. Non seulement il ne disparaîtrait pas, mais il allait leur faire la guerre. Pour les abattre. Pas une guerre avec des chars, des avions et des troupes. Non, une guerre politique, avec leurs propres armes. Après tout, son cher Napoléon, même s'il n'avait jamais eu à affronter les urnes, n'avait-il pas excellé en politique ?

Il les défierait sur leur terrain, dans l'arène électorale. Sa popularité n'était plus au zénith comme avant, mais il pouvait compter sur son armée de sympathisants. Il patienterait jusqu'à la prochaine élection présidentielle, deux ans ce n'était rien. Les temps étaient mûrs. Il le savait au plus profond de lui. Car il possédait un atout dont ses ennemis étaient dépourvus, et qui le rendait redoutable.

Lui, il rêvait le jour.

Ceux qui rêvent la nuit dans les recoins poussiéreux de leur esprit s'éveillent au jour pour découvrir que ce n'était que vanité ; mais les rêveurs diurnes sont des hommes dangereux, ils peuvent jouer leur rêve les yeux ouverts, pour le rendre possible.

Colonel T. E. LAWRENCE,
dit Lawrence d'Arabie.

DU MÊME AUTEUR :

Radicalisation au cœur des services publics, écrit avec Éric Diard, Lattès, 2020.

Frères ennemis, l'hyperviolence en politique, écrit avec Renaud Dély, Calmann-Lévy, 2015.

Tous les coups sont permis, de Mitterrand à Sarkozy, la violence en politique, écrit avec Renaud Dély, Calmann-Lévy, 2011.

Bonne année mes chers compatriotes, écrit avec Éric Giacometti, Lattès, 2006.

Chirac contre Bush, l'autre guerre, écrit avec Thomas Cantaloube, Lattès, 2004.

PAPIER À BASE DE FIBRES CERTIFIÉES

Le Livre de Poche s'engage pour l'environnement en réduisant l'empreinte carbone de ses livres. Celle de cet exemplaire est de :
350 g éq. CO_2
Rendez-vous sur www.livredepoche-durable.fr

Composition réalisée par NORD COMPO

Achevé d'imprimer en France par
CPI BRODARD & TAUPIN (72200 La Flèche)
en octobre 2021
N° d'impression : 3045222
Dépôt légal 1re publication : novembre 2021
LIBRAIRIE GÉNÉRALE FRANÇAISE
21, rue du Montparnasse – 75298 Paris Cedex 06

64/0073/4